静山社ペガサス文庫

JN210128

ハリー・ポッターと炎《ほのお》のゴブレット〈4-2〉

J.K.ローリング 作　松岡佑子 訳

ハリー・ポッターと炎《ほのお》のゴブレット4-2　もくじ

第《だい》15章《しょう》　ボーバトンとダームストラング……7
第《だい》16章《しょう》　炎《ほのお》のゴブレット……40
第《だい》17章《しょう》　四人《にん》の代表選手《だいひょうせんしゅ》……78
第《だい》18章《しょう》　杖調《つえしら》べ……106
第《だい》19章《しょう》　ハンガリー・ホーンテール……148

第《だい》20章《しょう》 第《だい》一の課題《かだい》……188
第《だい》21章《しょう》 屋敷《やしき》しもべ妖精解放戦線《ようせいかいほうせんせん》……231
第《だい》22章《しょう》 予期《よき》せぬ課題《かだい》……268
第《だい》23章《しょう》 クリスマス・ダンスパーティ……298
第《だい》24章《しょう》 リータ・スキーターの特《とく》ダネ……351
第《だい》25章《しょう》 玉子《たまご》と目玉《めだま》……393

『ハリー・ポッターと炎《ほのお》のゴブレット4―2』人物紹介《じんぶつしょうかい》

ハリー・ポッター
ホグワーツ魔法魔術学校《まほうまじゅつがっこう》の四年生《ねんせい》。緑《みどり》の目《め》に黒《くろ》い髪《かみ》、額《ひたい》には稲妻形《いなずまがた》の傷《きず》。幼《おさな》いころに両親《りょうしん》を亡《な》くし、マグル(人間《にんげん》)界《かい》で育《そだ》ったので、十一歳《さい》になるまで自分《じぶん》が魔法使《まほうつか》いであることを知《し》らなかった

マッド－アイ・ムーディ
「闇《やみ》の魔術《まじゅつ》に対《たい》する防衛術《ぼうえいじゅつ》」の新《あたら》しい先生《せんせい》。かつては優秀《ゆうしゅう》な「闇祓《やみばら》い」として活躍《かつやく》した

コーネリウス・ファッジ
魔法大臣《まほうだいじん》。細《ほそ》じまのマントにライム色《いろ》の山高帽《やまたかぼう》をかぶった風変《ふうが》わりな人物《じんぶつ》

ルード・バグマン
魔法省魔法《まほうしょうまほう》ゲーム・スポーツ部部長《ぶぶちょう》。元《もと》クィディッチ選手《せんしゅ》で、人気《にんき》チームの名《めい》ビーターだった

バーテミウス・クラウチ
魔法省国際魔法協力部部長《まほうしょうこくさいまほうきょうりょくぶぶちょう》。ロンの兄《あに》のパーシーが敬愛《けいあい》する上司《じょうし》

セドリック・ディゴリー
ハッフルパフ寮《りょう》の監督生《かんとくせい》で、クィディッチのシーカー。ハリーが唯一《ゆいいつ》負《ま》けた試合《しあい》の対戦相手《たいせんあいて》

チョウ・チャン
レイブンクロー寮《りょう》のシーカー。ハリーの一学年上《がくねんうえ》の美少女《びしょうじょ》
ドビー
ハリーが自由《じゆう》を与《あた》えた、元屋敷《もとやしき》しもべ妖精《ようせい》。マルフォイ家《け》に仕《つか》えていた
ウィンキー
クラウチ家《け》の屋敷《やしき》しもべ妖精《ようせい》だったが、ある事件《じけん》で解雇《かいこ》された
吸魂鬼《ディメンター》
アズカバンの看守《かんしゅ》。ヒトの幸福《こうふく》な気持《きも》ちを吸《す》い尽《つ》くす、穢《けが》れた生《い》き物《もの》
死喰い人《デス・イーター》
ヴォルデモート卿《きょう》に従《したが》い、忠誠《ちゅうせい》を誓《ちか》った魔法使《まほうつか》いと魔女《まじょ》の呼《よ》び名《な》
ヴォルデモート（例《れい》のあの人《ひと》）
最強《さいきょう》の闇《やみ》の魔法使《まほうつか》い。多《おお》くの魔法使《まほうつか》いや魔女《まじょ》を殺《ころ》したが、なぜかハリーには呪《のろ》いが効《き》かなかった

To Peter Rowling
in memory of Mr. Ridley
and to Susan Sladden,
who helped Harry out of his cupboard

ロナルド・リドリー氏の追悼のために、
父、ピーター・ローリングに。
そして、ハリーを物置から引っ張り出してくれた
スーザン・スラドンに

Original Title: HARRY POTTER AND THE GOBLET OF FIRE

First published in Great Britain in 2000
by Bloomsbury Publishing Plc, 50 Bedford Square, London WC1B 3DP

Japanese edition first published in 2002

This book is published in Japan by arrangement with the author through The Blair Partnership

第《だい》15章《しょう》 ボーバトンとダームストラング

翌朝《よくあさ》、早々《はやばや》と目《め》が覚《さ》めたハリーの頭《あたま》の中《なか》には、まるで眠《ねむ》っている脳《のう》みそが、夜通《よどお》しずっと考《かんが》えていたかのように、完全《かんぜん》な計画《けいかく》ができ上《あ》がっていた。起《お》きだして薄明《うすあ》かりの中《なか》で着替《きが》え、ロンを起《お》こさないように寝室《しんしつ》を出《で》て、ハリーは誰《だれ》もいない談話室《だんわしつ》に戻《もど》った。まだ「占《うらな》い学《がく》」の宿題《しゅくだい》が置《お》きっ放《ぱな》しになっているテーブルから、羊皮紙《ようひし》を一枚《まいと》取り、ハリーは手紙《てがみ》を書《か》いた。

シリウスおじさん

傷痕《きずあと》が痛《いた》んだというのは、僕《ぼく》の思《おも》い過《す》ごしで、この間《あいだ》手紙《てがみ》を書《か》いたときは半分寝《はんぶんね》ぼけていたようです。こちらに戻《もど》ってくるのはむだです。こちらは何《なに》も問題《もんだい》はありません。僕《ぼく》のことは心配《しんぱい》しないでください。僕《ぼく》の頭《あたま》はまったく普通《ふつう》の状態《じょうたい》ですから。

ハリーより

それから、肖像画《しょうぞうが》の穴《あな》をくぐり、静《しず》まり返《かえ》った城《しろ》の中《なか》を抜《ぬ》け（五階《かい》の廊下《ろうか》の中《なか》ほどで、ピーブズが大《おお》きな花瓶《かびん》をひっくり返《かえ》してハリーにぶつけようとしたことで、ちょっと足止《あしど》めを食《く》ったが）、ハリーは西塔《にしとう》のてっぺんにあるふくろう小屋《ごや》にたどり着《つ》いた。

小屋《こや》は円筒形《えんとうけい》の石造《いしづく》りで、かなり寒《さむ》く、すきま風《かぜ》が吹《ふ》き込《こ》んでいた。どの窓《まど》にもガラスがはまっていないせいだ。床《ゆか》は、藁《わら》やふくろうのフン、ふくろうが吐《は》き出《だ》したハツカネズミやハタネズミの骨《ほね》などで埋《う》まっていた。塔《とう》のてっぺんまでびっしりと取《と》りつけられた止《と》まり木《ぎ》に、ありとあらゆる種類《しゅるい》のふくろうが、何百羽《なんびゃっぱ》も止《と》まっている。ほとんどが眠《ねむ》っていたが、ちらりほらりと琥珀色《こはくいろ》の丸《まる》い目《め》が、片目《かため》だけを開《あ》けてハリーをにらんでいた。ヘドウィグがメンフクロウとモリフクロウの間《あいだ》にいるのを見《み》つけ、ハリーは、フンだらけの床《ゆか》で少《すこ》し足《あし》をすべらせながら、急《いそ》いでヘドウィグに近寄《ちかよ》った。

ヘドウィグを起《お》こして、ハリーのほうを向《む》かせるのに、ずいぶんてこずった。何《なに》しろヘドウィグは、止《と》まり木《ぎ》の上《うえ》でゴソゴソ動《うご》き、ハリーにしっぽを向《む》け続《つづ》けるばかりだった。昨夜《さくや》、ハリーが感謝《かんしゃ》の礼《れい》を尽《つ》くさなかったことに、まだ腹《はら》を立《た》てているのだ。ついにハリーが、ヘドウィグはつかれているだろうから、ロンに頼《たの》んでピッグウィジョンを貸《か》してもらおうかな、とほのめかすと、ヘドウィグはやっと脚《あし》を突《つ》き出《だ》し、ハリーに手紙《てがみ》をくくりつけることを許《ゆる》した。

「きっとシリウスを見《み》つけておくれ、いいね？」

ハリーは、ヘドウィグを腕《うで》に乗《の》せ、壁《かべ》の穴《あな》まで運《はこ》びながら、背中《せなか》をなでて頼《たの》んだ。

「吸魂鬼《きゅうこんき》より先《さき》に」

ヘドウィグはハリーの指《ゆび》を甘《あま》がみした。どうやら、いつもよりかなり強《つよ》めのかみ方《かた》だったが、それでも、お任《まか》せくださいとばかりに、静《しず》かにホーと鳴《な》いた。それから両《りょう》の翼《つばさ》を広《ひろ》げ、ヘドウィグは朝日《あさひ》に向《む》かって飛《と》んだ。その姿《すがた》が見《み》えなくなるまで見送《みおく》りながら、ハリーは、いつもの不安《ふあん》感《かん》がまた胃袋《いぶくろ》を襲《おそ》うのを感《かん》じた。シリウスから返事《へんじ》が来《く》れば、きっと不安《ふあん》はやわらぐだろうと信《しん》じていたのに。かえってひどくなるとは。


「ハリー、それって、**うそでしょう**」

朝食《ちょうしょく》のとき、ハーマイオニーとロンに打《う》ち明《あ》けると、ハーマイオニーは厳《きび》しく言《い》った。

「傷痕《きずあと》が痛《いた》んだのは、**勘《かん》ちがいじゃないわ**。知《し》ってるくせに」

「だからどうだっていうんだい？」

ハリーが切《き》り返《かえ》した。

「僕《ぼく》のせいでシリウスをアズカバンに逆戻《ぎゃくもど》りさせてなるもんか」

ハーマイオニーは、反論《はんろん》しようと口《くち》を開《ひら》きかけた。

「やめろよ」

ロンがピシャリと言《い》った。ハーマイオニーは、この時《とき》ばかりはロンの言《い》うことを聞《き》き、押《お》しだまった。

それから数週間《すうしゅうかん》、ハリーは、シリウスのことを心配《しんぱい》しないように努《つと》めた。もちろん、毎朝《まいあさ》ふくろう便《びん》が着《つ》くたびに、心配《しんぱい》で、どうしてもふくろうたちを見回《みまわ》してしまうし、夜遅《よるおそ》く眠《ねむ》りに落《お》ちる前《まえ》に、シリウスがロンドンの暗《くら》い通《とお》りで吸魂鬼《ディメンター》に追《お》いつめられている、恐《おそ》ろしい光景《こうけい》が目《め》に浮《う》かんでしまうのも、どうしようもなかった。しかし、それ以外《いがい》は、名付《なづ》け親《おや》のシリウスのことを考《かんが》えないように努《つと》めた。ハリーは、クィディッチができれば気晴《きば》らしになるのにと思《おも》った。心配事《しんぱいごと》がある身《み》には、激《はげ》しい特訓《とっくん》ほどよく効《き》く薬《くすり》はない。一方《いっぽう》、授業《じゅぎょう》はますます難《むずか》しく、苛酷《かこく》になってきた。特《とく》に、「闇《やみ》の魔術《まじゅつ》に対《たい》する防衛術《ぼうえいじゅつ》」がそうだった。

驚《おどろ》いたことに、ムーディ先生《せんせい》は「服従《ふくじゅう》の呪文《じゅもん》」を生徒《せいと》一人一人《ひとりひとり》にかけて呪文《じゅもん》の力《ちから》を示《しめ》し、はたして生徒《せいと》がその力《ちから》に抵抗《ていこう》できるかどうかを試《ため》すと発表《はっぴょう》した。

ムーディは杖《つえ》を一振《ひとふ》りして机《つくえ》を片《かた》づけ、教室《きょうしつ》の中央《ちゅうおう》に広《ひろ》いスペースを作《つく》った。その時《とき》、ハーマイオニーが、どうしようかと迷《まよ》いながら言《い》った。

「でも――でも、先生《せんせい》、それは違法《いほう》だとおっしゃいました。たしか――同類《どうるい》であるヒトにこれを使用《しよう》することは――」

「ダンブルドアが、これがどういうものかを、体験的《たいけんてき》におまえたちに教《おし》えてほしいというのだ」ムーディの「魔法《まほう》の目《め》」が、ぐるりと回《まわ》ってハーマイオニーを見《み》すえ、瞬《まばた》きもせず、無気味《ぶきみ》なまなざしで凝視《ぎょうし》した。

「もっと厳《きび》しいやり方《かた》で学《まな》びたいというのであれば――誰《だれ》かがいつかおまえにこの呪文《じゅもん》をかけ、完全《かんぜん》に支配《しはい》したその時《とき》に学《まな》びたいというのであれば――わしは一向《いっこう》にかまわん。授業《じゅぎょう》を免除《めんじょ》する。出《で》ていくがよい」

ムーディは、節《ふし》くれだった指《ゆび》で出口《でぐち》を差《さ》した。ハーマイオニーは赤《あか》くなり、出《で》ていきたいと思《おも》っているわけではありません、らしきことをボソボソと言《い》った。ハリーとロンは、顔《かお》を見合《みあ》わせてニヤッと笑《わら》った。二人《ふたり》にはよくわかっていた。ハーマイオニーは、こんな大事《だいじ》な授業《じゅぎょう》を受《う》けられないくらいなら、むしろ腫《は》れ草《ぐさ》の膿《うみ》を飲《の》むほうがましだと思《おも》うだろう。

ムーディは生徒《せいと》を一人一人《ひとりひとり》呼《よ》び出《だ》して、「服従《ふくじゅう》の呪文《じゅもん》」をかけはじめた。呪《のろ》いのせいで、クラスメートが次々《つぎつぎ》と世《よ》にもおかしなことをするのを、ハリーはじっと見《み》ていた。ディーン・トーマスは、国歌《こっか》を歌《うた》いながら片足《かたあし》ケンケン跳《と》びで教室《きょうしつ》を三周《しゅう》した。ラベンダー・ブラウンは、リスのまねをした。ネビルは、普通《ふつう》だったらとうていできないような見事《みごと》な体操《たいそう》を、立《た》て続《つづ》けにやってのけた。誰一人《だれひとり》として呪《のろ》いに抵抗《ていこう》できた者《もの》はいない。ムーディが呪《のろ》いを解《と》いたとき、初《はじ》めて我《われ》に返《かえ》るのだった。

「次《つぎ》だ」

「ポッター」ムーディがうなるように呼《よ》んだ。

ハリーは教室《きょうしつ》の中央《ちゅうおう》、ムーディが机《つくえ》を片《かた》づけて作《つく》ったスペースに進《すす》み出《で》た。ムーディが杖《つえ》を上《あ》げ、ハリーに向《む》け、唱《とな》えた。

「インペリオ！　服従《ふくじゅう》せよ！」

最高《さいこう》にすばらしい気分《きぶん》だった。すべての思《おも》いも悩《なや》みもやさしくぬぐい去《さ》られ、つかみどころのない、漠然《ばくぜん》とした幸福感《こうふくかん》だけが頭《あたま》に残《のこ》り、ハリーはふわふわと浮《う》かんでいるような心地《ここち》がした。ハリーはすっかり気分《きぶん》がゆるみ、周《まわ》りのみんなが自分《じぶん》を見《み》つめていることを、ただぼんやりと意《い》識《しき》しながらその場《ば》に立《た》っていた。

すると、マッド‐アイ・ムーディの声《こえ》が、うつろな脳《のう》みそのどこか遠《とお》くの洞《ほら》に響《ひび》き渡《わた》るように聞《き》こえてきた。

机《つくえ》に飛《と》び乗《の》れ……机《つくえ》に飛《と》び乗《の》れ……。

ハリーはひざを曲《ま》げ、跳躍《ちょうやく》の準備《じゅんび》をした。

机《つくえ》に飛《と》び乗《の》れ……。

待《ま》てよ。なぜ？

頭《あたま》のどこかで、別《べつ》の声《こえ》が目覚《めざ》めた。そんなこと、ばかげている。その声《こえ》が言《い》った。

机《つくえ》に飛《と》び乗《の》れ……。

いやだ。そんなこと、僕《ぼく》、気《き》が進《すす》まない。もう一つの声《こえ》が、前《まえ》よりもややきっぱりと言《い》った……いやだ。僕《ぼく》、そんなこと、したくない……。

飛《と》べ！　今《いま》すぐだ！

次《つぎ》の瞬間《しゅんかん》、ハリーはひどい痛《いた》みを感《かん》じた。飛《と》び上《あ》がると同時《どうじ》に、飛《と》び上《あ》がるのを自分《じぶん》で止《と》めようとしたのだ――その結果《けっか》、机《つくえ》にまともにぶつかり、机《つくえ》をひっくり返《かえ》していた。そして、両脚《りょうあし》の感覚《かんかく》からすると、ひざこぞうの皿《さら》が割《わ》れたようだ。

「よーし、**それだ！**　それでいい！」

ムーディのうなり声《ごえ》がして、突然《とつぜん》ハリーは、頭《あたま》の中《なか》の、うつろな、こだまするような感覚《かんかく》が消《き》えるのを感《かん》じた。自分《じぶん》に何《なに》が起《お》こっていたかを、ハリーははっきり覚《おぼ》えていた。そして、ひざの痛《いた》みが倍《ばい》になったように思《おも》えた。

「おまえたち、見《み》たか……ポッターが戦《たたか》った！　戦《たたか》って、そして、もう少《すこ》しで打《う》ち負《ま》かすところだった！　もう一度《いちど》やるぞ、ポッター。あとの者《もの》はよく見《み》ておけ——ポッターの目《め》をよく見《み》ろ。その目《め》に鍵《かぎ》がある——いいぞ、ポッター。まっこと、いいぞ！　やつらは、おまえを支配《しはい》するのにはてこずるだろう！」

「ムーディの言《い》い方《かた》ときたら——」

一時間後《じかんご》、「闇《やみ》の魔術《まじゅつ》に対《たい》する防衛術《ぼうえいじゅつ》」の教室《きょうしつ》からふらふらになって出《で》てきたハリーが言《い》った（ムーディは、ハリーの力量《りきりょう》を発揮《はっき》させると言《い》い張《は》り、四回《かい》も続《つづ》けて練習《れんしゅう》させ、ついにはハリーが完全《かんぜん》に呪文《じゅもん》を破《やぶ》るところまで続《つづ》けさせた）。

「——まるで、僕《ぼく》たち全員《ぜんいん》が、今《いま》にも襲《おそ》われるんじゃないかと思《おも》っちゃうよね」

「ウン、そのとおりだ」

ロンは一歩《いっぽ》おきにスキップしていた。ムーディは昼食時《ちゅうしょくじ》までには呪文《じゅもん》の効果《こうか》は消《き》えるとロンに請《う》け合《あ》ったのだが、ロンはハリーに比《くら》べてずっと呪《のろ》いに弱《よわ》かったのだ。

「被害妄想《ひがいもうそう》だよな……」

ロンは不安《ふあん》げにちらりと後《うし》ろを振《ふ》り返《かえ》り、ムーディが声《こえ》の届《とど》く範囲《はんい》にいないことをたしかめてから話《はなし》を続《つづ》けた。

「魔法省《まほうしょう》が、ムーディがいなくなって喜《よろこ》んだのも無理《むり》ないよ。ムーディがシェーマスに聞《き》かせてた話《はなし》を聞《き》いたか？　エイプリルフールにあいつの後《うし》ろから『バーッ』って脅《おど》かした魔女《まじょ》に、ムーディがどういう仕打《しう》ちをしたか聞《き》いたろう？　それに、こんなにいろいろやらなきゃいけないことがあるのに、その上《うえ》『服従《ふくじゅう》の呪文《じゅもん》』への抵抗《ていこう》について何《なに》か読《よ》めだなんて、いつ読《よ》みゃいいんだ？」

四年生《ねんせい》は、今学年《こんがくねん》にやらなければならない宿題《しゅくだい》の量《りょう》が、明《あき》らかに増《ふ》えていることに気《き》づいていた。マクゴナガル先生《せんせい》の授業《じゅぎょう》で、先生《せんせい》が出《だ》した変身術《へんしんじゅつ》の宿題《しゅくだい》の量《りょう》に、ひときわ大《おお》きいうめき声《ごえ》が上《あ》がったとき、先生《せんせい》は、なぜそうなのか説明《せつめい》した。

「みなさんは今《いま》、魔法《まほう》教育《きょういく》の中《なか》で最《もっと》も大切《たいせつ》な段階《だんかい》の一つに来《き》ています！」

先生《せんせい》の目《め》が、四角《しかく》いめがねの奥《おく》でキラリと危険《きけん》な輝《かがや》きを放《はな》った。

「『普通魔法《ふつうまほう》レベル試験《しけん》』、一般《いっぱん》に『O・W・L《アウル》』と呼《よ》ばれる試験《しけん》が近《ちか》づいています――」

「『O・W・L《ふくろう》』を受《う》けるのは五年生《ねんせい》になってからです！」

ディーン・トーマスが憤慨《ふんがい》した。

「そうかもしれません、トーマス。しかし、いいですか。みなさんは十二分《じゅうにぶん》に準備《じゅんび》をしないといけません！　このクラスでハリネズミをまともな針山《はりやま》に変《か》えることができたのは、ミス・グレンジャーただ一人《ひとり》です。お忘《わす》れではないでしょうね、トーマス、あなたの針山《はりやま》は、何度《なんど》やっても、誰《だれ》かが針《はり》を持《も》って近《ちか》づくと、怖《こわ》がって丸《まる》まってばかりいたでしょう！」

ハーマイオニーはまたほおを染《そ》め、あまり得意《とくい》げに見《み》えないよう努力《どりょく》しているようだった。

次《つぎ》の「占《うらな》い学《がく》」の授業《じゅぎょう》のときに、トレローニー先生《せんせい》が、ハリーとロンの宿題《しゅくだい》が最高点《さいこうてん》を取《と》ったと言《い》ったので、二人《ふたり》ともとてもゆかいだった。先生《せんせい》は二人《ふたり》の予言《よげん》を長々《ながなが》と読《よ》み上《あ》げ、待《ま》ち受《う》ける恐怖《きょうふ》の数々《かずかず》を、二人《ふたり》がひるまずに受《う》け入《い》れたことをほめ上《あ》げた——ところが、その次《つぎ》の一か月《げつ》についても同《おな》じ宿題《しゅくだい》を出《だ》され、二人《ふたり》のゆかいな気持《きも》ちもしぼんでしまった。二人《ふたり》とも、もう悲劇《ひげき》はネタ切《ぎ》れだった。

一方《いっぽう》、「魔法史《まほうし》」を教《おし》えるゴーストのビンズ先生《せんせい》は、十八世紀《せいき》の「小鬼《ゴブリン》の反乱《はんらん》」についてのレポートを毎週提出《まいしゅうていしゅつ》させた。スネイプ先生《せんせい》は、解毒剤《げどくざい》を研究《けんきゅう》課題《かだい》に出《だ》した。クリスマスが来《く》るまでに、誰《だれ》か生徒《せいと》の一人《ひとり》に毒《どく》を飲《の》ませて、みんなが研究《けんきゅう》した解毒剤《げどくざい》が効《き》くかどうかを試《ため》すと、スネイプがほのめかしたので、みんな真剣《しんけん》に取《と》り組《く》んだ。フリットウィック先生《せんせい》は、「呼《よ》び寄《よ》せ呪文《じゅもん》」の授業《じゅぎょう》に備《そな》えて、三冊《さつ》も余計《よけい》に参考書《さんこうしょ》を読《よ》むように命《めい》じた。

ハグリッドまでが、生徒《せいと》の仕事《しごと》を増《ふ》やしてくれた。「尻尾爆発《しっぽばくはつ》スクリュート」は、何《なに》が好物《こうぶつ》かをまだ誰《だれ》も発見《はっけん》していないのに、すばらしいスピードで成長《せいちょう》していた。ハグリッドは大喜《おおよろこ》びで、「プロジェクト」の一環《いっかん》として、生徒《せいと》が一晩《ひとばん》おきにハグリッドの小屋《こや》に来《き》て、スクリュートを観《かん》察《さつ》し、その特殊《とくしゅ》な生態《せいたい》についての観察日記《かんさつにっき》をつけることにしようと提案《ていあん》したのだ。ハグリッドは、まるでサンタクロースが袋《ふくろ》から特大《とくだい》のおもちゃを取《と》り出《だ》すような顔《かお》をした。

「僕《ぼく》はやらない」

ドラコ・マルフォイがピシャリと言《い》った。

「こんな汚《きたな》らしいもの、授業《じゅぎょう》だけでたくさんだ。お断《ことわ》りだ」

ハグリッドの顔《かお》から笑《わら》いが消《け》し飛《と》んだ。

「言《い》われたとおりにしろ」ハグリッドがうなった。「じゃねえと、ムーディ先生《せんせい》のしなさったことを、俺《おれ》もやるぞ……おまえさん、なかなかいいケナガイタチになるっていうでねえか、マルフォイ」

グリフィンドール生《せい》が大爆笑《だいばくしょう》した。マルフォイは怒《いか》りで真《ま》っ赤《か》になったが、ムーディにしおきされたときの痛《いた》みをまだ充分覚《じゅうぶんおぼ》えているらしく、口応《くちごた》えしなかった。ハリー、ロン、ハーマイオニーは、授業《じゅぎょう》のあと、意気揚々《いきようよう》と城《しろ》に帰《かえ》った。昨年《さくねん》、マルフォイがハグリッドをクビにしようとして、あの手《て》この手《て》を使《つか》ったことを思《おも》うと、ハグリッドがマルフォイをやり込《こ》めたことで、ことさらいい気分《きぶん》になった。

玄関《げんかん》ホールに着《つ》くと、それ以上先《いじょうさき》に進《すす》めなくなった。大理石《だいりせき》の階段《かいだん》の下《した》に立《た》てられた掲示板《けいじばん》の周《まわ》りに、大勢《おおぜい》の生徒《せいと》が群《む》れをなして右往左往《うおうさおう》していた。三人《にん》の中《なか》で一番《いちばん》のっぽのロンがつま先《さき》立《だ》ちして、前《まえ》の生徒《せいと》の頭越《あたまご》しに、二人《ふたり》に掲示《けいじ》を読《よ》んで聞《き》かせた。

三大魔法学校対抗試合《トライウィザード・トーナメント》

ボーバトンとダームストラングの代表団《だいひょうだん》が、十月三十日《がつにち》、金曜日《きんようび》、午後《ごご》六時《じ》に到着《とうちゃく》する。授業《じゅぎょう》は三十分早《ぶんはや》く終了《しゅうりょう》し——


「いいぞ！」ハリーが声《こえ》を上《あ》げた。

「金曜《きんよう》の最後《さいご》の授業《じゅぎょう》は、『魔法薬学《まほうやくがく》』だ。スネイプは、僕《ぼく》たち全員《ぜんいん》に毒《どく》を飲《の》ませたりする時間《じかん》がない！」

全校生徒《ぜんこうせいと》はかばんと教科書《きょうかしょ》を寮《りょう》に置《お》き、「歓迎会《かんげいかい》」の前《まえ》に城《しろ》の前《まえ》に集合《しゅうごう》し、お客様《きゃくさま》を出迎《でむか》えること。

「たった一週間後《しゅうかんご》だ！」

ハッフルパフのアーニー・マクミランが、目《め》を輝《かがや》かせて群《む》れから出《で》てきた。

「セドリックのやつ、知《し》ってるかな？　僕《ぼく》、知《し》らせてやろう……」

「セドリック？」

アーニーが急《いそ》いで立《た》ち去《さ》るのを見送《みおく》りながら、ロンが放心《ほうしん》したように言《い》った。

「ディゴリーだ」ハリーが言《い》った。「きっと、対抗試合《たいこうじあい》に名乗《なの》りを上《あ》げるんだ」

「あのウスノロが、ホグワーツの代表選手《だいひょうせんしゅ》？」

ペチャクチャとしゃべる群《む》れをかき分《わ》けて階段《かいだん》のほうに進《すす》みながら、ロンが言《い》った。

「あの人《ひと》はウスノロじゃないわ。クィディッチでグリフィンドールを破《やぶ》ったものだから、あなたがあの人《ひと》を嫌《きら》いなだけよ」

ハーマイオニーが言《い》った。

「あの人《ひと》、とっても優秀《ゆうしゅう》な学生《がくせい》だそうよ――その上《うえ》、監督生《かんとくせい》です！」

ハーマイオニーは、これで決《き》まりだ、という口調《くちょう》だった。

「君《きみ》は、あいつがハンサムだから好《す》きなだけだろ」ロンが痛烈《つうれつ》に皮肉《ひにく》った。

「お言葉《ことば》ですが、私《わたし》、誰《だれ》かがハンサムだというだけで好《す》きになったりいたしませんわ」

ハーマイオニーは憤然《ふんぜん》とした。

ロンはコホンと大《おお》きな空咳《からせき》をしたが、それがなぜか「ロックハート！」と聞《き》こえた。

玄関《げんかん》ホールの掲示板《けいじばん》の出現《しゅつげん》は、城《しろ》の住人《じゅうにん》たちにはっきりと影響《えいきょう》を与《あた》えた。それから一週間《しゅうかん》、どこへ行《い》っても、たった一つの話題《わだい》、「三校対抗試合《さんこうたいこうじあい》」の話《はなし》で持《も》ち切《き》りだった。生徒《せいと》から生徒《せいと》へと、まるで感染力《かんせんりょく》の強《つよ》い細菌《さいきん》のようにうわさが飛《と》び交《か》った。誰《だれ》がホグワーツの代表選手《だいひょうせんしゅ》に立候補《りっこうほ》するか、試合《しあい》はどんな内容《ないよう》か、ボーバトンとダームストラングの生徒《せいと》は自分《じぶん》たちとどうちがうのか、などなど。

城《しろ》がことさら念入《ねんい》りに大掃除《おおそうじ》されているのにも、ハリーは気《き》づいた。すすけた肖像画《しょうぞうが》の何枚《なんまい》かが「汚《よご》れ落《お》とし」された。描《えが》かれた本人《ほんにん》たちはこれが気《き》に入《い》らず、額縁《がくぶち》の中《なか》で背中《せなか》を丸《まる》めて座《すわ》り込《こ》み、ブツブツ文句《もんく》を言《い》っては、赤《あか》むけになった顔《かお》をさわってぎくりとしていた。甲冑《かっちゅう》たちも突然《とつぜん》ピカピカになり、動《うご》くときもギシギシきしまなくなった。管理人《かんりにん》のアーガス・フィルチは、生徒《せいと》が靴《くつ》の汚《よご》れを落《お》とし忘《わす》れると、凶暴極《きょうぼうきわ》まりない態度《たいど》で脅《おど》したので、一年生《ねんせい》の女子《じょし》が二人《ふたり》、ヒステリー状態《じょうたい》になってしまった。

ほかの先生方《せんせいがた》も、妙《みょう》に緊張《きんちょう》していた。

「ロングボトム、**お願《ねが》いですから**、ダームストラングの生徒《せいと》たちの前《まえ》で、あなたが簡単《かんたん》な『取《と》り替《か》え呪文《じゅもん》』さえ使《つか》えないなどと、暴露《ばくろ》しないように！」

授業《じゅぎょう》の終《お》わりにマクゴナガル先生《せんせい》がどなった。一段《いちだん》と難《むずか》しい授業《じゅぎょう》で、ネビルがうっかり自分《じぶん》の耳《みみ》をサボテンに移植《いしょく》してしまったのだ。

十月三十日《がつにち》の朝《あさ》、朝食《ちょうしょく》に下《お》りていくと、大広間《おおひろま》はすでに前《まえ》の晩《ばん》に飾《かざ》りつけがすんでいた。壁《かべ》には各寮《かくりょう》を示《しめ》す巨大《きょだい》な絹《きぬ》の垂《た》れ幕《まく》がかけられている――グリフィンドールは赤地《あかじ》に金《きん》のライオン、レイブンクローは青《あお》にブロンズの鷲《わし》、ハッフルパフは黄色《きいろ》に黒《くろ》い穴熊《あなぐま》、スリザリンは緑《みどり》にシルバーの蛇《へび》だ。教職員《きょうしょくいん》テーブルの背後《はいご》には、一番大《いちばんおお》きな垂《た》れ幕《まく》があり、ホグワーツ校《こう》の紋章《もんしょう》が描《えが》かれていた。大《おお》きなH《エイチ》の文字《もじ》の周《まわ》りに、ライオン、鷲《わし》、穴熊《あなぐま》、蛇《へび》が団結《だんけつ》している。

ハリー、ロン、ハーマイオニーは、フレッドとジョージがグリフィンドールのテーブルに着《つ》いているのを見《み》つけた。めずらしいことに、今度《こんど》もまたほかから離《はな》れて座《すわ》り、小声《こごえ》で何《なに》か話《はな》している。ロンが三人《にん》の先頭《せんとう》に立《た》って、双子《ふたご》のそばに行《い》った。

「そいつは、たしかに当《あ》て外《はず》れさ」

ジョージが憂《ゆう》うつそうにフレッドに言《い》った。

「だけど、あいつが自分《じぶん》で直接《ちょくせつ》俺《おれ》たちに話《はな》す気《き》がないなら、結局《けっきょく》、俺《おれ》たちが手紙《てがみ》を出《だ》さなくちゃならないだろう。じゃなきゃ、やつの手《て》に押《お》しつける。いつまでも俺《おれ》たちをさけることはできないよ」

「誰《だれ》がさけてるんだい？」

ロンが二人《ふたり》の隣《となり》に腰《こし》かけながら聞《き》いた。

「おまえがさけてくれりゃいいのになぁ」

じゃまが入《はい》っていらいらしたようにフレッドが言《い》った。

「当《あ》て外《はず》れって、何《なに》が？」ロンがジョージに聞《き》いた。

「おまえみたいなおせっかいを弟《おとうと》に持《も》つことがだよ」ジョージが言《い》った。

「三校対抗試合《さんこうたいこうじあい》って、どんなものか、何《なに》かわかったの？」ハリーが聞《き》いた。

「エントリーするのに、何《なに》かもっと方法《ほうほう》を考《かんが》えた？」

「マクゴナガルに、代表選手《だいひょうせんしゅ》をどうやって選《えら》ぶのか聞《き》いたけど、教《おし》えてくれねえんだ」

ジョージが苦々《にがにが》しそうに言《い》った。

「マクゴナガル女史《じょし》ったら、だまってアライグマを変身《へんしん》させる練習《れんしゅう》をなさい、ときたもんだ」

「いったいどんな課題《かだい》が出《で》るのかなぁ？」ロンが考《かんが》え込《こ》んだ。

「だってさ、ハリー、僕《ぼく》たちきっと課題《かだい》をこなせるよ。これまでも危険《きけん》なことをやってきたもの……」

「審査員《しんさいん》の前《まえ》では、やってないぞ」フレッドが言《い》った。

「マクゴナガルが言《い》うには、代表選手《だいひょうせんしゅ》が課題《かだい》をいかにうまくこなすかによって、点数《てんすう》がつけられるそうだ」

「誰《だれ》が審査員《しんさいん》になるの？」ハリーが聞《き》いた。

「そうね、参加校《さんかこう》の校長《こうちょう》は必《かなら》ず審査員《しんさいん》になるわね」

ハーマイオニーだ。みんな、かなり驚《おどろ》いていっせいに振《ふ》り向《む》いた。

「一七九二年《ねん》の試合《しあい》で、選手《せんしゅ》が捕《つか》まえるはずだった怪物《かいぶつ》の『コカトリス』が大暴《おおあば》れして、校長《こうちょう》が三人《にん》とも負傷《ふしょう》してるもの」

みんなの視線《しせん》に気《き》づいたハーマイオニーは、私《わたし》の読《よ》んだ本《ほん》を、ほかの誰《だれ》も読《よ》んでいないなんて……という、いつもの歯《は》がゆそうな口調《くちょう》で言《い》った。

「『ホグワーツの歴史《れきし》』に全部《ぜんぶ》書《か》いてあるわよ。もっともこの本《ほん》は完全《かんぜん》には信用《しんよう》できないけど。『**改訂**《かいてい》ホグワーツの歴史《れきし》』のほうがより正確《せいかく》ね。または、『偏見《へんけん》に満《み》ちた、**選択的**《せんたくてき》ホグワーツの歴《れき》史《し》――イヤな部分《ぶぶん》を塗《ぬ》りつぶした歴史《れきし》』もいいわ」

「何《なに》が言《い》いたいんだい？」

ロンが聞《き》いたが、ハリーにはもう答《こた》えがわかっていた。

「屋敷《やしき》しもべ妖精《ようせい》！」

ハーマイオニーが声《こえ》を張《は》り上《あ》げ、答《こた》えはハリーの予想《よそう》どおりだった。

「『ホグワーツの歴史《れきし》』は千ページ以上《いじょう》あるのに、百人《にん》もの奴隷《どれい》の圧制《あっせい》に、私《わたし》たち全員《ぜんいん》が共謀《きょうぼう》してるなんて、一言《ひとこと》も書《か》いてない！」

ハリーはやれやれと首《くび》を振《ふ》り、炒《い》り卵《たまご》を食《た》べはじめた。

ハリーもロンも冷淡《れいたん》だったのに、屋敷《やしき》しもべ妖精《ようせい》の権利《けんり》を追求《ついきゅう》するハーマイオニーの決意《けつい》は、露《つゆ》ほどもくじけはしなかった。たしかに、二人《ふたり》ともＳ《エス》・Ｐ《ピー》・Ｅ《イー》・Ｗ《ダブリュー》バッジに二シックルずつ出《だ》したが、それはハーマイオニーをだまらせるためだけだった。

二人《ふたり》のシックルはどうやらむだだったらしい。かえってハーマイオニーの鼻息《はないき》を荒《あら》くしてしまった。それからというもの、ハーマイオニーは二人《ふたり》にしつこく迫《せま》った。まずは二人《ふたり》にバッジをつけるように言《い》い、それからほかの生徒《せいと》にもそうするように説得《せっとく》しなさいと言《い》った。ハーマイオニー自身《じしん》も、毎晩《まいばん》グリフィンドールの談話室《だんわしつ》を精力的《せいりょくてき》にかけ回《まわ》り、みんなを追《お》いつめては、その鼻先《はなさき》で寄付《きふ》集《あつ》めの空《あ》き缶《かん》を振《ふ》った。

「ベッドのシーツを替《か》え、暖炉《だんろ》の火《ひ》をおこし、教室《きょうしつ》を掃除《そうじ》し、料理《りょうり》をしてくれる魔法生物《まほうせいぶつ》たちが、無給《むきゅう》で奴隷働《どれいばたら》きしているのを、みなさんご存《ぞん》じですか？」

ハーマイオニーは激《はげ》しい口調《くちょう》でそう言《い》い続《つづ》けた。

ネビルなど何人《なんにん》かは、ハーマイオニーににらみつけられるのがいやで二シックルを出《だ》した。何人《なん》かは、ハーマイオニーの言《い》うことに少《すこ》し関心《かんしん》を持《も》ったようだが、それ以上積極的《いじょうせっきょくてき》に運動《うんどう》にかかわることには乗《の》り気《き》でなかった。生徒《せいと》の多《おお》くは、冗談扱《じょうだんあつか》いしていた。

ロンのほうは、おやおやと天井《てんじょう》に目《め》を向《む》けた。秋《あき》の陽光《ようこう》が天井《てんじょう》から降《ふ》り注《そそ》ぎ、みんなを包《つつ》んでいた。フレッドは急《きゅう》にベーコンを食《た》べるのに夢中《むちゅう》になった（双子《ふたご》は二人《ふたり》ともS《エス》・P《ピー》・E《イー》・W《ダブリュー》バッジを買《か》うことを拒否《きょひ》していた）。一方《いっぽう》、ジョージは、ハーマイオニーのほうに身《み》を乗《の》り出《だ》してこう言《い》った。

「まあ、聞《き》け、ハーマイオニー。君《きみ》は厨房《ちゅうぼう》に下《お》りていったことがあるか？」

「もちろん、ないわ」

ハーマイオニーがそっけなく答《こた》えた。

「学生《がくせい》が行《い》くべき場所《ばしょ》とはとても考《かんが》えられないし——」

「俺《おれ》たちはあるぜ」

ジョージはフレッドのほうを指差《ゆびさ》しながら言《い》った。

「何度《なんど》もある。食《た》べ物《もの》を失敬《しっけい》しに。そして、俺《おれ》たちは連中《れんちゅう》に会《あ》ってるが、連中《れんちゅう》は幸《しあわ》せなんだ。世《せ》界一《かいいち》いい仕事《しごと》を持《も》ってると思《おも》ってる――」

「それは、あの人《ひと》たちが教育《きょういく》も受《う》けてないし、洗脳《せんのう》されてるからだわ！」

ハーマイオニーは熱《あつ》くなって話《はな》しはじめた。その時突然《ときとつぜん》、頭上《ずじょう》でサーッと音《おと》がして、ふくろう便《びん》が到着《とうちゃく》したことを告《つ》げ、ハーマイオニーの言葉《ことば》はその音《おと》に飲《の》み込《こ》まれてしまった。急《いそ》いで見上《みあ》げたハリーは、ヘドウィグがこちらに向《む》かって飛《と》んでくるのを見《み》つけた。ハーマイオニーはパッと話《はなし》をやめた。ヘドウィグがハリーの肩《かた》に舞《ま》い降《お》り、羽《はね》をたたみ、つかれた様子《ようす》で脚《あし》を突《つ》き出《だ》すのを、ハーマイオニーもロンも心配《しんぱい》そうに見《み》つめた。

ハリーはシリウスの返事《へんじ》を引《ひ》っ張《ぱ》るようにはずし、ヘドウィグにベーコンの外皮《そとかわ》をやった。ヘドウィグはうれしそうにそれをついばんだ。フレッドとジョージが三校対抗試合《さんこうたいこうじあい》の話《はなし》に没頭《ぼっとう》していて安全《あんぜん》なのをたしかめ、ハリーはシリウスの手紙《てがみ》を、ロンとハーマイオニーにヒソヒソ声《ごえ》で読《よ》んで聞《き》かせた。

無理《むり》するな、ハリー。

私《わたし》はもう帰国《きこく》して、ちゃんと隠《かく》れている。ホグワーツで起《お》こっていることはすべて知《し》らせてほしい。ヘドウィグは使《つか》わないように。次々《つぎつぎ》ちがうふくろうを使《つか》いなさい。私《わたし》のことは心配《しんぱい》せずに、自分《じぶん》のことだけを注意《ちゅうい》していなさい。君《きみ》の傷痕《きずあと》について私《わたし》が言《い》ったことを忘《わす》れないように。

シリウス

「どうしてふくろうを次々《つぎつぎ》取《と》り替《か》えなきゃいけないのかなぁ？」ロンが低《ひく》い声《こえ》で聞《き》いた。

「ヘドウィグじゃ注意《ちゅうい》を引《ひ》きすぎるからよ」

ハーマイオニーがすぐに答《こた》えた。

「目立《めだ》つもの。白《しろ》ふくろうがシリウスの隠《かく》れ家《が》に——どこだかは知《し》らないけど——何度《なんど》も何度《なんど》も行《い》ったりしてごらんなさい……だって、もともと白《しろ》ふくろうはこの国《くに》の鳥《とり》じゃないでしょ？」

ハリーは手紙《てがみ》を丸《まる》め、ローブの中《なか》にすべり込《こ》ませた。心配事《しんぱいごと》が増《ふ》えたのか減《へ》ったのか、わからなかった。とりあえず、シリウスが何《なん》とか捕《つか》まりもせず戻《もど》ってきただけでも、上出来《じょうでき》だとすべきなのだろう。それに、シリウスがずっと身近《みぢか》にいると思《おも》うと、心強《こころづよ》いのもたしかだった。少《すく》なくとも、手紙《てがみ》を書《か》くたびに、あんなに長《なが》く返事《へんじ》を待《ま》つ必要《ひつよう》はないだろう。

「ヘドウィグ、ありがとう」

ハリーはヘドウィグをなでてやった。ヘドウィグはホーと眠《ねむ》そうな声《こえ》で鳴《な》き、ハリーのオレンジジュースのコップにちょっとくちばしを突《つ》っ込《こ》み、すぐまた飛《と》び立《た》った。ふくろう小屋《ごや》でぐっすり眠《ねむ》りたくて仕方《しかた》がないにちがいない。

その日《ひ》は心地《ここち》よい期待感《きたいかん》があたりを満《み》たしていた。夕方《ゆうがた》にボーバトンとダームストラングからお客《きゃく》が到着《とうちゃく》することに気《き》をとられ、誰《だれ》も授業《じゅぎょう》に身《み》が入《はい》らない。「魔法薬学《まほうやくがく》」でさえ、いつもより三十分《ぶんみじか》短いので、たえやすかった。早《はや》めの終業《しゅうぎょう》ベルが鳴《な》り、ハリー、ロン、ハーマイオニーは急《いそ》いでグリフィンドール塔《とう》に戻《もど》って、指示《しじ》されていたとおりかばんと教科書《きょうかしょ》を置《お》き、マントを着《き》て、また急《いそ》いで階段《かいだん》を下《お》り、玄関《げんかん》ホールに向《む》かった。

各寮《かくりょう》の寮監《りょうかん》が、生徒《せいと》たちを整列《せいれつ》させていた。

「ウィーズリー、帽子《ぼうし》が曲《ま》がっています」

マクゴナガル先生《せんせい》からロンに注意《ちゅうい》が飛《と》んだ。

「ミス・パチル、髪《かみ》についているばかげた物《もの》をお取《と》りなさい」

パーバティは顔《かお》をしかめて、三《み》つ編《あ》みの先《さき》につけた大《おお》きな蝶飾《ちょうかざ》りを取《と》った。

「ついておいでなさい」マクゴナガル先生《せんせい》が命《めい》じた。

「一年生《ねんせい》が先頭《せんとう》です……押《お》さないで……」

みんな並《なら》んだまま正面《しょうめん》の石段《いしだん》を下《お》り、城《しろ》の前《まえ》に整列《せいれつ》した。晴《は》れた、寒《さむ》い夕方《ゆうがた》だった。夕闇《ゆうやみ》が迫《せま》り、禁《きん》じられた森《もり》の上《うえ》に、青白《あおじろ》く透《す》きとおるような月《つき》がもう輝《かがや》きはじめていた。ハリーは前《まえ》から四列目《れつめ》に並《なら》び、ロンとハーマイオニーを両脇《りょうわき》にして立《た》っていたが、デニス・クリービーが、ほかの一年生《ねんせい》たちにまじって、期待《きたい》で体中《からだじゅう》震《ふる》わせているのが見《み》えた。

「まもなく六時《じ》だ」

ロンは時計《とけい》を眺《なが》めてから、正門《せいもん》に続《つづ》く馬車道《ばしゃみち》を、遠《とお》くのほうまでじっと見《み》た。

「どうやって来《く》ると思《おも》う？　汽車《きしゃ》かな？」

「ちがうと思《おも》う」ハーマイオニーが言《い》った。

「じゃ、何《なん》で来《く》る？　箒《ほうき》かな？」

ハリーが星《ほし》の瞬《またた》きはじめた空《そら》を見上《みあ》げながら言《い》った。

「ちがうわね……ずっと遠《とお》くからだし……」

「『移動《ポート》キー』かな？」

ロンが意見《いけん》を述《の》べた。

「さもなきゃ、『姿《すがた》あらわし』術《じゅつ》かも――どこだか知《し》らないけど、あっちじゃ、十七歳未満《さいみまん》でも使《つか》えるんじゃないか？」

「ホグワーツの校内《こうない》では『姿《すがた》あらわし』はできません。何度《なんど》言《い》ったらわかるの？」

ハーマイオニーはいらいらした。

誰《だれ》もが興奮《こうふん》して、暗闇《くらやみ》の迫《せま》る校庭《こうてい》を矯《た》めつ眇《すが》めつ眺《なが》めたが、何《なん》の気配《けはい》もない。すべてがいつもどおり、静《しず》かに、ひっそりと、動《うご》かなかった。ハリーはだんだん寒《さむ》くなってきた。早《はや》く来《き》てくれ……外国人学生《がいこくじんがくせい》はあっと言《い》わせる登場《とうじょう》を考《かんが》えてるのかも……。ハリーは、ウィーズリーおじさんがクィディッチ・ワールドカップの始《はじ》まる前《まえ》、あのキャンプ場《じょう》で言《い》ったことを思《おも》い出《だ》していた

――「毎度《まいど》のことだ。大勢集《おおぜいあつ》まると、どうしても見栄《みえ》を張《は》りたくなるらしい」

その時《とき》、ダンブルドアが、先生方《せんせいがた》の並《なら》んだ最後列《さいこうれつ》から声《こえ》を上《あ》げた。

「ほっほー！　わしの目《め》に狂《くる》いがなければ、ボーバトンの代表団《だいひょうだん》が近《ちか》づいてくるぞ！」

「どこ？　どこ？」

生徒《せいと》たちがてんでんばらばらな方向《ほうこう》を見《み》ながら熱《あつ》い声《こえ》を上《あ》げた。

「**あそこだ！**」

六年生《ねんせい》の一人《ひとり》が、森《もり》の上空《じょうくう》を指差《ゆびさ》して叫《さけ》んだ。

何《なに》か大《おお》きなもの、箒《ほうき》よりずっと大《おお》きなものだ――いや、箒《ほうき》百本分《ぽんぶん》より大《おお》きい何《なに》かが――濃紺《のうこん》の空《そら》を、ぐんぐん大《おお》きくなりながら、城《しろ》に向《む》かって疾走《しっそう》してくる。

「ドラゴンだ！」

すっかり気《き》が動転《どうてん》した一年生《ねんせい》の一人《ひとり》が、金切《かなき》り声《ごえ》を上《あ》げた。

「バカ言《い》うなよ……あれは空飛《そらと》ぶ家《いえ》だ！」デニス・クリービーが言《い》った。

デニスの推測《すいそく》のほうが近《ちか》かった……巨大《きょだい》な黒《くろ》い影《かげ》が「禁《きん》じられた森《もり》」の梢《こずえ》をかすめたとき、城《しろ》の窓明《まどあ》かりがその影《かげ》をとらえた。巨大《きょだい》な、パステル・ブルーの馬車《ばしゃ》が姿《すがた》を現《あらわ》した。大《おお》きな館《やかた》ほどの馬車《ばしゃ》が、十二頭《とう》の天馬《ペガサス》に引《ひ》かれて、こちらに飛《と》んでくる。天馬《てんば》は金銀《きんぎん》に輝《かがや》くパロミノで、それぞれが象《ぞう》ほども大《おお》きい。

馬車《ばしゃ》がぐんぐん高度《こうど》を下《さ》げ、猛烈《もうれつ》なスピードで着陸体勢《ちゃくりくたいせい》に入《はい》ったので、前《まえ》三列《れつ》の生徒《せいと》が後《うし》ろに下《さ》がった――すると、ドーンという衝撃音《しょうげきおん》とともに（ネビルが後《うし》ろに吹《ふ》っ飛《と》んで、スリザリンの五年生《ねんせい》の足《あし》を踏《ふ》んづけた）――ディナー用《よう》の大皿《おおざら》より大《おお》きな天馬《てんば》のひづめが地《ち》をけった。その直《ちょく》後《ご》、馬車《ばしゃ》も着陸《ちゃくりく》した。巨大《きょだい》な車輪《しゃりん》がバウンドし、金色《きんいろ》の天馬《てんば》は、太《ふと》い首《くび》をぐいっともたげ、火《ひ》のように赤《あか》く燃《も》える大《おお》きな目《め》をグリグリさせた。

馬車《ばしゃ》の戸《と》が開《あ》くまでのほんの短《みじか》い時間《じかん》に、ハリーはその戸《と》に描《えが》かれた紋章《もんしょう》を見《み》た。金色《きんいろ》の杖《つえ》が交差《こうさ》し、それぞれの杖《つえ》から三個《こ》の星《ほし》が飛《と》んでいる。

淡《あわ》い水色《みずいろ》のローブを着《き》た少年《しょうねん》が馬車《ばしゃ》から飛《と》び降《お》り、前《まえ》かがみになって馬車《ばしゃ》の底《そこ》をゴソゴソいじっていたが、すぐに金色《きんいろ》の踏《ふ》み台《だい》を引《ひ》っ張《ぱ》り出《だ》した。少年《しょうねん》がうやうやしく飛《と》びのいた。すると、馬車《ばしゃ》の中《なか》から、ピカピカの黒《くろ》いハイヒールが片方《かたほう》現《あらわ》れた――子供《こども》のソリほどもある靴《くつ》だ――。続《つづ》いて、ほとんど同時《どうじ》に現《あらわ》れた女性《じょせい》は、ハリーが見《み》たこともないような大《おお》きさだった。馬車《ばしゃ》の大《おお》きさ、天馬《てんば》の大《おお》きさも、たちまち納得《なっとく》がいった。何人《なんにん》かがあっと息《いき》をのんだ。

この女性《じょせい》ほど大《おお》きい人《ひと》を、ハリーはこれまでにたった一人《ひとり》しか見《み》たことがない。ハグリッドだ。背丈《せたけ》も、三センチとちがわないのではないかと思《おも》った。しかし、なぜか――たぶん、ハリーがハグリッドに慣《な》れてしまったせいだろう――この女性《じょせい》は（今《いま》、踏《ふ》み台《だい》の下《した》に立《た》ち、目《め》を見張《みは》って待《ま》ち受《う》ける生徒《せいと》たちを見回《みまわ》していたが）ハグリッドよりも、とてつもなく大《おお》きく見《み》えた。玄関《げんかん》ホールからあふれる光《ひかり》の中《なか》に、その女性《じょせい》が足《あし》を踏《ふ》み入《い》れたとき、顔《かお》が見《み》えた。小麦色《こむぎいろ》のなめらかな肌《はだ》にキリッとした顔《かお》つき、大《おお》きな黒《くろ》いうるんだ瞳《ひとみ》、鼻《はな》はツンととがっている。髪《かみ》は引《ひ》っ詰《つ》め、低《ひく》い位置《いち》につやつやした髷《まげ》を結《ゆ》っている。頭《あたま》からつま先《さき》まで、黒繻子《くろじゅす》をまとい、何個《なんこ》もの見事《みごと》なオパールが襟元《えりもと》と太《ふと》い指《ゆび》で光《ひかり》を放《はな》っていた。

ダンブルドアが拍手《はくしゅ》した。それにつられて、生徒《せいと》もいっせいに拍手《はくしゅ》した。この女性《じょせい》をもっとよく見《み》たくて、背伸《せの》びしている生徒《せいと》がたくさんいた。

女性《じょせい》は表情《ひょうじょう》をやわらげ、優雅《ゆうが》にほほ笑《え》んだ。そしてダンブルドアに近《ちか》づき、きらめく片手《かたて》を差《さ》し出《だ》した。ダンブルドアも背《せ》は高《たか》かったが、手《て》に接吻《せっぷん》するのに、ほとんど体《からだ》を曲《ま》げる必要《ひつよう》がなかった。

「これはこれは、マダム・マクシーム」

ダンブルドアが挨拶《あいさつ》した。

「ようこそホグワーツへ」

「ダンブリードール」

マダム・マクシームが、深《ふか》いアルトで答《こた》えた。

「おかわりーありませーんか？」

「おかげさまで、上々《じょうじょう》じゃ」ダンブルドアが答《こた》えた。

「わたーしのせいとです」

マダム・マクシームは巨大《きょだい》な手《て》の片方《かたほう》を無造作《むぞうさ》に後《うし》ろに回《まわ》して、ひらひら振《ふ》った。

マダム・マクシームのほうにばかり気《き》を取《と》られていたハリーは、十数人《すうにん》もの男女学生《だんじょがくせい》が――顔《かお》つきからすると、みんな十七、八歳以上《さいいじょう》に見《み》えたが――馬車《ばしゃ》から現《あらわ》れて、マダム・マクシームの背後《はいご》に立《た》っているのにはじめて気《き》づいた。みんな震《ふる》えている。無理《むり》もない。着《き》ているローブは薄《うす》物《もの》の絹《きぬ》のようで、マントを着《き》ている者《もの》は一人《ひとり》もいない。何人《なんにん》かはスカーフをかぶったりショールを巻《ま》いたりしていた。顔《かお》はほんのわずかしか見《み》えなかったが（みんな、マダム・マクシームの巨《きょ》大《だい》な影《かげ》の中《なか》に立《た》っていたので）、ハリーは、みんなが不安《ふあん》そうな表情《ひょうじょう》でホグワーツを見《み》つめているのを見《み》て取《と》った。

「カルカロフはまだきーませんか？」マダム・マクシームが聞《き》いた。

「もうすぐ来《く》るじゃろう」ダンブルドアが答《こた》えた。

「外《そと》でお待《ま》ちになってお出迎《でむか》えなさるかな？　それとも城中《じょうちゅう》に入《はい》られて、ちと、暖《だん》を取《と》られますかな？」

「あたたまりたーいです。でも、ウーマは――」

「こちらの『魔法生物飼育学《まほうせいぶつしいくがく》』の先生《せんせい》が喜《よろこ》んでお世話《せわ》するじゃろう」

ダンブルドアが言《い》った。

「ただ、今《いま》は、あー――別《べつ》の仕事《しごと》ではずしておるが。少《すこ》し面倒《めんどう》があってのう。片《かた》づきしだいすぐに」

「スクリュートだ」ロンがニヤッとしてハリーにささやいた。

「わたーしのウーマたちのせわは――あー――ちからいりまーす」

マダム・マクシームは、ホグワーツの「魔法生物飼育学《まほうせいぶつしいくがく》」の先生《せんせい》にそんな仕事《しごと》ができるかどうか、疑《うたが》っているような顔《かお》だった。

「ウーマたちは、とてもつよーいです……」

「ハグリッドなら大丈夫《だいじょうぶ》。やりとげましょう。わしが請《う》け合《あ》いますぞ」

ダンブルドアがほほ笑《え》んだ。

「それはどーも」マダム・マクシームは軽《かる》く頭《あたま》を下《さ》げた。

「どうぞ、そのアグリッドに、ウーマはシングルモルト・ウィスキーしかのまなーいと、おつたえくーださいますか？」

「かしこまりました」ダンブルドアもおじぎした。

「おいで」

マダム・マクシームは威厳《いげん》たっぷりに生徒《せいと》を呼《よ》んだ。ホグワーツ生《せい》の列《れつ》が割《わ》れ、マダムと生徒《せいと》が石段《いしだん》を上《のぼ》れるよう、道《みち》をあけた。

「ダームストラングの馬《うま》はどのくらい大《おお》きいと思《おも》う？」

シェーマス・フィネガンが、ラベンダーとパーバティのむこうから、ハリーとロンのほうに身《み》を乗《の》り出《だ》して話《はな》しかけた。

「うーん、こっちの馬《うま》より大《おお》きいんなら、ハグリッドでも扱《あつか》えないだろうな」

ハリーが言《い》った。

「それも、ハグリッドがスクリュートに襲《おそ》われていなかったらの話《はなし》だけど。いったい何《なに》が起《お》こったんだろう？」

「もしかして、スクリュートが逃《に》げたかも」ロンはそうだといいのに、という言《い》い方《かた》だ。

「あぁ、そんなこと言《い》わないで」

ハーマイオニーが身震《みぶる》いした。

「あんな連中《れんちゅう》が校庭《こうてい》にうじゃうじゃしてたら……」

ダームストラング一行《いっこう》を待《ま》ちながら、みんな少《すこ》し震《ふる》えて立《た》っていた。生徒《せいと》の多《おお》くは、期待《きたい》を込《こ》めて空《そら》を見《み》つめていた。数分間《すうふんかん》、静寂《せいじゃく》を破《やぶ》るのはマダム・マクシームの巨大《きょだい》な馬《うま》の鼻息《はないき》と、地《ち》をけるひづめの音《おと》だけだった。だが――。

「何《なに》か聞《き》こえないか？」突然《とつぜん》ロンが言《い》った。

ハリーは耳《みみ》を澄《す》ました。闇《やみ》の中《なか》からこちらに向《む》かって、大《おお》きな、言《い》いようのない不気味《ぶきみ》な音《おと》が伝《つた》わってきた。まるで巨大《きょだい》な掃除機《そうじき》が川底《かわぞこ》をさらうような、くぐもったゴロゴロという音《おと》、吸《す》い込《こ》む音《おと》……。

「湖《みずうみ》だ！」

リー・ジョーダンが指差《ゆびさ》して叫《さけ》んだ。

「湖《みずうみ》を見《み》ろよ！」

そこは、芝生《しばふ》の一番上《いちばんうえ》で、校庭《こうてい》を見下《みお》ろす位置《いち》だったので、湖《みずうみ》の黒《くろ》くなめらかな水面《すいめん》がはっきり見《み》えた――その水面《すいめん》が、突然乱《とつぜんみだ》れた。中心《ちゅうしん》の深《ふか》いところで何《なに》かがざわめいている。ボコボコと大《おお》きな泡《あわ》が表面《ひょうめん》に湧《わ》き出《だ》し、波《なみ》が岸《きし》の泥《どろ》を洗《あら》った――そして、湖《みずうみ》の真《ま》ん真《ま》ん中《なか》が渦巻《うずま》いた。まるで湖底《こてい》の巨大《きょだい》な栓《せん》が抜《ぬ》かれたかのように……。

渦《うず》の中心《ちゅうしん》から、長《なが》い、黒《くろ》い竿《さお》のようなものが、ゆっくりとせり上《あ》がってきた……そして、ハリーの目《め》に、帆桁《ほげた》が……。

「あれは帆柱《ほばしら》だ！」

ハリーがロンとハーマイオニーに向《む》かって言《い》った。

ゆっくりと、堂々《どうどう》と、月明《つきあ》かりを受《う》けて船《ふね》は水面《すいめん》に浮上《ふじょう》した。まるで引《ひ》き上《あ》げられた難破船《なんぱせん》のような、どこかがいこつのような感《かん》じがする船《ふね》だ。丸《まる》い船窓《せんそう》からチラチラ見《み》えるほの暗《ぐら》いかすんだ灯《あか》りが、幽霊《ゆうれい》の目《め》のように見《み》えた。

ザバーッと大《おお》きな音《おと》を立《た》てて、ついに船全体《ふねぜんたい》が姿《すがた》を現《あらわ》し、水面《すいめん》を波立《なみだ》たせて船体《せんたい》を揺《ゆ》すり、岸《きし》に向《む》かってすべりだした。数分後《すうふんご》、浅瀬《あさせ》に錨《いかり》を投《な》げ入《い》れる水音《みずおと》が聞《き》こえ、タラップを岸《きし》に下《お》ろすドスッという音《おと》がした。

乗員《じょういん》が下船《げせん》してきた。船窓《せんそう》の灯《あか》りをよぎるシルエットが見《み》えた。ハリーは、全員《ぜんいん》が、クラッブ、ゴイル並《な》みの体《からだ》つきをしているらしいことに気《き》づいた……。しかし、だんだん近《ちか》づいてきて、芝生《しばふ》を登《のぼ》りきり、玄関《げんかん》ホールから流《なが》れ出《で》る明《あ》かりの中《なか》に入《はい》るのを見《み》たとき、大《おお》きな体《からだ》に見《み》えたのは、実《じつ》はもこもことした分厚《ぶあつ》い毛皮《けがわ》のマントを着《き》ているせいだとわかった。城《しろ》まで全員《ぜんいん》を率《ひき》いてきた男《おとこ》だけは、ちがう物《もの》を着《き》ている。男《おとこ》の髪《かみ》と同《おな》じく、なめらかで銀色《ぎんいろ》の毛皮《けがわ》だ。

「ダンブルドア！」

坂道《さかみち》を上《のぼ》りながら、男《おとこ》がほがらかに声《こえ》をかけた。

「やあやあ。しばらく。元気《げんき》かね」

「元気《げんき》いっぱいじゃよ。カルカロフ校長《こうちょう》」

ダンブルドアが挨拶《あいさつ》を返《かえ》した。

カルカロフの声《こえ》は、耳《みみ》に心地《ここち》よく、上《うわ》すべりに愛想《あいそ》がよかった。城《しろ》の正面扉《しょうめんとびら》からあふれ出《で》る明《あ》かりの中《なか》に歩《あゆ》み入《い》ったとき、ダンブルドアと同《おな》じくやせた、背《せ》の高《たか》い姿《すがた》が見《み》えた。しかし、銀髪《ぎんぱつ》は短《みじか》く、先《さき》の縮《ちぢ》れた山羊《やぎ》ひげは、貧相《ひんそう》なあごを隠《かく》しきれていなかった。カルカロフはダンブルドアに近《ちか》づき、両手《りょうて》で握手《あくしゅ》した。

「なつかしのホグワーツ城《じょう》」

カルカロフは城《しろ》を見上《みあ》げてほほ笑《え》んだ。歯《は》が黄《き》ばんでいた。それに、ハリーは、目《め》が笑《わら》っていないことに気《き》づいた。冷《つめ》たい、抜《ぬ》け目《め》のない目《め》のままだ。

「ここに来《こ》られたのはうれしい。実《じつ》にうれしい……ビクトール、こっちへ。暖《あたた》かい所《ところ》へ来《く》るがいい……ダンブルドア、かまわないかね？　ビクトールは風邪《かぜ》気味《ぎみ》なので……」

カルカロフは生徒《せいと》の一人《ひとり》を差《さ》し招《まね》いた。その青年《せいねん》が通《とお》り過《す》ぎたとき、ハリーはちらりと顔《かお》を見《み》た。曲《ま》がった目立《めだ》つ鼻《はな》、濃《こ》い、黒《くろ》い眉《まゆ》。ロンから腕《うで》にパンチを食《く》わされるまでもない。耳元《みみもと》でささやかれる必要《ひつよう》もない。紛《まぎ》れもない横顔《よこがお》だ。

「ハリー――クラムだ！」

第《だい》16章《しょう》　炎《ほのお》のゴブレット

「まさか！」ロンがぼうぜんとして言《い》った。

ダームストラング一行《いっこう》のあとについて、ホグワーツの学生《がくせい》が、整列《せいれつ》して石段《いしだん》を上《のぼ》る途中《とちゅう》だった。

「クラムだぜ、ハリー！　ビクトール・クラム！」

「ロン、落《お》ち着《つ》きなさいよ。たかがクィディッチの選手《せんしゅ》じゃない」ハーマイオニーが言《い》った。

「**たかがクィディッチの選手《せんしゅ》？**」

ロンは耳《みみ》を疑《うたが》うという顔《かお》でハーマイオニーを見《み》た。

「ハーマイオニー――クラムは世界最高《せかいさいこう》のシーカーの一人《ひとり》だぜ！　まだ学生《がくせい》だなんて、考《かんが》えてもみなかった！」

ホグワーツの生徒《せいと》にまじり、再《ふたた》び玄関《げんかん》ホールを横切《よこぎ》り、大広間《おおひろま》に向《む》かう途中《とちゅう》、ハリーはリー・ジョーダンがクラムの頭《あたま》の後《うし》ろだけでもよく見《み》ようと、つま先立《さきだ》ちでピョンピョン跳《と》び上《あ》がっているのを見《み》た。六年生《ねんせい》の女子学生《じょしがくせい》が数人《すうにん》、歩《ある》きながら夢中《むちゅう》でポケットを探《さぐ》っている――「あぁ、どうしたのかしら。私《わたし》、羽根《はね》ペンを一本《ぽん》も持《も》ってないわ——」「ねえ、あの人《ひと》、私《わたし》の帽子《ぼうし》に口紅《くちべに》でサインしてくれると思《おも》う？」

「まったく、もう」

今度《こんど》は口紅《くちべに》のことでごたごた言《い》い合《あ》っている女《おんな》の子《こ》たちを追《お》い越《こ》しながら、ハーマイオニーがツンと言《い》い放《はな》った。

「サインもらえるなら、僕《ぼく》が、もらうぞ」ロンが言《い》った。

「ハリー、羽根《はね》ペン持《も》ってないか？　ン？」

「ない。寮《りょう》の鞄《かばん》の中《なか》だ」ハリーが答《こた》えた。

三人《にん》はグリフィンドールのテーブルまで歩《ある》き、腰《こし》かけた。ロンはわざわざ入口《いりぐち》の見《み》えるほうに座《すわ》った。クラムやダームストラングのほかの生徒《せいと》たちが、どこに座《すわ》ってよいかわからないらしく、まだ入口付近《いりぐちふきん》に固《かた》まっていたからだ。ボーバトンの生徒《せいと》たちは、レイブンクローのテーブルを選《えら》んで座《すわ》っていた。みんなむっつりした表情《ひょうじょう》で、大広間《おおひろま》を見回《みまわ》している。その中《なか》の三人《にん》が、まだ頭《あたま》にスカーフやショールを巻《ま》きつけ、しっかり押《お》さえていた。

「そこまで寒《さむ》いわけないでしょ」

観察《かんさつ》していたハーマイオニーが、いらいらした。

「あの人《ひと》たち、どうしてマントを持《も》ってこなかったのかしら？」

「こっち！　こっちに来《き》て座《すわ》って！」

ロンが歯《は》を食《く》いしばるように言《い》った。

「こっちだ！　ハーマイオニー、そこどいて。席《せき》を空《あ》けてよ——」

「どうしたの？」

「遅《おそ》かった」ロンが悔《くや》しそうに言《い》った。

ビクトール・クラムとダームストラングの生徒《せいと》たちが、スリザリンのテーブルに着《つ》いていた。マルフォイ、クラッブ、ゴイルのいやに得意《とくい》げな顔《かお》を、ハリーは見《み》た。見《み》ているうちに、マルフォイがクラムのほうに乗《の》り出《だ》すようにして話《はな》しかけた。

「おう、おう、やってくれ、マルフォイ。おべんちゃらべたべた」ロンが毒《どく》づいた。

「だけど、クラムは、あいつなんかすぐお見透《みとお》しだぞ……。きっといつも、みんながじゃれついてくるんだから……。あの人《ひと》たち、どこに泊《と》まると思《おも》う？　僕《ぼく》たちの寝室《しんしつ》に空《あ》きを作《つく》ったらどうかな、ハリー……僕《ぼく》のベッドをクラムにあげたっていい。僕《ぼく》は折《お》りたたみベッドで寝《ね》るから」

ハーマイオニーがフンと鼻《はな》を鳴《な》らした。

「あの人《ひと》たち、ボーバトンの生徒《せいと》よりずっと楽《たの》しそうだ」ハリーが言《い》った。

ダームストラング生《せい》は分厚《ぶあつ》い毛皮《けがわ》を脱《ぬ》ぎ、興味津々《きょうみしんしん》で星《ほし》の瞬《またた》く黒《くろ》い天井《てんじょう》を眺《なが》めていた。何人《なんにん》かは金《きん》の皿《さら》やゴブレットを持《も》ち上《あ》げては、感心《かんしん》したように眺《なが》め回《まわ》していた。

教職員《きょうしょくいん》テーブルに、管理人《かんりにん》のフィルチが椅子《いす》を追加《ついか》している。晴《は》れの席《せき》にふさわしく、古《ふる》ぼけたかび臭《くさ》い燕尾服《えんびふく》を着込《きこ》んでいた。ダンブルドアの両脇《りょうわき》に二席《せき》ずつ、四脚《きゃく》も椅子《いす》を置《お》いたので、ハリーは驚《おどろ》いた。

「だけど、二人《ふたり》増《ふ》えるだけなのに」ハリーが言《い》った。

「どうしてフィルチは椅子《いす》を四つも出《だ》したのかな？　あとは誰《だれ》が来《く》るんだろう？」

「はぁ？」ロンはあいまいに答《こた》えた。まだクラムに熱《あつ》い視線《しせん》を向《む》けている。

全校生《ぜんこうせい》が大広間《おおひろま》に入《はい》り、それぞれの寮《りょう》のテーブルに着《つ》くと、教職員《きょうしょくいん》が入場《にゅうじょう》し、一列《れつ》になって上座《かみざ》のテーブルに進《すす》み、着席《ちゃくせき》した。列《れつ》の最後《さいご》はダンブルドア、カルカロフ校長《こうちょう》、マダム・マクシームだ。ボーバトン生《せい》は、マダムが入場《にゅうじょう》するとパッと起立《きりつ》した。ホグワーツ生《せい》の何人《なんにん》かが笑《わら》った。しかし、ボーバトン生《せい》は平然《へいぜん》として、マダム・マクシームがダンブルドアの左手《ひだりて》に着席《ちゃくせき》するまでは席《せき》に座《すわ》らなかった。ダンブルドアのほうは立《た》ったままだった。大広間《おおひろま》が水《みず》を打《う》ったようになった。

「こんばんは。紳士《しんし》、淑女《しゅくじょ》、そしてゴーストのみなさん。そしてまた——今夜《こんや》は特《とく》に——客人《きゃくじん》のみなさん」

ダンブルドアは外国《がいこく》からの学生全員《がくせいぜんいん》に向《む》かって、ニッコリした。

「ホグワーツへのおいでを、心《こころ》から歓迎《かんげい》いたしますぞ。本校《ほんこう》での滞在《たいざい》が、快適《かいてき》で楽《たの》しいものになることを、わしは希望《きぼう》し、また確信《かくしん》しておる」

ボーバトンの女子学生《じょしがくせい》で、まだしっかりとマフラーを頭《あたま》に巻《ま》きつけたままの子《こ》が、まちがいなく嘲笑《ちょうしょう》と取《と》れる笑《わら》い声《ごえ》を上《あ》げた。

「あなたなんか、誰《だれ》も引《ひ》き止《と》めやしないわよ！」

ハーマイオニーが、その学生《がくせい》をねめつけながらつぶやいた。

「三校対抗試合《さんこうたいこうじあい》は、この宴《うたげ》が終《お》わると正式《せいしき》に開始《かいし》される」ダンブルドアが続《つづ》けた。

「さあ、それでは、大《おお》いに飲《の》み、食《く》い、かつくつろいでくだされ！」

ダンブルドアが着席《ちゃくせき》した。ハリーが見《み》ていると、カルカロフ校長《こうちょう》が、すぐに身《み》を乗《の》り出《だ》して、ダンブルドアと話《はな》しはじめた。

目《め》の前《まえ》の皿《さら》が、いつものように満《み》たされた。厨房《ちゅうぼう》の屋敷《やしき》しもべ妖精《ようせい》が、今夜《こんや》は無制限《むせいげん》の大盤振《おおばんぶ》る舞《ま》いにしたらしい。目《め》の前《まえ》に、ハリーがこれまで見《み》たことがないほどのいろいろな料理《りょうり》が並《なら》び、はっきり外国料理《がいこくりょうり》とわかるものもいくつかあった。

「あれ、何《なん》だい？」

ロンが指差《ゆびさ》したのは、大《おお》きなキドニーステーキ・パイの横《よこ》にある、貝類《かいるい》のシチューのようなものだった。

「ブイヤベース」ハーマイオニーが答《こた》えた。

「今《いま》、くしゃみした？」ロンが聞《き》いた。

「フランス語《ご》よ」ハーマイオニーが言《い》った。

「去年《きょねん》の夏休《なつやす》み、フランスでこの料理《りょうり》を食《た》べたの。とってもおいしいわ」

「ああ、信《しん》じましょう」

ロンが、ブラッド・ソーセージをよそいながら言《い》った。

たかだか二十人《にん》、生徒《せいと》が増《ふ》えただけなのに、大広間《おおひろま》はなぜかいつもよりずっと混《こ》み合《あ》っているように見《み》えた。たぶん、ホグワーツの黒《くろ》いローブの中《なか》で、ちがう色《いろ》の制服《せいふく》がパッと目《め》に入《はい》るせいだろう。毛皮《けがわ》のコートを脱《ぬ》いだダームストラング生《せい》は、その下《した》に血《ち》のような深紅《しんく》のローブを着《き》ていた。

歓迎会《かんげいかい》が始《はじ》まってから二十分《ぷん》ほどたったころ、ハグリッドが、教職員《きょうしょくいん》テーブルの後《うし》ろのドアから横《よこ》すべりで入《はい》ってきた。テーブルの端《はし》の席《せき》にそっと座《すわ》ると、ハグリッドはハリー、ロン、ハーマイオニーに手《て》を振《ふ》った。包帯《ほうたい》でぐるぐる巻《ま》きの手《て》だ。

「ハグリッド、スクリュートは大丈夫《だいじょうぶ》なの？」ハリーが呼《よ》びかけた。

「ぐんぐん育《そだ》っちょる」ハグリッドがうれしそうに声《こえ》を返《かえ》した。

「ああ、そうだろうと思《おも》った」ロンが小声《こごえ》で言《い》った。

「あいつら、ついに好《この》みの食《た》べ物《もの》を見《み》つけたらしいな。ほら、ハグリッドの指《ゆび》さ」

その時《とき》、誰《だれ》かの声《こえ》がした。

「あのでーすね、ブイヤベース食《た》べなーいのでーすか？」

ダンブルドアの挨拶《あいさつ》のときに笑《わら》った、あのボーバトンの女子学生《じょしがくせい》だった。やっとマフラーを取《と》っていた。長《なが》いシルバーブロンドの髪《かみ》が、さらりと腰《こし》まで流《なが》れていた。大《おお》きな深《ふか》いブルーの瞳《ひとみ》、真《ま》っ白《しろ》できれいな歯並《はなら》びだ。

ロンは真《ま》っ赤《か》になった。美少女《びしょうじょ》の顔《かお》をじっと見《み》つめ、口《くち》を開《ひら》いたものの、わずかにゼイゼイとあえぐ音《おと》が出《で》てくるだけだった。

「ああ、どうぞ」ハリーが美少女《びしょうじょ》のほうに皿《さら》を押《お》しやった。

「もう食《た》べ終《お》わりまーしたでーすか？」

「ええ」ロンが息《いき》も絶《た》え絶《だ》えに答《こた》えた。「ええ、おいしかったです」

美少女《びしょうじょ》は皿《さら》を持《も》ち上《あ》げ、こぼさないようにレイブンクローのテーブルに運《はこ》んでいった。ロンは、これまで女《おんな》の子《こ》を見《み》たことがないかのように、穴《あな》の開《あ》くほど美少女《びしょうじょ》を見《み》つめ続《つづ》けていた。

ハリーが笑《わら》いだした。その声《こえ》でロンはハッと我《われ》に返《かえ》ったようだった。

「あの女《ひと》、ヴィーラだ！」ロンはかすれた声《こえ》でハリーに言《い》った。

「いいえ、ちがいます！」ハーマイオニーがバシッと言《い》った。

「マヌケ顔《がお》で、ポカンと口《くち》を開《あ》けて見《み》とれてる人《ひと》は、ほかに誰《だれ》もいません！」

しかし、ハーマイオニーの見方《みかた》は必《かなら》ずしも当《あ》たっていなかった。美少女《びしょうじょ》が大広間《おおひろま》を横切《よこぎ》る間《あいだ》、たくさんの男《おとこ》の子《こ》が振《ふ》り向《む》いたし、何人《なんにん》かは、ロンと同《おな》じように、一時的《いちじてき》に口《くち》がきけなくなったようだった。

「まちがいない！　あれは普通《ふつう》の女《おんな》の子《こ》じゃない！」

ロンは体《からだ》を横《よこ》に倒《たお》して、美少女《びしょうじょ》をよく見《み》ようとした。

「ホグワーツじゃ、ああいう女《おんな》の子《こ》は作《つく》れない！」

「ホグワーツだって、女《おんな》の子《こ》はちゃんと作《つく》れるよ」

ハリーは反射的《はんしゃてき》にそう言《い》った。シルバーブロンド美少女《びしょうじょ》から数席離《すうせきはな》れたところに、たまたまチョウ・チャンが座《すわ》っていた。

「お二人《ふたり》さん、お目々《めめ》がお戻《もど》りになりましたら」ハーマイオニーがきびきびと言《い》った。「たった今誰《いまだれ》が到着《とうちゃく》したか、見《み》えますわよ」

ハーマイオニーは教職員《きょうしょくいん》テーブルを指差《ゆびさ》していた。空《あ》いていた二席《ふたせき》がふさがっている。ルード・バグマンがカルカロフ校長《こうちょう》の隣《となり》に、パーシーの上司《じょうし》のクラウチ氏《し》がマダム・マクシームの隣《となり》に座《すわ》っていた。

「いったい何《なに》しにきたのかな?」ハリーは驚《おどろ》いた。

「三校対抗試合《さんこうたいこうじあい》を組織《そしき》したのは、あの二人《ふたり》じゃない?」ハーマイオニーが言《い》った。「始《はじ》まるのを見《み》たかったんだと思《おも》うわ」

次《つぎ》のコースが皿《さら》に現《あらわ》れた。なじみのないデザートがたくさんある。ロンは何《なん》だか得体《えたい》の知《し》れない淡《あわ》い色《いろ》のブラマンジェをしげしげ眺《なが》め、それをそろそろと数《すう》センチくらい自分《じぶん》の右側《みぎがわ》に移動《いどう》させ、レイブンクローのテーブルからよく見《み》えるようにした。しかし、ヴィーラらしき美少女《びしょうじょ》は、もう充分食《じゅうぶんた》べたという感《かん》じで、ブラマンジェを取《と》りにこようとはしなかった。

金《きん》の皿《さら》が再《ふたた》びピカピカになると、ダンブルドアが再《ふたた》び立《た》ち上《あ》がった。心地《ここち》よい緊張感《きんちょうかん》が、今《いま》しも大広間《おおひろま》を満《み》たしていた。何《なに》が起《お》こるかと、ハリーは興奮《こうふん》でゾクゾクした。ハリーの席《せき》から数《すう》席《せき》むこうでフレッドとジョージが身《み》を乗《の》り出《だ》し、全神経《ぜんしんけい》を集中《しゅうちゅう》してダンブルドアを見《み》つめている。

「時《とき》は来《き》た」

ダンブルドアが、いっせいに自分《じぶん》を見上《みあ》げている顔《かお》、顔《かお》、顔《かお》に笑《わら》いかけた。

「三大魔法学校対抗試合《さんだいまほうがっこうたいこうじあい》はまさに始《はじ》まろうとしておる。『箱《はこ》』を持《も》ってこさせる前《まえ》に、二言《ふたこと》、三言説明《みことせつめい》しておこうかの――」

「箱《はこ》って？」ハリーがつぶやいた。

ロンが「知《し》らない」とばかり肩《かた》をすくめた。

「――今年《ことし》はどんな手順《てじゅん》で進《すす》めるのかを明《あき》らかにしておくためじゃが。その前《まえ》に、まだこちらのお二人《ふたり》を知《し》らない者《もの》のためにご紹介《しょうかい》しよう。国際魔法協力部部長《こくさいまほうきょうりょくぶぶちょう》、バーテミウス・クラウチ氏《し》」――儀礼的《ぎれいてき》な拍手《はくしゅ》がパラパラと起《お》こった――「そして、魔法《まほう》ゲーム・スポーツ部部長《ぶぶちょう》、ルード・バグマン氏《し》じゃ」

クラウチのときよりもずっと大《おお》きな拍手《はくしゅ》があった。ビーターとして有名《ゆうめい》だったからかもしれないし、ずっと人好《ひとず》きのする容貌《ようぼう》のせいかもしれなかった。バグマンは、陽気《ようき》に手《て》を振《ふ》って拍手《はくしゅ》に応《こた》えた。バーテミウス・クラウチは、紹介《しょうかい》されたとき、ニコリともせず、手《て》を振《ふ》りもしなかった。クィディッチ・ワールドカップでのスマートな背広姿《せびろすがた》を覚《おぼ》えているハリーにとって、魔法使《まほうつか》いのローブがクラウチ氏《し》とちぐはぐな感《かん》じがした。ちょびひげもぴっちり分《わ》けた髪《かみ》も、ダンブルドアの長《なが》い白髪《はくはつ》とあごひげの隣《となり》では、際立《きわだ》って滑稽《こっけい》に見《み》えた。

「バグマン氏《し》とクラウチ氏《し》は、この数《すう》か月《げつ》というもの、三校対抗試合《さんこうたいこうじあい》の準備《じゅんび》に骨身《ほねみ》を惜《お》しまず尽《じん》力《りょく》されてきた」

ダンブルドアの話《はなし》は続《つづ》いた。

「そして、お二方《ふたかた》は、カルカロフ校長《こうちょう》、マダム・マクシーム、それにこのわしとともに、代表《だいひょう》選手《せんしゅ》の健闘《けんとう》ぶりを評価《ひょうか》する審査委員会《しんさいいんかい》に加《くわ》わってくださる」

「代表選手《だいひょうせんしゅ》」の言葉《ことば》が出《で》たとたん、熱心《ねっしん》に聞《き》いていた生徒《せいと》たちの耳《みみ》が一段《いちだん》と研《と》ぎ澄《す》まされた。

ダンブルドアは、生徒《せいと》が急《きゅう》にしんとなったのに気《き》づいたのか、ニッコリしながらこう言《い》った。

「それでは、フィルチさん、箱《はこ》をこれへ」

大広間《おおひろま》の隅《すみ》に、誰《だれ》にも気《き》づかれず身《み》をひそめていたフィルチが、今《いま》こそと、宝石《ほうせき》をちりばめた大《おお》きな木箱《きばこ》を捧《ささ》げ、ダンブルドアのほうに進《すす》み出《で》た。かなり古《ふる》いものらしい。見《み》つめる生徒《せいと》たちから、いったい何《なん》だろうと、興奮《こうふん》のざわめきが起《お》こった。デニス・クリービーは、よく見《み》ようと椅子《いす》の上《うえ》に立《た》ち上《あ》がったが、それでも、あまりにチビで、みんなの頭《あたま》よりちょっぴり上《うえ》に出《で》ただけだった。

「代表選手《だいひょうせんしゅ》たちが今年《ことし》取《と》り組《く》むべき課題《かだい》の内容《ないよう》は、すでにクラウチ氏《し》とバグマン氏《し》が検討《けんとう》し終《お》えておる」ダンブルドアが言《い》った。

フィルチが、木箱《きばこ》をうやうやしくダンブルドアの前《まえ》のテーブルに置《お》いた。

「さらに、お二方《ふたかた》は、それぞれの課題《かだい》に必要《ひつよう》な手配《てはい》もしてくださった。課題《かだい》は三つあり、今学年《こんがくねん》一年間《ねんかん》にわたって、間《あいだ》を置《お》いて行《おこな》われ、代表選手《だいひょうせんしゅ》はあらゆる角度《かくど》から試《ため》される――魔力《まりょく》の卓越《たくえつ》性《せい》――果敢《かかん》な勇気《ゆうき》――論理《ろんり》・推理力《すいりりょく》――そして、言《い》うまでもなく、危険《きけん》に対処《たいしょ》する能力《のうりょく》などじゃ」

この最後《さいご》の言葉《ことば》で、大広間《おおひろま》が完璧《かんぺき》に沈黙《ちんもく》した。息《いき》する者《もの》さえいないかのようだった。

「みなも知《し》ってのとおり、試合《しあい》を競《きそ》うのは三人《にん》の代表選手《だいひょうせんしゅ》じゃ」

ダンブルドアは静《しず》かに言葉《ことば》を続《つづ》けた。

「参加《さんか》三校《こう》から各一人《かくひとり》ずつ。選手《せんしゅ》は課題《かだい》の一つ一つをどのように巧《たく》みにこなすかで採点《さいてん》され、三つの課題《かだい》の総合点《そうごうてん》が最《もっと》も高《たか》い者《もの》が、優勝杯《ゆうしょうはい》を獲得《かくとく》する。代表選手《だいひょうせんしゅ》を選《えら》ぶのは、公正《こうせい》なる選者《せんじゃ》……『炎《ほのお》のゴブレット』じゃ」

ここでダンブルドアは杖《つえ》を取《と》り出《だ》し、木箱《きばこ》のふたを三度軽《どかる》くたたいた。ふたはきしみながらゆっくりと開《ひら》いた。ダンブルドアは手《て》を差《さ》し入《い》れ、中《なか》から大《おお》きな荒《あら》けずりの木《き》のゴブレットを取《と》り出《だ》した。一見《いっけん》まるで見栄《みば》えのしない杯《さかずき》だったが、ただ、その縁《ふち》からはあふれんばかりに青白《あおじろ》い炎《ほのお》が踊《おど》っていた。

ダンブルドアは木箱《きばこ》のふたを閉《し》め、その上《うえ》にそっとゴブレットを置《お》き、大広間《おおひろま》の全員《ぜんいん》によく見《み》えるようにした。

「代表選手《だいひょうせんしゅ》に名乗《なの》りを上《あ》げたい者《もの》は、羊皮紙《ようひし》に名前《なまえ》と所属校名《しょぞくこうめい》をはっきりと書《か》き、このゴブレットの中《なか》に入《い》れなければならぬ。立候補《りっこうほ》の志《こころざし》ある者《もの》は、これから二十四時間《じかん》のうちに、その名《な》を提出《ていしゅつ》するよう。明日《あす》、ハロウィーンの夜《よる》に、ゴブレットは、各校《かくこう》を代表《だいひょう》するに最《もっと》もふさわしいと判断《はんだん》した三人《にん》の名前《なまえ》を、返《かえ》してよこすであろう。このゴブレットは、今夜《こんや》玄関《げんかん》ホールに置《お》かれる。我《われ》と思《おも》わん者《もの》は、自由《じゆう》に近《ちか》づくがよい」

「年齢《ねんれい》に満《み》たない生徒《せいと》が誘惑《ゆうわく》にかられることのないよう」ダンブルドアが続《つづ》けた。

「『炎《ほのお》のゴブレット』が玄関《げんかん》ホールに置《お》かれたなら、その周囲《しゅうい》にわしが『年齢線《ねんれいせん》』を引《ひ》くことにする。十七歳《さい》に満《み》たない者《もの》は、何人《なんぴと》もその線《せん》を越《こ》えることはできぬ」

「最後《さいご》に、この試合《しあい》で競《きそ》おうとする者《もの》にはっきり言《い》うておこう。軽々《かるがる》しく名乗《なの》りを上《あ》げぬことじゃ。『炎《ほのお》のゴブレット』がいったん代表選手《だいひょうせんしゅ》と選《えら》んだ者《もの》は、最後《さいご》まで試合《しあい》を戦《たたか》い抜《ぬ》く義務《ぎむ》がある。ゴブレットに名前《なまえ》を入《い》れるということは、魔法契約《まほうけいやく》によって拘束《こうそく》されることじゃ。代表選手《だいひょうせんしゅ》になったからには、途中《とちゅう》で気《き》が変《か》わるということは許《ゆる》されぬ。じゃから、心底《しんそこ》、競技《きょうぎ》する用意《ようい》があるのかどうか確信《かくしん》を持《も》った上《うえ》で、ゴブレットに名前《なまえ》を入《い》れるのじゃぞ。さて、もう寝《ね》る時間《じかん》じゃ。みな、おやすみ」

「『年齢線《ねんれいせん》』か！」

みんなと一緒《いっしょ》に大広間《おおひろま》を横切《よこぎ》り、玄関《げんかん》ホールに出《で》るドアのほうへと進《すす》みながら、フレッド・ウィーズリーが目《め》をキラキラさせた。

「うーん。それなら『老《ふ》け薬《ぐすり》』でごまかせるな？　いったん名前《なまえ》をゴブレットに入《い》れてしまえば、もうこっちのもんさ――十七歳《さい》かどうかなんて、ゴブレットにはわかりゃしないさ！」

「でも、十七歳未満《さいみまん》じゃ、誰《だれ》も戦《たたか》いおおせる可能性《かのうせい》はないと思《おも》う」

ハーマイオニーが言《い》った。

「まだ勉強《べんきょう》が足《た》りないもの……」

「君《きみ》はそうでも、俺《おれ》はちがうぞ」

ジョージがぶっきらぼうに言《い》った。

「ハリー、君《きみ》はやるな？　立候補《りっこうほ》するんだろ？」

十七歳《さい》に満《み》たない者《もの》は立候補《りっこうほ》するべからず、というダンブルドアの強《つよ》い言葉《ことば》を、ハリーは一《いっ》瞬《しゅん》思《おも》い出《だ》した。しかし、自分《じぶん》が三校対抗試合《さんこうたいこうじあい》に優勝《ゆうしょう》する晴《は》れがましい姿《すがた》が、またしても胸《むね》いっぱいに広《ひろ》がった……十七歳未満《さいみまん》の誰《だれ》かが、「年齢線《ねんれいせん》」を破《やぶ》るやり方《かた》をほんとうに見《み》つけてしまったら、ダンブルドアはどれほど怒《おこ》るだろう……。

「どこへ行《い》っちゃったのかな？」

このやりとりをまったく聞《き》いていなかったロンが言《い》った。クラムはどうしたかと、人混《ひとご》みの中《なか》をうかがっていたのだ。

「ダンブルドアは、ダームストラング生《せい》がどこに泊《と》まるか、言《い》ってなかったよな？」

しかし、その答《こた》えはすぐにわかった。ちょうどその時《とき》、ハリーたちはスリザリンのテーブルまで進《すす》んで来《き》ていたのだが、カルカロフが生徒《せいと》を急《せ》き立《た》てている最中《さいちゅう》だった。

「それでは、船《ふね》に戻《もど》れ」カルカロフがそう言《い》ったところだった。

「ビクトール、気分《きぶん》はどうだ？　充分《じゅうぶん》に食《た》べたか？　厨房《ちゅうぼう》から薬用《やくよう》ホットワインでも持《も》ってこさせようか？」

クラムがまた毛皮《けがわ》を着《き》ながら、首《くび》を横《よこ》に振《ふ》ったのを、ハリーは見《み》た。

「校長先生《こうちょうせんせい》、僕《ぼく》、ヴァインが欲《ほ》しい」

ダームストラングの男子生徒《だんしせいと》が一人《ひとり》、物欲《ものほ》しそうに言《い》った。

「おまえに言《い》ったわけではない、ポリアコフ」

カルカロフがかみつくように言《い》った。やさしい父親《ちちおや》のような雰囲気《ふんいき》は一瞬《いっしゅん》にして消《き》えていた。

「おまえは、また食《た》べ物《もの》をべたべたこぼして、ローブを汚《よご》したな。しょうのないやつだ――」

カルカロフはドアのほうに向《む》きを変《か》え、生徒《せいと》を先導《せんどう》した。ドアのところでちょうどハリー、ロン、ハーマイオニーとかち合《あ》い、三人《にん》が先《さき》をゆずった。

「ありがとう」

カルカロフはなにげなくそう言《い》って、ハリーをちらと見《み》た。

とたんにカルカロフが凍《こお》りついた。ハリーのほうを振《ふ》り向《む》き、我《わ》が目《め》を疑《うたが》うという表情《ひょうじょう》で、カルカロフはハリーをまじまじと見《み》た。校長《こうちょう》の後《うし》ろについていたダームストラング生《せい》も急《きゅう》に立《た》ち止《ど》まった。カルカロフの視線《しせん》が、ゆっくりとハリーの顔《かお》を移動《いどう》し、傷痕《きずあと》の上《うえ》にくぎづけになった。ダームストラング生《せい》も不思議《ふしぎ》そうにハリーを見《み》つめた。そのうち何人《なんにん》かがハッと気《き》づいた表情《ひょうじょう》になったのを、ハリーは目《め》の片隅《かたすみ》で感《かん》じた。ローブの胸《むね》が食《た》べこぼしでいっぱいの男《おとこ》の子《こ》が、隣《となり》の女《おんな》の子《こ》をつっつき、おおっぴらにハリーの額《ひたい》を指差《ゆびさ》した。

「そうだ。ハリー・ポッターだ」後《うし》ろから、声《こえ》がとどろいた。

カルカロフ校長《こうちょう》がくるりと振《ふ》り向《む》いた。マッド-アイ・ムーディが立《た》っている。ステッキに体《からだ》を預《あず》け、「魔法《まほう》の目《め》」が瞬《まばた》きもせず、ダームストラングの校長《こうちょう》をギラギラと見《み》すえていた。ハリーの目《め》の前《まえ》で、カルカロフの顔《かお》からサッと血《ち》の気《け》が引《ひ》き、怒《いか》りと恐《おそ》れの入《い》りまじったすさまじい表情《ひょうじょう》に変《か》わった。

「おまえは！」

カルカロフは、亡霊《ぼうれい》でも見《み》るような目《め》つきでムーディを見《み》つめた。

「わしだ」すごみのある声《こえ》だった。

「ポッターに何《なに》か言《い》うことがないなら、カルカロフ、どくがよかろう。出口《でぐち》をふさいでいるぞ」

たしかにそうだった。大広間《おおひろま》の生徒《せいと》の半分《はんぶん》がその後《うし》ろで待《ま》たされ、何《なに》がじゃましているのだろうと、あちこちから首《くび》を突《つ》き出《だ》して前《まえ》をのぞいていた。

一言《ひとこと》も言《い》わず、カルカロフ校長《こうちょう》は、自分《じぶん》の生徒《せいと》をかき集《あつ》めるようにして連《つ》れ去《さ》った。ムーディはその姿《すがた》が見《み》えなくなるまで、「魔法《まほう》の目《め》」でその背中《せなか》をじっと見《み》ていた。傷《きず》だらけのゆがんだ顔《かお》に激《はげ》しい嫌悪感《けんおかん》が浮《う》かんでいた。

翌日《よくじつ》は土曜日《どようび》で、普段《ふだん》なら、遅《おそ》い朝食《ちょうしょく》をとる生徒《せいと》が多《おお》いはずだった。しかし、ハリー、ロン、ハーマイオニーは、この週末《しゅうまつ》はいつもよりずっと早《はや》く起《お》きた。早起《はやお》きはハリーたちだけではなかった。三人《にん》が玄関《げんかん》ホールに下《お》りていくと、二十人《にん》ほどの生徒《せいと》がうろうろしているのが見《み》えた。トーストをかじりながらの生徒《せいと》もいて、みんなが「炎《ほのお》のゴブレット」を眺《なが》め回《まわ》していた。ゴブレットはホールの真《ま》ん中《なか》に、いつもは「組分《くみわ》け帽子《ぼうし》」をのせる丸椅子《まるいす》の上《うえ》に置《お》かれていた。床《ゆか》には細《ほそ》い金色《きんいろ》の線《せん》で、ゴブレットの周《まわ》りに半径《はんけい》三メートルほどの円《えん》が描《えが》かれていた。

「もう誰《だれ》か名前《なまえ》を入《い》れた？」

ロンがうずうずしながら三年生《ねんせい》の女《おんな》の子《こ》に聞《き》いた。

「ダームストラングが全員《ぜんいん》。だけど、ホグワーツからは、私《わたし》は誰《だれ》も見《み》てないわ」

「きのうの夜《よる》のうちに、みんなが寝《ね》てしまってから入《い》れた人《ひと》もいると思《おも》うよ」ハリーが言《い》った。「僕《ぼく》だったら、そうしたと思《おも》う……。みんなに見《み》られたりしたくないもの。ゴブレットが、名前《なまえ》を入《い》れたとたんに吐《は》き出《だ》してきたりしたらいやだろ？」

ハリーの背後《はいご》で誰《だれ》かが笑《わら》った。振《ふ》り返《かえ》ると、フレッド、ジョージ、リー・ジョーダンが急《いそ》いで階段《かいだん》を下《お》りてくるところだった。三人《にん》ともひどく興奮《こうふん》しているようだ。

「やったぜ」

フレッドが勝《か》ち誇《ほこ》ったようにハリー、ロン、ハーマイオニーに耳打《みみう》ちした。

「今飲《いまの》んできた」

「何《なに》を？」ロンが聞《き》いた。

「『老《ふ》け薬《ぐすり》』だよ。鈍《にぶ》いぞ」フレッドが言《い》った。

「一人《ひとり》一滴《てき》だ」

有頂天《うちょうてん》で、両手《りょうて》をこすり合《あ》わせながら、ジョージが言《い》った。

「俺《おれ》たちはほんの数《すう》か月分《げつぶん》、年《とし》をとればいいだけだからな」

「三人《にん》のうち誰《だれ》かが優勝《ゆうしょう》したら、一千ガリオンは山分《やまわ》けにするんだ」

リーもニヤーッと歯《は》を見《み》せた。

「でも、そんなにうまくいくとは思《おも》えないけど」

ハーマイオニーが警告《けいこく》するように言《い》った。

「ダンブルドアはきっとそんなこと考《かんが》えてあるはずよ」

フレッド、ジョージ、リーは、聞《き》き流《なが》した。

「いいか？」武者震《むしゃぶる》いしながら、フレッドがあとの二人《ふたり》に呼《よ》びかけた。

「それじゃ、いくぞ――俺《おれ》が一番乗《いちばんの》りだ――」

フレッドが「フレッド・ウィーズリー――ホグワーツ」と書《か》いた羊皮紙《ようひし》メモをポケットから取《と》り出《だ》すのを、ハリーはドキドキしながら見守《みまも》った。フレッドはまっすぐに線《せん》の際《きわ》まで行《い》って、そこで立《た》ち止《ど》まり、十五メートルの高《たか》みから飛《と》び込《こ》みをするダイバーのように、つま先立《さきだ》って前後《ぜんご》に体《からだ》を揺《ゆ》すった。そして、玄関《げんかん》ホールのすべての目《め》が見守《みまも》る中《なか》、フレッドは大《おお》きく息《いき》を吸《す》い、線《せん》の中《なか》に足《あし》を踏《ふ》み入《い》れた。

一瞬《いっしゅん》、ハリーは、うまくいったと思《おも》った――ジョージもきっとそう思《おも》ったのだろう。やった、という叫《さけ》び声《ごえ》とともに、フレッドのあとを追《お》って飛《と》び込《こ》んだのだ――が、次《つぎ》の瞬間《しゅんかん》、ジュッという大《おお》きな音《おと》とともに、双子《ふたご》は二人《ふたり》とも金色《きんいろ》の円《えん》の外《そと》に放《ほう》り出《だ》された。見《み》えない砲丸投《ほうがんな》げ選手《せんしゅ》が二人《ふたり》を押《お》し出《だ》したかのようだった。二人《ふたり》は、三メートルほども吹《ふ》っ飛《と》び、冷《つめ》たい石《いし》の床《ゆか》にたたきつけられた。泣《な》きっ面《つら》に蜂《はち》ならぬ恥《はじ》、ポンと大《おお》きな音《おと》がして、二人《ふたり》ともまったく同《おな》じ白《しろ》い長《なが》いあごひげが生《は》えてきた。

玄関《げんかん》ホールが大爆笑《だいばくしょう》に沸《わ》いた。フレッドとジョージでさえ、立《た》ち上《あ》がってお互《たが》いのひげを眺《なが》めたとたん、笑《わら》いだした。

「忠告《ちゅうこく》したはずじゃ」

深《ふか》みのある声《こえ》がした。おもしろがっているような調子《ちょうし》だ。みんなが振《ふ》り向《む》くと、大広間《おおひろま》からダンブルドア校長《こうちょう》が出《で》てくるところだった。目《め》をいたずらっぽくキラキラさせてフレッドとジョージを観賞《かんしょう》しながら、ダンブルドアが言《い》った。

「二人《ふたり》とも、マダム・ポンフリーのところへ行《い》くがよい。すでに、レイブンクローのミス・フォーセット、ハッフルパフのミスター・サマーズもお世話《せわ》になっておる。二人《ふたり》とも少《すこ》しばかり年《とし》を取《と》る決心《けっしん》をしたのでな。もっとも、あの二人《ふたり》のひげは、君《きみ》たちのほど見事《みごと》ではないがの」

ゲラゲラ笑《わら》っているリーに付《つ》き添《そ》われ、フレッドとジョージが医務室《いむしつ》に向《む》かい、ハリー、ロン、ハーマイオニーも、クスクス笑《わら》いながら朝食《ちょうしょく》に向《む》かった。

大広間《おおひろま》の飾《かざ》りつけが、今朝《けさ》はすっかり変《か》わっていた。ハロウィーンなので、生《い》きたコウモリが群《むら》がって、魔法《まほう》のかかった天井《てんじょう》の周《まわ》りを飛《と》び回《まわ》っていたし、何百《なんびゃく》というくり抜《ぬ》きかぼちゃが、あちこちの隅《すみ》でニターッと笑《わら》っていた。ハリーが先《さき》に立《た》って、ディーンとシェーマスのそばに行《い》くと、二人《ふたり》は、十七歳以上《さいいじょう》の生徒《せいと》で誰《だれ》がホグワーツから立候補《りっこうほ》しただろうか、と話《はな》しているところだった。

「うわさだけどさ、ワリントンが早起《はやお》きして名前《なまえ》を入《い》れたって」ディーンがハリーに話《はな》した。

「あの、スリザリンの、でっかいナマケモノみたいなやつがさ」

クィディッチでワリントンと対戦《たいせん》したことがあるハリーは、むかついて首《くび》を振《ふ》った。

「スリザリンから代表選手《だいひょうせんしゅ》を出《だ》すわけにはいかないよ！」

「それに、ハッフルパフじゃ、みんなディゴリーのことを話《はな》してる」

シェーマスが軽蔑《けいべつ》したように言《い》った。

「だけど、あいつ、ハンサムなお顔《かお》を危険《きけん》にさらしたくないんじゃないでしょうかね」

「ちょっと、ほら、見《み》て！」ハーマイオニーが急《きゅう》に口《くち》を挟《はさ》んだ。

玄関《げんかん》ホールのほうで、歓声《かんせい》が上《あ》がった。椅子《いす》に座《すわ》ったまま振《ふ》り向《む》くと、アンジェリーナ・ジョンソンが、少《すこ》しはにかんだように笑《わら》いながら、大広間《おおひろま》に入《はい》ってくるところだった。グリフィンドールのチェイサーの一人《ひとり》、背《せ》の高《たか》い黒人《こくじん》のアンジェリーナは、ハリーたちのところへやってきて、腰《こし》かけるなり言《い》った。

「そう、私《わたし》、やったわ！　今《いま》、名前《なまえ》を入《い》れてきた！」

「ほんとかよ！」ロンは感心《かんしん》したように言《い》った。

「それじゃ、君《きみ》、十七歳《さい》なの？」ハリーが聞《き》いた。

「そりゃ、もち、そうさ。ひげがないだろ？」ロンが言《い》った。

「先週《せんしゅう》が誕生日《たんじょうび》だったの」アンジェリーナが言《い》った。

「うわぁ、私《わたし》、グリフィンドールから誰《だれ》か立候補《りっこうほ》してくれて、うれしいわ」

ハーマイオニーが言《い》った。

「あなたが選《えら》ばれるといいな、アンジェリーナ！」

「ありがとう、ハーマイオニー」アンジェリーナがハーマイオニーにほほ笑《え》みかけた。

「ああ、かわいこちゃんのディゴリーより、君《きみ》のほうがいい」

シェーマスの言葉《ことば》を、テーブルのそばを通《とお》りがかった数人《すうにん》のハッフルパフ生《せい》が聞《き》きつけて、怖《こわ》い顔《かお》でシェーマスをにらんだ。

「じゃ、今日《きょう》は何《なに》して遊《あそ》ぼうか？」

朝食《ちょうしょく》が終《お》わって、大広間《おおひろま》を出《で》るとき、ロンがハリーとハーマイオニーに聞《き》いた。

「まだハグリッドのところに行《い》ってないね」ハリーが言《い》った。

「オーケー。スクリュートに僕《ぼく》たちの指《ゆび》を二、三本寄付《ぼんきふ》しろって言《い》わないんなら、行《い》こう」

ロンが言《い》った。

ハーマイオニーの顔《かお》が、興奮《こうふん》でパッと輝《かがや》いた。

「今気《いまき》づいたけど――私《わたし》、まだハグリッドにS《エス》・P《ピー》・E《イー》・W《ダブリュー》に入会《にゅうかい》するように頼《たの》んでなかったわ！」

ハーマイオニーの声《こえ》がはずんだ。

「待《ま》っててくれる？　ちょっと上《うえ》まで行《い》って、バッジを取《と》ってくるから」

「あいつ、いったい、どうなってるんだ？」

ハーマイオニーが大理石《だいりせき》の階段《かいだん》をかけ上《あ》がっていくのを、ロンはあきれ顔《がお》で見送《みおく》った。

「おい、ロン」ハリーが突然声《とつぜんこえ》をかけた。「君《きみ》のオトモダチ……」

ボーバトン生《せい》が、校庭《こうてい》から正面《しょうめん》の扉《とびら》を通《とお》ってホールに入《はい》ってくるところだった。その中《なか》に、あのヴィーラ美少女《びしょうじょ》がいた。「炎《ほのお》のゴブレット」を取《と》り巻《ま》いていた生徒《せいと》たちが、一行《いっこう》を食《く》い入《い》るように見《み》つめながら、道《みち》をあけた。

マダム・マクシームが生徒《せいと》のあとからホールに入《はい》り、みんなを一列《れつ》に並《なら》ばせた。ボーバトン生《せい》は一人《ひとり》ずつ「年齢線《ねんれいせん》」をまたぎ、青白《あおじろ》い炎《ほのお》の中《なか》に羊皮紙《ようひし》のメモを投《とう》じた。名前《なまえ》が入《はい》るごとに、炎《ほのお》は一瞬《いっしゅん》赤《あか》くなり、火花《ひばな》を散《ち》らした。

「選《えら》ばれなかった生徒《せいと》はどうなると思《おも》う？」

ヴィーラ美少女《びしょうじょ》が羊皮紙《ようひし》を「炎《ほのお》のゴブレット」に投《とう》じたとき、ロンがハリーにささやいた。

「学校《がっこう》に帰《かえ》っちゃうと思《おも》う？　それとも残《のこ》って試合《しあい》を見《み》るのかな？」

「わかんない。残《のこ》るんじゃないかな……マダム・マクシームは残《のこ》って審査《しんさ》するだろ？」

ボーバトン生《せい》が全員名前《ぜんいんなまえ》を入《い》れ終《お》えると、マダム・マクシームは再《ふたた》び生徒《せいと》をホールから連《つ》れ出《だ》し、校庭《こうてい》へと戻《もど》っていった。

「あの人《ひと》たちは、どこに泊《と》まってるのかな？」

あとを追《お》って扉《とびら》のほうへ行《い》き、一行《いっこう》をじっと見送《みおく》りながら、ロンが言《い》った。

背後《はいご》でガタガタと大《おお》きな音《おと》がして、ハーマイオニーがS《エス》・P《ピー》・E《イー》・W《ダブリュー》バッジの箱《はこ》を持《も》って戻《もど》ってきたことがわかった。

「おっ、いいぞ。急《いそ》ごう」

ロンが石段《いしだん》を飛《と》び降《お》りた。その目《め》は、マダム・マクシームと一緒《いっしょ》に芝生《しばふ》の中《なか》ほどを歩《ある》いているヴィーラ美少女《びしょうじょ》の背中《せなか》に、ぴったりと張《は》りついていた。

禁《きん》じられた森《もり》の端《はし》にあるハグリッドの小屋《こや》に近《ちか》づいたとき、ボーバトン生《せい》がどこに泊《と》まっているかの謎《なぞ》が解《と》けた。乗《の》ってきた巨大《きょだい》なパステル・ブルーの馬車《ばしゃ》が、ハグリッドの小屋《こや》の入口《いりぐち》から二百メートルほどむこうに置《お》かれ、生徒《せいと》たちはその中《なか》へと上《のぼ》っていくところだった。馬車《ばしゃ》を引《ひ》いてきた象《ぞう》ほどもある天馬《ペガサス》は、今《いま》は、その脇《わき》にしつらえられた急《きゅう》ごしらえのパドックで、草《くさ》を食《は》んでいる。

ハリーがハグリッドの戸《と》をノックすると、すぐに、ファングの低《ひく》く響《ひび》くほえ声《ごえ》がした。

「よう、久《ひさ》しぶりだな！」

ハグリッドが勢《いきお》いよくドアを開《あ》け、ハリーたちを見《み》つけて言《い》った。

「俺《おれ》の住《す》んどるところを忘《わす》れっちまったかと思《おも》ったぞ！」

「私《わたし》たち、とっても忙《いそが》しかったのよ、ハグ――」

ハーマイオニーは、そう言《い》いかけて、ハグリッドを見上《みあ》げたとたん、ぴたっと口《くち》を閉《と》じた。言《こと》葉《ば》を失《うしな》ったようだった。

ハグリッドは、一張羅《いっちょうら》の（しかも、悪趣味《あくしゅみ》の）毛《け》がモコモコの茶色《ちゃいろ》い背広《せびろ》を着込《きこ》み、これでもかとばかり、黄色《きいろ》とだいだい色《いろ》の格子《こうし》じまネクタイをしめていた。極《きわ》めつきは、髪《かみ》を何《なん》とかなでつけようとしたらしく、車軸用《しゃじくよう》のグリースかと思《おも》われる油《あぶら》をこってりと塗《ぬ》りたくっていたことだ。髪《かみ》は今《いま》や、二束《ふたたば》にくくられて垂《た》れ下《さ》がっている――たぶん、ビルと同《おな》じようなポニーテールにしようとしたのだろうが、髪《かみ》が多過《おおす》ぎて一つにまとまらなかったのだろう。どう見《み》てもハグリッドには似合《にあ》わなかった。一瞬《いっしゅん》、ハーマイオニーは目《め》を白黒《しろくろ》させてハグリッドを見《み》ていたが、結局何《けっきょくなに》も意見《いけん》を言《い》わないことに決《き》めたらしく、こう言《い》った。

「えーと――スクリュートはどこ？」

「外《そと》のかぼちゃ畑《ばたけ》の脇《わき》だ」ハグリッドがうれしそうに答《こた》えた。「でっかくなったぞ。もう一メートル近《ちか》いな。ただな、困《こま》ったことに、お互《たが》いに殺《ころ》し合《あ》いを始《はじ》めてなぁ」

「まあ、困《こま》ったわね」ハーマイオニーはそう言《い》うと、ハグリッドのキテレツな髪形《かみがた》をまじまじ見《み》て何《なに》か言《い》いそうに口《くち》を開《ひら》いたロンに、すばやく「ダメよ」と目配《めくば》せした。

「そうなんだ」ハグリッドは悲《かな》しそうに言《い》った。

「ンでも、大丈夫《だいじょうぶ》だ。もう別々《べつべつ》の箱《はこ》に分《わ》けたからな。まーだ、二十匹《ぴき》は残《のこ》っちょる」

「うわ、そりゃ、おめでたい」

ロンの皮肉《ひにく》が、ハグリッドには通《つう》じなかった。

ハグリッドの小屋《こや》は一部屋《ひとへや》しかなく、その一角《いっかく》に、パッチワークのカバーをかけた巨大《きょだい》なベッドが置《お》いてある。暖炉《だんろ》の前《まえ》には、これも同《おな》じく巨大《きょだい》な木《き》のテーブルと椅子《いす》があり、その上《うえ》の天井《じょう》から、燻製《くんせい》ハムや鳥《とり》の死《し》がいがたくさんぶら下《さ》がっていた。

ハグリッドがお茶《ちゃ》の準備《じゅんび》を始《はじ》めたので、三人《にん》はテーブルに着《つ》き、すぐにまた三校対抗試合《さんこうたいこうじあい》の話《わ》題《だい》に夢中《むちゅう》になった。ハグリッドも同《おな》じように興奮《こうふん》しているようだった。

「見《み》ちょれ」ハグリッドがニコニコした。

「待《ま》っちょれよ。見《み》たこともねえもンが見《み》られるぞ。イッチ（一）番目《ばんめ》の課題《かだい》は……おっと、言《い》っちゃいけねえんだ」

「言《い》ってよ！　ハグリッド！」

ハリー、ロン、ハーマイオニーがうながしたが、ハグリッドは笑《わら》って首《くび》を横《よこ》に振《ふ》るばかりだった。

「おまえさんたちの楽《たの》しみをだいなしにはしたくねえ」ハグリッドが言《い》った。

「だがな、すごいぞ。それだけは言《い》っとく。代表選手《だいひょうせんしゅ》はな、課題《かだい》をやりとげるのは大変《たいへん》だぞ。生《い》きてるうちに三校対抗試合《さんこうたいこうじあい》の復活《ふっかつ》を見《み》られるとは、思《おも》わんかったぞ！」

結局《けっきょく》三人《にん》は、ハグリッドと昼食《ちゅうしょく》を食《た》べたが、あまりたくさんは食《た》べなかった――ハグリッドはビーフシチューだと言《い》って出《だ》したが、ハーマイオニーが中《なか》から大《おお》きな鉤爪《かぎづめ》を発見《はっけん》してしまったあとは、三人《にん》ともがっくりと食欲《しょくよく》を失《うしな》ったのだ。それでも、試合《しあい》の種目《しゅもく》が何《なん》なのか、あの手《て》この手《て》でハグリッドに言《い》わせようとしたり、立候補者《りっこうほしゃ》の中《なか》で代表選手《だいひょうせんしゅ》に選《えら》ばれるのは誰《だれ》だろうと推測《すいそく》したり、フレッドとジョージのひげはもう取《と》れただろうかなどと話《はな》したりして、三人《にん》は楽《たの》しく過《す》ごした。

昼《ひる》すぎから小雨《こさめ》になった。暖炉《だんろ》のそばに座《すわ》り、パラパラと窓《まど》を打《う》つ雨《あめ》の音《おと》を聞《き》きながら、ハグリッドが靴下《くつした》をつくろうかたわら、ハーマイオニーとしもべ妖精論議《ようせいろんぎ》をするのを傍《はた》で見物《けんぶつ》するのは、のんびりした気分《きぶん》だった――ハーマイオニーがS《エス》・P《ピー》・E《イー》・W《ダブリュー》バッジを見《み》せたとき、ハグリッドはきっぱり入会《にゅうかい》を断《ことわ》ったのだ。

「そいつは、ハーマイオニー、かえってあいつらのためにならねえ」

ハグリッドは、骨製《ほねせい》の巨大《きょだい》な縫《ぬ》い針《ばり》に、太《ふと》い黄色《きいろ》の糸《いと》を通《とお》しながら、重々《おもおも》しく言《い》った。

「ヒトの世話《せわ》をするのは、連中《れんちゅう》の本能《ほんのう》だ。それが好《す》きなんだ。ええか？　仕事《しごと》を取《と》り上《あ》げっちまったら、連中《れんちゅう》を不幸《ふこう》にするばっかしだし、給料《きゅうりょう》を払《はら》うなんちゅうのは、侮辱《ぶじょく》もええとこだ」

「だけど、ハリーはドビーを自由《じゆう》にしたし、ドビーは有頂天《うちょうてん》だったじゃない！」

ハーマイオニーが言《い》い返《かえ》した。

「それに、ドビーは、今《いま》ではお給料《きゅうりょう》を要求《ようきゅう》してるって聞《き》いたわ！」

「そりゃな、オチョウシモンはどこにでもいる。俺《おれ》はなンも、自由《じゆう》を受《う》け入《い》れる変《か》わりモンのしもべ妖精《ようせい》がいねえとは言《い》っちょらん。だが、連中《れんちゅう》の大多数《だいたすう》は、けっしてそんな説得《せっとく》は聞《き》かねえぞ――ウンニャ、骨折《ほねお》り損《ぞん》だ。ハーマイオニー」

ハーマイオニーはひどく機嫌《きげん》をそこねた様子《ようす》で、バッジの箱《はこ》をマントのポケットに戻《もど》した。

五時半《じはん》になると、暗《くら》くなりはじめた。ロン、ハリー、ハーマイオニーは、ハロウィーンの晩餐《ばんさん》会《かい》に出《で》るのに城《しろ》に戻《もど》る時間《じかん》だと思《おも》った――それに、もっと大切《たいせつ》な、各校《かくこう》の代表選手《だいひょうせんしゅ》の発表《はっぴょう》があるはずだ。

「俺《おれ》も一緒《いっしょ》に行《い》こう」

ハグリッドがつくろい物《もの》を片《かた》づけながら言《い》った。

「ちょっくら待《ま》ってくれ」

ハグリッドは立《た》ち上《あ》がり、ベッド脇《わき》の整理《せいり》だんすのところまで行《い》き、何《なに》か探《さが》しはじめた。三人《にん》は気《き》にもとめなかったが、とびっきりひどい臭《にお》いが鼻《はな》をついて、初《はじ》めてハグリッドに注目《ちゅうもく》した。

ロンが咳《せ》き込《こ》みながら聞《き》いた。

「ハグリッド、それ、何《なに》？」

「はぁ？」ハグリッドが巨大《きょだい》な瓶《びん》を片手《かたて》に、こちらを振《ふ》り返《かえ》った。

「気《き》に入《い》らんか？」

「ひげそりローションなの？」ハーマイオニーものどが詰《つ》まったような声《こえ》だ。

「あー――オー・デ・コロンだ」ハグリッドがもごもご言《い》った。赤《あか》くなっている。

「ちとやり過《す》ぎたかな」

ぶっきらぼうにそう言《い》うと「落《お》としてくる。待《ま》っちょれ……」と、ハグリッドはドスドスと小《こ》屋《や》を出《で》ていった。窓《まど》の外《そと》にある桶《おけ》で、ハグリッドが乱暴《らんぼう》にゴシゴシ顔《かお》を洗《あら》っているのが見《み》えた。

「オー・デ・コロン？」ハーマイオニーが目《め》を丸《まる》くした。

「ハグリッドが？」

「それに、あの髪《かみ》と背広《せびろ》は何《なん》だい？」ハリーも声《こえ》を低《ひく》めて言《い》った。

「見《み》て！」ロンが突然窓《とつぜんまど》の外《そと》を指差《ゆびさ》した。ちょうど、ハグリッドが体《からだ》を起《お》こして振《ふ》り返《かえ》ったところだった。さっき赤《あか》くなったのもたしかだが、今《いま》の赤《あか》さに比《くら》べれば何《なん》でもない。三人《にん》が、ハグリッドに気《き》づかれないよう、そっと立《た》ち上《あ》がり、窓《まど》からのぞくと、マダム・マクシームとボーバトン生《せい》が馬車《ばしゃ》から出《で》てくるところだった。晩餐会《ばんさんかい》に行《い》くにちがいない。ハグリッドが何《なん》と言《い》っているかは聞《き》こえなかったが、マダム・マクシームに話《はな》しかけているハグリッドの表情《ひょうじょう》は、うっとりと、目《め》がうるんでいる。ハリーは、ハグリッドがそんな顔《かお》をするのをたった一度《いちど》しか見《み》たことがなかった——赤《あか》ちゃんドラゴンのノーバートを見《み》るときの、あの顔《かお》だった。

「ハグリッドったら、あの人《ひと》と一緒《いっしょ》にお城《しろ》に行《い》くわ！」ハーマイオニーが憤慨《ふんがい》した。「私《わたし》たちを待《ま》たせてるはずじゃなかったの？」

小屋《こや》を振《ふ》り返《かえ》りもせず、ハグリッドはマダム・マクシームと一緒《いっしょ》に校庭《こうてい》をてくてく歩《ある》きはじめた。二人《ふたり》が大股《おおまた》で過《す》ぎ去《さ》ったあとを、ボーバトン生《せい》がほとんどかけ足《あし》で追《お》っていった。

「ハグリッド、あの人《ひと》に気《き》があるんだ！」ロンは信《しん》じられないという声《こえ》だ。「まあ、二人《ふたり》に子供《こども》ができたら、世界記録《せかいきろく》だぜ——あの二人《ふたり》の赤《あか》ん坊《ぼう》なら、きっと重《おも》さ一トンはあるな」

三人《にん》は小屋《こや》を出《で》て戸《と》を閉《し》めた。外《そと》は驚《おどろ》くほど暗《くら》かった。マントをしっかり巻《ま》きつけて、三人《にん》は芝生《しばふ》の斜面《しゃめん》を登《のぼ》りはじめた。

「ちょっと見《み》て！　あの人《ひと》たちよ！」ハーマイオニーがささやいた。

ダームストラングの一行《いっこう》が湖《みずうみ》から城《しろ》に向《む》かって歩《ある》いていくところだった。ビクトール・クラムはカルカロフと並《なら》び、あとのダームストラング生《せい》は、その後《うし》ろからバラバラと歩《ある》いていた。ロンはわくわくしながらクラムを見《み》つめたが、クラムのほうは、ハーマイオニー、ロン、ハリーより少《すこ》し先《さき》に正面扉《しょうめんとびら》に到着《とうちゃく》し、周囲《しゅうい》には目《め》もくれずに中《なか》に入《はい》った。

三人《にん》が中《なか》に入《はい》ったときには、ろうそくの灯《あか》りに照《て》らされた大広間《おおひろま》は、ほぼ満員《まんいん》だった。「炎《ほのお》のゴブレット」は、今《いま》は教職員《きょうしょくいん》テーブルの、まだ空席《くうせき》のままのダンブルドアの席《せき》の正面《しょうめん》に移《うつ》されていた。フレッドとジョージが――ひげもすっかりなくなり――失望《しつぼう》を乗《の》り越《こ》えて調子《ちょうし》を取《と》り戻《もど》したようだった。

「アンジェリーナだといいな」

ハリー、ロン、ハーマイオニーが座《すわ》ると、フレッドが声《こえ》をかけた。

「私《わたし》もそう思《おも》う！」ハーマイオニーも声《こえ》をはずませた。

「さあ、もうすぐはっきりするわ！」

ハロウィーン・パーティはいつもより長《なが》く感《かん》じられた。二日続《つづ》けての宴会《えんかい》だったせいかもしれないが、ハリーも、準備《じゅんび》された豪華《ごうか》な食事《しょくじ》に、いつもほど心《こころ》を奪《うば》われなかった。大広間《おおひろま》の誰《だれ》もかれもが、首《くび》を伸《の》ばし、待《ま》ちきれないという顔《かお》をし、「ダンブルドアはまだ食《た》べ終《お》わらないのか」とそわそわしたり、立《た》ち上《あ》がったりしている。ハリーもみんなと同《おな》じ気持《きも》ちで、早《はや》く皿《さら》の中身《なかみ》が片《かた》づけられて、誰《だれ》が代表選手《だいひょうせんしゅ》に選《えら》ばれたのか聞《き》けるといいのにと思《おも》っていた。

ついに、金《きん》の皿《さら》がきれいさっぱりと、もとの真《ま》っさらな状態《じょうたい》になり、大広間《おおひろま》のガヤガヤが急《きゅう》に大《おお》きくなったが、ダンブルドアが立《た》ち上《あ》がると、一瞬《いっしゅん》にして静《しず》まり返《かえ》った。ダンブルドアの両脇《りょうわき》に座《すわ》っているカルカロフ校長《こうちょう》とマダム・マクシームも、みんなと同《おな》じように緊張《きんちょう》と期待感《きたいかん》に満《み》ちた顔《かお》だった。ルード・バグマンは、生徒《せいと》の誰《だれ》にということもなく、笑《わら》いかけ、ウィンクしている。しかし、クラウチ氏《し》はまったく無関心《むかんしん》で、ほとんどうんざりした表情《ひょうじょう》だった。

「さて、ゴブレットは、ほぼ決定《けってい》したようじゃ」

ダンブルドアが言《い》った。

「わしの見込《みこ》みでは、あと一分《ぷん》ほどじゃの。さて、代表選手《だいひょうせんしゅ》の名前《なまえ》が呼《よ》ばれたら、その者《もの》たちは、大広間《おおひろま》の一番前《いちばんまえ》に来《く》るがよい。そして、教職員《きょうしょくいん》テーブルに沿《そ》って進《すす》み、隣《となり》の部屋《へや》に入《はい》るよう――」

ダンブルドアは教職員《きょうしょくいん》テーブルの後《うし》ろの扉《とびら》を示《しめ》した。

「――そこで、最初《さいしょ》の指示《しじ》が与《あた》えられるであろう」

ダンブルドアは杖《つえ》を取《と》り、大《おお》きく一振《ひとふ》りした。とたんに、くり抜《ぬ》きかぼちゃを残《のこ》してあとのろうそくがすべて消《き》え、部屋《へや》はほとんど真《ま》っ暗《くら》になった。「炎《ほのお》のゴブレット」は、今《いま》や大広間《おおひろま》の中《なか》でひときわ明々《あかあか》と輝《かがや》き、キラキラした青白《あおじろ》い炎《ほのお》が、目《め》に痛《いた》いほどだった。すべての目《め》が、見《み》つめ、待《ま》った……何人《なんにん》かがちらちら腕時計《うでどけい》を見《み》ている……。

「来《く》るぞ」

ハリーから二つ離《はな》れた席《せき》のリー・ジョーダンがつぶやいた。

ゴブレットの炎《ほのお》が、突然《とつぜん》また赤《あか》くなった。火花《ひばな》が飛《と》び散《ち》りはじめた。次《つぎ》の瞬間《しゅんかん》、炎《ほのお》がメラメラと宙《ちゅう》をなめるように燃《も》え上《あ》がり、炎《ほのお》の舌先《したさき》から、焦《こ》げた羊皮紙《ようひし》が一枚《まい》、はらりと落《お》ちてきた――全員《ぜんいん》が固唾《かたず》をのんだ。

ダンブルドアがその羊皮紙《ようひし》を捕《と》らえ、再《ふたた》び青白《あおじろ》くなった炎《ほのお》の明《あ》かりで読《よ》もうと、腕《うで》の高《たか》さに差《さ》し上《あ》げた。

「ダームストラングの代表選手《だいひょうせんしゅ》は」

力強《ちからづよ》い、はっきりした声《こえ》で、ダンブルドアが読《よ》み上《あ》げた。

「ビクトール・クラム」

「そうこなくっちゃ！」

ロンが声《こえ》を張《は》り上《あ》げた。大広間中《おおひろまじゅう》が拍手《はくしゅ》の嵐《あらし》、歓声《かんせい》の渦《うず》だ。ビクトール・クラムがスリザリンのテーブルから立《た》ち上《あ》がり、前《まえ》かがみにダンブルドアのほうに歩《ある》いていくのを、ハリーは見《み》ていた。右《みぎ》に曲《ま》がり、教職員《きょうしょくいん》テーブルに沿《そ》って歩《ある》き、その後《うし》ろの扉《とびら》から、クラムは隣《となり》の部屋《へや》へと消《き》えた。

「ブラボー、ビクトール！」

カルカロフの声《こえ》がとどろいた。拍手《はくしゅ》の音《おと》にもかかわらず、全員《ぜんいん》が聞《き》きとれるほどの大声《おおごえ》だった。

「わかっていたぞ。君《きみ》がこうなるのは！」

拍手《はくしゅ》とおしゃべりが収《おさ》まった。今《いま》や全員《ぜんいん》の関心《かんしん》は、数秒後《すうびょうご》に再《ふたた》び赤《あか》く燃《も》え上《あ》がったゴブレットに集《あつ》まっていた。炎《ほのお》に巻《ま》き上《あ》げられるように、二枚目《まいめ》の羊皮紙《ようひし》が中《なか》から飛《と》び出《だ》した。

「ボーバトンの代表選手《だいひょうせんしゅ》は」

ダンブルドアが読《よ》み上《あ》げた。

「フラー・デラクール！」

「ロン、あの女《ひと》だ！」

ハリーが叫《さけ》んだ。ヴィーラに似《に》た美少女《びしょうじょ》が優雅《ゆうが》に立《た》ち上《あ》がり、シルバーブロンドの豊《ゆた》かな髪《かみ》をサッと振《ふ》って後《うし》ろに流《なが》し、レイブンクローとハッフルパフのテーブルの間《あいだ》をすべるように進《すす》んだ。

「まあ、見《み》てよ。みんながっかりしてるわ」

残《のこ》されたボーバトン生《せい》のほうをあごで指《さ》し、騒音《そうおん》を縫《ぬ》ってハーマイオニーが言《い》った。

「がっかり」では言《い》い足《た》りない、とハリーは思《おも》った。選《えら》ばれなかった女《おんな》の子《こ》が二人《ふたり》、ワッと泣《な》きだし、腕《うで》に顔《かお》をうずめてしゃくり上《あ》げていた。

フラー・デラクールも隣《となり》の部屋《へや》に消《き》えると、また沈黙《ちんもく》が訪《おとず》れた。今度《こんど》は興奮《こうふん》で張《は》り詰《つ》めた沈黙《ちんもく》が、びしびしと肌《はだ》に食《く》い込《こ》むようだった。次《つぎ》はホグワーツの代表選手《だいひょうせんしゅ》だ……。

そして三度《みたび》、「炎《ほのお》のゴブレット」が赤《あか》く燃《も》えた。あふれるように火花《ひばな》が飛《と》び散《ち》った。炎《ほのお》が空《そら》をなめて高《たか》く燃《も》え上《あ》がり、その舌先《したさき》から、ダンブルドアが三枚目《まいめ》の羊皮紙《ようひし》を取《と》り出《だ》した。

「ホグワーツの代表選手《だいひょうせんしゅ》は」

ダンブルドアが読《よ》み上《あ》げた。

「セドリック・ディゴリー！」

「ダメ！」

ロンが大声《おおごえ》を出《だ》したが、ハリーのほかには誰《だれ》にも聞《き》こえなかった。隣《となり》のテーブルからの大歓声《だいかんせい》がものすごかったのだ。ハッフルパフ生《せい》が総立《そうだ》ちになり、叫《さけ》び、足《あし》を踏《ふ》み鳴《な》らした。セドリックがニッコリ笑《わら》いながら、その中《なか》を通《とお》り抜《ぬ》け、教職員《きょうしょくいん》テーブルの後《うし》ろの部屋《へや》へと向《む》かった。セドリックへの拍手《はくしゅ》があまりに長々《ながなが》と続《つづ》いたので、ダンブルドアが再《ふたた》び話《はな》しだすまでにしばらく間《ま》を置《お》かなければならないほどだった。

「けっこう、けっこう！」

大歓声《だいかんせい》がやっと収《おさ》まり、ダンブルドアがうれしそうに呼《よ》びかけた。

「さて、これで三人《にん》の代表選手《だいひょうせんしゅ》が決《き》まった。選《えら》ばれなかったボーバトン生《せい》も、ダームストラング生《せい》もふくめ、みんな打《う》ちそろって、あらんかぎりの力《ちから》を振《ふ》りしぼり、代表選手《だいひょうせんしゅ》たちを応援《おうえん》してくれることと信《しん》じておる。選手《せんしゅ》に声援《せいえん》を送《おく》ることで、みんながほんとうの意味《いみ》で貢献《こうけん》でき――」

ダンブルドアが突然言葉《とつぜんことば》を切《き》った。何《なに》が気《き》を散《ち》らせたのか、誰《だれ》の目《め》にも明《あき》らかだった。

「炎《ほのお》のゴブレット」が再《ふたた》び赤《あか》く燃《も》えはじめたのだ。火花《ひばな》がほとばしった。突然《とつぜん》、空中《くうちゅう》に炎《ほのお》が伸《の》び上《あ》がり、その舌先《したさき》にまたしても羊皮紙《ようひし》をのせている。

ダンブルドアが反射的《はんしゃてき》に――と見《み》えたが――長《なが》い手《て》を伸《の》ばし、羊皮紙《ようひし》を捕《と》らえた。ダンブルドアはそれを掲《かか》げ、そこに書《か》かれた名前《なまえ》をじっと見《み》た。両手《りょうて》で持《も》った羊皮紙《ようひし》を、ダンブルドアはそれからしばらく眺《なが》めていた。長《なが》い沈黙《ちんもく》――大広間中《おおひろまじゅう》の目《め》がダンブルドアに集《あつ》まっていた。

やがてダンブルドアが咳払《せきばら》いし、そして読《よ》み上《あ》げた――。

「ハリー・ポッター」

第《だい》17章《しょう》　四人《にん》の代表選手《だいひょうせんしゅ》

大広間《おおひろま》のすべての目《め》がいっせいに自分《じぶん》に向《む》けられるのを感《かん》じながら、ハリーはただ座《すわ》っていた。驚《おどろ》いたなんてものじゃない。しびれて感覚《かんかく》がない。夢《ゆめ》を見《み》ているにちがいない。きっと聞《き》きちがいだったのだ。

誰《だれ》も拍手《はくしゅ》しない。怒《おこ》った蜂《はち》の群《む》れのように、ワンワンという音《おと》が大広間《おおひろま》に広《ひろ》がりはじめた。凍《こお》りついたように座《すわ》ったままのハリーを、立《た》ち上《あ》がってよく見《み》ようとする生徒《せいと》もいる。

上座《かみざ》のテーブルでは、マクゴナガル先生《せんせい》が立《た》ち上《あ》がり、ルード・バグマンとカルカロフ校長《こうちょう》の後《うし》ろをサッと通《とお》り、せっぱ詰《つ》まったように何事《なにごと》かダンブルドアにささやいた。ダンブルドアはかすかに眉《まゆ》を寄《よ》せ、マクゴナガル先生《せんせい》のほうに体《からだ》を傾《かたむ》け、耳《みみ》を寄《よ》せていた。

ハリーはロンとハーマイオニーのほうを振《ふ》り向《む》いた。そのむこうに、長《なが》いテーブルの端《はし》から端《はし》まで、グリフィンドール生全員《せいぜんいん》が口《くち》をあんぐり開《あ》けてハリーを見《み》つめていた。

「僕《ぼく》、名前《なまえ》を入《い》れてない」

ハリーが放心《ほうしん》したように言《い》った。

「僕《ぼく》が入《い》れてないこと、知《し》ってるだろう」

二人《ふたり》とも、放心《ほうしん》したようにハリーを見《み》つめ返《かえ》した。

上座《かみざ》のテーブルでダンブルドア校長《こうちょう》がマクゴナガル先生《せんせい》に向《む》かってうなずき、体《からだ》を起《お》こした。

「ハリー・ポッター！」

ダンブルドアがまた名前《なまえ》を呼《よ》んだ。

「ハリー！　ここへ、来《き》なさい！」

「行《い》くのよ」

ハーマイオニーが、ハリーを少《すこ》し押《お》すようにしてささやいた。

ハリーは立《た》ち上《あ》がりざま、ローブのすそを踏《ふ》んでよろめいた。グリフィンドールとハッフルパフのテーブルの間《あいだ》を、ハリーは進《すす》んだ。とてつもなく長《なが》い道《みち》のりに思《おも》えた。上座《かみざ》のテーブルが、全然近《ぜんぜんちか》くならないように感《かん》じた。そして、何百《なんびゃく》という目《め》が、まるでサーチライトのように、いっせいにハリーに注《そそ》がれているのを感《かん》じていた。

ワンワンという音《おと》がだんだん大《おお》きくなる。まるで一時間《じかん》もたったのではないかと思《おも》われたとき、ハリーはダンブルドアの真《ま》ん前《まえ》にいた。先生方《せんせいがた》の目《め》がいっせいに自分《じぶん》に向《む》けられているのを感《かん》じた。

「さあ……あの扉《とびら》から。ハリー」

ダンブルドアはほほ笑《え》んでいなかった。

ハリーは教職員《きょうしょくいん》テーブルに沿《そ》って歩《ある》いた。ハグリッドが一番端《いちばんはし》に座《すわ》っていた。ハリーにウィンクもせず、手《て》も振《ふ》らず、いつもの挨拶《あいさつ》の合図《あいず》を何《なに》も送《おく》ってはこない。ハリーがそばを通《とお》っても、ほかのみんなと同《おな》じように、驚《おどろ》ききった顔《かお》でハリーを見《み》つめるだけだった。

ハリーは大広間《おおひろま》から出《で》る扉《とびら》を開《あ》け、魔女《まじょ》や魔法使《まほうつか》いの肖像画《しょうぞうが》がずらりと並《なら》ぶ小《ちい》さな部屋《へや》に入《はい》った。ハリーのむかい側《がわ》で、暖炉《だんろ》の火《ひ》がごうごうと燃《も》え盛《さか》っていた。

部屋《へや》に入《はい》っていくと、肖像画《しょうぞうが》の目《め》がいっせいにハリーを見《み》た。しわしわの魔女《まじょ》が自分《じぶん》の額《がく》を飛《と》び出《だ》し、セイウチのような口《くち》ひげの魔法使《まほうつか》いが描《えが》かれた隣《となり》の額《がく》に入《はい》るのを、ハリーは見《み》た。しわしわ魔女《まじょ》は、隣《となり》の魔法使《まほうつか》いに耳打《みみう》ちを始《はじ》めた。

ビクトール・クラム、セドリック・ディゴリー、フラー・デラクールは、暖炉《だんろ》の周《まわ》りに集《あつ》まっていた。炎《ほのお》を背《せ》にした三人《にん》のシルエットは、不思議《ふしぎ》に感動的《かんどうてき》だった。クラムは、ほかの二人《ふたり》から少《すこ》し離《はな》れ、背中《せなか》を丸《まる》め、暖炉《だんろ》に寄《よ》りかかって何《なに》か考《かんが》えていた。セドリックは背中《せなか》で手《て》を組《く》み、じっと炎《ほのお》を見《み》つめている。フラー・デラクールは、ハリーが入《はい》っていくと、振《ふ》り向《む》いて、長《なが》いシルバーブロンドの髪《かみ》を、サッと後《うし》ろに振《ふ》った。

「どうしまーしたか？」フラーが聞《き》いた。

「わたーしたちに、広間《ひろま》にもどりなさーいということでーすか？」

ハリーが伝言《でんごん》を伝《つた》えにきたと思《おも》ったらしい。何事《なにごと》が起《お》こったのか、どう説明《せつめい》してよいのか、ハリーにはわからなかった。ハリーは三人《にん》の代表選手《だいひょうせんしゅ》を見《み》つめて、突《つ》っ立《た》ったままだった。三人《にん》ともずいぶん背《せ》が高《たか》いことに、ハリーは初《はじ》めて気《き》づいた。

ハリーの背後《はいご》でせかせかした足音《あしおと》がし、ルード・バグマンが部屋《へや》に入《はい》ってきた。バグマンはハリーの腕《うで》をつかむと、みんなの前《まえ》に引《ひ》き出《だ》した。

「すごい！」

バグマンがハリーの腕《うで》をギュッと押《お》さえてつぶやいた。

「いや、まったくすごい！紳士諸君《しんししょくん》……淑女《しゅくじょ》もお一人《ひとり》」

バグマンは暖炉《だんろ》に近《ちか》づき、三人《にん》に呼《よ》びかけた。

「ご紹介《しょうかい》しよう――信《しん》じがたいことかもしれんが――三校対抗代表選手《さんこうたいこうだいひょうせんしゅ》だ。四人目《にんめ》の」

ビクトール・クラムがピンと身《み》を起《お》こした。むっつりした顔《かお》が、ハリーを眺《なが》め回《まわ》しながら暗《くら》い表情《ひょうじょう》になった。セドリックはとほうにくれた顔《かお》だ。バグマンを見《み》て、ハリーに目《め》を移《うつ》し、またバグマンを見《み》た。バグマンの言《い》ったことを、自分《じぶん》が聞《き》きちがえたにちがいないと思《おも》っているかのようだった。しかし、フラー・デラクールは、髪《かみ》をパッと後《うし》ろになびかせ、ニッコリと言《い》った。

「おお、とてーも、おもしろーいジョークです。ミースター・バーグマン」

「ジョーク？」

バグマンが驚《おどろ》いてくり返《かえ》した。

「いやいや、とんでもない！　ハリーの名前《なまえ》が、たった今《いま》『炎《ほのお》のゴブレット』から出《で》てきたのだ！」

クラムの太《ふと》い眉《まゆ》が、かすかにゆがんだ。セドリックは礼儀《れいぎ》正《ただ》しく、しかしまだ当惑《とうわく》している。

フラーが顔《かお》をしかめた。

「でも、なにかーのまちがいにちがいありませーん」

軽蔑《けいべつ》したようにバグマンに言《い》った。

「このいとは、競技《きょうぎ》できませーん。このいと、若過《わかす》ぎまーす」

「さよう……驚《おどろ》くべきことだ」

バグマンはひげのないあごをなでながら、ハリーを見下《みお》ろしてニッコリした。

「しかし、知《し》ってのとおり、年齢制限《ねんれいせいげん》は、今年《ことし》にかぎり、特別安全措置《とくべつあんぜんそち》として設《もう》けられたものだ。

そして、ゴブレットからハリーの名前《なまえ》が出《で》た……。つまり、この段階《だんかい》で逃《に》げ隠《かく》れはできないだろう……これは規則《きそく》であり、従《したが》う義務《ぎむ》がある……。ハリーは、とにかくベストを尽《つ》くすほかあるまいと――」

背後《はいご》の扉《とびら》が再《ふたた》び開《ひら》き、大勢《おおぜい》の人《ひと》が入《はい》ってきた。ダンブルドア校長《こうちょう》を先頭《せんとう》に、すぐ後《うし》ろからクラウチ氏《し》、カルカロフ校長《こうちょう》、マダム・マクシーム、マクゴナガル先生《せんせい》、スネイプ先生《せんせい》だ。マクゴナガル先生《せんせい》が扉《とびら》を閉《し》める前《まえ》に、壁《かべ》のむこう側《がわ》で、何百人《なんびゃくにん》という生徒《せいと》がワーワー騒《さわ》ぐ音《おと》が聞《き》こえた。

「マダム・マクシーム！」

フラーがマクシーム校長《こうちょう》を見《み》つけ、つかつかと歩《あゆ》み寄《よ》った。

「この小《ちい》さーい男《おとこ》の子《こ》も競技《きょうぎ》に出《で》ると、みんな言《い》っていまーす！」

信《しん》じられない思《おも》いで、しびれた感覚《かんかく》のどこかで、怒《いか》りがビリビリッと走《はし》るのを、ハリーは感《かん》じた。**小《ちい》さい男《おとこ》の子《こ》？**

マダム・マクシームは、背筋《せすじ》を伸《の》ばし、全身《ぜんしん》の大《おお》きさを十二分《じゅうにぶん》に見《み》せつけた。きりっとした頭《あたま》のてっぺんが、ろうそくの立《た》ち並《なら》んだシャンデリアをこすり、黒繻子《くろじゅす》のドレスの下《した》で、巨大《きょだい》な胸《むね》がふくれ上《あ》がった。

「ダンブリーードール、これは、どういうこーとですか？」威圧的《いあってき》な声《こえ》だった。

「私《わたし》もぜひ、知《し》りたいものですな、ダンブルドア」

カルカロフ校長《こうちょう》も言《い》った。冷徹《れいてつ》な笑《わら》いを浮《う》かべ、ブルーの目《め》が氷《こおり》のかけらのようだった。

「ホグワーツの代表選手《だいひょうせんしゅ》が二人《ふたり》とは？　開催校《かいさいこう》は二人《ふたり》の代表選手《だいひょうせんしゅ》を出《だ》してもよいとは、誰《だれ》からもうかがってはいないようですが――それとも、私《わたし》の規則《きそく》の読《よ》み方《かた》が浅《あさ》かったのですかな？」

カルカロフ校長《こうちょう》は、短《みじか》く、意地悪《いじわる》な笑《わら》い声《ごえ》を上《あ》げた。

「セ・タァンポシーブル《ありえないわ》」

マダム・マクシームは豪華《ごうか》なオパールに飾《かざ》られた巨大《きょだい》な手《て》を、フラーの肩《かた》にのせて言《い》った。

「オグワーツが二人《ふたり》も代表選手《だいひょうせんしゅ》を出《だ》すことはできませーん。そんなことは、とーても正《ただ》しくなーいです」

「我々《われわれ》としては、あなたの『年齢線《ねんれいせん》』が、年少《ねんしょう》の立候補者《りっこうほしゃ》をしめ出《だ》すだろうと思《おも》っていたわけですがね、ダンブルドア」

カルカロフの冷《つめ》たい笑《わら》いはそのままだったが、目《め》はますます冷《ひ》ややかさを増《ま》していた。

「そうでなければ、当然《とうぜん》ながら、わが校《こう》からも、もっと多《おお》くの候補者《こうほしゃ》を連《つ》れてきてもよかった」

「誰《だれ》の咎《とが》でもない。ポッターのせいだ、カルカロフ」

スネイプが低《ひく》い声《こえ》で言《い》った。暗《くら》い目《め》が底意地悪《そこいじわる》く光《ひか》っている。

「ポッターが、規則《きそく》は破《やぶ》るものと決《き》めてかかっているのを、ダンブルドアの責任《せきにん》にすることはない。ポッターは本校《ほんこう》に来《き》て以来《いらい》、決《き》められた線《せん》を越《こ》えてばかりいるのだ――」

「もうよい、セブルス」

ダンブルドアがきっぱりと言《い》った。スネイプはだまって引《ひ》き下《さ》がったが、その目《め》は、油《あぶら》っこい黒《くろ》い髪《かみ》のカーテンの奥《おく》で、毒々《どくどく》しく光《ひか》っていた。

ダンブルドア校長《こうちょう》は、今度《こんど》はハリーを見下《みお》ろした。ハリーはまっすぐにその目《め》を見返《みかえ》し、半月《はんげつ》めがねの奥《おく》にある目《め》の表情《ひょうじょう》を読《よ》み取《と》ろうとした。

「ハリー、君《きみ》は『炎《ほのお》のゴブレット』に名前《なまえ》を入《い》れたのかね？」

ダンブルドアが静《しず》かに聞《き》いた。

「いいえ」

ハリーが言《い》った。全員《ぜんいん》がハリーをしっかり見《み》つめているのを充分意識《じゅうぶんいしき》していた。スネイプは、薄暗《うすくら》がりの中《なか》で、「信《しん》じるものか」とばかり、いらいら低《ひく》い音《おと》を立《た》てた。

「上級生《じょうきゅうせい》に頼《たの》んで、『炎《ほのお》のゴブレット』に君《きみ》の名前《なまえ》を入《い》れたのかね？」

スネイプを無視《むし》して、ダンブルドア校長《こうちょう》が尋《たず》ねた。

「いいえ」

ハリーが激《はげ》しい口調《くちょう》で答《こた》えた。

「ああ、でもこのいとはうそついてまーす」

マダム・マクシームが叫《さけ》んだ。スネイプは口元《くちもと》に薄《うす》ら笑《わら》いを浮《う》かべ、今度《こんど》は首《くび》を横《よこ》に振《ふ》って、不信感《ふしんかん》をあからさまに示《しめ》していた。

「この子《こ》が『年齢線《ねんれいせん》』を越《こ》えることはできなかったはずです」

マクゴナガル先生《せんせい》がビシッと言《い》った。

「そのことについては、みなさん、異論《いろん》はないと――」

「ダンブリーードールが『線《せん》』をまちがーえたのでしょう」

マダム・マクシームが肩《かた》をすくめた。

「もちろん、それはありうることじゃ」

ダンブルドアは、礼儀正《れいぎただ》しく答《こた》えた。

「ダンブルドア、まちがいなどないことは、あなたが一番《いちばん》よくご存《ぞん》じでしょう！」

マクゴナガル先生《せんせい》が怒《おこ》ったように言《い》った。

「まったく、バカバカしい！　ハリー自身《じしん》が『年齢線《ねんれいせん》』を越《こ》えるはずはありません。また、上級生《じょうきゅうせい》を説得《せっとく》してかわりに名《な》を入《い》れさせるようなことも、ハリーはしていないと、ダンブルドア校長《こうちょう》は信《しん》じていらっしゃいます。それだけで、みなさんには充分《じゅうぶん》だと存《ぞん》じますが！」

マクゴナガル先生《せんせい》は怒《おこ》ったような目《め》で、スネイプ先生《せんせい》をキッと見《み》た。

「クラウチさん……バグマンさん」

カルカロフの声《こえ》が、へつらい声《ごえ》に戻《もど》った。

「お二方《ふたかた》は、我々《われわれ》の——えー——中立《ちゅうりつ》の審査員《しんさいん》でいらっしゃる。こんなことは異例《いれい》だと思《おも》われますでしょうな？」

バグマンは少年《しょうねん》のような丸顔《まるがお》をハンカチでふき、クラウチ氏《し》を見《み》た。暖炉《だんろ》の灯《あか》りの輪《わ》の外《そと》で、クラウチ氏《し》は影《かげ》の中《なか》に顔《かお》を半分隠《はんぶんかく》して立《た》っていた。何《なに》か不気味《ぶきみ》で、半分暗《はんぶんくら》がりの中《なか》にある顔《かお》は年《とし》より老《ふ》けて見《み》え、ほとんどがいこつのようだった。しかし、話《はな》しだすと、いつものきびきびした声《こえ》だ。

「規則《きそく》に従《したが》うべきです。そして、ルールは明白《めいはく》です。『炎《ほのお》のゴブレット』から名前《なまえ》が出《で》てきた者《もの》は、試合《しあい》で競《きそ》う義務《ぎむ》がある」

「いやぁ、バーティは規則集《きそくしゅう》を隅《すみ》から隅《すみ》まで知《し》り尽《つ》くしている」

バグマンはニッコリ笑《わら》い、これでけりがついたという顔《かお》で、カルカロフとマダム・マクシームのほうを見《み》た。

「私《わたし》のほかの生徒《せいと》に、もう一度《いちど》名前《なまえ》を入《い》れさせるように主張《しゅちょう》する」

カルカロフが言《い》った。ねっとりしたへつらい声《ごえ》も、笑《え》みも、今《いま》やかなぐり捨《す》てていた。まさに醜悪《しゅうあく》な形相《ぎょうそう》だった。

「『炎《ほのお》のゴブレット』をもう一度設置《いちどせっち》していただこう。そして各校《かくこう》二名《めい》の代表選手《だいひょうせんしゅ》になるまで、名前《なまえ》を入《い》れ続《つづ》けるのだ。ダンブルドア、それが公平《こうへい》というものだ」

「しかし、カルカロフ、そういう具合《ぐあい》にはいかない」バグマンが言《い》った。「『炎《ほのお》のゴブレット』は、たった今、火が消《き》えた――次《つぎ》の試合《しあい》まではもう、火《ひ》がつくことはない――」

「――次《つぎ》の試合《しあい》に、ダームストラングが参加《さんか》することはけっしてない！」

カルカロフが怒《いか》りを爆発《ばくはつ》させた。

「あれだけ会議《かいぎ》や交渉《こうしょう》を重《かさ》ね、妥協《だきょう》したのに、このようなことが起《お》こるとは、思《おも》いもよらなかった！　今《いま》すぐにでも帰《かえ》りたい気分《きぶん》だ！」

「はったりだな。カルカロフ」

扉《とびら》の近《ちか》くでうなるような声《こえ》がした。

「代表選手《だいひょうせんしゅ》を置《お》いて帰《かえ》ることはできまい。選手《せんしゅ》は競《きそ》わなければならん。選《えら》ばれた者《もの》は全員《ぜんいん》、競《きそ》わなければならんのだ。ダンブルドアも言《い》ったように、魔法契約《まほうけいやく》の拘束力《こうそくりょく》だ。都合《つごう》のいいことにな。え？」

ムーディが部屋《へや》に入《はい》ってきたところだった。足《あし》を引《ひ》きずって暖炉《だんろ》に近《ちか》づき、右足《みぎあし》を踏《ふ》み出《だ》すごとに、コツッと大《おお》きな音《おと》を立《た》てた。

「都合《つごう》がいい？」

カルカロフが聞《き》き返《かえ》した。

「何《なん》のことかわかりませんな。ムーディ」

カルカロフが、ムーディの言《い》うことは聞《き》くに値《あたい》しないとでも言《い》うように、わざと軽蔑《けいべつ》した言《い》い方《かた》をしていることが、ハリーにはわかった。カルカロフは、言葉《ことば》とは裏腹《うらはら》に、固《かた》く拳《こぶし》を握《にぎ》りしめていた。

「わからん？」

ムーディが低《ひく》い声《こえ》で言《い》った。

「カルカロフ、簡単《かんたん》なことだ。ゴブレットから名前《なまえ》が出《で》てくればポッターが戦《たたか》わなければならぬと知《し》っていて、誰《だれ》かがポッターの名前《なまえ》をゴブレットに入《い》れた」

「もちろーん、誰《だれ》か、オ・グワーツにリンゴを二口《ふたくち》もかじらせよーうとしたのでーす！」

「おっしゃるとおりです。マダム・マクシーム」カルカロフがマダムに頭《あたま》を下《さ》げた。

「私《わたし》は抗議《こうぎ》しますぞ。魔法省《まほうしょう》と、それから国際連盟《こくさいれんめい》――」

「文句《もんく》を言《い》う理由《りゆう》があるのは、まずポッターだろう」ムーディがうなった。

「しかし……おかしなことよ……ポッターは、一言《ひとこと》も何《なに》も言《い》わん……」

「なんで文句《もんく》言《い》いまーすか？」

フラー・デラクールが地団駄《じだんだ》を踏《ふ》みながら言《い》った。

「このいと、戦《たたか》うチャンスありまーす。私《わたし》たち、みんな、何週間《なんしゅうかん》も、何週間《なんしゅうかん》も、選《えら》ばれたーいと願《ねが》っていました！　学校《がっこう》の名誉《めいよ》かけて！　賞金《しょうきん》の一千ガリオンかけて――みんな死《し》ぬおどおしいチャンスでーす！」

「ポッターが死《し》ぬことを欲《ほっ》した者《もの》がいるとしたら」

ムーディの低《ひく》い声《こえ》は、いつものうなり声《ごえ》とは様子《ようす》がちがっていた。

息苦《いきぐる》しい沈黙《ちんもく》が流《なが》れた。

ルード・バグマンは、ひどく困《こま》った顔《かお》で、いらいらと体《からだ》を上下《じょうげ》に揺《ゆ》すりながら、「おい、おい、ムーディ……何《なに》を言《い》いだすんだ！」と言《い》った。

「みなさんご存《ぞん》じのように、ムーディ先生《せんせい》は、朝《あさ》から昼食《ちゅうしょく》までの間《あいだ》に、ご自分《じぶん》を殺《ころ》そうとするくわだてを少《すく》なくとも六件《けん》は暴《あば》かないと気《き》がすまない方《かた》だ」

カルカロフが声《こえ》を張《は》り上《あ》げた。

「先生《せんせい》は今《いま》、生徒《せいと》たちにも、暗殺《あんさつ》を恐《おそ》れよとお教《おし》えになっているようだ。『闇《やみ》の魔術《まじゅつ》に対《たい》する防《ぼう》衛術《えいじゅつ》』の先生《せんせい》になる方《かた》としては奇妙《きみょう》な資質《ししつ》だが、あなたには、ダンブルドア、あなたなりの理由《りゆう》がおありになったのでしょう」

「わしの妄想《もうそう》だとでも？」ムーディがうなった。

「ありもしないものを見《み》るとでも？　え？　あのゴブレットにこの子《こ》の名前《なまえ》を入《い》れるような魔法《まほう》使《つか》いは、腕《うで》のいいやつだ……」

「おお、どんな証拠《しょうこ》があると言《い》うのでーすか？」

マダム・マクシームが、バカなことを言《い》わないで、とばかり、巨大《きょだい》な両手《りょうて》をパッと開《ひら》いた。

「なぜなら、強力《きょうりょく》な魔力《まりょく》を持《も》つゴブレットの目《め》をくらませたからだ！」

ムーディが言《い》った。

「あのゴブレットをあざむき、試合《しあい》には三校《こう》しか参加《さんか》しないということを忘《わす》れさせるには、並《なみ》はずれて強力《きょうりょく》な『錯乱《さくらん》の呪文《じゅもん》』をかける必要《ひつよう》があったはずだ……わしの想像《そうぞう》では、ポッターの名前《なまえ》を、四校目《こうめ》の候補者《こうほしゃ》として入《い》れ、四校目《こうめ》はポッター一人《ひとり》しかいないようにしたのだろう……」

「この件《けん》にはずいぶんとお考《かんが》えをめぐらされたようですな、ムーディ」

カルカロフが冷《つめ》たく言《い》った。

「それに、実《じつ》に独創的《どくそうてき》な説《せつ》ですな――しかし、聞《き》きおよぶところでは、最近《さいきん》あなたは、誕生祝《たんじょういわ》いのプレゼントの中《なか》に、バジリスクの卵《たまご》が巧妙《こうみょう》に仕込《しこ》まれていると思《おも》い込《こ》み、粉々《こなごな》に砕《くだ》いたとか。ところがそれは馬車用《ばしゃよう》の置時計《おきどけい》だと判明《はんめい》したとか。これでは、我々《われわれ》があなたの言《い》うことを真《ま》に受《う》けないのも、ご理解《りかい》いただけるかと……」

「なにげない機会《きかい》をとらえて悪用《あくよう》する輩《やから》はいるものだ」

ムーディが威嚇《いかく》するような声《こえ》で切《き》り返《かえ》した。

「闇《やみ》の魔法使《まほうつか》いの考《かんが》えそうなことを考《かんが》えるのがわしの役目《やくめ》だ――カルカロフ、君《きみ》なら身《み》に覚《おぼ》えがあるだろうが……」

「アラスター！」

ダンブルドアが警告《けいこく》するように呼《よ》びかけた。ハリーは一瞬《いっしゅん》、誰《だれ》に呼《よ》びかけたのかわからなかった。しかし、すぐに「マッド-アイ」がムーディの実名《じつめい》であるはずがないと気《き》がついた。ムーディは口《くち》をつぐんだが、それでも、カルカロフの様子《ようす》を楽《たの》しむように眺《なが》めていた――カルカロフの顔《かお》は燃《も》えるように赤《あか》かった。

「どのような経緯《けいい》でこんな事態《じたい》になったのか、我々《われわれ》は知《し》らぬ」

ダンブルドアは部屋《へや》に集《あつ》まった全員《ぜんいん》に話《はな》しかけた。

「しかしじゃ、結果《けっか》を受《う》け入《い》れるほかあるまい。セドリックもハリーも試合《しあい》で競《きそ》うように選《えら》ばれた。したがって、試合《しあい》にはこの二名《めい》の者《もの》が……」

「おお、でもダンブリー－ドール――」

「まあまあ、マダム・マクシーム、何《なに》かほかにお考《かんが》えがおありなら、喜《よろこ》んでうかがいますがの」

ダンブルドアは答《こた》えを待《ま》ったが、マダム・マクシームは何《なに》も言《い》わなかった。ただにらむばかりだった。マダム・マクシームだけではない。スネイプは憤怒《ふんぬ》の形相《ぎょうそう》だし、カルカロフは青筋《あおすじ》を立《た》てていた。しかし、バグマンは、むしろうきうきしているようだった。

「さあ、それでは、開始《かいし》といきますかな？」

バグマンはニコニコ顔《がお》でもみ手《て》しながら、部屋《へや》を見回《みまわ》した。

「代表選手《だいひょうせんしゅ》に指示《しじ》を与《あた》えないといけませんな？　バーティ、主催者《しゅさいしゃ》としてのこの役目《やくめ》を務《つと》めてくれるか？」

何《なに》かを考《かんが》え込《こ》んでいたクラウチ氏《し》は、急《きゅう》に我《われ》に返《かえ》ったような顔《かお》をした。

「フム」クラウチ氏《し》が言《い》った「指示《しじ》ですな。よろしい……最初《さいしょ》の課題《かだい》は……」

クラウチ氏《し》は暖炉《だんろ》の灯《あか》りの中《なか》に進《すす》み出《で》た。近《ちか》くでクラウチ氏《し》を見《み》たハリーは、病気《びょうき》ではないか、と思《おも》った。目《め》の下《した》に黒《くろ》いくま、薄《うす》っぺらな紙《かみ》のような、しわしわの皮膚《ひふ》、こんな様子《ようす》は、クィディッチ・ワールドカップのときには見《み》られなかった。

「最初《さいしょ》の課題《かだい》は、君《きみ》たちの勇気《ゆうき》を試《ため》すものだ」

クラウチ氏《し》は、ハリー、セドリック、フラー、クラムに向《む》かって話《はな》した。

「ここでは、どういう内容《ないよう》なのかは教《おし》えないことにする。未知《みち》のものに遭遇《そうぐう》したときの勇気《ゆうき》は、魔法使《まほうつか》いにとって非常《ひじょう》に重要《じゅうよう》な資質《ししつ》である……非常《ひじょう》に重要《じゅうよう》だ……」

「最初《さいしょ》の競技《きょうぎ》は、十一月二十四日《がつ か》、全生徒《ぜんせいと》、ならびに審査員《しんさいん》の前《まえ》で行《おこな》われる」

「選手《せんしゅ》は、競技《きょうぎ》の課題《かだい》を完遂《かんすい》するにあたり、どのような形《かたち》であれ、先生方《せんせいがた》からの援助《えんじょ》を頼《たの》むことも、受《う》けることも許《ゆる》されない。選手《せんしゅ》は、杖《つえ》だけを武器《ぶき》として、最初《さいしょ》の課題《かだい》に立《た》ち向《む》かう。第《だい》一の課題終了《かだいしゅうりょう》の後《のち》、第《だい》二の課題《かだい》についての情報《じょうほう》が与《あた》えられる。試合《しあい》は過酷《かこく》で、また時間《じかん》のかかるものであるため、選手《せんしゅ》たちは期末《きまつ》テストを免除《めんじょ》される」

クラウチ氏《し》はダンブルドアを見《み》て言《い》った。

「アルバス、これで全部《ぜんぶ》だと思《おも》うが？」

「わしもそう思《おも》う」

ダンブルドアはクラウチ氏《し》をやや気《き》づかわしげに見《み》ながら言《い》った。

「バーティ、さっきも言《い》うたが、今夜《こんや》はホグワーツに泊《と》まっていったほうがよいのではないかの？」

「いや、ダンブルドア、私《わたし》は役所《やくしょ》に戻《もど》らなければならない」

クラウチ氏《し》が答《こた》えた。

「今《いま》は、非常《ひじょう》に忙《いそが》しいし、極《きわ》めて難《むずか》しいときで……。若手《わかて》のウェーザビーに任《まか》せて出《で》てきたのだが……非常《ひじょう》に熱心《ねっしん》で……実《じつ》を言《い》えば、熱心過《ねっしんす》ぎるところがどうも……」

「せめて軽《かる》く一杯《いっぱい》飲《の》んでから出《で》かけることにしたらどうじゃ？」ダンブルドアが言《い》った。

「さ、そうしろよ、バーティ。私《わたし》は泊《と》まるんだ！」

バグマンが陽気《ようき》に言《い》った。

「今《いま》や、すべてのことがホグワーツで起《お》こっているんだぞ。役所《やくしょ》よりこっちのほうがどんなにおもしろいか！」

「いや、ルード」

クラウチ氏《し》は本来《ほんらい》のいらいら振《ぶ》りをちらりと見《み》せた。

「カルカロフ校長《こうちょう》、マダム・マクシーム――寝《ね》る前《まえ》の一杯《いっぱい》はいかがかな？」

ダンブルドアが誘《さそ》った。

しかし、マダム・マクシームは、もうフラーの肩《かた》を抱《だ》き、すばやく部屋《へや》から連《つ》れ出《だ》すところだった。ハリーは、二人《ふたり》が大広間《おおひろま》に向《む》かいながら、早口《はやくち》のフランス語《ご》で話《はな》しているのを聞《き》いた。カルカロフはクラムに合図《あいず》し、こちらはだまりこくって、やはり部屋《へや》を出《で》ていった。

「ハリー、セドリック。二人《ふたり》とも寮《りょう》に戻《もど》って寝《ね》るがよい」

ダンブルドアがほほ笑《え》みながら言《い》った。

「グリフィンドールもハッフルパフも、君《きみ》たちと一緒《いっしょ》に祝《いわ》いたくて待《ま》っておるじゃろう。せっかくドンチャン騒《さわ》ぎをする格好《かっこう》の口実《こうじつ》があるのに、ダメにしてはもったいないじゃろう」

ハリーはセドリックをちらりと見《み》た。セドリックがうなずき、二人《ふたり》は一緒《いっしょ》に部屋《へや》を出《で》た。

大広間《おおひろま》にはもう誰《だれ》もいなかった。ろうそくが燃《も》えて短《みじか》くなり、くり抜《ぬ》きかぼちゃのニッと笑《わら》ったギザギザの歯《は》を、不気味《ぶきみ》にチロチロと光《ひか》らせていた。

「それじゃ」

セドリックがちょっとほほ笑《え》みながら言《い》った。

「僕《ぼく》たち、またお互《たが》いに戦《たたか》うわけだ！」

「そうだね」

ハリーはほかに何《なん》と言《い》っていいのか、思《おも》いつかなかった。誰《だれ》かに頭《あたま》の中《なか》を引《ひ》っかき回《まわ》されたかのように、ごちゃごちゃしていた。

「じゃ……教《おし》えてくれよ……」

玄関《げんかん》ホールに出《で》たとき、セドリックが言《い》った。「炎《ほのお》のゴブレット」が取《と》り去《さ》られたあとのホールを、松明《たいまつ》の灯《あか》りだけが照《て》らしていた。

「いったい、どうやって、名前《なまえ》を入《い》れたんだい？」

「入《い》れてない」ハリーはセドリックを見上《みあ》げた。

「僕《ぼく》、入《い》れてないんだ。僕《ぼく》、ほんとうのことを言《い》ってたんだよ」

「フーン……そうか」

ハリーにはセドリックが信《しん》じていないことがわかった。

「それじゃ……またね」とセドリックが言《い》った。

大理石《だいりせき》の階段《かいだん》を上《のぼ》らず、セドリックは右側《みぎがわ》のドアに向《む》かった。ハリーはその場《ば》に立《た》ち尽《つ》くし、セドリックがドアのむこうの石段《いしだん》を下《お》りる音《おと》を聞《き》いてから、のろのろと大理石《だいりせき》の階段《かいだん》を上《のぼ》りはじめた。

ロンとハーマイオニーは別《べつ》として、ほかに誰《だれ》か、ハリーの言《い》うことを信《しん》じてくれるだろうか？

それとも、みんな、ハリーが自分《じぶん》で試合《しあい》に立候補《りっこうほ》したと思《おも》うだろうか？　しかし、どうしてみんな、そんなふうに考《かんが》えられるんだろう？　ほかの選手《せんしゅ》はみんなハリーより三年《ねん》も多《おお》く魔法教育《まほうきょういく》を受《う》けているというのに――取《と》り組《く》む課題《かだい》は、非常《ひじょう》に危険《きけん》そうだし、しかも何百人《なんびゃくにん》という目《め》が見《み》ている中《なか》でやりとげなければならないというのに？　そう、ハリーは競技《きょうぎ》することを頭《あたま》では考《かんが》えた……いろいろ想像《そうぞう》して夢《ゆめ》を見《み》た……しかし、そんな夢《ゆめ》は、冗談《じょうだん》だし、叶《かな》わぬむだな夢《ゆめ》だった……。ほんとうに、**真剣**《しんけん》に立候補《りっこうほ》しようなど、ハリーは一度《いちど》も考《かんが》えなかった……。

それなのに、誰《だれ》かがそれを考《かんが》えた……誰《だれ》かほかの者《もの》が、ハリーを試合《しあい》に出《だ》したかった。そしてハリーがまちがいなく競技《きょうぎ》に参加《さんか》するように計《はか》らった。なぜなんだ？　ほうびでもくれるつもりだったのか？　そうじゃない。ハリーにはなぜかそれがわかる……。

ハリーのぶざまな姿《すがた》を見《み》るために？　そう、それなら、望《のぞ》みは叶《かな》う可能性《かのうせい》がある。

しかし、ハリーを**殺**《ころ》**すため**だって？　ムーディのいつもの被害妄想《ひがいもうそう》にすぎないのだろうか？　ほんの冗談《じょうだん》で、誰《だれ》かがゴブレットにハリーの名前《なまえ》を入《い》れたということはないのだろうか？　ハリーが死《し》ぬことを、誰《だれ》かが本気《ほんき》で願《ねが》ったのだろうか？

答《こた》えはすぐに出《で》た。そう、誰《だれ》かがハリーの死《し》を願《ねが》った。ハリーが一歳《さい》のときからずっとそれを願《ねが》っている誰《だれ》かが……ヴォルデモート卿《きょう》だ。しかし、どうやってまんまとハリーの名前《なまえ》を「炎《ほのお》のゴブレット」に忍《しの》び込《こ》ませるように仕組《しく》んだのだろう？　ヴォルデモートはどこか遠《とお》いところに、遠《とお》い国《くに》に、一人《ひとり》でひそんでいるはずなのに……弱《よわ》りはて、力尽《ちからつ》きて……。

しかし、あの夢《ゆめ》、傷痕《きずあと》がうずいて目《め》が覚《さ》める直前《ちょくぜん》の、あの夢《ゆめ》の中《なか》では、ヴォルデモートは一人《ひとり》ではなかった……。ワームテールに話《はな》していた……ハリーを殺《ころ》す計画《けいかく》を……。

急《きゅう》に目《め》の前《まえ》に「太《ふと》った婦人《レディ》」が現《あらわ》れて、ハリーはびっくりした。自分《じぶん》の足《あし》が体《からだ》をどこに運《はこ》んでいるのか、ほとんど気《き》づかなかった。額《がく》の中《なか》の婦人《レディ》が一人《ひとり》ではなかったのにも驚《おどろ》かされた。ほかの代表選手《だいひょうせんしゅ》と一緒《いっしょ》だったあの部屋《へや》で、サッと隣《となり》の額《がく》に入《はい》り込《こ》んだあのしわしわの魔女《まじょ》が、今《いま》は「太《ふと》った婦人《レディ》」のそばにちゃっかり腰《こし》を落《お》ち着《つ》けていた。七つもの階段《かいだん》に沿《そ》ってかけられている、絵《え》という絵《え》の中《なか》を疾走《しっそう》して、ハリーより先《さき》にここに着《つ》いたにちがいない。「しわしわ魔女《まじょ》」も「太《ふと》った婦人《レディ》」も、興味津々《きょうみしんしん》でハリーを見下《みお》ろしていた。

「まあ、まあ、まあ」婦人《レディ》が言《い》った。

「バイオレットが今《いま》しがた全部話《ぜんぶはな》してくれたわ。学校代表《がっこうだいひょう》に選《えら》ばれたのは、さあ、どなたさんですか？」

「たわごと《ボールダーダッシュ》」ハリーは気《き》のない声《こえ》で言《い》った。

「絶対《ぜったい》たわごとじゃないわさ！」顔色《かおいろ》の悪《わる》いしわしわ魔女《まじょ》が怒《おこ》ったように言《い》った。

「ううん、バイ、これ、合言葉《あいことば》なのよ」

「太《ふと》った婦人《レディ》」はなだめるようにそう言《い》うと、額《がく》の蝶番《ちょうつがい》をパッと開《ひら》いて、ハリーを談話室《だんわしつ》の入口《いりぐち》へと通《とお》した。

肖像《しょうぞう》画《が》が開《ひら》いたとたんに大音響《だいおんきょう》がハリーの耳《みみ》を直撃《ちょくげき》し、ハリーは仰向《あおむ》けにひっくり返《かえ》りそうになった。次《つぎ》の瞬間《しゅんかん》、十人《にん》あまりの手《て》が伸《の》び、ハリーをがっちり捕《つか》まえて談話室《だんわしつ》に引《ひ》っ張《ぱ》り込《こ》んだ。

気《き》がつくとハリーは、拍手喝采《はくしゅかっさい》、大歓声《だいかんせい》、ピーピー口笛《くちぶえ》を吹《ふ》き鳴《な》らしているグリフィンドール生全員《せいぜんいん》の前《まえ》に立《た》たされていた。

「名前《なまえ》を入《い》れたなら、教《おし》えてくれりゃいいのに！」

半《なか》ば当惑《とうわく》し、半《なか》ば感心《かんしん》した顔《かお》で、フレッドが声《こえ》を張《は》り上《あ》げた。

「ひげもはやさずに、どうやってやった？　すっげえなあ！」ジョージが大声《おおごえ》で叫《さけ》んだ。

「僕《ぼく》、やってない」

ハリーが言《い》った。

「わからないんだ。どうしてこんなことに――」

しかし、今度《こんど》はアンジェリーナがハリーに覆《おお》いかぶさるように抱《だ》きついた。

「あぁ、私《わたし》が出《で》られなくても、少《すく》なくともグリフィンドールが出《で》るんだわ――」

「ハリー、ディゴリーに、この前《まえ》のクィディッチ戦《せん》のお返《かえ》しができるわ！」

グリフィンドールのもう一人《ひとり》のチェイサー、ケイティ・ベルがかん高《だか》い声《こえ》を上《あ》げた。

「ごちそうがあるわ。ハリー、来《き》て。何《なに》か食《た》べて――」

「お腹空《なかす》いてないよ。宴会《えんかい》で充分《じゅうぶん》食《た》べたし――」

しかし、ハリーが空腹《くうふく》ではないなどと、誰《だれ》も聞《き》こうとはしなかった。ゴブレットに名前《なまえ》を入《い》れなかったなどと、誰《だれ》も聞《き》こうとはしなかった。ハリーが祝《いわ》う気分《きぶん》になれないことなど、誰一人《だれひとり》気《き》づく者《もの》はいないようだ。……リー・ジョーダンはグリフィンドール寮旗《りょうき》をどこからか持《も》ち出《だ》してきて、ハリーにそれをマントのように巻《ま》きつけると言《い》ってきかなかった。

ハリーは逃《に》げられなかった。寝室《しんしつ》に上《のぼ》る階段《かいだん》のほうにそっとにじり寄《よ》ろうとするたびに、人垣《ひとがき》が周《まわ》りを固《かた》め、やれバタービールを飲《の》めと無理《むり》やり勧《すす》め、やれポテトチップを食《く》え、ピーナッツを食《く》えとハリーの手《て》に押《お》しつけた……。誰《だれ》もが、ハリーがどうやってダンブルドアの「年齢線《ねんれいせん》」を出《だ》し抜《ぬ》き、名前《なまえ》をゴブレットに入《い》れたのかを知《し》りたがった。どうやったのかを……。

「僕《ぼく》、やってない」

ハリーは何度《なんど》も何度《なんど》もくり返《かえ》した。

「どうしてこんなことになったのか、わからないんだ」

しかし、どうせ誰《だれ》も聞《き》く耳《みみ》を持《も》たない以上《いじょう》、ハリーが何《なに》も答《こた》えていないも同様《どうよう》だった。

「僕《ぼく》、つかれた！」

三十分《ぷん》もたったころ、ハリーはついにどなった。

「ダメだ。ほんとに。ジョージ――僕《ぼく》、もう寝《ね》るよ――」

ハリーは何《なに》よりもロンとハーマイオニーに会《あ》いたかった。少《すこ》しでも正気《しょうき》に戻《もど》りたかった。しかし、二人《ふたり》とも談話室《だんわしつ》にはいないようだった。ハリーはどうしても寝《ね》ると言《い》い張《は》り、階段《かいだん》の下《した》で小《こ》柄《がら》なクリービー兄弟《きょうだい》がハリーを待《ま》ち受《う》けているのを、ほとんど踏《ふ》みつぶしそうになりながら、やっとのことでみんなを振《ふ》り切《き》り、寝室《しんしつ》への階段《かいだん》をできるだけ急《いそ》いで上《のぼ》った。

誰《だれ》もいない寝室《しんしつ》に、ロンがまだ服《ふく》を着《き》たまま一人《ひとり》でベッドに横《よこ》になっているのを見《み》つけ、ハリーはホッとした。ハリーがドアをバタンと閉《し》めると、ロンがこっちを見《み》た。

「どこにいたんだい？」ハリーが聞《き》いた。

「ああ、やあ」ロンが答《こた》えた。

ロンはニッコリしていたが、何《なに》か不自然《ふしぜん》で、無理《むり》やり笑《わら》っている。ハリーは、リーに巻《ま》きつけられた真紅《しんく》のグリフィンドール寮旗《りょうき》が、まだそのままだったことに気《き》づいた。急《いそ》いで取《と》ろうとしたが、旗《はた》は固《かた》く結《むす》びつけてあった。ロンはハリーが旗《はた》を取《と》ろうともがいているのを、ベッドに横《よこ》になったまま、身動《みうご》きもせずに見《み》つめていた。

「それじゃ」

ハリーがやっと旗《はた》を取《と》り、隅《すみ》のほうに放《ほう》り投《な》げると、ロンが言《い》った。

「おめでとう」

「おめでとうって、どういう意味《いみ》だい？」

ハリーはロンを見《み》つめた。ロンの笑《わら》い方《かた》は、絶対《ぜったい》に変《へん》だ。しかめっ面《つら》と言《い》ったほうがいい。

「ああ……ほかに誰《だれ》も『年齢線《ねんれいせん》』を越《こ》えた者《もの》はいないんだ」

ロンが言《い》った。

「フレッドやジョージだって。君《きみ》、何《なに》を使《つか》ったんだ？　――透明《とうめい》マントか？」

「透明《とうめい》マントじゃ、僕《ぼく》は線《せん》を越《こ》えられないはずだ」ハリーがゆっくり言《い》った。

「ああ、そうだな」

ロンが言《い》った。

「透明《とうめい》マントだったら、君《きみ》は僕《ぼく》にも話《はな》してくれただろうと思《おも》うよ……だって、あれなら二人《ふたり》でも入《はい》れるだろ？　だけど、君《きみ》は別《べつ》の方法《ほうほう》を見《み》つけたんだ。そうだろう？」

「ロン」

ハリーが言《い》った。

「いいか。僕《ぼく》はゴブレットに名前《なまえ》を入《い》れてない。ほかの誰《だれ》かがやったにちがいない」

ロンは眉《まゆ》を吊《つ》り上《あ》げた。

「何《なん》のためにやるんだ？」

「知《し》らない」ハリーが言《い》った。

「僕《ぼく》を殺《ころ》すために」などと言《い》えば、俗《ぞく》なメロドラマめいて聞《き》こえるだろうと思《おも》ったのだ。

ロンは眉《まゆ》をさらにギュッと吊《つ》り上《あ》げた。あまりに吊《つ》り上《あ》げたので、髪《かみ》に隠《かく》れて見《み》えなくなるほどだった。

「大丈夫《だいじょうぶ》だから、な、**僕《ぼく》にだけはほんとうのことを話《はな》しても**」

ロンが言《い》った。

「ほかの誰《だれ》かに知《し》られたくないっていうなら、それでいい。だけど、どうしてうそつく必要《ひつよう》があるんだい？　名前《なまえ》を入《い》れたからって、別《べつ》に面倒《めんどう》なことになったわけじゃないんだろう？　あの『太《ふと》った婦人《レディ》』の友達《ともだち》のバイオレットが、もう僕《ぼく》たち全員《ぜんいん》にしゃべっちゃったんだぞ。ダンブルドアが君《きみ》を出場《しゅつじょう》させるようにしたってことも。賞金《しょうきん》一千ガリオン、だろ？　それに、期末《きまつ》テストを受《う》ける必要《ひつよう》もないんだ……」

「僕《ぼく》はゴブレットに名前《なまえ》を入《い》れてない！」ハリーは怒《いか》りが込《こ》み上《あ》げてきた。

「フーン……そうかい」

ロンの言《い》い方《かた》は、セドリックのとまったく同《おな》じで、信《しん》じていない口調《くちょう》だった。

「今朝《けさ》、自分《じぶん》で言《い》ってたじゃないか。自分《じぶん》ならきのうの夜《よる》のうちに、誰《だれ》も見《み》ていないときに入《い》れたろうって……。僕《ぼく》だってバカじゃないぞ」

「バカのものまねがうまいよ」ハリーはバシッと言《い》った。

「そうかい？」

作《つく》り笑《わら》いだろうが何《なん》だろうが、ロンの顔《かお》にはもう笑《わら》いのひとかけらもない。

「君《きみ》は早《はや》く寝《ね》たほうがいいよ、ハリー。明日《あす》は写真撮影《しゃしんさつえい》とかなんか、きっと早《はや》く起《お》きる必要《ひつよう》があるんだろうよ」

ロンは四本柱《ほんばしら》のベッドのカーテンをぐいっと閉《し》めた。取《と》り残《のこ》されたハリーは、ドアのそばで突《つ》っ立《た》ったまま、深紅《しんく》のビロードのカーテンを見《み》つめていた。今《いま》、そのカーテンは、まちがいなく自分《じぶん》を信《しん》じてくれるだろうと思《おも》っていた数少《かずすく》ない一人《ひとり》の友《とも》を、覆《おお》い隠《かく》していた。

第《だい》18章《しょう》　杖調《つえしら》べ

日曜《にちよう》の朝《あさ》、目《め》が覚《さ》めたハリーは、なぜこんなにみじめで不安《ふあん》な気持《きも》ちなのか、思《おも》い出《だ》すまでにしばらく時間《じかん》がかかった。やがて、昨夜《さくや》の記憶《きおく》が一気《いっき》によみがえってきた。ハリーは起《お》き上《あ》がり、四本柱《ほんばしら》のベッドのカーテンを破《やぶ》るように開《あ》けた。ロンに話《はなし》をし、どうしても信《しん》じさせたかった——しかし、ロンのベッドはもぬけの殻《から》だった。もう朝食《ちょうしょく》に下《お》りていったにちがいない。

ハリーは着替《きが》えて、らせん階段《かいだん》を談話室《だんわしつ》へと下《お》りていった。ハリーの姿《すがた》を見《み》つけるなり、もう朝食《ちょうしょく》を終《お》えてそこにいた寮生《りょうせい》たちが、またもやいっせいに拍手《はくしゅ》した。大広間《おおひろま》に下《お》りていけば、ほかのグリフィンドール生《せい》と顔《かお》を合《あ》わせることになる。みんながハリーを英雄扱《えいゆうあつか》いするだろうと思《おも》うと、気《き》が進《すす》まなかった。しかし、それをとるか、それともここで、必死《ひっし》にハリーを招《まね》き寄《よ》せようとしているクリービー兄弟《きょうだい》に捕《つか》まるか、どっちかだ。ハリーは意《い》を決《けっ》して肖像画《しょうぞうが》の穴《あな》のほうに向《む》かい、出口《でぐち》を押《お》し開《あ》け、外《そと》に出《で》た。そのとたん、ばったりハーマイオニーに出会《であ》った。

「おはよう」

ハーマイオニーは、ナプキンに包《つつ》んだトースト数枚《すうまい》を持《も》ち上《あ》げて見《み》せた。

「これ、持《も》ってきてあげたわ。……ちょっと散歩《さんぽ》しない？」

「いいね」ハリーはとてもありがたかった。

階段《かいだん》を下《お》り、大広間《おおひろま》には目《め》もくれずに、すばやく玄関《げんかん》ホールを通《とお》り、まもなく二人《ふたり》は湖《みずうみ》に向《む》かって急《いそ》ぎ足《あし》で芝生《しばふ》を横切《よこぎ》っていた。湖《みずうみ》にはダームストラングの船《ふね》がつながれ、水面《すいめん》に黒《くろ》い影《かげ》を落《お》としていた。

肌寒《はだざむ》い朝《あさ》だった。二人《ふたり》はトーストをほお張《ば》りながら歩《ある》き続《つづ》け、ハリーは、昨夜《さくや》グリフィンドールのテーブルを離《はな》れてから何《なに》が起《お》こったか、ありのままハーマイオニーに話《はな》した。ハーマイオニーが何《なん》の疑問《ぎもん》も差《さ》し挟《はさ》まずに話《はなし》を受《う》け入《い》れてくれたのには、ハリーは心《こころ》からホッとした。

「ええ、あなたが自分《じぶん》で入《い》れたんじゃないって、もちろん、わかっていたわ」大広間《おおひろま》の裏《うら》の部屋《へや》での様子《ようす》を話《はな》し終《お》えたとき、ハーマイオニーが言《い》った。

「ダンブルドアが名前《なまえ》を読《よ》み上《あ》げたときのあなたの顔《かお》ったら！　でも、問題《もんだい》は、いったい誰《だれ》が名《な》前《まえ》を入《い》れたかだわ！　だって、ムーディが正《ただ》しいのよ、ハリー……生徒《せいと》なんかにできやしない……ゴブレットをだますことも、ダンブルドアを出《だ》し抜《ぬ》くことも――」

「ロンを見《み》かけた？」ハリーが話《はなし》の腰《こし》を折《お》った。

ハーマイオニーは口《くち》ごもった。

「え……ええ……朝食《ちょうしょく》に来《き》てたわ」

「僕《ぼく》が自分《じぶん》の名前《なまえ》を入《い》れたと、まだそう思《おも》ってる？」

「そうね……ううん。そうじゃないと思《おも》う……そういうことじゃなくって」

ハーマイオニーは歯切《はぎ》れが悪《わる》い。

「『そういうことじゃない』って、それ、どういう意味《いみ》？」

「ねえ、ハリー、わからない？」

ハーマイオニーは、捨《す》て鉢《ばち》な言《い》い方《かた》をした。

「嫉妬《しっと》してるのよ！」

「嫉妬《しっと》してる？」ハリーはまさか、と思《おも》った。

「何《なに》に嫉妬《しっと》するんだ？　全校生《ぜんこうせい》の前《まえ》で笑《わら》い者《もの》になることをかい？」

「あのね」ハーマイオニーが辛抱強《しんぼうづよ》く言《い》った。「注目《ちゅうもく》を浴《あ》びるのは、いつだって、あなただわ。わかってるわよね。そりゃ、あなたの責任《せきにん》じゃないわ」

ハリーが怒《おこ》って口《くち》を開《ひら》きかけたのを見《み》て、ハーマイオニーは急《いそ》いで言葉《ことば》をつけ加《くわ》えた。

「何《なに》もあなたが頼《たの》んだわけじゃない……でも――ウーン――あのね、ロンは家《いえ》でもお兄《にい》さんたちと比較《ひかく》されてばっかりだし、あなたはロンの一番《いちばん》の親友《しんゆう》なのに、とっても有名《ゆうめい》だし――みんながあなたを見《み》るとき、ロンはいつでも添《そ》え物扱《ものあつか》いだわ。でも、それにたえてきた。一度《いちど》もそんなことを口《くち》にしないで。でも、たぶん、今度《こんど》という今度《こんど》は、限界《げんかい》だったんでしょうね……」

「そりゃ、けっさくだ」ハリーは苦々《にがにが》しげに言《い》った。「ほんとに大《だい》けっさくだ。ロンに僕《ぼく》からの伝言《でんごん》だって、伝《つた》えてくれ。いつでもお好《す》きなときに入《い》れ替《か》わってやるって。僕《ぼく》がいつでもどうぞって言《い》ってたって、伝《つた》えてくれ……どこに行《い》っても、みんなが僕《ぼく》の額《ひたい》をじろじろ見《み》るんだ……」

「私《わたし》は何《なん》にも言《い》わないわ」ハーマイオニーがきっぱり言《い》った。「自分《じぶん》でロンに言《い》いなさい。それしか解決《かいけつ》の道《みち》はないわ」

「僕《ぼく》、ロンのあとを追《お》いかけ回《まわ》して、あいつが大人《おとな》になるのを手助《てだす》けするなんてまっぴらだ！」ハリーがあまりに大《おお》きな声《こえ》を出《だ》したので、近《ちか》くの木《き》に止《と》まっていたふくろうが数羽《すうわ》、驚《おどろ》いて飛《と》び立《た》った。

「僕《ぼく》が首根《くびね》っこでもへし折《お》られれば、楽《たの》しんでたわけじゃないってことを、ロンも信《しん》じるだろう――」

「ばかなこと言《い》わないで」ハーマイオニーが静《しず》かに言《い》った。

「そんなこと、冗談《じょうだん》にも言《い》うもんじゃないわ」とても心配《しんぱい》そうな顔《かお》だった。

「ハリー、私《わたし》、ずっと考《かんが》えてたんだけど――私《わたし》たちが何《なに》をしなきゃならないか、わかってるわね？　すぐによ。城《しろ》に戻《もど》ったらすぐに、ね？」

「ああ、ロンを思《おも》いっきりけっとばして――」

「シリウスに手紙《てがみ》を書《か》くの。何《なに》が起《お》こったのか、シリウスに話《はな》さなくちゃ。ホグワーツで起《お》こっていることは全部《ぜんぶ》知《し》らせるようにって、シリウスが言《い》ってたわね……まるで、こんなことが起《お》こるのを予想《よそう》していたみたい。私《わたし》、羊皮紙《ようひし》と羽根《はね》ペン、ここに持《も》ってきてるの――」

「やめてくれ」

ハリーは誰《だれ》かに聞《き》かれていないかと周《まわ》りに目《め》を走《はし》らせたが、校庭《こうてい》にはまったく人影《ひとかげ》がなかった。

「シリウスは、僕《ぼく》の傷痕《きずあと》が少《すこ》しチクチクしたというだけで、こっちに戻《もど》ってきたんだ。誰《だれ》かが『三校対抗試合《さんこうたいこうじあい》』に僕《ぼく》の名前《なまえ》を入《い》れたなんてシリウスに言《い》ったら、それこそ城《しろ》に乗《の》り込《こ》んできちゃう――」

「あなたが知《し》らせることを、シリウスは望《のぞ》んでいます」

ハーマイオニーが厳《きび》しい口調《くちょう》で言《い》った。

「どうせシリウスにはわかることよ――」

「どうやって？」

「ハリー、これは秘密《ひみつ》にしておけるようなことじゃないわ」

ハーマイオニーは真剣《しんけん》そのものだった。

「この試合《しあい》は有名《ゆうめい》だし、あなたも有名《ゆうめい》。『日刊予言者新聞《にっかんよげんしゃしんぶん》』に、あなたが試合《しあい》に出場《しゅつじょう》することがまったくのらなかったら、かえっておかしいじゃない……あなたのことは、『例《れい》のあの人《ひと》』について書《か》かれた本《ほん》の半分《はんぶん》に、すでにのってるのよ……どうせ耳《みみ》に入《はい》るものなら、シリウスはあなたの口《くち》から聞《き》きたいはずだわ。絶対《ぜったい》そうに決《き》まってる」

「わかった、わかった。書《か》くよ」

ハリーはトーストの最後《さいご》の一枚《まい》を湖《みずうみ》に放《ほう》り投《な》げた。二人《ふたり》がそこに立《た》って見《み》ていると、トーストは一瞬《いっしゅん》プカプカ浮《う》いていたが、すぐに吸盤《きゅうばん》つきの太《ふと》い足《あし》が一本水中《ぼんすいちゅう》から伸《の》びてきて、トーストをサッとすくって水中《すいちゅう》に消《き》えた。それから二人《ふたり》は城《しろ》に引《ひ》き返《かえ》した。

「誰《だれ》のふくろうを使《つか》おうか？」階段《かいだん》を上《のぼ》りながらハリーが聞《き》いた。

「シリウスがヘドウィグを二度《にど》と使《つか》うなって言《い》うし」

「ロンに頼《たの》んでごらんなさい。貸《か》してってって――」

「僕《ぼく》、ロンには何《なん》にも頼《たの》まない」ハリーはきっぱりと言《い》った。

「そう。それじゃ、学校《がっこう》のふくろうをどれか借《か》りることね。誰《だれ》でも使《つか》えるから」
二人《ふたり》はふくろう小屋《ごや》に出《で》かけた。ハーマイオニーはハリーに羊皮紙《ようひし》、羽根《はね》ペン、インクを渡《わた》すと、止《と》まり木《ぎ》にずらりと並《なら》んだありとあらゆるふくろうを見《み》て回《まわ》った。ハリーは壁《かべ》にもたれて座《すわ》り込《こ》み、手紙《てがみ》を書《か》いた。

シリウスおじさん
ホグワーツで起《お》こっていることは何《なん》でも知《し》らせるようにとおっしゃいましたね。それで、お知《し》らせします——もうお耳《みみ》に入《はい》ったかもしれませんが、今年《ことし》は「三大魔法学校対抗試合《さんだいまほうがっこうたいこうじあい》」があって、土曜日《どようび》の夜《よる》、僕《ぼく》が四人目《にんめ》の代表選手《だいひょうせんしゅ》に選《えら》ばれました。誰《だれ》が僕《ぼく》の名前《なまえ》を「炎《ほのお》のゴブレット」に入《い》れたのか、わかりません。だって、僕《ぼく》じゃないんです。もう一人《ひとり》のホグワーツ代表《だいひょう》はハッフルパフのセドリック・ディゴリーです。

ハリーはここでちょっと考《かんが》え込《こ》んだ。昨晩《さくばん》からずっしりと胸《むね》にのしかかって離《はな》れない不安《ふあん》な気持《きも》ちを、伝《つた》えたい思《おも》いが突《つ》き上《あ》げてきた。しかし、どう言葉《ことば》にしていいのかわからない。そこで、羽根《はね》ペンをインク瓶《びん》に浸《ひた》し、ただこう書《か》いた。

おじさんもバックビークも、どうぞお元気《げんき》で——ハリーより

「書《か》いた」

ハリーは立《た》ち上《あ》がり、ローブから藁《わら》を払《はら》い落《お》としながら、ハーマイオニーに言《い》った。それを合《あい》図《ず》に、ヘドウィグがバタバタとハリーの肩《かた》に舞《ま》い降《お》り、脚《あし》を突《つ》き出《だ》した。

「おまえを使《つか》うわけにはいかないんだよ」

ハリーは学校《がっこう》のふくろうを見回《みまわ》しながらヘドウィグに話《はな》しかけた。

「学校《がっこう》のどれかを使《つか》わないといけないんだ……」

ヘドウィグは一声《ひとこえ》ホーッと大《おお》きく鳴《な》き、パッと飛《と》び立《た》った。あまりの勢《いきお》いに、爪《つめ》がハリーの肩《かた》に食《く》い込《こ》んだ。ハリーが大《おお》きなメンフクロウの脚《あし》に手紙《てがみ》をくくりつけている間中《あいだじゅう》、ヘドウィグはハリーに背《せ》を向《む》けたままだった。メンフクロウが飛《と》び去《さ》ったあと、ハリーは手《て》を伸《の》ばしてヘドウィグをなでようとしたが、ヘドウィグは激《はげ》しくくちばしをカチカチ鳴《な》らし、ハリーの手《て》の届《とど》かない天井《てんじょう》の垂木《たるき》へと舞《ま》い上《あ》がった。

「最初《さいしょ》はロン、今度《こんど》はおまえもか」

ハリーは腹立《はらだ》たしかった。

「僕《ぼく》が悪《わる》いんじゃないのに」

みんなが、ハリーが代表選手《だいひょうせんしゅ》になったことに慣《な》れてくれれば、状況《じょうきょう》はましになるだろうとハリーは考《かんが》えていた。次《つぎ》の日《ひ》にはもう、ハリーは自分《じぶん》の読《よ》みの甘《あま》さに気《き》づかされた。授業《じゅぎょう》が始《はじ》まると、学校中《がっこうじゅう》の生徒《せいと》の目《め》をさけるわけにはいかなくなった――学校中《がっこうじゅう》の生徒《せいと》が、グリフィンドール生《せい》と同《おな》じように、ハリーが自分《じぶん》で試合《しあい》に名乗《なの》りを上《あ》げたと思《おも》っていた。しかし、グリフィンドール生《せい》とちがって、ほかの生徒《せいと》たちは、それを快《こころよ》くは思《おも》っていなかった。

ハッフルパフは、いつもならグリフィンドールとてもうまくいっていたのに、グリフィンドール生全員《せいぜんいん》に対《たい》してはっきり冷《つめ》たい態度《たいど》に出《で》た。たった一度《いちど》の「薬草学《やくそうがく》」のクラスで、それが充分《じゅうぶん》にわかった。ハッフルパフ生《せい》が、自分《じぶん》たちの代表選手《だいひょうせんしゅ》の栄光《えいこう》をハリーが横取《よこど》りしたと思《おも》っているのは明《あき》らかだった。ハッフルパフはめったに脚光《きゃっこう》を浴《あ》びることがなかったので、ますます感情《かんじょう》を悪化《あっか》させたのだろう。セドリックは、一度《いちど》クィディッチでグリフィンドールを打《う》ち負《ま》かし、ハッフルパフに栄光《えいこう》をもたらした貴重《きちょう》な人物《じんぶつ》だった。

アーニー・マクミランとジャスティン・フィンチ－フレッチリーは、普段《ふだん》はハリーとうまくいっているのに、同《おな》じ台《だい》で「ピョンピョン球根《きゅうこん》」の植《う》え替《か》え作業《さぎょう》をしているときも、ハリーと口《くち》をきかなかった――「ピョンピョン球根《きゅうこん》」が一個《こ》ハリーの手《て》から飛《と》び出《だ》し、思《おも》いっきりハリーの顔《かお》にぶつかったときは、笑《わら》いはしたが、ふゆかいな笑《わら》い方《かた》だった。

ロンもハリーに口《くち》をきかない。ハーマイオニーが二人《ふたり》の間《あいだ》に座《すわ》って、何《なん》とか会話《かいわ》を成《な》り立《た》たせようとしたが、二人《ふたり》ともハーマイオニーにはいつもどおりの受《う》け答《こた》えをしながらも、互《たが》いに目《め》を合《あ》わさないようにしていた。ハリーは、スプラウト先生《せんせい》までよそよそしいように感《かん》じた――もっとも、スプラウト先生《せんせい》はハッフルパフの寮監《りょうかん》だ。

普段《ふだん》ならハグリッドに会《あ》うのは楽《たの》しみだったが、「魔法生物飼育学《まほうせいぶつしいくがく》」は、スリザリンと顔《かお》を合《あ》わせるということでもあった――代表選手《だいひょうせんしゅ》になってからはじめてスリザリン生《せい》と顔《かお》をつき合《あ》わせることになるのだ。

思《おも》ったとおり、マルフォイはいつものせせら笑《わら》いをしっかり顔《かお》に刻《きざ》んで、ハグリッドの小屋《こや》に現《あらわ》れた。

「おい、ほら、見《み》ろよ。代表選手《だいひょうせんしゅ》だ」

ハリーに声《こえ》が聞《き》こえるところまで来《く》るとすぐに、マルフォイがクラッブとゴイルに話《はな》しかけた。

「サイン帳《ちょう》の用意《ようい》はいいか？　今《いま》のうちにもらっておけよ。もうあまり長《なが》くはないんだから……

対抗戦《たいこうせん》の選手《せんしゅ》は半数《はんすう》が死《し》んでいる……君《きみ》はどのくらい持《も》ちこたえるつもりだい？　ポッター？　僕《ぼく》は、最初《さいしょ》の課題《かだい》が始《はじ》まって十分《ぶん》だと賭《か》けるね」

クラッブとゴイルがおべっか使《づか》いのバカ笑《わら》いをした。しかし、マルフォイはそれ以上《いじょう》は続《つづ》けられなかった。ハグリッドが山《やま》のように積《つ》み上《あ》げた木箱《きばこ》を抱《かか》え、ぐらぐらするのをバランスを取《と》りながら、小屋《こや》の後《うし》ろから現《あらわ》れたからだ。木箱《きばこ》の一つ一つに、でっかい「尻尾爆発《しっぽばくはつ》スクリュート」が入《はい》っている。

それからのハグリッドの説明《せつめい》は、クラス中《じゅう》をぞっとさせた。スクリュートが互《たが》いに殺《ころ》し合《あ》うのは、エネルギーを発散《はっさん》しきれていないからで、解決《かいけつ》するには生徒《せいと》が一人一人《ひとりひとり》スクリュートに引《ひ》き綱《づな》をつけて、ちょっと散歩《さんぽ》させてやるのがいいというのだ。ハグリッドの提案《ていあん》のおかげで、完全《かんぜん》にマルフォイの気《き》がそれてしまったのが、唯一《ゆいいつ》のなぐさめだった。

「こいつに散歩《さんぽ》？」

マルフォイは箱《はこ》の一つをのぞき込《こ》み、うんざりしたようにハグリッドの言葉《ことば》をくり返《かえ》した。

「それに、いったいどこに引《ひ》き綱《づな》を結《むす》べばいいんだ？　毒針《どくばり》にかい？　それとも爆発尻尾《ばくはつしっぽ》とか吸盤《きゅうばん》にかい？」

「真《ま》ん中《なか》あたりだ」ハグリッドが手本《てほん》を見《み》せた。

「あーー―ドラゴン革《がわ》の手袋《てぶくろ》をしたほうがええな。なに、まあ、用心《ようじん》のためだ。ハリーーーこっち来《き》て、このおっきいやつを手伝《てつだ》ってくれ……」

しかしハグリッドは、ほんとうは、みんなから離《はな》れたところでハリーと話《はなし》をしたかったのだ。

ハグリッドはみんながスクリュートを連《つ》れて散歩《さんぽ》に出《で》るのを待《ま》って、ハリーのほうに向《む》きなおり、真剣《しんけん》な顔《かお》つきで言《い》った。

「そんじゃーーハリー、試合《しあい》に出《で》るんだな。対校試合《たいこうじあい》に。代表選手《だいひょうせんしゅ》で」

「選手《せんしゅ》の一人《ひとり》だよ」ハリーが訂正《ていせい》した。

ボサボサ眉《まゆ》の下《した》で、コガネムシのようなハグリッドの目《め》が、ひどく心配《しんぱい》そうだった。

「ハリー、誰《だれ》がおまえの名前《なまえ》を入《い》れたのか、わかんねえのか？」

「それじゃ、僕《ぼく》が入《い》れたんじゃないって、信《しん》じてるんだね？」

ハグリッドへの感謝《かんしゃ》の気持《きも》ちが込《こ》み上《あ》げてくるのを、顔《かお》に出《だ》さないようにするのは難《むずか》しかった。

「もちろんだ」ハグリッドがうなるように言《い》った。

「おまえさんが自分《じぶん》じゃねえって言《い》うんだ。俺《おれ》はおまえを信《しん》じるーーダンブルドアもきっとおまえを信《しん》じちょる」

「いったい誰《だれ》なのか、僕《ぼく》が知《し》りたいよ」ハリーは苦々《にがにが》しそうに言《い》った。

二人《ふたり》は芝生《しばふ》を見渡《みわた》した。生徒《せいと》たちがあっちこっちに散《ち》らばり、みんなさんざん苦労《くろう》していた。スクリュートは、今《いま》や体長《たいちょう》一メートルを超《こ》え、猛烈《もうれつ》に強《つよ》くなっていた。もはや殻《から》なし、色《いろ》なしのスクリュートではなく、分厚《ぶあつ》い、灰色《はいいろ》に輝《かがや》く鎧《よろい》のようなものに覆《おお》われている。巨大《きょだい》なサソリと引《ひ》き伸《の》ばしたカニをかけ合《あ》わせたような代物《しろもの》だ——しかも、どこが頭《あたま》なのやら、目《め》なのやら、いまだにわからない。とてつもなく強《つよ》くなり、とても制御《せいぎょ》できない。

「見《み》ろや。みんな楽《たの》しそうだ。な？」

ハグリッドはうれしそうに言《い》った。「みんな」とは、きっとスクリュートのことだろうとハリーは思《おも》った。クラスメートのことじゃないのはたしかだ。スクリュートのどっちが頭《あたま》かしっぽかわからない先端《せんたん》が、ときどき、バンと、びっくりするような音《おと》を立《た》てて爆発《ばくはつ》した。そうするとスクリュートは数《すう》メートル前方《ぜんぽう》に飛《と》んだ。腹《はら》ばいになって引《ひ》きずられていく生徒《せいと》、何《なん》とか立《た》ち上《あ》がろうともがく生徒《せいと》は一人《ひとり》や二人《ふたり》ではなかった。

「なあ、ハリー、いってえどういうことなのかなぁ」

ハグリッドは急《きゅう》にため息《いき》をつき、心配《しんぱい》そうな顔《かお》でハリーを見下《みお》ろした。

「代表選手《だいひょうせんしゅ》か……おまえは、いろんな目《め》にあうなぁ、え？」

ハリーは何《なに》も言《い》わなかった。そう。僕《ぼく》にはいろんなことが起《お》こるみたいだ……ハーマイオニーが僕《ぼく》と湖《みずうみ》の周《まわ》りを散歩《さんぽ》しながら言《い》ってたのも、だいたいそういうことだった。ハーマイオニーに言《い》わせると、それが原因《げんいん》で、ロンが僕《ぼく》に口《くち》をきかないんだ。

それからの数日《すうじつ》は、ハリーにとってホグワーツ入学以来最低《にゅうがくいらいさいてい》の日々《ひび》だった。二年生《ねんせい》のとき、学校《がっこう》の生徒《せいと》の大半《たいはん》が、ハリーがほかの生徒《せいと》を襲《おそ》っている、と疑《うたが》っていた数《すう》か月間《げつかん》、ハリーはこれに近《ちか》い気持《きも》ちを味《あじ》わった。しかし、その時《とき》はロンが味方《みかた》だった。ロンが戻《もど》ってくれさえしたら、学校中《がっこうじゅう》がどんな仕打《しう》ちをしようともたえられる、とハリーは思《おも》った。しかし、ロンが自分《じぶん》からそうしようと思《おも》わないかぎり、ハリーのほうからロンに口《くち》をきいてくれと説得《せっとく》するつもりはなかった。そうはいっても、四方八方《しほうはっぽう》から冷《つめ》たい視線《しせん》を浴《あ》びせかけられるのは、やはり孤独《こどく》なものだった。

ハッフルパフの態度《たいど》は、ハリーにとっていやなものではあったが、それなりに理解《りかい》できた。自分《じ》たちの寮代表《りょうだいひょう》を応援《おうえん》するのは当然《とうぜん》だ。スリザリンからは、どうしたって、性質《たち》の悪《わる》い侮辱《ぶじょく》を受《う》けるだろうと、ハリーは予想《よそう》していた――今《いま》にかぎらず、これまでずっと、ハリーはスリザリンの嫌《きら》われ者《もの》だった。クィディッチでも寮対抗杯《りょうたいこうはい》でも、ハリーの活躍《かつやく》で、何度《なんど》も、グリフィンドールがスリザリンを打《う》ち負《ま》かしたからだ。しかし、レイブンクロー生《せい》なら、セドリックもハリーも同《おな》じように応援《おうえん》するくらいの寛容《かんよう》さはあるだろうと期待《きたい》していた。見込《みこ》みちがいだった。レイブンクロー生《せい》のほとんどは、ハリーがさらに有名《ゆうめい》になろうと躍起《やっき》になって、ゴブレットをだまして自分《じぶん》の名前《なまえ》を入《い》れた、と思《おも》っているようだった。

その上《うえ》、セドリックはハリーよりもずっと、代表選手《だいひょうせんしゅ》にぴったりのはまり役《やく》だというのも事実《じつ》だった。鼻筋《はなすじ》がすっと通《とお》り、黒髪《くろかみ》にグレーの瞳《ひとみ》というずば抜《ぬ》けたハンサムで、このごろでは、セドリックとクラムのどちらが憧《あこが》れの的《まと》か、いい勝負《しょうぶ》だった。実際《じっさい》、クラムのサインをもらおうと大騒《おおさわ》ぎしていたあの六年生《ねんせい》の女子学生《じょしがくせい》たちが、ある日《ひ》の昼食時《ちゅうしょくじ》、自分《じぶん》のかばんにサインをしてくれとセドリックにねだっているのを、ハリーは目撃《もくげき》している。

一方《いっぽう》、シリウスからは何《なん》の返事《へんじ》も来《こ》なかったし、ヘドウィグはハリーのそばに来《く》ることを拒《こば》んでいた。その上《うえ》、トレローニー先生《せんせい》はこれまでより自信《じしん》たっぷりに、ハリーの死《し》を予言《よげん》し続《つづ》けていた。しかも、フリットウィック先生《せんせい》の授業《じゅぎょう》で、ハリーは「呼《よ》び寄《よ》せ呪文《じゅもん》」のできが悪《わる》く、特別《とくべつ》に宿題《しゅくだい》を出《だ》されてしまった――宿題《しゅくだい》を出《だ》されたのはハリー一人《ひとり》だけだった。ネビルは別《べつ》として。

「そんなに難《むずか》しくないのよ、ハリー」

フリットウィック先生《せんせい》の教室《きょうしつ》を出《で》るとき、ハーマイオニーが励《はげ》ました――授業中《じゅぎょうちゅう》ずっと、ハーマイオニーは、まるで変《へん》な万能磁石《ばんのうじしゃく》になったかのように、黒板消《こくばんけ》し、紙《かみ》くずかご、月球儀《げっきゅうぎ》などをブンブン自分《じぶん》のほうに引《ひ》き寄《よ》せていた。

「あなたは、ちゃんと意識《いしき》を集中《しゅうちゅう》してなかっただけなのよ――」

「なぜそうなんだろうね？」

ハリーは暗《くら》い声《こえ》を出《だ》した。ちょうど、セドリック・ディゴリーが、大勢《おおぜい》の追《お》っかけ女子学生《じょしがくせい》に取《と》り囲《かこ》まれてハリーのそばを通《とお》り過《す》ぎるところで、取《と》り巻《ま》き全員《ぜんいん》が、まるで特大《とくだい》の「尻尾爆発《しっぽばくはつ》スクリュート」でも見《み》るような目《め》でハリーを見《み》た。

「これでも――気《き》にするなってことかな。午後《ごご》から二時限続《じげんつづ》きの『魔法薬学《まほうやくがく》』の授業《じゅぎょう》がある。お楽《たの》しみだ……」

二時限続《じげんつづ》きの「魔法薬学《まほうやくがく》」の授業《じゅぎょう》ではいつもいやな経験《けいけん》をしていたが、このごろはまさに拷問《ごうもん》だった。学校《がっこう》の代表選手《だいひょうせんしゅ》になろうなどと大《だい》それたことをしたハリーを、ぎりぎり懲《こ》らしめてやろうと待《ま》ちかまえているスネイプやスリザリン生《せい》と一緒《いっしょ》に、地下牢教室《ちかろうきょうしつ》に一時間半《じかんはん》も閉《と》じ込《こ》められるなんて、どう考《かんが》えても、ハリーにとっては最悪《さいあく》だった。もう先週《せんしゅう》の金曜日《きんようび》に、その苦痛《くつう》を一回分《かいぶん》、ハリーは味《あじ》わっていた。ハーマイオニーが隣《となり》に座《すわ》り、声《こえ》を殺《ころ》して「がまん、がまん、がまん」とお経《きょう》のように唱《とな》えていた。今日《きょう》も状況《じょうきょう》がましになっているとは思《おも》えない。

昼食《ちゅうしょく》のあと、ハリーとハーマイオニーが地下牢《ちかろう》のスネイプの教室《きょうしつ》に着《つ》くと、スリザリン生《せい》が外《そと》で待《ま》っていた。一人残《ひとりのこ》らず、ローブの胸《むね》に、大《おお》きなバッジをつけている。一瞬《いっしゅん》、面食《めんく》らったハリーは、「S・P・E・W《しもべ妖精福祉振興協会》」バッジをつけているのかと思《おも》った――よく見《み》ると、みな同《おな》じ文字《もじ》が書《か》いてある。薄暗《うすぐら》い地下廊下《ちかろうか》で、赤《あか》い蛍光色《けいこうしょく》の文字《もじ》が燃《も》えるように輝《かがや》いていた。

セドリック・ディゴリーを応援《おうえん》しよう――
ホグワーツの真《まこと》のチャンピオンを！

「気《き》に入《い》ったかい？　ポッター？」ハリーが近《ちか》づくと、マルフォイが大声《おおごえ》で言《い》った。
「それに、これだけじゃないんだ――ほら！」
マルフォイがバッジを胸《むね》に押《お》しつけると、赤文字《あかもじ》が消《き》え、緑《みどり》に光《ひか》る別《べつ》な文字《もじ》が浮《う》かび出《で》た。

汚《きたな》いぞ、ポッター

スリザリン生《せい》がどっと笑《わら》った。全員《ぜんいん》が胸《むね》のバッジを押《お》し、「**汚《きたな》いぞ、ポッター**」の文字《もじ》がハリーをぐるりと取《と》り囲《かこ》んでギラギラ光《ひか》った。ハリーは、首《くび》から顔《かお》がカッカとほてってくるのを感《かん》じた。

「あら、とってもおもしろいじゃない」

ハーマイオニーが、パンジー・パーキンソンとその仲間《なかま》の女子学生《じょしがくせい》に向《む》かって皮肉《ひにく》たっぷりに言《い》った。このグループがひときわ派手《はで》に笑《わら》っていたのだ。

「ほんとにおしゃれだわ」

ロンはディーンやシェーマスと一緒《いっしょ》に、壁《かべ》にもたれて立《た》っていた。笑《わら》ってはいなかったが、ハリーのためにつっぱろうともしなかった。

「一つあげようか？　グレンジャー？」

マルフォイがハーマイオニーにバッジを差《さ》し出《だ》した。

「たくさんあるんだ。だけど、僕《ぼく》の手《て》に今《いま》さわらないでくれ。手《て》を洗《あら》ったばかりなんだ。『穢《けが》れた血《ち》』でべっとりにされたくないんだよ」

何日《なんにち》も何日《なんにち》もたまっていた怒《いか》りの一端《いったん》が、ハリーの胸《むね》の中《なか》でせきを切《き》ったように噴《ふ》き出《だ》した。ハリーは無意識《むいしき》のうちに杖《つえ》に手《て》をやっていた。周《まわ》りの生徒《せいと》たちが、あわててその場《ば》を離《はな》れ、廊下《ろうか》で遠巻《とおま》きにした。

「ハリー！」ハーマイオニーが引《ひ》き止《と》めようとした。

「やれよ、ポッター」

マルフォイも杖《つえ》を引《ひ》っ張《ぱ》り出《だ》しながら、落《お》ち着《つ》き払《はら》った声《こえ》で言《い》った。

「今度《こんど》は、かばってくれるムーディもいないぞ――やれるものならやってみろ――」

一瞬《いっしゅん》、二人《ふたり》の目《め》に火花《ひばな》が散《ち》った。それからまったく同時《どうじ》に、二人《ふたり》が動《うご》いた。

「ファーナンキュラス！ 鼻呪《はなのろ》い！」ハリーが叫《さけ》んだ。

「デンソージオ！ 歯呪《はのろ》い！」マルフォイも叫《さけ》んだ。

二人《ふたり》の杖《つえ》から飛《と》び出《だ》した光《ひかり》が、空中《くうちゅう》でぶつかり、折《お》れ曲《ま》がって跳《は》ね返《かえ》った――ハリーの光線《こうせん》はゴイルの顔《かお》を直撃《ちょくげき》し、マルフォイのはハーマイオニーに命中《めいちゅう》した。ゴイルは両手《りょうて》で鼻《はな》を覆《おお》ってわめいた。醜《みにく》い大《おお》きな腫《は》れ物《もの》が、鼻《はな》にボツボツ盛《も》り上《あ》がりつつあった――ハーマイオニーはぴったり口《くち》を押《お》さえて、おろおろ声《こえ》を上《あ》げていた。

「ハーマイオニー！」

いったいどうしたのかと、ロンが心配《しんぱい》して飛《と》び出《だ》してきた。

ハリーが振《ふ》り返《かえ》ると、ロンがハーマイオニーの手《て》を引《ひ》っ張《ぱ》って、顔《かお》から離《はな》したところだった。見《み》たくない光景《こうけい》だった。ハーマイオニーの前歯《まえば》が――もともと平均《へいきん》より大《おお》きかったが――今《いま》や驚《おどろ》くほどの勢《いきお》いで成長《せいちょう》していた。歯《は》が伸《の》びるにつれて、ハーマイオニーはビーバーそっくりになってきた。下唇《したくちびる》より長《なが》くなり、下《した》あごに迫《せま》り――ハーマイオニーはあわてふためいて、歯《は》をさわり、驚《おどろ》いて叫《さけ》び声《ごえ》を上《あ》げた。

「この騒《さわ》ぎは何事《なにごと》だ？」

低《ひく》い、冷《ひ》え冷《び》えとした声《こえ》がした。スネイプの到着《とうちゃく》だ。スリザリン生《せい》が口々《くちぐち》に説明《せつめい》しだした。スネイプは長《なが》い黄色《きいろ》い指《ゆび》をマルフォイに向《む》けて言《い》った。

「説明《せつめい》したまえ」

「先生《せんせい》、ポッターが僕《ぼく》を襲《おそ》ったんです――」

「僕《ぼく》たち同時《どうじ》にお互《たが》いを攻撃《こうげき》したんです！」ハリーが叫《さけ》んだ。

「――ポッターがゴイルをやったんです――見《み》てください――」

スネイプはゴイルの顔《かお》を調《しら》べた。今《いま》や、毒《どく》キノコの本《ほん》にのったらぴったりするだろうと思《おも》うような顔《かお》になっていた。

「医務室《いむしつ》へ、ゴイル」スネイプが落《お》ち着《つ》き払《はら》って言《い》った。

「マルフォイがハーマイオニーをやったんです！」ロンが言《い》った。「見《み》てください！」

歯《は》を見《み》せるようにと、ロンが無理《むり》やりハーマイオニーをスネイプのほうに向《む》かせた――ハーマイオニーは両手《りょうて》で歯《は》を隠《かく》そうと懸命《けんめい》になっていたが、もうのど元《もと》を過《す》ぎるほど伸《の》びて、隠《かく》すのは難《むずか》しかった。パンジー・パーキンソンも、仲間《なかま》の女《おんな》の子《こ》たちも、スネイプの陰《かげ》に隠《かく》れてハーマイオニーを指差《ゆびさ》し、クスクス笑《わら》いの声《こえ》がもれないよう、身《み》をよじっていた。

スネイプはハーマイオニーに冷《つめ》たい目《め》を向《む》けて言《い》った。

「いつもと変《か》わりない」

ハーマイオニーは泣《な》き声《ごえ》をもらした。そして目《め》に涙《なみだ》をいっぱい浮《う》かべ、くるりと背《せ》を向《む》けて走《はし》りだした。廊下《ろうか》のむこう端《はし》までかけ抜《ぬ》け、ハーマイオニーは姿《すがた》を消《け》した。

ハリーとロンが同時《どうじ》にスネイプに向《む》かって叫《さけ》んだ。同時《どうじ》だったのが、たぶん幸運《こううん》だった。二人《ふたり》の声《こえ》が石《いし》の廊下《ろうか》に大《おお》きくこだましたのも幸運《こううん》だった。ガンガンという騒音《そうおん》で、二人《ふたり》がスネイプを何呼《なによ》ばわりしたのか、はっきり聞《き》き取《と》れなかったはずだ。それでも、スネイプにはだいたいの意《い》味《み》がわかったらしい。

「さよう」スネイプが最高《さいこう》の猫《ねこ》なで声《ごえ》で言《い》った。

「グリフィンドール、五十点減点《てんげんてん》。ポッターとウィーズリーはそれぞれ居残《いのこ》り罰《ばつ》だ。さあ、教室《きょうしつ》に入《はい》りたまえ。さもないと一週間居残《しゅうかんいのこ》り罰《ばつ》を与《あた》えるぞ」

ハリーは怒《いか》りでジンジン耳鳴《みみな》りがした。あまりの理不尽《りふじん》さに、スネイプに呪《のろ》いをかけて、べとべとの千切《せんぎ》りにしてやりたかった。スネイプの脇《わき》を通《とお》り抜《ぬ》け、ハリーはロンと一緒《いっしょ》に地下牢《ちかろう》 教《きょう》室《しつ》の一番後《いちばんうし》ろに行《い》き、かばんをバンと机《つくえ》にたたきつけた。

ロンも怒《いか》りでわなわな震《ふる》えていた——一瞬《いっしゅん》、二人《ふたり》の仲《なか》がすべて元《もと》どおりになったように感《かん》じられた。しかし、ロンはプイとそっぽを向《む》き、ハリー一人《ひとり》をその机《つくえ》に残《のこ》して、ディーンやシェーマスと一緒《いっしょ》に座《すわ》った。地下牢《ちかろう》教室《きょうしつ》のむこう側《がわ》で、マルフォイがスネイプに背中《せなか》を向《む》け、ニヤニヤしながら胸《むね》のバッジを押《お》した。「**汚《きたな》いぞ、ポッター**」の文字《もじ》が、再《ふたた》び教室《きょうしつ》のむこうで点滅《てんめつ》した。

授業《じゅぎょう》が始《はじ》まると、ハリーは、スネイプを恐《おそ》ろしい目《め》にあわせることを想像《そうぞう》しながら、じっとスネイプをにらみつけていた。……「磔《はりつけ》の呪文《じゅもん》」が使《つか》えさえしたらなぁ……あのクモのように、スネイプを仰向《あおむ》けにひっくり返《かえ》し、七転八倒《しちてんばっとう》させてやるのに……。

「解毒剤《げどくざい》！」

スネイプがクラス全員《ぜんいん》を見渡《みわた》した。黒《くろ》く冷《つめ》たい目《め》が、不快《ふかい》げに光《ひか》っている。

「材料《ざいりょう》の準備《じゅんび》はもう全員《ぜんいん》できているはずだな。それを注意深《ちゅういぶか》く煎《せん》じるのだ。それから、誰《だれ》か実験台《じっけんだい》になる者《もの》を選《えら》ぶ……」

スネイプの目《め》がハリーの目《め》をとらえた。ハリーには先《さき》が読《よ》めた。スネイプは僕《ぼく》に毒《どく》を飲《の》ませるつもりだ。頭《あたま》の中《なか》で、ハリーは想像《そうぞう》した——自分《じぶん》の鍋《なべ》を抱《かか》え上《あ》げ、猛《もう》スピードで教室《きょうしつ》の一番前《いちばんまえ》まで走《はし》っていき、スネイプのぎとぎと頭《あたま》をガツンと打《う》つ——。

すると、その時《とき》、ハリーの想像《そうぞう》の中《なか》に、地下牢《ちかろう》教室《きょうしつ》のドアをノックする音《おと》が飛《と》び込《こ》んできた。

コリン・クリービーだった。ハリーに笑《わら》いかけながらそろそろと教室《きょうしつ》に入《はい》ってきたコリンは、一番前《いちばんまえ》にあるスネイプの机《つくえ》まで歩《ある》いていった。

「何《なん》だ？」スネイプがぶっきらぼうに言《い》った。

「先生《せんせい》、僕《ぼく》、ハリー・ポッターを上《うえ》に連《つ》れてくるように言《い》われました」

スネイプは鉤鼻《かぎばな》の上《うえ》からずいっとコリンを見下《みお》ろした。使命《しめい》に燃《も》えたコリンの顔《かお》から笑《わら》いが吹《ふ》き飛《と》んだ。

「ポッターにはあと一時間魔法薬《じかんまほうやく》の授業《じゅぎょう》がある」スネイプが冷《つめ》たく言《い》い放《はな》った。

「ポッターは授業《じゅぎょう》が終《お》わってから上《うえ》に行《い》く」

コリンの顔《かお》が上気《じょうき》した。

「先生《せんせい》——でも、バグマンさんが呼《よ》んでます」コリンはおずおずと言《い》った。

「代表選手《だいひょうせんしゅ》は全員《ぜんいん》行《い》かないといけないんです。写真《しゃしん》を撮《と》るんだと思《おも》います……」

「写真《しゃしん》を撮《と》る」という言葉《ことば》をコリンに言《い》わせずにすむのだったら、ハリーはどんな宝《たから》でも差《さ》し出《だ》しただろう。ハリーはちらりとロンを見《み》た。ロンはかたくなに天井《てんじょう》を見《み》つめていた。

「よかろう」スネイプがバシリと言《い》った。

「ポッター、持《も》ち物《もの》を置《お》いていけ。戻《もど》ってから自分《じぶん》の作《つく》った解毒剤《げどくざい》を試《ため》してもらおう」

「すみませんが、先生《せんせい》――持《も》ち物《もの》を持《も》っていかないといけません」

コリンがかん高《だか》い声《こえ》で言《い》った。

「代表選手《だいひょうせんしゅ》はみんな――」

「**よかろう！　ポッター――**かばんを持《も》って、とっとと我輩《わがはい》の目《め》の前《まえ》から消《き》えろ！」

ハリーはかばんを放《ほう》り上《あ》げるようにして肩《かた》にかけ、席《せき》を立《た》ってドアに向《む》かった。スリザリン生《せい》の座《すわ》っているところを通《とお》り過《す》ぎるとき、「**汚《きたな》いぞ、ポッター**」の光《ひかり》が四方八方《しほうはっぽう》からハリーに向《む》かって飛《と》んできた。

「すごいよね、ハリー？」

ハリーが地下牢教室《ちかろうきょうしつ》のドアを閉《し》めるや否《いな》や、コリンがしゃべりだした。

「ね、だって、そうじゃない？　君《きみ》が代表選手《だいひょうせんしゅ》だってこと、ね？」

「ああ、ほんとにすごいよ」

玄関《げんかん》ホールへの階段《かいだん》に向《む》かいながら、ハリーは重苦《おもくる》しい声《こえ》で言《い》った。

「コリン、何《なん》のために写真《しゃしん》を撮《と》るんだい？」

「『日刊予言者新聞《にっかんよげんしゃしんぶん》』、だと思《おも》う！」

「そりゃいいや」ハリーはうんざりした。

「僕《ぼく》にとっちゃ、まさにおあつらえ向《む》きだよ。大宣伝《だいせんでん》がね」

二人《ふたり》は指定《してい》された部屋《へや》に着《つ》き、コリンが「がんばって！」と言《い》った。

ハリーはドアをノックして中《なか》に入《はい》った。

そこはかなり狭《せま》い教室《きょうしつ》だった。机《つくえ》は大部分《だいぶぶん》が部屋《へや》の隅《すみ》に押《お》しやられて、真《ま》ん中《なか》に大《おお》きな空間《くうかん》ができていた。ただし、黒板《こくばん》の前《まえ》に、机《つくえ》が三卓《たく》だけ、横《よこ》につなげて置《お》いてあり、たっぷりとした長《なが》さのビロードのカバーがかけられていた。その机《つくえ》のむこうに、椅子《いす》が五脚《きゃく》並《なら》び、その一つにルード・バグマンが座《すわ》って、濃《こ》い赤紫色《あかむらさきいろ》のローブを着《き》た魔女《まじょ》と話《はなし》をしていた。ハリーには見覚《みおぼ》えのない魔女《まじょ》だ。

ビクトール・クラムはいつものようにむっつりして、誰《だれ》とも話《はなし》をせず、部屋《へや》の隅《すみ》に立《た》っていた。セドリックとフラーは何《なに》か話《はな》していた。フラーは今《いま》までで一番幸《いちばんしあわ》せそうに見《み》える、とハリーは思《おも》った。フラーは、しょっちゅう頭《あたま》をのけぞらせ、長《なが》いシルバーブロンドの髪《かみ》が光《ひかり》を受《う》けるようにしていた。かすかに煙《けむり》の残《のこ》る、黒《くろ》い大《おお》きなカメラを持《も》った中年太《ちゅうねんぶと》りの男《おとこ》が、横目《よこめ》でフラーを見《み》つめていた。

バグマンが突然《とつぜん》ハリーに気《き》づき、急《いそ》いで立《た》ち上《あ》がってはずむように近《ちか》づいた。

「ああ、来《き》たな！　代表選手《だいひょうせんしゅ》の四番目《ばんめ》！　さあ、お入《はい》り、ハリー。さあ……何《なに》も心配《しんぱい》することはない。ほんの『杖調《つえしら》べ』の儀式《ぎしき》なんだから。ほかの審査員《しんさいん》も追《お》っつけ来《く》るはずだ――」

「杖調《つえしら》べ？」ハリーが心配《しんぱい》そうに聞《き》き返《かえ》した。

「君《きみ》たちの杖《つえ》が、万全《ばんぜん》の機能《きのう》を備《そな》えているかどうか、調《しら》べないといかんのでね。つまり、問題《もんだい》がないように、ということだ。これからの課題《かだい》にはもっとも重要《じゅうよう》な道具《どうぐ》なんでね」

バグマンが言《い》った。

「専門家《せんもんか》が今《いま》、上《うえ》でダンブルドアと話《はな》している。それから、ちょっと写真《しゃしん》を撮《と》ることになる。こちらはリータ・スキーターさんだ」

赤紫《あかむらさき》のローブを着《き》た魔女《まじょ》を指《さ》しながら、バグマンが言《い》った。

「この方《かた》が、試合《しあい》について、『日刊予言者新聞《にっかんよげんしゃしんぶん》』に短《みじか》い記事《きじ》を書《か》く……」

「ルード、そんなに短《みじか》くはないかもね」リータ・スキーターの目《め》はハリーに注《そそ》がれていた。

スキーター女史《じょし》の髪《かみ》は、念入《ねんい》りにセットされ、奇妙《きみょう》にかっちりしたカールが、角張《かくば》ったあごの顔《かお》つきとは絶妙《ぜつみょう》にちぐはぐだった。宝石《ほうせき》で縁《ふち》が飾《かざ》られためがねをかけている。ワニ革《がわ》ハンドバッグをがっちり握《にぎ》った太《ふと》い指《ゆび》の先《さき》は、真《ま》っ赤《か》に塗《ぬ》った五センチもの爪《つめ》だ。

「儀式《ぎしき》が始《はじ》まる前《まえ》に、ハリーとちょっとお話《はな》ししていいかしら？」

女史《じょし》はハリーをじっと見《み》つめたままでバグマンに聞《き》いた。

「だって、最年少《さいねんしょう》の代表選手《だいひょうせんしゅ》ざんしょ……ちょっと味《あじ》つけにね？」

「いいとも！」バグマンが叫《さけ》んだ。「いや――ハリーさえよければだが？」

「あのー――」ハリーが言《い》った。

「すてきざんすわ」

言《い》うが早《はや》く、リータ・スキーターの真《ま》っ赤《か》な長《なが》い爪《つめ》が、ハリーの腕《うで》を驚《おどろ》くほどの力《ちから》でがっちり握《にぎ》り、ハリーをまた部屋《へや》の外《そと》へとうながし、手近《てぢか》の部屋《へや》のドアを開《あ》けた。

「あんなガヤガヤしたところにはいたくないざんしょ」女史《じょし》が言《い》った。「さてと……あ、いいわね、ここなら落《お》ち着《つ》けるわ」

そこは、箒置《ほうきお》き場《ば》だった。ハリーは目《め》を丸《まる》くして女史《じょし》を見《み》た。

「さ、おいで――そう、そう――すてきざんすわ」

リータ・スキーターは、「すてきざんすわ」を連発《れんぱつ》しながら、逆《さか》さに置《お》いてあるバケツに危《あぶ》なっかしげに腰《こし》かけた。ハリーを段《だん》ボール箱《ばこ》に無理《むり》やり座《すわ》らせ、ドアを閉《し》めると、二人《ふたり》は真《ま》っ暗《くら》闇《やみ》の中《なか》だった。

「さて、それじゃ……」

女史《じょし》はワニ革《がわ》ハンドバッグをパチンと開《あ》け、ろうそくを一握《ひとにぎ》り取《と》り出《だ》し、杖《つえ》を一振《ひとふ》りして火《ひ》をともし、宙《ちゅう》に浮《う》かせ、手元《てもと》が見《み》えるようにした。

「ハリー、自動速記羽根《じどうそっきはね》ペンＱＱＱ《キューキューキュー》を使《つか》っていいざんしょ？　そのほうが、君《きみ》と自然《しぜん》におしゃべりできるし……」

「えっ？」ハリーが聞《き》き返《かえ》した。

リータ・スキーターの口元《くちもと》が、ますますニーッと笑《わら》った。ハリーは、金歯《きんば》を三本《ぼん》まで数《かぞ》えた。女史《じょし》はまたワニ革《がわ》バッグに手《て》を伸《の》ばし、黄緑色《きみどりいろ》の長《なが》い羽根《はね》ペンと羊皮紙一巻《ようひしひとまき》を取《と》り出《だ》した。女史《じょ》《し》は、「ミセス・ゴシゴシの魔法万能汚《まほうばんのうよご》れ落《お》とし」の木箱《きばこ》を挟《はさ》んでハリーと向《む》かい合《あ》い、箱《はこ》の上《うえ》に羊皮紙《ようひし》を広《ひろ》げた。黄緑《きみどり》の羽根《はね》ペンの先《さき》を口《くち》にふくむと、女史《じょし》は、見《み》るからにうまそうにちょっと吸《す》い、それから羊皮紙《ようひし》の上《うえ》にそれを垂直《すいちょく》に立《た》てた。羽根《はね》ペンはかすかに震《ふる》えながらも、ペン先《さき》でバランスを取《と》って立《た》った。

「テスト、テスト……あたくしはリータ・スキーター、『日刊予言者新聞《にっかんよげんしゃしんぶん》』の記者《きしゃ》です」

ハリーは急《いそ》いで羽根《はね》ペンを見《み》た。リータ・スキーターが話《はな》しはじめたとたん、黄緑《きみどり》の羽根《はね》ペンは、羊皮紙《ようひし》の上《うえ》をすべるように、走《はし》り書《が》きを始《はじ》めた。

魅惑《みわく》のブロンド、リータ・スキーター、四十三歳《さい》。その仮借《かしゃく》なきペンは多《おお》くのでっち上《あ》げの名声《めいせい》をペシャンコにした。

「すてきざんすわ」

またしてもそう言《い》いながら、女史《じょし》は羊皮紙《ようひし》の一番上《いちばんうえ》を破《やぶ》り、丸《まる》めてハンドバッグに押《お》し込《こ》んだ。

次《つぎ》に、ハリーのほうにかがみ込《こ》み、女史《じょし》が話《はな》しかけた。

「じゃ、ハリー……君《きみ》、どうして三校対抗試合《さんこうたいこうじあい》に参加《さんか》しようと決心《けっしん》したのかな？」

「えーと――」

そう言《い》いかけて、ハリーは羽根《はね》ペンに気《き》を取《と》られた。何《なに》も言《い》っていないのに、ペンは羊皮紙《ようひし》の上《うえ》を疾走《しっそう》し、その跡《あと》に新《あたら》しい文章《ぶんしょう》が読《よ》み取《と》れた。

悲劇《ひげき》の過去《かこ》の置《お》き土産《みやげ》、醜《みにく》い傷痕《きずあと》が、ハリー・ポッターのせっかくのかわいい顔をだいなしにしている。その目《め》は――。

「ハリー、羽根《はね》ペンのことは気《き》にしないことざんすよ」

リータ・スキーターがきつく言《い》った。気《き》が進《すす》まないままに、ハリーはペンから女史《じょし》へと目《め》を移《うつ》した。

「さあ――どうして三校対抗試合《さんこうたいこうじあい》に参加《さんか》しようと決心《けっしん》したの？　ハリー？」

「僕《ぼく》、していません」ハリーが答《こた》えた。

「どうして僕《ぼく》の名前《なまえ》が『炎《ほのお》のゴブレット』に入《はい》ったのか、僕《ぼく》、わかりません。僕《ぼく》は入《い》れていないんです」

リータ・スキーターは、眉《まゆ》ペンで濃《こ》く描《か》いた片方《かたほう》の眉《まゆ》を吊《つ》り上《あ》げた。

「大丈夫《だいじょうぶ》、ハリー。叱《しか》られるんじゃないかなんて、心配《しんぱい》する必要《ひつよう》はないざんすよ。君《きみ》がほんとうは参加《さんか》するべきじゃなかったとわかってるざんす。だけど、心配《しんぱい》ご無用《むよう》。読者《どくしゃ》は反逆者《はんぎゃくしゃ》が好《す》きなんざんすから」

「だって、僕《ぼく》、入《い》れてない」ハリーがくり返《かえ》した。「僕知《ぼくし》らない。いったい誰《だれ》が――」

「これから出《で》る課題《かだい》をどう思《おも》う？」リータ・スキーターが聞《き》いた。

「わくわく？　怖《こわ》い？」

「僕《ぼく》、あんまり考《かんが》えてない……うん。怖《こわ》い、たぶん」

そう言《い》いながら、ハリーは何《なん》だか気《き》まずい思《おも》いに、胸《むね》がのたうった。

「過去《かこ》に、代表選手《だいひょうせんしゅ》が死《し》んだことがあるわよね？」リータ・スキーターがずけずけ言《い》った。

「そのことをぜんぜん考《かんが》えなかったのかな？」

「えーと……今年《ことし》はずっと安全《あんぜん》だって、みんながそう言《い》ってます」ハリーが答《こた》えた。羽根《はね》ペンは二人《ふたり》の間《あいだ》で、羊皮紙《ようひし》の上《うえ》をスケートするかのように、ヒュンヒュン音《おと》を立《た》てて往《い》ったり来《き》たりしていた。

「もちろん、君《きみ》は、死《し》に直面《ちょくめん》したことがあるわよね？」

リータ・スキーターが、ハリーをじっと見《み》た。

「それが、君《きみ》にどういう影響《えいきょう》を与《あた》えたと思《おも》う？」

「えーと」

ハリーはまた「えーと」をくり返《かえ》した。

「過去《かこ》のトラウマが、君《きみ》を自分《じぶん》の力《ちから》を示《しめ》したいという気持《きも》ちにさせてると思《おも》う？　名前《なまえ》に恥《は》じないように？　もしかしたらそういうことかな――三校対抗試合《さんこうたいこうじあい》に名前《なまえ》を入《い》れたいという誘惑《ゆうわく》にかられた理由《りゆう》は――」

「僕《ぼく》、名前《なまえ》を入《い》れてないんです」ハリーはいらいらしてきた。

「君《きみ》、ご両親《りょうしん》のこと、少《すこ》しは覚《おぼ》えてるのかな？」

ハリーの言葉《ことば》をさえぎるようにリータ・スキーターが言《い》った。

「いいえ」ハリーが答《こた》えた。

「君《きみ》が三校対抗試合《さんこうたいこうじあい》で競技《きょうぎ》すると聞《き》いたら、ご両親《りょうしん》はどう思《おも》うかな？　自慢《じまん》？　心配《しんぱい》する？　怒《おこ》る？」

ハリーはいいかげんうんざりしてきた。両親《りょうしん》が生《い》きていたらどう思《おも》うかなんて、僕《ぼく》にわかるわけがないじゃないか？　リータ・スキーターがハリーを食《く》い入《い》るように見《み》つめているのを、ハリーは意識《いしき》していた。ハリーは顔《かお》をしかめて女史《じょし》の視線《しせん》をはずし、下《した》を向《む》いて羽根《はね》ペンが書《か》いている文字《もじ》を見《み》た。

自分《じぶん》がほとんど覚《おぼ》えていない両親《りょうしん》のことに話題《わだい》が移《うつ》ると、驚《おどろ》くほど深《ふか》い緑《みどり》の目《め》に涙《なみだ》があふれた。

「僕《ぼく》、目《め》に涙《なみだ》なんかない！」ハリーは大声《おおごえ》を出《だ》した。

リータ・スキーターが何《なに》か言《い》う前《まえ》に、箒置《ほうきお》き場《ば》のドアが外側《そとがわ》から開《あ》いた。まぶしい光《ひかり》に目《め》を瞬《しばたた》きながら、ハリーはドアのほうを振《ふ》り返《かえ》った。アルバス・ダンブルドアが、物置《ものおき》できゅうくつそうにしている二人《ふたり》を見下《みお》ろして、そこに立《た》っていた。

「ダンブルドア！」

リータ・スキーターはいかにもうれしそうに叫《さけ》んだ――しかし、羽《は》根《ね》ペンも羊《よう》皮《ひ》紙《し》も、「魔《ま》法《ほう》万《ばん》能《のう》汚《よ》れ落《お》とし」の箱《はこ》の上《うえ》からこつぜんと消《き》えたし、女《じょ》史《し》の鉤《かぎ》爪《づめ》指《ゆび》が、ワニ革《がわ》バッグのとめ金《がね》をあわてでパチンと閉《し》めたのを、ハリーは見《み》逃《のが》さなかった。

「お元《げん》気《き》ざんすか？」

女《じょ》史《し》は立《た》ち上《あ》がって、大《おお》きな男《おとこ》っぽい手《て》をダンブルドアに差《さ》し出《だ》して、握《あく》手《しゅ》を求《もと》めた。

「この夏《なつ》にあたくしが書《か》いた、『国《こく》際《さい》魔《ま》法《ほう》使《つか》い連《れん》盟《めい》会《かい》議《ぎ》』の記《き》事《じ》をお読《よ》みいただけたざんしょか？」

「魅《み》力《りょく》的《てき》な毒《どく》舌《ぜつ》じゃった」ダンブルドアは目《め》をキラキラさせた。

「特《とく》に、わしのことを『時《じ》代《だい》遅《おく》れの遺《い》物《ぶつ》』と表《ひょう》現《げん》なさったあたりがのう」

リータ・スキーターは一《いっ》向《こう》に恥《は》じる様《よう》子《す》もなく、しゃあしゃあと言《い》った。

「あなたのお考《かんが》えが、ダンブルドア、少《すこ》し古《ふる》くさいという点《てん》を指《し》摘《てき》したかっただけざんす。それに巷《ちまた》の魔《ま》法《ほう》使《つか》いの多《おお》くは――」

「慇《いん》懃《ぎん》無《ぶ》礼《れい》の理《り》由《ゆう》については、リータ、またぜひお聞《き》かせ願《ねが》いましょうぞ」

ダンブルドアはほほ笑《え》みながら、ていねいに一《れい》礼《れい》した。

「しかし、残念《ざんねん》ながら、その話《はなし》は後日《ごじつ》にゆずらねばならん。『杖調《つえしら》べ』の儀式《ぎしき》がまもなく始《はじ》まるのじゃ。代表選手《だいひょうせんしゅ》の一人《ひとり》が、箒置《ほうきお》き場《ば》に隠《かく》されていたのでは、儀式《ぎしき》ができんのでの」

リータ・スキーターから離《はな》れられるのがうれしくて、ハリーは急《いそ》いで元《もと》の部屋《へや》に戻《もど》った。ほかの代表選手《だいひょうせんしゅ》はもうドア近《ちか》くの椅子《いす》に腰《こし》かけていた。ハリーは急《いそ》いでセドリックの隣《となり》に座《すわ》り、ビロードカバーのかかった机《つくえ》のほうを見《み》た。そこにはもう、五人中《にんちゅう》四人《にん》の審査員《しんさいん》が座《すわ》っていた——カルカロフ校長《こうちょう》、マダム・マクシーム、クラウチ氏《し》、ルード・バグマンだ。リータ・スキーターは、隅《すみ》のほうに陣取《じんど》った。ハリーが見《み》ていると、女史《じょし》はまたバッグから羊皮紙《ようひし》をスルリと取《と》り出《だ》してひざの上《うえ》に広《ひろ》げ、自動速記《じどうそっき》羽根《はね》ペンＱＱＱ《キューキューキュー》の先《さき》を吸《す》い、再《ふたた》び羊皮紙《ようひし》の上《うえ》にそれを置《お》いた。

「オリバンダーさんをご紹介《しょうかい》しましょうかの？」

ダンブルドアも審査員席《しんさいんせき》に着《つ》き、代表選手《だいひょうせんしゅ》に話《はな》しかけた。

「試合《しあい》に先立《さきだ》ち、みなの杖《つえ》がよい状態《じょうたい》かどうかを調《しら》べ、確認《かくにん》してくださるのじゃ」

ハリーは部屋《へや》を見回《みまわ》し、窓際《まどぎわ》にひっそりと立《た》っている、大《おお》きな淡《あわ》い色《いろ》の目《め》をした老魔法使《ろうまほうつか》いを見《み》つけてドキッとした。オリバンダー老人《ろうじん》には、以前《いぜん》に会《あ》ったことがある——杖職人《つえしょくにん》で、三年前《ねんまえ》、ハリーもダイアゴン横丁《よこちょう》にあるその人《ひと》の店《みせ》で杖《つえ》を買《か》い求《もと》めた。

「マドモアゼル・デラクール。まずあなたから、こちらに来《き》てくださらんか？」

オリバンダー翁《おう》は、部屋《へや》の中央《ちゅうおう》の空間《くうかん》に進《すす》み出《で》てそう言《い》った。

フラー・デラクールは軽《かろ》やかにオリバンダー翁《おう》のそばに行《い》き、杖《つえ》を渡《わた》した。

「フゥーム……」

オリバンダー翁《おう》が長《なが》い指《ゆび》に挟《はさ》んだ杖《つえ》を、バトンのようにくるくる回《まわ》すと、杖《つえ》はピンクとゴールドの火花《ひばな》をいくつか散《ち》らした。それから翁《おう》は杖《つえ》を目元《めもと》に近《ちか》づけ、仔細《しさい》に調《しら》べた。

「そうじゃな」翁《おう》は静《しず》かに言《い》った。

「二十四センチ……しなりにくい……紫檀《したん》……芯《しん》には……おお、なんと……」

「ヴィーラの髪《かみ》の毛《け》でーす」フラーが言《い》った。「わたーしのおばーさまのものでーす」

それじゃ、フラーにはやっぱりヴィーラが混《ま》じってるんだ、ロンに話《はな》してやろうと、ハリーは思《おも》った……そして、ロンがハリーに口《くち》をきかなくなっていることを思《おも》い出《だ》した。

「そうじゃな」オリバンダー翁《おう》が言《い》った。

「そうじゃ。むろん、わし自身《じしん》は、ヴィーラの髪《かみ》を使用《しよう》したことはないが——わしの見《み》るところ、少々《しょうしょう》気《き》まぐれな杖《つえ》になるようじゃ……しかし、人《ひと》それぞれじゃし、あなたに合《あ》っておるなら……」

オリバンダー翁《おう》は杖《つえ》に指《ゆび》を走《はし》らせた。傷《きず》やデコボコを調《しら》べているようだった。それから「オーキデウス！　花《はな》よ！」とつぶやくと、杖先《つえさき》にワッと花《はな》が咲《さ》いた。

「よーし、よし。上々《じょうじょう》の状態《じょうたい》じゃ」

オリバンダー翁《おう》は花《はな》をつみとり、杖《つえ》と一緒《いっしょ》にフラーに手渡《てわた》しながら言《い》った。

「ディゴリーさん。次《つぎ》はあなたじゃ」

フラーはふわりと席《せき》に戻《もど》り、セドリックとすれちがうときにほほ笑《え》みかけた。

「さてと。この杖《つえ》は、わしの作《つく》ったものじゃな？」

セドリックが杖《つえ》を渡《わた》すと、オリバンダー翁《おう》の言葉《ことば》に熱《ねつ》がこもった。

「そうじゃ、よく覚《おぼ》えておる。際立《きわだ》って美《うつく》しい牡《おす》の一角獣《ユニコーン》のしっぽの毛《け》が一本入《ぼんはい》っておる……身《み》の丈《たけ》百六十センチはあった。しっぽの毛《け》を引《ひ》き抜《ぬ》いたとき、危《あや》うく角《つの》で突《つ》き刺《さ》されるところじゃった。三十センチ……トネリコ材《ざい》……心地《ここち》よくしなる。上々《じょうじょう》の状態《じょうたい》じゃ……しょっちゅう手入《てい》れしているのかね？」

「昨夜磨《さくやみが》きました」セドリックがニッコリした。

ハリーは自分《じぶん》の杖《つえ》を見下《みお》ろした。あちこち手《て》あかだらけだ。ローブのひざのあたりをつかんで、こっそり杖《つえ》をこすってきれいにしようとした。杖先《つえさき》から金色《きんいろ》の火花《ひばな》がパラパラと数個《すうこ》飛《と》び散《ち》った。

フラー・デラクールが、やっぱり子供《こども》ね、という顔《かお》でハリーを見《み》たので、ふくのをやめた。

オリバンダー翁《おう》は、セドリックの杖先《つえさき》から銀色《ぎんいろ》の煙《けむり》の輪《わ》を次々《つぎつぎ》と部屋《へや》に放《はな》ち、けっこうじゃと宣言《せんげん》した。それから「クラムさん、よろしいかな」と呼《よ》んだ。

ビクトール・クラムが立《た》ち上《あ》がり、前《まえ》かがみで背中《せなか》を丸《まる》め、外《そと》またでオリバンダー翁《おう》のほうへ歩《ある》いていった。クラムは杖《つえ》をぐいと突《つ》き出《だ》し、ローブのポケットに両手《りょうて》を突《つ》っ込《こ》み、しかめっ面《つら》で突《つ》っ立《た》っていた。

「フーム」オリバンダー翁《おう》が調《しら》べはじめた。

「グレゴロビッチの作《さく》と見《み》たが。わしの目《め》に狂《くる》いがなければじゃが？　すぐれた杖職人《つえしょくにん》じゃ。ただ製作様式《せいさくようしき》は、わしとしては必《かなら》ずしも……それはそれとして……」

オリバンダー翁《おう》は杖《つえ》を掲《かか》げ、目《め》の高《たか》さで何度《なんど》もひっくり返《かえ》し、念入《ねんい》りに調《しら》べた。

「そうじゃな……クマシデにドラゴンの心臓《しんぞう》の琴線《きんせん》かな？」

翁《おう》がクラムに問《と》いかけると、クラムはうなずいた。

「あまり例《れい》のない太《ふと》さじゃ……かなり頑丈《がんじょう》……二十六センチ……エイビス！　鳥《とり》よ！」

銃《じゅう》を撃《う》つような音《おと》とともに、クマシデ杖《づえ》の杖先《つえさき》から小鳥《ことり》が数羽《すうわ》、さえずりながら飛《と》び出《だ》し、開《あ》いていた窓《まど》から淡々《あわあわ》しい陽光《ようこう》の中《なか》へと飛《と》び去《さ》った。

「よろしい」オリバンダー翁《おう》は杖《つえ》をクラムに返《かえ》した。

「残《のこ》るは……ポッターさん」

ハリーは立《た》ち上《あ》がって、クラムと入《い》れちがいにオリバンダー翁《おう》に近《ちか》づき、杖《つえ》を渡《わた》した。

「おぉぉぉー、そうじゃ」オリバンダー翁《おう》の淡《あわ》い色《いろ》の目《め》が急《きゅう》に輝《かがや》いた。

「そう、そう、そう。よーく覚《おぼ》えておる」

ハリーもよく覚《おぼ》えていた。まるできのうのことのようにありありと……。

三年前《ねんまえ》の夏《なつ》、十一歳《さい》の誕生日《たんじょうび》に、ハグリッドと一緒《いっしょ》に、杖《つえ》を買《か》いにオリバンダーの店《みせ》に入《はい》った。オリバンダー老人《ろうじん》は、ハリーの寸法《すんぽう》を採《と》り、それから、次々《つぎつぎ》と杖《つえ》を渡《わた》して試《ため》させた。店中《みせじゅう》のすべての杖《つえ》を試《ため》し振《ぶ》りしたのではないかと思《おも》ったころ、ついにハリーに合《あ》う杖《つえ》が見《み》つかった――この杖《つえ》だ。柊《ひいらぎ》、二十八センチ、不死鳥《ふしちょう》の尾羽根《おばね》が一枚入《まいはい》っている。オリバンダー老人《ろうじん》は、ハリーがこの杖《つえ》とあまりにも相性《あいしょう》がよいことに驚《おどろ》いていた。「不思議《ふしぎ》じゃ」と、あの時老人《ときろうじん》はつぶやいた。「……不思議《ふしぎ》じゃ」と。ハリーが、なぜ不思議《ふしぎ》なのかと問《と》うと、オリバンダー老人《ろうじん》は、初《はじ》めて教《おし》えてくれた。ハリーの杖《つえ》に入《はい》っている不死鳥《ふしちょう》の尾羽根《おばね》も、ヴォルデモート卿《きょう》の杖芯《つえしん》に使《つか》われている尾羽根《おばね》も、まさに同《おな》じ不死鳥《ふしちょう》のものだと。

ハリーはこのことを誰《だれ》にも話《はな》したことがなかった。この杖《つえ》がとても気《き》に入《い》っていたし、杖《つえ》がヴォルデモートとつながりがあるのは、杖自身《つえじしん》にはどうしようもないことだ――ちょうど、ハリーがペチュニアおばさんとつながりがあるのをどうしようもないのと同《おな》じように。しかし、ハリーは、オリバンダー翁《おう》がそのことを、この部屋《へや》のみんなには言《い》わないでほしいと、真剣《しんけん》にそう願《ねが》った。そんなことをもらせば、リータ・スキーターの自動速記羽根《じどうそっきはね》ペンが、興奮《こうふん》で爆発《ばくはつ》するかもしれないと、ハリーは変《へん》な予感《よかん》がした。

オリバンダー翁《おう》はほかの杖《つえ》よりずっと長《なが》い時間《じかん》をかけてハリーの杖《つえ》を調《しら》べた。最後《さいご》に、杖《つえ》からワインをほとばしり出《だ》させ、杖《つえ》は今《いま》も完璧《かんぺき》な状態《じょうたい》を保《たも》っていると告《つ》げ、杖《つえ》をハリーに返《かえ》した。

「みんな、ごくろうじゃった」審査員《しんさいん》のテーブルで、ダンブルドアが立《た》ち上《あ》がった。「授業《じゅぎょう》に戻《もど》ってよろしい――いや、まっすぐ夕食《ゆうしょく》の席《せき》に下《お》りてゆくほうが手《て》っ取《と》り早《ばや》いかもしれん。そろそろ授業《じゅぎょう》が終《お》わるしの――」

今日《きょう》一日《にち》の中《なか》で、やっと一つだけ順調《じゅんちょう》に終《お》わった、と思《おも》いながら、ハリーが行《い》きかけると、黒《くろ》いカメラを持《も》った男《おとこ》が飛《と》び出《だ》してきて、咳払《せきばら》いをした。

「写真《しゃしん》。ダンブルドア、写真《しゃしん》ですよ！」バグマンが興奮《こうふん》して叫《さけ》んだ。「審査員《しんさいん》と代表選手全員《だいひょうせんしゅぜんいん》。リータ、どうかね？」

「えー――まあ、まずそれからいきますか」

そう言《い》いながら、リータ・スキーターの目《め》は、またハリーに注《そそ》がれていた。

「それから、個人写真《こじんしゃしん》を何枚《なんまい》か」

写真撮影《しゃしんさつえい》は長《なが》くかかった。マダム・マクシームがどこに立《た》っても、みんなその影《かげ》に入《はい》ってしまうし、カメラマンがマダムを枠《わく》の中《なか》に入《い》れようとして後《うし》ろに下《さ》がったが、下《さ》がりきれなかった。ついに、マダムが座《すわ》り、みんながその周《まわ》りに立《た》つことになった。カルカロフは山羊《やぎ》ひげをもっとカールさせようと、しょっちゅう指《ゆび》に巻《ま》きつけていたし、クラムは――こんなことには慣《な》れっこだろうとハリーは思《おも》っていたのに――コソコソとみんなの後《うし》ろに回《まわ》り、半分隠《はんぶんかく》れていた。カメラマンはフラーを正面《しょうめん》に持《も》ってきたくて仕方《しかた》がない様子《ようす》だったが、そのたびにリータ・スキーターがしゃしゃり出《で》て、ハリーをより目立《めだ》つ場所《ばしょ》に引《ひ》っ張《ぱ》っていった。スキーター女史《じょし》は、それから代表選手全員《だいひょうせんしゅぜんいん》の個別《こべつ》の写真《しゃしん》を撮《と》ると言《い》い張《は》った。そしてやっと、みんな解放《かいほう》された。

ハリーは夕食《ゆうしょく》に下《お》りていった。ハーマイオニーはいなかった――きっとまだ医務室《いむしつ》で、歯《は》を治《なお》してもらっているのだろう、とハリーは思《おも》った。テーブルの隅《すみ》で、ひとりぼっちで夕食《ゆうしょく》をすませ、「呼《よ》び寄《よ》せ呪文《じゅもん》」の宿題《しゅくだい》をやらなければと思《おも》いながら、ハリーはグリフィンドール塔《とう》に戻《もど》った。寮《りょう》の寝室《しんしつ》で、ハリーはロンにでくわした。

「ふくろうが来《き》てる」

ハリーが寝室《しんしつ》に入《はい》っていくなり、ロンがぶっきらぼうに言《い》った。ハリーの枕《まくら》を指差《ゆびさ》している。そこに、学校《がっこう》のメンフクロウが待《ま》っていた。

「ああ——わかった」ハリーが言《い》った。

「それから、あしたの夜《よる》、二人《ふたり》とも居残《いのこ》り罰《ばつ》だ。スネイプの地下牢《ちかろう》教室《きょうしつ》」ロンがつけ加《くわ》えた。

ロンは、ハリーのほうを見向《みむ》きもせずに、さっさと寝室《しんしつ》を出《で》ていった。一瞬《いっしゅん》、ハリーはあとを追《お》いかけようと思《おも》った——話《はな》しかけたいのか、ぶんなぐりたいのか、ハリーにはわからなかった。どっちも相当《そうとう》魅力的《みりょくてき》だった——しかし、シリウスの返事《へんじ》の魅力《みりょく》のほうが強過《つよす》ぎた。ハリーは急《いそ》いでメンフクロウのところに行《い》き、脚《あし》から手紙《てがみ》をはずし、くるくる広《ひろ》げた。

ハリー

手紙《てがみ》では言《い》いたいことを何《なに》もかも言《い》うわけにはいかない。ふくろうが途中《とちゅう》で誰《だれ》かに捕《つか》まったときの危険《きけん》が大《おお》き過《す》ぎる——直接《ちょくせつ》会《あ》って話《はなし》をしなければ。十一月二十二日《にち》、午《ご》前《ぜん》一時《じ》に、グリフィンドール寮《りょう》の暖炉《だんろ》のそばで、君一人《きみひとり》だけで待《ま》つようにできるかね？

君《きみ》が自分一人《じぶんひとり》でもちゃんとやっていけることは、私《わたし》が一番《いちばん》よく知《し》っている。それに、ダンブルドアやムーディが君《きみ》のそばにいるかぎり、誰《だれ》も君《きみ》に危害《きがい》を加《くわ》えることはできないだろう。しかし、誰《だれ》かが、何《なに》か仕掛《しか》けようとしている。ゴブレットに君《きみ》の名前《なまえ》を入《い》れるなんて、非常《ひじょう》に危険《きけん》なことだったはずだ。特《とく》にダンブルドアの目《め》が光《ひか》っているところでは。

ハリー、用心《ようじん》しなさい。何《なに》か変《か》わったことがあったら、今後《こんご》も知《し》らせてほしい。十一月《がつ》二十二日《にち》の件《けん》は、できるだけ早《はや》く返事《へんじ》が欲《ほ》しい。

シリウスより

第《だい》19章《しょう》　ハンガリー・ホーンテール

それからの二週間《しゅうかん》、シリウスと会《あ》って話《はなし》ができるという望《のぞ》みだけが、ハリーを支《ささ》えていた。これまでになく真《ま》っ暗《くら》な地平線《ちへいせん》の上《うえ》で、それだけが明《あか》るい光《ひかり》だった。自分《じぶん》がホグワーツの代表《だいひょう》選手《せんしゅ》になってしまったことのショックは、少《すこ》し薄《うす》らいできたが、何《なに》が待《ま》ち受《う》けているのだろうという恐怖《きょうふ》のほうがじりじりと胸《むね》に食《く》い込《こ》みはじめた。

第《だい》一の課題《かだい》が確実《かくじつ》に迫《せま》っていた。それがまるで、ハリーの前《まえ》にうずくまって、行《ゆ》く手《て》をふさぐ、恐《おそ》ろしい怪物《かいぶつ》のように感《かん》じられた。こんなに神経《しんけい》がピリピリしたことはいまだかつてない。クィディッチの試合《しあい》の前《まえ》よりもずっとひどい。最後《さいご》の試合《しあい》、優勝杯《ゆうしょうはい》をかけたスリザリンとの試合《しあい》でさえ、こんなにはならなかった。先《さき》のことがほとんど考《かんが》えられない。人生《じんせい》のすべてが第《だい》一の課題《かだい》に向《む》かって進《すす》み、そこで終《お》わるような気《き》がした……。

もちろん、何百人《なんびゃくにん》という観衆《かんしゅう》の前《まえ》で、難《むずか》しくて危険《きけん》な、未知《みち》の魔法《まほう》を使《つか》わなければならないという状況《じょうきょう》で、シリウスに会《あ》ってもハリーの気持《きも》ちが楽《らく》になるとは思《おも》えなかった。それでも、親《した》しい顔《かお》を見《み》るだけで、今《いま》は救《すく》いだった。

ハリーは、シリウスが指定《してい》した時間《じかん》に、談話室《だんわしつ》の暖炉《だんろ》のそばで待《ま》つと返事《へんじ》を書《か》き、その夜《よる》に誰《だれ》かが談話室《だんわしつ》にいつまでもぐずぐず残《のこ》っていたらどうやってしめ出《だ》すか、ハーマイオニーと二人《ふたり》で長《ちょう》時間《じかん》かけて計画《けいかく》を練《ね》り上《あ》げた。最悪《さいあく》の場合《ばあい》、「クソ爆弾《ばくだん》」一袋《ひとふくろ》を投下《とうか》するつもりだ。しかし、できればそんなことはしたくない——フィルチに生皮《なまかわ》をはがれることになりかねない。

そうこうしているうちにも、城《しろ》の中《なか》でのハリーの状況《じょうきょう》はますます悪《わる》くなっていた。リータ・スキーターの三校対抗試合《さんこうたいこうじあい》の記事《きじ》は、試合《しあい》についてのルポというより、ハリーの人生《じんせい》をさんざん脚色《きゃくしょく》した記事《きじ》だった。一面《めん》の大部分《だいぶぶん》がハリーの写真《しゃしん》で埋《う》まり、記事《きじ》は（二面《めん》、六面《めん》、七面《めん》に続《つづ》いていた）すべてハリーのことばかりで、ボーバトンとダームストラングの代表選手名《だいひょうせんしゅめい》は（綴《つづ》りもまちがっていたし）最後《さいご》の一行《ぎょう》に詰《つ》め込《こ》まれ、セドリックは名前《なまえ》さえ出《で》ていなかった。

記事《きじ》が出《で》たのは十日前《とおかまえ》だったが、そのことを考《かんが》えるたびに、ハリーはいまだに恥《は》ずかしくて、胃《い》が焼《や》け、吐《は》き気《け》がした。リータ・スキーターは、ハリーがこれまで一度《いちど》も言《い》った覚《おぼ》えがなく、ましてや、あの箒置《ほうきお》き場《ば》で言《い》ったはずもないことばかりを、山《やま》ほどでっち上《あ》げて引用《いんよう》していた。

「僕《ぼく》の力《ちから》は、両親《りょうしん》から受《う》け継《つ》いだものだと思《おも》います。今《いま》、僕《ぼく》を見《み》たら、両親《りょうしん》はきっと僕《ぼく》を誇《ほこ》りに思《おも》うでしょう……ええ、ときどき夜《よる》になると、僕《ぼく》は今《いま》でも両親《りょうしん》を思《おも》って泣《な》きます。それを恥《は》ずかしいとは思《おも》いません……。試合《しあい》では、絶対《ぜったい》けがをしたりしないって、僕《ぼく》にはわかっています。だって、両親《りょうしん》が僕《ぼく》を見守《みまも》ってくれていますから……」

リータ・スキーターは、ハリーが言《い》った「えーと」を、長《なが》ったらしい、鼻持《はなも》ちならない文章《ぶんしょう》に変《か》えてしまった。そればかりか、ハリーについてのインタビューまでやっていた。

ハリーはホグワーツでついに愛《あい》を見《み》つけた。親友《しんゆう》のコリン・クリービーによると、ハリーは、ハーマイオニー・グレンジャーなる人物《じんぶつ》と離《はな》れていることはめったにないという。この人物《じんぶつ》は、マグル生《う》まれのとびきりかわいい女生徒《じょせいと》で、ハリーと同《おな》じく、学校《がっこう》の優等生《ゆうとうせい》の一人《ひとり》である。

記事《きじ》がのった瞬間《しゅんかん》から、ハリーは針《はり》のむしろだった。みんなが——特《とく》にスリザリン生《せい》が——すれちがうたびに記事《きじ》を持《も》ち出《だ》してからかうのに、たえなければならなかった。

「ポッター、ハンカチいるかい？　『変身術《へんしんじゅつ》』のクラスで泣《な》きだしたときのために？」

「いったい、ポッター、いつから学校《がっこう》の優等生《ゆうとうせい》になった？　それとも、その学校《がっこう》っていうのは、君《きみ》とロングボトムで開校《かいこう》したのかい？」

「ハーイ――ハリー！」

「ああ、そうだとも！」

もううんざりだと、廊下《ろうか》で振《ふ》り向《む》きざま、ハリーはどなった。

「死《し》んだ母《かあ》さんのことで、目《め》を泣《な》き腫《は》らしてたところだよ。これから、もう少《すこ》し……」

「ちがうの――ただ――あなた、羽根《はね》ペンを落《お》としたわよ」

チョウ・チャンだった。ハリーは顔《かお》が赤《あか》くなるのを感《かん》じた。

「あ――そう――ごめん」ハリーは羽根《はね》ペンを受《う》け取《と》りながら、もごもご言《い》った。

「あの……火曜日《かようび》はがんばってね」チョウが言《い》った。

「ほんとうに、うまくいくように願《ねが》ってるわ」

僕《ぼく》、なんてバカなことをしたんだろう、とハリーは思《おも》った。

ハーマイオニーも同《おな》じようにふゆかいな思《おも》いをしなければならなかったが、悪気《わるぎ》のない人《ひと》をどなりつけるようなことはしていない。ハリーは、ハーマイオニーの対処《たいしょ》の仕方《しかた》に感服《かんぷく》していた。

「**とびきりかわいい？　あの子《こ》が？**」

リータの記事《きじ》がのってから初《はじ》めてハーマイオニーと顔《かお》を突《つ》き合《あ》わせたとき、パンジー・パーキンソンがかん高《だか》い声《こえ》で言《い》った。

「何《なに》と比《くら》べて判断《はんだん》したのかしら――シマリス？」

「ほっときなさい」

ハーマイオニーは、頭《あたま》をしゃきっと上《あ》げ、スリザリンの女子学生《じょしがくせい》がからかう中《なか》を、何《なに》も聞《き》こえないかのように堂々《どうどう》と歩《ある》きながら、威厳《いげん》のある声《こえ》で言《い》った。

「ハリー、ほっとくのよ」

しかし、放《ほう》ってはおけなかった。スネイプの居残《いのこ》り罰《ばつ》のことをハリーに伝言《でんごん》して以来《いらい》、ロンは一言《ひとこと》もハリーと口《くち》をきいていない。スネイプの地下牢《ちかろう》教室《きょうしつ》で、二時間《じかん》も一緒《いっしょ》にネズミの脳《のう》みそのホルマリン漬《づ》けを作《つく》らされる間《あいだ》に、仲《なか》なおりができるのではと、ハリーは少《すこ》し期待《きたい》していたのだが、ちょうどその日《ひ》に、リータの記事《きじ》が出《で》た。ハリーはやっぱり目立《めだ》つのを楽《たの》しんでいるのだと、ロンは確信《かくしん》を強《つよ》めたようだった。

ハーマイオニーは、二人《ふたり》のことで腹《はら》を立《た》てていた。二人《ふたり》の間《あいだ》を往《い》ったり来《き》たりして、何《なん》とか互《たが》いに話《はなし》をさせようと努《つと》めたが、ハリーも頑固《がんこ》だった。ハリー自身《じしん》が「炎《ほのお》のゴブレット」に名前《なまえ》を入《い》れたわけではないとロンが認《みと》めたなら、そして、ハリーをうそつき呼《よ》ばわりしたことを謝《あやま》るなら、またロンと話《はなし》をしてもいい。

「僕《ぼく》から始《はじ》めたわけじゃない」

ハリーはかたくなに言《い》い張《は》った。

「あいつの問題《もんだい》だ」

「ロンがいなくてさびしいくせに！」

ハーマイオニーがいらいらと言《い》った。

「それに、私《わたし》にはわかってる。ロンもさびしいのよ――」

「ロンがいなくてさびしいくせにだって？」

ハリーがくり返《かえ》した。

「**ロンがいなくてさびしい**なんてことは、ない……」

真《ま》っ赤《か》なうそだった。ハーマイオニーのことは大好《だいす》きだったが、ロンとはちがう。ハーマイオニーと親《した》しくても、ロンと一緒《いっしょ》のときほど笑《わら》うことはないし、図書館《としょかん》をうろうろする時間《じかん》が多《おお》くなる。ハリーはまだ「呼《よ》び寄《よ》せ呪文《じゅもん》」を習得《しゅうとく》していなかった。ハリーの中《なか》で、何《なに》かがストップをかけているようだった。ハーマイオニーは、理論《りろん》を学《まな》べば役《やく》に立《た》つと主張《しゅちょう》した。そこで、二人《ふたり》は昼休《ひるやす》みを、本《ほん》に没頭《ぼっとう》して過《す》ごすことが多《おお》かった。

ビクトール・クラムも、しょっちゅう図書館《としょかん》に入《い》り浸《びた》っていた。いったい何《なに》をしているのか、ハリーはいぶかった。勉強《べんきょう》しているのだろうか？　それとも、第《だい》一の課題《かだい》をこなすのに役立《やくだ》ちそうな物《もの》を探《さが》しているのだろうか？

ハーマイオニーはクラムが図書館《としょかん》にいることで、しばしば文句《もんく》を言《い》った――何《なに》もクラムが二人《ふたり》のじゃまをしたわけではない。しかし、女子学生《じょしがくせい》のグループがしょっちゅうやってきて、忍《しの》び笑《わら》いをしながら、本棚《ほんだな》の陰《かげ》からクラムの様子《ようす》をうかがっていた。ハーマイオニーはその物音《ものおと》で気《き》が散《ち》るというのだ。

「あの人《ひと》、ハンサムでも何《なん》でもないじゃない！」

クラムの険《けわ》しい横顔《よこがお》をにらみつけて、ハーマイオニーがプリプリしながらつぶやいた。

「みんなが夢中《むちゅう》なのは、あの人《ひと》が有名《ゆうめい》だからよ！　ウォンキー・フェイントとか何《なん》とかいうのができない人《ひと》だったら、みんな見向《みむ》きもしないのに――」

「ウロンスキー・フェイント」ハリーは唇《くちびる》をかんだ。クィディッチ用語《ようご》を正《ただ》したいのもたしかだが、それとは別《べつ》に、ハーマイオニーがウォンキー・フェイントと言《い》うのを聞《き》いたら、ロンがどんな顔《かお》をするかと思《おも》うと、また胸《むね》がキュンと痛《いた》んだのだ。

不思議《ふしぎ》なことに、何《なに》かを恐《おそ》れて、何《なん》とかして時《とき》の動《うご》きを遅《おく》らせたいと思《おも》うときにかぎって、時《とき》は容赦《ようしゃ》なく動《うご》きを速《はや》める。第《だい》一の課題《かだい》までの日々《ひび》が、誰《だれ》かが時計《とけい》に細工《さいく》をして二倍《ばい》の速《はや》さにしたかのように流《なが》れ去《さ》っていった。抑《おさ》えようのない恐怖感《きょうふかん》が、「日刊予言者新聞《にっかんよげんしゃしんぶん》」の記事《きじ》に対《たい》する意《い》地の悪《わる》いヤジと同《おな》じように、ハリーの行《い》く所《ところ》どこにでもついてきた。

第《だい》一の課題《かだい》が行《おこな》われる週《しゅう》の前《まえ》の土曜日《どようび》、三年生以上《ねんせいいじょう》の生徒《せいと》は全員《ぜんいん》、ホグズミード行《い》きを許可《きょか》された。ハーマイオニーは、ちょっと城《しろ》から出《で》たほうが気晴《きば》らしになると勧《すす》めた。ハリーも勧《すす》められるまでもなかった。

「ロンのことはどうする気《き》？」

ハリーが聞《き》いた。

「ロンと一緒《いっしょ》に行《い》きたくないの？」

「ああ……そのこと……」

ハーマイオニーはちょっと赤《あか》くなった。

「『三本《さんぼん》の箒《ほうき》』で、あなたと私《わたし》が、ロンに会《あ》うようにしたらどうかと思《おも》って……」

「いやだ」ハリーがにべもなく言《い》った。

「まあ、ハリー、そんなバカみたいな――」

「僕《ぼく》、行《い》くよ。でもロンと会《あ》うのはごめんだ。僕《ぼく》、『透明《とうめい》マント』を着《き》ていく」

「そう、それならそれでいいけど……」

ハーマイオニーはくどくは言《い》わなかった。

「だけど、マントを着《き》てるときにあなたに話《はな》しかけるのは嫌《きら》いよ。あなたのほうを向《む》いてしゃべってるのかどうか、さっぱりわからないんだもの」

そういうわけで、ハリーは寮《りょう》で透明《とうめい》マントをかぶり、階下《かいか》に戻《もど》って、ハーマイオニーと一緒《いっしょ》にホグズミードに出《で》かけた。

マントの中《なか》で、ハリーはすばらしい解放感《かいほうかん》を味《あじ》わった。村《むら》に入《はい》るとき、ほかの生徒《せいと》が二人《ふたり》を追《お》い越《こ》したり、行《い》きちがったりするのを、ハリーは観察《かんさつ》できた。ほとんどが「セドリック・ディゴリーを応援《おうえん》しよう」のバッジを着《つ》けていたが、いつもとちがって、ハリーにひどい言葉《ことば》を浴《あ》びせる者《もの》も、あのばかな記事《きじ》に触《ふ》れる生徒《せいと》もいなかった。

「今度《こんど》はみんな、私《わたし》をちらちら見《み》てるわ」

クリームたっぷりの大《おお》きなチョコレートをほお張《ば》りながら「ハニーデュークス菓子店《かしてん》」から出《で》てきたハーマイオニーが、不機嫌《ふきげん》に言《い》った。

「みんな、私《わたし》がひとり言《ごと》を言《い》ってると思《おも》ってるのよ」

「それなら、そんなに唇《くちびる》を動《うご》かさないようにすればいいじゃないか」

「あのねえ、ちょっと『マント』を脱《ぬ》いでよ。ここなら誰《だれ》もあなたにかまったりしないわ」

「そうかな？」ハリーが言《い》った。「後《うし》ろを見《み》てごらんよ」

リータ・スキーターと、その友人《ゆうじん》のカメラマンが、パブ「三本《さんぼん》の箒《ほうき》」から現《あらわ》れたところだった。二人《ふたり》は、ヒソヒソ声《ごえ》で話《はな》しながら、ハーマイオニーのほうを見《み》もせずにそばを通《とお》り過《す》ぎた。ハリーは、リータ・スキーターのワニ革《がわ》ハンドバッグでぶたれそうになり、あとずさりしてハニーデュークスの壁《かべ》に張《は》りついた。

二人《ふたり》の姿《すがた》が見《み》えなくなってから、ハリーが言《い》った。

「あの人《ひと》、この村《むら》に泊《と》まってるんだ。第《だい》一の課題《かだい》を見《み》にきたのにちがいない」

そう言《い》ったとたん、どろどろに溶《と》けた恐怖感《きょうふかん》が、ハリーの胃《い》にどっとあふれた。ハリーはそのことを口《くち》には出《だ》さなかった。ハリーもハーマイオニーも、第《だい》一の課題《かだい》が何《なん》なのか、これまであまり話題《わだい》にしなかった。ハーマイオニーもそのことを考《かんが》えたくないのだろうと、ハリーはそんな気《き》がしていた。

「行《い》っちゃったわ」

ハーマイオニーの視線《しせん》はハリーの体《からだ》を通《とお》り抜《ぬ》けて、ハイストリート通《どお》りのむこう端《はし》を見《み》ていた。

「『三本《さんぼん》の箒《ほうき》』に入《はい》って、バタービールを飲《の》みましょうよ。ちょっと寒《さむ》くない？……ロンには話《はな》しかけなくてもいいわよ！」

ハリーが返事《へんじ》をしないわけを、ハーマイオニーはちゃんと察《さっ》して、いらいらした口調《くちょう》でつけ加《くわ》えた。

「三本《さんぼん》の箒《ほうき》」は混《こ》み合《あ》っていた。土曜《どよう》の午後《ごご》の自由行動《じゆうこうどう》を楽《たの》しんでいるホグワーツの生徒《せいと》が多《おお》かったが、ハリーがほかではめったに見《み》かけたことがないさまざまな魔法族《まほうぞく》もいた。ホグズミードは、イギリスで唯一《ゆいいつ》の魔法《まほう》ずくめの村《むら》なので、魔法使《まほうつか》いのようにうまく変装《へんそう》できない鬼婆《おにばば》などにとっては、ここがちょっとした安息所《あんそくじょ》なのだろう、とハリーは思《おも》った。

透明《とうめい》マントを着《き》て混雑《こんざつ》の中《なか》を動《うご》くのは、とても難《むずか》しかった。うっかり誰《だれ》かの足《あし》を踏《ふ》みつけたりすれば、とてもややこしいことになりそうだ。ハーマイオニーが飲《の》み物《もの》を買《か》いにいっている間《あいだ》、ハリーは隅《すみ》の空《あ》いているテーブルへそろそろと近《ちか》づいた。パブの中《なか》を移動《いどう》する途中《とちゅう》、フレッド、ジョージ、リー・ジョーダンと一緒《いっしょ》に座《すわ》っているロンを見《み》かけた。ロンの頭《あたま》を、後《うし》ろから思《おも》いっきりこづいてやりたい、という気持《きも》ちを抑《おさ》え、ハリーはやっとテーブルにたどり着《つ》いて腰《こし》かけた。

ハーマイオニーが、そのすぐあとからやってきて、透明《とうめい》マントの下《した》からバタービールをすべり込《こ》ませた。

「ここにたった一人《ひとり》で座《すわ》ってるなんて、私《わたし》、すごくまぬけに見《み》えるわ」

ハーマイオニーがつぶやいた。

「幸《さいわ》い、やることを持《も》ってきたけど」

そして、ハーマイオニーはノートを取《と》り出《だ》した。S《エス》・P《ピー》・E《イー》・W《ダブリュー》会員《かいいん》を記録《きろく》してあるノートだ。ハリーは、自分《じぶん》とロンの名前《なまえ》が、とても少《すく》ない会員名簿《かいいんめいぼ》の一番上《いちばんうえ》にのっているのを見《み》た。ロンと二人《ふたり》で予言《よげん》をでっち上《あ》げていたとき、ハーマイオニーがやってきて二人《ふたり》を会《かい》の書記《しょき》と会計《かいけい》に任命《にんめい》したのが、ずいぶん遠《とお》い昔《むかし》のことのような気《き》がした。

「ねえ、この村《むら》の人《ひと》たちに、S《エス》・P《ピー》・E《イー》・W《ダブリュー》に入《はい》ってもらうように、私《わたし》、やってみようかしら」

ハーマイオニーはパブを見回《みまわ》しながら考《かんが》え深《ぶか》げに言《い》った。

「そりゃ、いいや」

ハリーは冗談《じょうだん》まじりにあいづちを打《う》ち、マントに隠《かく》れてバタービールをぐいと飲《の》んだ。

「ハーマイオニー。いつになったらS《ス》・P《ピ》・E《ュ》・W《ー》なんてやつ、あきらめるんだい？」

「屋敷《やしき》しもべ妖精《ようせい》が妥当《だとう》な給料《きゅうりょう》と労働条件《ろうどうじょうけん》を得《え》たとき！」

ハーマイオニーが声《こえ》を殺《ころ》して言《い》い返《かえ》した。

「ねえ、そろそろ、もっと積極的《せっきょくてき》な行動《こうどう》を取《と》るときじゃないかって思《おも》いはじめてるの。どうやったら学校《がっこう》の厨房《ちゅうぼう》に入《はい》れるかしら？」

「わからない。フレッドとジョージに聞《き》けよ」ハリーが言《い》った。

ハーマイオニーは考《かんが》えにふけって、だまり込《こ》んだ。ハリーは、パブの客《きゃく》を眺《なが》めながら、バタービールを飲《の》んだ。みんな楽《たの》しそうで、くつろいでいた。すぐ近《ちか》くのテーブルで、アーニー・マクミランとハンナ・アボットが、「蛙《かえる》チョコレート」のカードを交換《こうかん》している。二人《ふたり》とも「セドリック・ディゴリーを応援《おうえん》しよう」バッジをマントにつけていた。そのむこう、ドアのそばに、チョウ・チャンがレイブンクローの大勢《おおぜい》の友達《ともだち》と一緒《いっしょ》にいるのが見《み》えた。でも、チョウは「セドリック」バッジをつけていない……ハリーはちょっぴり元気《げんき》になった……。

のんびり座《すわ》り込《こ》んで、笑《わら》ったりしゃべったり、せいぜい宿題《しゅくだい》のことしか心配《しんぱい》しなくてもよい人《ひと》たち——自分《じぶん》もその一人《ひとり》になれるなら、ほかに何《なに》を望《のぞ》むだろう？　自分《じぶん》の名前《なまえ》が「炎《ほのお》のゴブレット」から出《で》てきていなかったら、今《いま》、自分《じぶん》はどんな気持《きも》ちでここにいるだろう。まず、透明《とうめい》マントを着《き》ていないはずだ。ロンは自分《じぶん》と一緒《いっしょ》にいるだろう。代表選手《だいひょうせんしゅ》たちが、火曜日《かようび》に、どんなに危険極《きけんきわ》まりない課題《かだい》に立《た》ち向《む》かうのだろうと、三人《にん》で楽《たの》しくあれこれ想像《そうぞう》していただろう。どんな課題《かだい》だろうが、きっと待《ま》ち遠《どお》しかっただろう。代表選手《だいひょうせんしゅ》がそれをこなすのを見物《けんぶつ》するのが……スタンドの後方《こうほう》にぬくぬくと座《すわ》って、みんなと一緒《いっしょ》にセドリックを応援《おうえん》するのが……。

ほかの代表選手《だいひょうせんしゅ》はどんな気持《きも》ちなんだろう。最近《さいきん》セドリックを見《み》かけると、いつもファンに取《と》り囲《かこ》まれ、神経《しんけい》をとがらせながらも興奮《こうふん》しているように見《み》えた。フラー・デラクールも廊下《ろうか》でときどきちらりと姿《すがた》を見《み》たが、いつもと変《か》わらず、フラーらしく高慢《こうまん》で平然《へいぜん》としていた。そして、クラムは、ひたすら図書館《としょかん》に座《すわ》って本《ほん》に没頭《ぼっとう》していた。

ハリーはシリウスのことを思《おも》った。すると、胸《むね》をしめつけていた固《かた》い結《むす》び目《め》が、少《すこ》しゆるむような気《き》がした。あと十二時間《じかん》と少《すこ》しで、シリウスと話《はな》せる。談話室《だんわしつ》の暖炉《だんろ》のそばで二人《ふたり》が話《はなし》をするのは、今夜《こんや》だった――何《なん》にも手《て》ちがいが起《お》こらなければだが。最近《さいきん》は何《なに》もかも手《て》ちがいだらけだったけど……。

「見《み》て、ハグリッドよ！」ハーマイオニーが言《い》った。

ハグリッドの巨大《きょだい》なもじゃもじゃ頭《あたま》の後頭部《こうとうぶ》が――ありがたいことに、束《たば》ね髪《がみ》にするのをあきらめていた――人混《ひとご》みの上《うえ》にぬっと現《あらわ》れた。こんなに大《おお》きなハグリッドを、自分《じぶん》はどうしてすぐに見《み》つけられなかったのだろうと、ハリーは不思議《ふしぎ》に思《おも》った。しかし、立《た》ち上《あ》がってよく見《み》ると、ハグリッドが体《からだ》をかがめて、ムーディ先生《せんせい》と話《はなし》をしているのがわかった。

ハグリッドはいつものように、巨大《きょだい》なジョッキを前《まえ》に置《お》いていたが、ムーディは自分《じぶん》の携帯用《けいたいよう》酒瓶《さかびん》から飲《の》んでいた。粋《いき》な女主人《おんなしゅじん》のマダム・ロスメルタは、これが気《き》に入《い》らないようだった。ハグリッドたちの周囲《しゅうい》のテーブルから、空《あ》いたグラスを片《かた》づけながら、ムーディをうさんくさそうに見《み》ていた。たぶん、自家製《じかせい》の蜂蜜酒《はちみつしゅ》が侮辱《ぶじょく》されたと思《おも》ったのだろう。しかし、ハリーはそうではないことを知《し》っていた。「闇《やみ》の魔術《まじゅつ》に対《たい》する防衛術《ぼうえいじゅつ》」の最近《さいきん》の授業《じゅぎょう》で、ムーディが生徒《せいと》に話《はな》したのだ。闇《やみ》の魔法使《まほうつか》いは誰《だれ》も見《み》ていないときにやすやすとコップに毒《どく》を盛《も》るので、ムーディはいつも、食《た》べ物《もの》や飲《の》み物《もの》を自分《じぶん》で用意《ようい》するようにしていると。

ハリーが見《み》ていると、ハグリッドとムーディは立《た》ち上《あ》がって出《で》ていきかけた。ハリーは手《て》を振《ふ》ったが、ハグリッドには見《み》えないのだと気《き》づいた。しかし、ムーディが立《た》ち止《ど》まり、ハリーが立《た》っている隅《すみ》のほうに「魔法《まほう》の目《め》」を向《む》けた。ムーディは、ハグリッドの背中《せなか》をチョンチョンとたたき（ハグリッドの肩《かた》には手《て》が届《とど》かない）、何事《なにごと》かささやいた。それから二人《ふたり》は引《ひ》き返《かえ》して、ハリーとハーマイオニーのテーブルにやってきた。

「元気《げんき》か、ハーマイオニー？」

ハグリッドが大声《おおごえ》を出《だ》した。

「こんにちは」

ハーマイオニーもニッコリ挨拶《あいさつ》した。

ムーディは、片足《かたあし》を引《ひ》きずりながらテーブルを回《まわ》り込《こ》み、体《からだ》をかがめた。ハリーが、ムーディはS《ス》・P《ピ》・E《ュ》・W《ー》のノートを読《よ》んでいるのだろうと思《おも》っていると、ムーディがささやいた。

「いいマントだな、ポッター」

ハリーは驚《おどろ》いてムーディを見《み》つめた。こんな近《ちか》くで見《み》ると、鼻《はな》が大《おお》きくそぎ取《と》られているのがますますはっきりわかった。ムーディはニヤリとした。

「先生《せんせい》の目《め》――あの、見《み》える――？」

「ああ、わしの目《め》は透明《とうめい》マントを見透《みす》かす」

ムーディが静《しず》かに言《い》った。

「そして、時《とき》には、これがなかなか役《やく》に立《た》つぞ」

ハグリッドもニッコリとハリーのほうを見下《みお》ろしていた。ハグリッドにはハリーが見《み》えないことは、わかっていた。しかし、当然《とうぜん》、ムーディが、ハリーがここにいると教《おし》えたはずだ。

今度《こんど》はハグリッドが、S《ス》・P《ピ》・E《ュ》・W《ー》ノートを読《よ》むふりをして、身《み》をかがめ、ハリーにしか聞《き》こえないような低《ひく》い声《こえ》でささやいた。

「ハリー、今晩《こんばん》、真夜中《まよなか》に、俺《おれ》の小屋《こや》に来《こ》いや。そのマントを着《き》てな」

身《み》を起《お》こすと、ハグリッドは大声《おおごえ》で、「ハーマイオニー、おまえさんに会《あ》えてよかった」と言《い》い、ウィンクして去《さ》っていった。ムーディもあとについていった。

「ハグリッドったら、どうして真夜中《まよなか》に僕《ぼく》に会《あ》いたいんだろう？」ハリーは驚《おどろ》いていた。

「会《あ》いたいって？」ハーマイオニーもびっくりした。

「いったい、何《なに》を考《かんが》えてるのかしら？　ハリー、行《い》かないほうがいいかもよ……」

ハーマイオニーは神経質《しんけいしつ》に周《まわ》りを見回《みまわ》し、声《こえ》を殺《ころ》して言《い》った。

「シリウスとの約束《やくそく》に遅《おく》れちゃうかもしれない」

たしかに、ハグリッドのところに真夜中《まよなか》に行《い》けば、シリウスと会《あ》う時間《じかん》ぎりぎりになってしまう。ハーマイオニーは、ヘドウィグを送《おく》ってハグリッドに行《い》けないと伝《つた》えてはどうかと言《い》った――もちろん、ヘドウィグがメモを届《とど》けることを承知《しょうち》してくれればの話《はなし》だが――しかし、ハグリッドの用事《ようじ》が何《なん》であれ、ハリーは急《いそ》いで会《あ》ってくるほうがよいように思《おも》った。ハグリッドがハリーに、そんなに夜遅《よるおそ》く来《く》るように頼《たの》むなんて、初《はじ》めてのことだった。いったい何《なん》なのか、ハリーはとても知《し》りたかった。

その晩《ばん》、早《はや》めにベッドに入《はい》るふりをしたハリーは、十一時半《じはん》になると、透明《とうめい》マントをかぶり、こっそりと談話室《だんわしつ》に戻《もど》った。寮生《りょうせい》がまだたくさん残《のこ》っていた。クリービー兄弟《きょうだい》は「セドリックを応援《おうえん》しよう」バッジを首尾《しゅび》よくごっそり手《て》に入《い》れ、魔法《まほう》をかけて「ハリー・ポッターを応援《おうえん》しよう」に変《か》えようとしていた。しかし、これまでのところ、「汚《きたな》いぞ、ポッター」で文字《もじ》の動《うご》きを止《と》めるのが精《せい》いっぱいだった。ハリーはそっと二人《ふたり》のそばを通《とお》り抜《ぬ》け、肖像画《しょうぞうが》の穴《あな》のところで時《と》計《けい》を見《み》ながら、一分《ぷん》くらい待《ま》った。すると、計画《けいかく》どおり、ハーマイオニーが外《そと》から「太《ふと》った婦人《レディ》」を開《あ》けてくれた。ハーマイオニーとすれちがいざま、ハリーは「ありがと！」とささやき、城《しろ》の中《なか》を通《とお》り抜《ぬ》けていった。

校庭《こうてい》は真《ま》っ暗《くら》だった。ハリーはハグリッドの小屋《こや》に輝《かがや》く灯《あか》りを目指《めざ》して芝生《しばふ》を歩《ある》いた。ボーバトンの巨大《きょだい》な馬車《ばしゃ》も明《あ》かりがついていた。ハグリッドの小屋《こや》の戸《と》をノックしたとき、ハリーはマダム・マクシームが馬車《ばしゃ》の中《なか》で話《はな》している声《こえ》を聞《き》いた。

「ハリー、おまえさんか？」

戸《と》を開《あ》けてきょろきょろしながら、ハグリッドが声《こえ》をひそめて言《い》った。

「うん」

ハリーは小屋《こや》の中《なか》にすべり込《こ》み、マントを引《ひ》っ張《ぱ》って頭《あたま》から脱《ぬ》いだ。

「何《なん》なの？」

「ちょっくら見《み》せるものがあってな」ハグリッドが言《い》った。

ハグリッドは何《なん》だかひどく興奮《こうふん》していた。服《ふく》のボタン穴《あな》に育《そだ》ち過《す》ぎたアーティチョークのような花《はな》を挿《さ》している。車軸用《しゃじくよう》のグリースを髪《かみ》につけることはあきらめたらしいが、まちがいなく髪《かみ》をとかしつけようとしたらしい――欠《か》けた櫛《くし》の歯《は》が髪《かみ》にからまっているのを、ハリーは見《み》てしまった。

「何《なに》を見《み》せたいの？」

ハリーは、スクリュートが卵《たまご》を産《う》んだのか、それともハグリッドがパブで知《し》らない人《ひと》から、また三頭犬《さんとうけん》を買《か》ったのかと、いろいろ想像《そうぞう》してこわごわ聞《き》いた。

「一緒《いっしょ》に来《こ》いや。だまって、マントをかぶったまんまでな」

ハグリッドが言《い》った。

「ファングは連《つ》れていかねえ。こいつが喜《よろこ》ぶようなもんじゃねえし……」

「ねえ、ハグリッド、僕《ぼく》、あまりゆっくりできないよ……午前《ごぜん》一時《じ》までに城《しろ》に帰《かえ》っていないといけないんだ――」

しかし、ハグリッドは、聞《き》いていなかった。小屋《こや》の戸《と》を開《あ》けてずんずん暗闇《くらやみ》の中《なか》に出《で》ていった。ハリーは急《いそ》いであとを追《お》ったが、ハグリッドがハリーをボーバトンの馬車《ばしゃ》のほうに連《つ》れていくのに気《き》づいて驚《おどろ》いた。

「ハグリッド、いったい――？」

「シーッ！」

ハグリッドはハリーをだまらせ、金色《きんいろ》の杖《つえ》が交差《こうさ》した紋章《もんしょう》のついた扉《とびら》を三度《さんど》ノックした。マダム・マクシームが扉《とびら》を開《あ》けた。シルクのショールを堂々《どうどう》たる肩《かた》に巻《ま》きつけている。ハグリッドを見《み》て、マダムはにっこりした。

「あぁ、アグリッド……時間《じかん》でーすか？」

「ボング・スーワー《ボンソワール》」

ハグリッドがマダムに向《む》かって笑《わら》いかけ、マダムが金色《きんいろ》の踏《ふ》み段《だん》を下《お》りるのに手《て》を差《さ》し伸《の》べた。マダム・マクシームは後《うし》ろ手《で》に扉《とびら》を閉《し》め、ハグリッドがマダムに腕《うで》を差《さ》し出《だ》し、二人《ふたり》はマダムの巨大《きょだい》な天馬《てんま》が囲《かこ》われているパドックを回《まわ》り込《こ》んで歩《ある》いていった。ハリーは何《なに》がなんだかわからないまま、二人《ふたり》に追《お》いつこうと走《はし》ってついていった。ハグリッドはハリーにマダム・マクシームを見《み》せたかったのだろうか？　マダムならハリーはいつだって好《す》きなときに見《み》ることができるのに……マダムを見落《みお》とすのはなかなか難《むずか》しいもの……。

しかし、どうやら、マダム・マクシームもハリーと同《おな》じもてなしにあずかるらしい。しばらくしてマダムがつやっぽい声《こえ》で言《い》った。

「アグリッド、いったいわたしを、どーこにつれていくのでーすか？」

「きっと気《き》に入《い》る」

ハグリッドの声《こえ》は愛想《あいそ》なしだ。

「見《み》る価値《かち》ありだ、ほんとだ。たーだ――俺《おれ》が見《み》せたってことは誰《だれ》にも言《い》わねえでくれ、いいかね？　あなたは知《し》ってはいけねえことになってる」

「もちろーんです」

マダム・マクシームは長《なが》い黒《くろ》いまつげをパチパチさせた。

そして二人《ふたり》は歩《ある》き続《つづ》けた。そのあとを小走《こばし》りについていきながら、ハリーはだんだん落《お》ち着《つ》かなくなってきた。腕時計《うでどけい》をひんぱんにのぞき込《こ》んだ。ハグリッドの気《き》まぐれなくわだてのせいで、ハリーは、シリウスに会《あ》いそこねるかもしれない。もう少《すこ》しで目的地《もくてきち》に着《つ》くのでなければ、まっすぐに城《しろ》に引《ひ》き返《かえ》そう。ハグリッドは、マダム・マクシームと二人《ふたり》で月明《つきあ》かりのお散歩《さんぽ》としゃれ込《こ》めばいい……。

しかし、その時《とき》――禁《きん》じられた森《もり》の周囲《しゅうい》をずいぶん歩《ある》いたので、城《しろ》も湖《みずうみ》も見《み》えなくなっていたが――ハリーは何《なに》か物音《ものおと》を聞《き》いた。前方《ぜんぽう》で男《おとこ》たちがどなっている……続《つづ》いて耳《みみ》をつんざく大咆哮《だいほうこう》……。

ハグリッドは木立《こだち》を回《まわ》り込《こ》むようにマダム・マクシームを導《みちび》き、立《た》ち止《ど》まった。ハリーも急《いそ》いでついていった――一瞬《いっしゅん》、ハリーはたき火《び》を見《み》たのだと思《おも》った。男《おとこ》たちがその周《まわ》りを跳《と》び回《まわ》っているのを見《み》たのだと――次《つぎ》の瞬間《しゅんかん》、ハリーはあんぐり口《くち》を開《あ》けた。

ドラゴンだ。

見《み》るからに獰猛《どうもう》な四頭《とう》の巨大《きょだい》な成獣《せいじゅう》が、分厚《ぶあつ》い板《いた》で柵《さく》をめぐらした囲《かこ》い地《ち》の中《なか》に、後脚《あとあし》で立《た》ち上《あ》がり、吼《ほ》え猛《たけ》り、鼻息《はないき》を荒《あら》らげている――地上《ちじょう》十五、六メートルもの高《たか》さに伸《の》ばした首《くび》の先《さき》で、カッと開《ひら》いた口《くち》は牙《きば》をむき、暗《くら》い夜空《よぞら》に向《む》かって火柱《ひばしら》を噴《ふ》き上《あ》げていた。長《なが》い鋭《するど》い角《つの》を持《も》つ、シルバーブルーの一頭《とう》は、地上《ちじょう》の魔法使《まほうつか》いたちに向《む》かってうなり、牙《きば》を鳴《な》らしてかみつこうとしている。すべすべしたうろこを持《も》つ緑《みどり》の一頭《とう》は、全身《ぜんしん》をくねらせ、力《ちから》のかぎり脚《あし》を踏《ふ》み鳴《な》らしている。赤《あか》い一頭《とう》は、顔《かお》の周《まわ》りに奇妙《きみょう》な金色《きんいろ》の細《ほそ》いとげの縁取《ふちど》りがあり、キノコ形《がた》の火炎《かえん》を吐《は》いている。ハリーたちに一番近《いちばんちか》いところにいた巨大《きょだい》な黒《くろ》い一頭《とう》は、ほかの三頭《とう》に比《くら》べるとトカゲに似《に》ている。

一頭《とう》につき七、八人《にん》、全部《ぜんぶ》で少《すく》なくとも三十人《にん》の魔法使《まほうつか》いが、ドラゴンの首《くび》や足《あし》に回《まわ》した太《ふと》い革《かわ》バンドに鎖《くさり》をつけ、その鎖《くさり》を引《ひ》いてドラゴンを抑《おさ》えようとしていた。怖《こわ》いもの見《み》たさに、ハリーはずっと上《うえ》を見上《みあ》げた。黒《くろ》ドラゴンの目《め》が見《み》えた。猫《ねこ》のように縦《たて》に瞳孔《どうこう》の開《ひら》いたその目《め》が、怒《いか》りからか、恐《おそ》れからか――ハリーにはどちらともわからなかったが――飛《と》び出《だ》している……そして恐《おそ》ろしい音《おと》を立《た》てて暴《あば》れ、悲《かな》しげに吼《ほ》え、ギャーッギャーッとかん高《だか》い怒《いか》りの声《こえ》を上《あ》げていた……。

「離《はな》れて、ハグリッド！」

柵《さく》のそばにいた魔法使《まほうつか》いが、握《にぎ》った鎖《くさり》を引《ひ》きしめながら叫《さけ》んだ。

「ドラゴンの吐《は》く炎《ほのお》は、六、七メートルにもなるんだから！　このホーンテールなんか、その倍《ばい》も噴《ふ》いたのを、僕《ぼく》は見《み》たんだ！」

「きれいだよなあ？」ハグリッドがいとおしそうに言《い》った。

「これじゃだめだ！」別《べつ》の魔法使《まほうつか》いが叫《さけ》んだ。

「一、二の三で『失神《しっしん》の呪文《じゅもん》』だ！」

ハリーは、ドラゴン使《つか》いが全員杖《ぜんいんつえ》を取《と》り出《だ》すのを見《み》た。

「ステューピファイ！　まひせよ！」

全員《ぜんいん》がいっせいに唱《とな》えた。「失神《しっしん》の呪文《じゅもん》」が火《ひ》を吐《は》くロケットのように、闇《やみ》に飛《と》び、ドラゴンのうろこに覆《おお》われた皮《かわ》に当《あ》たって火花《ひばな》が滝《たき》のように散《ち》った。

ハリーの目《め》の前《まえ》で、一番近《いちばんちか》くのドラゴンが、後脚《あとあし》で立《た》ったまま危《あぶ》なっかしげによろけた。両《りょう》あごはワッと開《あ》けたまま、吼《ほ》え声《ごえ》が急《きゅう》に消《き》え、鼻《はな》の穴《あな》からは突然炎《とつぜんほのお》が消《き》えた——まだくすぶってはいたが――それから、ゆっくりとドラゴンは倒《たお》れた――筋骨隆々《きんこつりゅうりゅう》の、うろこに覆《おお》われた黒《くろ》ドラゴンの数《すう》トンもある胴体《どうたい》がドサッと地面《じめん》を打《う》った。その衝撃《しょうげき》で、ハリーの後《うし》ろの木立《こだち》が激《はげ》しく揺《ゆ》れ動《うご》いた。

ドラゴン使《つか》いたちは、杖《つえ》を下《お》ろし、それぞれ担当《たんとう》のドラゴンに近寄《ちかよ》った。一頭《とう》一頭《とう》が小山《こやま》ほどの大《おお》きさだ。ドラゴン使《つか》いは急《いそ》いで鎖《くさり》をきつくしめ、しっかりと鉄《てつ》の杭《くい》に縛《しば》りつけ、その杭《くい》を、杖《つえ》で地中《ちちゅう》に深々《ふかぶか》と打《う》ち込《こ》んだ。

「近《ちか》くで見《み》たいかね？」

ハグリッドは興奮《こうふん》して、マダム・マクシームに尋《たず》ねた。二人《ふたり》は柵《さく》のすぐそばまで移動《いどう》し、ハリーもついていった。ハグリッドに、それ以上近寄《いじょうちかよ》るなと警告《けいこく》した魔法使《まほうつか》いがやってきた。そしてハリーは、初《はじ》めて、それが誰《だれ》なのか気《き》づいた――チャーリー・ウィーズリーだった。

「大丈夫《だいじょうぶ》かい？　ハグリッド？」

チャーリーがハアハア息《いき》をはずませている。

「ドラゴンはもう安全《あんぜん》だと思《おも》う――こっちに来《く》る途中《とちゅう》『眠《ねむ》り薬《ぐすり》』でおとなしくさせたんだ。暗《くら》くて静《しず》かなところで目覚《めざ》めたほうがいいだろうと思《おも》って――ところが、見《み》てのとおり、連中《れんちゅう》は機嫌《きげん》が悪《わる》いのなんのって――」

「チャーリー、どの種類《しゅるい》を連《つ》れてきた？」

ハグリッドは、一番近《いちばんちか》いドラゴン――黒《くろ》ドラゴン――をほとんど崇《あが》めるような目《め》つきでじっと見《み》ていた。黒《くろ》ドラゴンはまだ薄目《うすめ》を開《あ》けていた。しわの刻《きざ》まれた黒《くろ》いまぶたの下《した》でギラリと光《ひか》る黄色《きいろ》い筋《すじ》を、ハリーは見《み》た。

「こいつはハンガリー・ホーンテールだ」チャーリーが言《い》った。

「むこうのはウェールズ・グリーン普通種《ふつうしゅ》、少《すこ》し小型《こがた》だ――スウェーデン・ショート－スナウト種《しゅ》、あの青《あお》みがかったグレーのやつ――それと、中国火《ちゅうごくひ》の玉種《たましゅ》、あの赤《あか》いやつ」

チャーリーはあたりを見回《みまわ》した。マダム・マクシームが、「失神《しっしん》」させられたドラゴンをじっと見《み》ながら、囲《かこ》い地《ち》の周《まわ》りをゆっくり歩《ある》いていた。

「あの人《ひと》を連《つ》れてくるなんて、知《し》らなかったぜ、ハグリッド」

チャーリーが顔《かお》をしかめた。

「代表選手《だいひょうせんしゅ》は課題《かだい》を知《し》らないことになってる――あの人《ひと》はきっと自分《じぶん》の生徒《せいと》にしゃべるだろう？」

「あの人《ひと》が見《み》たいだろうって思《おも》っただけだ」

ハグリッドはうっとりとドラゴンを見《み》つめたままで、肩《かた》をすくめた。

「ハグリッド、まったくロマンチックなデートだよ」チャーリーがやれやれと頭《かぶり》を振《ふ》った。

「四頭《とう》……」

ハグリッドが言《い》った。

「そんじゃ、一人《ひとり》の代表選手《だいひょうせんしゅ》に一頭《とう》っちゅうわけか？　何《なに》をするんだ――戦《たたか》うのか？」

「うまく出《だ》し抜《ぬ》くだけだ。たぶん」

チャーリーが言《い》った。

「ひどいことになりかけたら、僕《ぼく》たちが控《ひか》えていて、いつでも『消火呪文《しょうかじゅもん》』をかけられるようになっている。営巣中《えいそうちゅう》の母親《ははおや》ドラゴンが欲《ほ》しいという注文《ちゅうもん》だった。なぜかは知《し》らない……でも、これだけは言《い》えるな。ホーンテールに当《あ》たった選手《せんしゅ》はお気《き》の毒《どく》さま。狂暴《きょうぼう》なんだ。しっぽのほうも正面《しょうめん》と同《おな》じぐらい危険《きけん》だよ。ほら」

チャーリーはホーンテールの尾《お》を指差《ゆびさ》した。ハリーが見《み》ると、長《なが》いブロンズ色《いろ》のとげが、しっぽ全体《ぜんたい》に数《すう》センチおきに突《つ》き出《だ》していた。

その時《とき》、チャーリーの仲間《なかま》のドラゴン使《つか》いが、灰色《はいいろ》の花崗岩《かこうがん》のような巨大《きょだい》な卵《たまご》をいくつか毛布《もうふ》にくるみ、五人《にん》がかりで、よろけながらホーンテールに近《ちか》づいてきた。五人《にん》はホーンテールのそばに、注意深《ちゅういぶか》く卵《たまご》を置《お》いた。ハグリッドは、欲《ほ》しくてたまらなそうなうめき声《ごえ》をもらした。

「僕《ぼく》、ちゃんと数《かぞ》えたからね、ハグリッド」

チャーリーが厳《きび》しく言《い》った。それから、「ハリーは元気《げんき》？」と聞《き》いた。

「元気《げんき》だ」ハグリッドはまだ卵《たまご》に見入《みい》っていた。

「こいつらに立《た》ち向《む》かったあとでも、まだ元気《げんき》だといいんだが」

ドラゴンの囲《かこ》い地《ち》を見《み》やりながらチャーリーが暗《くら》い声《こえ》を出《だ》した。

「ハリーが第《だい》一の課題《かだい》で何《なに》をしなければならないか、僕《ぼく》、おふくろにはとっても言《い》えない。ハリーのことが心配《しんぱい》で、今《いま》だって大変《たいへん》なんだ……」

チャーリーは母親《ははおや》の心配《しんぱい》そうな声《こえ》をまねした。

「『どうしてあの子《こ》を試合《しあい》に出《だ》したりするの！　まだ若過《わかす》ぎるのに！　子供《こども》たちは全員安全《ぜんいんあんぜん》だと思《おも》っていたのに。年齢制限《ねんれいせいげん》があると思《おも》っていたのに！』ってさ。『日刊予言者新聞《にっかんよげんしゃしんぶん》』にハリーのことがのってからは、もう涙《なみだ》、涙《なみだ》だ。『あの子《こ》は今《いま》でも両親《りょうしん》を思《おも》って泣《な》くんだわ！　ああ、かわいそうに。知《し》らなかった！』」

ハリーはこれでもう充分《じゅうぶん》だと思《おも》った。ハグリッドは僕《ぼく》がいなくなっても気《き》づかないだろう。マダム・マクシームと四頭《とう》のドラゴンの魅力《みりょく》で手《て》いっぱいだ。ハリーはそっとみんなに背《せ》を向《む》け、城《しろ》に向《む》かって歩《ある》きはじめた。

これから起《お》こることを見《み》てしまったのが、喜《よろこ》ぶべきことなのかどうか、ハリーにはわからなかった。たぶん、このほうがよかったのだ。最初《さいしょ》のショックは過《す》ぎた。火曜日《かようび》にはじめてドラゴンを見《み》たなら、全校生《ぜんこうせい》の前《まえ》でばったり気絶《きぜつ》してしまったかもしれない……どっちにしても気絶《きぜつ》するかもしれないが……敵《てき》は十五、六メートルもある、うろこととげに覆《おお》われた、火《ひ》を吐《は》くドラゴンだ。ハリーの武器《ぶき》といえば、杖《つえ》だ――そんな杖《つえ》など、今《いま》や細《ほそ》い棒《ぼう》切《き》れほどにしか感《かん》じられない――しかも、ドラゴンを出《だ》し抜《ぬ》かなければならない。みんなの見《み》ている前《まえ》で。いったいどうやって？

ハリーは禁《きん》じられた森《もり》の端《はし》に沿《そ》って急《いそ》いだ。あと十五分《ふん》足《た》らずで暖炉《だんろ》のそばに戻《もど》って、シリウスと話《はなし》をするのだ。シリウスと話《はな》したい。こんなに強《つよ》く誰《だれ》かと話《はなし》をしたいと思《おも》ったことは、一度《いちど》もない――その時《とき》、出《だ》し抜《ぬ》けにハリーは何《なに》か固《かた》いものにぶつかった。仰向《あおむ》けにひっくり返《かえ》り、めがねがはずれたが、ハリーはしっかりと透明《とうめい》マントにしがみついていた。近《ちか》くで声《こえ》がした。

「アイタッ！　誰《だれ》だ？」

ハリーはマントが自分《じぶん》を覆《おお》っているかどうかを急《いそ》いでたしかめ、じっと動《うご》かずに横《よこ》たわって、ぶつかった相手《あいて》の魔法使《まほうつか》いの黒《くろ》いシルエットを見上《みあ》げた。山羊《やぎ》ひげが見《み》えた……カルカロフだ。

「誰《だれ》だ？」

カルカロフが、いぶかしげに暗闇《くらやみ》を見回《みまわ》しながらくり返《かえ》した。ハリーは身動《みうご》きせず、だまっていた。一分《ぷん》ほどして、カルカロフは、何《なに》か獣《けもの》にでもぶつかったのだろうと納得《なっとく》したらしい。犬《いぬ》でも探《さが》すように、腰《こし》の高《たか》さを見回《みまわ》した。それから、カルカロフは再《ふたた》び木立《こだち》に隠《かく》れるようにして、ドラゴンのいたあたりに向《む》かってそろそろと進《すす》みはじめた。

ハリーは、ゆっくり、慎重《しんちょう》に立《た》ち上《あ》がり、できるだけ物音《ものおと》を立《た》てないようにしながら、暗闇《くらやみ》の中《なか》をホグワーツへと急《いそ》げるだけ急《いそ》いだ。

カルカロフが何《なに》をしようとしていたか、ハリーにはよくわかっていた。こっそり船《ふね》を抜《ぬ》け出《だ》し、第《だい》一の課題《かだい》が何《なん》なのかを探《さぐ》ろうとしたのだ。もしかしたら、ハグリッドとマダム・マクシームが禁《きん》じられた森《もり》のほうへ向《む》かうのを目撃《もくげき》したのかもしれない――あの二人《ふたり》は遠《とお》くからでもたやすく目《め》につく……それに、カルカロフは今《いま》やただ人声《ひとごえ》のするほうに行《い》けばよいのだ。カルカロフもマダム・マクシームと同《おな》じに、何《なに》が代表選手《だいひょうせんしゅ》を待《ま》ち受《う》けているかを知《し》ることになるだろう。すると、火曜日《かようび》にまったく未知《みち》の課題《かだい》にぶつかる選手《せんしゅ》は、セドリックただ一人《ひとり》ということになる。

城《しろ》にたどり着《つ》き、正面《しょうめん》の扉《とびら》をすり抜《ぬ》け、大理石《だいりせき》の階段《かいだん》を上《のぼ》りはじめたハリーは、息《いき》も絶《た》え絶《だ》えだったが、速度《そくど》をゆるめるわけにはいかない……あと五分《ふん》足《た》らずで暖炉《だんろ》のところまで行《い》かなければ……。

「たわごと《ボールダーダッシュ》！」

ハリーは、穴《あな》の前《まえ》の肖像画《しょうぞうが》の額《がく》の中《なか》でまどろんでいる「太《ふと》った婦人《レディ》」に向《む》かってゼイゼイと呼《よ》びかけた。

「ああ、そうですか」

婦人《レディ》は目《め》も開《あ》けずに、眠《ねむ》そうにつぶやき、前《まえ》にパッと開《ひら》いてハリーを通《とお》した。ハリーは穴《あな》をはい登《のぼ》った。談話室《だんわしつ》には誰《だれ》もいない。においもいつもと変《か》わりない。ハリーとシリウスを二人《ふたり》っきりにするために、ハーマイオニーがクソ爆弾《ばくだん》を爆発《ばくはつ》させる必要《ひつよう》はなかったということだ。

ハリーは透明《とうめい》マントを脱《ぬ》ぎ捨《す》て、暖炉《だんろ》の前《まえ》のひじかけ椅子《いす》に倒《たお》れ込《こ》んだ。部屋《へや》は薄暗《うすぐら》く、暖炉《だんろ》の炎《ほのお》だけが明《あ》かりを放《はな》っていた。クリービー兄弟《きょうだい》が何《なん》とかしようとがんばっていた「セドリック・ディゴリーを応援《おうえん》しよう」バッジが、そばのテーブルで、暖炉《だんろ》の火《ひ》を受《う》けてチカチカしていた。今《いま》や、「ほんとに汚《きたな》いぞ、ポッター」に変《か》わっていた。暖炉《だんろ》の炎《ほのお》を振《ふ》り返《かえ》ったハリーは、飛《と》び上《あ》がった。

シリウスの生首《なまくび》が炎《ほのお》の中《なか》に座《すわ》っていた。ウィーズリー家《け》のキッチンで、ディゴリー氏《し》がまったく同《おな》じことをするのを見《み》ていなかったら、ハリーは縮《ちぢ》み上《あ》がったにちがいない。怖《こわ》がるどころか、ここしばらく笑《わら》わなかったハリーが、久《ひさ》しぶりにニッコリした。ハリーは、急《いそ》いで椅子《いす》から飛《と》び降《お》り、暖炉《だんろ》の前《まえ》にかがみ込《こ》んで話《はな》しかけた。

「シリウスおじさん――元気《げんき》なの？」

シリウスの顔《かお》は、ハリーの覚《おぼ》えている顔《かお》とちがって見《み》えた。さよならを言《い》ったときは、シリウスの顔《かお》はやせこけ、目《め》が落《お》ちくぼみ、黒《くろ》い長髪《ちょうはつ》がもじゃもじゃとからみついて、顔《かお》の周《まわ》りを覆《おお》っていた――でも今《いま》は、髪《かみ》をこざっぱりと短《みじか》く切《き》り、顔《かお》は丸《まる》みを帯《お》び、あの時《とき》より若《わか》く見《み》えた。ハリーがたった一枚《まい》だけ持《も》っているシリウスのあの写真《しゃしん》、両親《りょうしん》の結婚式《けっこんしき》のときの写真《しゃしん》に近《ちか》かった。

「私《わたし》のことは心配《しんぱい》しなくていい。君《きみ》はどうだね？」シリウスは真剣《しんけん》な口調《くちょう》だった。

「僕《ぼく》は――」

ほんの一瞬《いっしゅん》、「元気《げんき》です」と言《い》おうとした――しかし、言《い》えなかった。せきを切《き》ったように言《こと》葉《ば》がほとばしり出《で》た。ここ何日《なんにち》か分《ぶん》の穴埋《あなう》めをするように、ハリーは一気《いっき》にしゃべった――自分《じぶん》の意思《いし》でゴブレットに名前《なまえ》を入《い》れたのではないと言《い》っても、誰《だれ》も信《しん》じてくれなかったこと、リータ・スキーターが「日刊予言者新聞《にっかんよげんしゃしんぶん》」でハリーについてうそ八百《はっぴゃく》を書《か》いたこと、廊下《ろうか》を歩《ある》いていると必《かなら》ず誰《だれ》かがからかうこと――そして、ロンのこと。ロンがハリーを信用《しんよう》せず、やきもちを焼《や》いている……。

「……それに、ハグリッドがついさっき、第一《だい》の課題《かだい》が何《なん》なのか、僕《ぼく》に見《み》せてくれたの。ドラゴンなんだよ、シリウス。僕《ぼく》、もうおしまいだ」

ハリーは絶望的《ぜつぼうてき》になって話《はな》し終《お》えた。

シリウスは憂《うれ》いに満《み》ちた目《め》でハリーを見《み》つめていた。アズカバンがシリウスに刻《きざ》み込《こ》んだまなざしが、まだ消《き》え去《さ》ってはいない——死《し》んだような、憑《つ》かれたようなまなざしだ。シリウスはハリーがだまり込《こ》むまで、口《くち》を挟《はさ》まずしゃべらせたあと、口《くち》を開《ひら》いた。

「ドラゴンは、ハリー、何《なん》とかなる。しかし、それはちょっとあとにしよう——あまり長《なが》くはいられない……この火《ひ》を使《つか》うのに、とある魔法使《まほうつか》いの家《いえ》に忍《しの》び込《こ》んだのだが、家《いえ》の者《もの》がいつ戻《もど》ってこないともかぎらない。君《きみ》に警告《けいこく》しておかなければならないことがあるんだ」

「何《なん》なの？」

ハリーは、ガクンガクンと数段気分《すうだんきぶん》が落《お》ち込《こ》むような気《き》がした……ドラゴンより悪《わる》いものがあるんだろうか？

「カルカロフだ」

シリウスが言《い》った。

「ハリー、あいつは『死喰《しく》い人《びと》』だった。それが何《なに》か、わかってるね？」

「ええ——えっ？——あの人《ひと》が？」

「あいつは逮捕《たいほ》された。アズカバンで一緒《いっしょ》だった。しかし、あいつは釈放《しゃくほう》された。ダンブルドアが今年《ことし》『闇祓《やみばら》い』をホグワーツに置《お》きたかったのは、そのせいだ。絶対《ぜったい》まちがいない——あいつを監視《かんし》するためだ。カルカロフを逮捕《たいほ》したのはムーディだ。そもそもムーディがやつをアズカバンにぶち込《こ》んだ」

「カルカロフが釈放《しゃくほう》された？」

ハリーはよく飲《の》み込《こ》めなかった。脳《のう》みそが、また一つショックな情報《じょうほう》を吸収《きゅうしゅう》しようとしてもがいていた。

「どうして釈放《しゃくほう》したの？」

「魔法省《まほうしょう》と取引《とりひき》をしたんだ」

シリウスが苦々《にがにが》しげに言《い》った。

「自分《じぶん》が過《あやま》ちを犯《おか》したことを認《みと》めると言《い》った。そしてほかの名前《なまえ》を吐《は》いた……自分《じぶん》のかわりにずいぶん多《おお》くの者《もの》をアズカバンに送《おく》った……言《い》うまでもなく、あいつはアズカバンでは嫌《きら》われ者《もの》だ。そして、出獄《しゅつごく》してからは、私《わたし》の知《し》るかぎり、自分《じぶん》の学校《がっこう》に入学《にゅうがく》する者《もの》には全員《ぜんいん》に『闇《やみ》の魔術《まじゅつ》』を教《おし》えてきた。だから、ダームストラングの代表選手《だいひょうせんしゅ》にも気《き》をつけなさい」

「うん。でも……カルカロフが僕《ぼく》の名前《なまえ》をゴブレットに入《い》れたっていうわけ？　だって、もしカルカロフの仕業《しわざ》なら、あの人《ひと》、ずいぶん役者《やくしゃ》だよ。カンカンに怒《おこ》っていたように見《み》えた。僕《ぼく》が参《さん》加《か》するのを阻止《そし》しようとした」

ハリーは考《かんが》えながらゆっくり話《はな》した。

「やつは役者《やくしゃ》だ。それはわかっている」

シリウスが言《い》った。

「何《なに》しろ、魔法省《まほうしょう》に自分《じぶん》を信用《しんよう》させて、釈放《しゃくほう》させたやつだ。さてと、『日刊予言者新聞《にっかんよげんしゃしんぶん》』にはずっと注目《ちゅうもく》してきたよ、ハリー——」

「シリウスおじさんもそうだし、世界中《せかいじゅう》がそうだね」ハリーは苦《にが》い思《おも》いがした。

「——そして、スキーター女史《じょし》の先月《せんげつ》の記事《きじ》の行間《ぎょうかん》を読《よ》むと、ムーディがホグワーツに出発《しゅっぱつ》する前《まえ》の晩《ばん》に襲《おそ》われた。いや、あの女《おんな》が、また空騒《からさわ》ぎだったと書《か》いていることは承知《しょうち》している」

ハリーが何《なに》か言《い》いたそうにしたのを見《み》て、シリウスが急《いそ》いで説明《せつめい》した。

「しかし、私《わたし》はちがうと思《おも》う。誰《だれ》かが、ムーディがホグワーツに来《く》るのをじゃましようとしたのだ。ムーディが近《ちか》くにいると、仕事《しごと》がやりにくくなるということを知《し》っているヤツがいる。ムーディの件《けん》は誰《だれ》も本気《ほんき》になって追及《ついきゅう》しないだろう。マッド-アイは、侵入者《しんにゅうしゃ》の物音《ものおと》を聞《き》いたと、あんまりしょっちゅう言《い》い過《す》ぎた。しかし、そうだからといってムーディがもう本物《ほんもの》を見《み》つけられないというわけではない。ムーディは魔法省《まほうしょう》始《はじ》まって以来《いらい》の優秀《ゆうしゅう》な闇祓《やみばら》いだった」

「じゃ……シリウスおじさんの言《い》いたいのは？」

ハリーはそう言《い》いながら考《かんが》えていた。

「カルカロフが僕《ぼく》を殺《ころ》そうとしているってこと？　でも――なぜ？」

シリウスは戸惑《とまど》いを見《み》せた。

「近《ちか》ごろどうもおかしなことを耳《みみ》にする」

シリウスも考《かんが》えながら答《こた》えた。

「死喰《しく》い人《びと》の動《うご》きが最近活発《さいきんかっぱつ》になっているらしい。クィディッチ・ワールドカップで正体《しょうたい》を現《あらわ》しただろう？　誰《だれ》かが『闇《やみ》の印《しるし》』を打《う》ち上《あ》げた……それに――行方不明《ゆくえふめい》になっている魔法省《まほうしょう》の魔女《まじょ》職員《しょくいん》のことは聞《き》いているかね？」

「バーサ・ジョーキンズ？」

「そうだ……アルバニアで姿《すがた》を消《け》した。ヴォルデモートが最後《さいご》にそこにいたといううわさのある場所《ばしょ》ずばりだ……その魔女《まじょ》は、三校対抗試合《さんこうたいこうじあい》が行《おこな》われることを知《し》っていたはずだね？」

「ええ、でも……その魔女《まじょ》がヴォルデモートにばったり出会《であ》うなんて、ちょっと考《かんが》えられないでしょう？」ハリーが言《い》った。

「いいかい。私《わたし》はバーサ・ジョーキンズを知《し》っていた」

シリウスが深刻《しんこく》な声《こえ》で言《い》った。

「私《わたし》と同《おな》じ時期《じき》にホグワーツにいた。君《きみ》の父《とう》さんや私《わたし》より二、三年上《ねんうえ》だ。とにかく愚《おろ》かな女《おんな》だった。知《し》りたがり屋《や》で、頭《あたま》がまったくからっぽ。これは、いい組《く》み合《あ》わせじゃない。ハリー、バーサなら、簡単《かんたん》に罠《わな》にはまるだろう」

「じゃ……それじゃ、ヴォルデモートが試合《しあい》のことを知《し》ったかもしれないって？　そういう意味《いみ》なの？　カルカロフがヴォルデモートの命《めい》を受《う》けてここに来《き》たと、そう思《おも》うの？」

「わからない」

シリウスは考《かんが》えながら答《こた》えた。

「とにかくわからないが……カルカロフは、ヴォルデモートの力《ちから》が強大《きょうだい》になって、自分《じぶん》を護《まも》ってくれると確信《かくしん》しなければ、ヴォルデモートの下《もと》に戻《もど》るような男《おとこ》ではないだろう。しかし、ゴブレットに君《きみ》の名前《なまえ》を入《い》れたのが誰《だれ》であれ、理由《りゆう》があって入《い》れたのだ。それに、試合《しあい》は、君《きみ》を襲《おそ》うには好都合《こうつごう》だし、事故《じこ》に見《み》せかけるにはいい方法《ほうほう》だと考《かんが》えざるをえない」

「僕《ぼく》の今《いま》の状況《じょうきょう》から考《かんが》えると、ほんとうにうまい計画《けいかく》みたい」

ハリーが力《ちから》なく言《い》った。

「自分《じぶん》はのんびり見物《けんぶつ》しながら、ドラゴンに仕事《しごと》をやらせておけばいいんだもの」

「そうだ──そのドラゴンだが」シリウスは早口《はやくち》になった。

「ハリー、方法《ほうほう》はある。『失神《しっしん》の呪文《じゅもん》』を使《つか》いたくても、使《つか》うな──ドラゴンは強《つよ》いし、強力《きょうりょく》な魔力《まりょく》を持《も》っているから、たった一人《ひとり》の呪文《じゅもん》でノックアウトできるものではない。半《はん》ダースもの魔《ま》法使《ほうつか》いが束《たば》になってかからないと、ドラゴンは抑《おさ》えられない──」

「うん。わかってる。さっき見《み》たもの」ハリーが言《い》った。

「しかし、それが一人《ひとり》でもできる方法《ほうほう》があるのだ。簡単《かんたん》な呪文《じゅもん》があればいい。つまり──」

しかし、ハリーは手《て》を上《あ》げてシリウスの言葉《ことば》をさえぎった。心臓《しんぞう》が破裂《はれつ》しそうに、急《きゅう》にドキドキしだした。背後《はいご》のらせん階段《かいだん》を誰《だれ》かが下《お》りてくる足音《あしおと》を聞《き》いたのだ。

「行《い》って！」

ハリーは声《こえ》を殺《ころ》してシリウスに言《い》った。

「行《い》って！　誰《だれ》か来《く》る！」

ハリーは急《いそ》いで立《た》ち上《あ》がり、暖炉《だんろ》の火《ひ》を体《からだ》で隠《かく》した──ホグワーツの城内《じょうない》で誰《だれ》かがシリウスの顔《かお》を見《み》ようものなら、何《なに》もかもひっくり返《かえ》るような大騒《おおさわ》ぎになるだろう──魔法省《まほうしょう》が乗《の》り込《こ》んでくるだろう──ハリーは、シリウスの居場所《いばしょ》を問《と》い詰《つ》められるだろう──。

背後《はいご》でポンと小《ちい》さな音《おと》がした。それで、シリウスがいなくなったのだとわかった——ハリーはらせん階段《かいだん》の下《した》を見《み》つめていた——午前《ごぜん》一時《じ》に散歩《さんぽ》を決《き》め込《こ》むなんて、いったい誰《だれ》だ？　ドラゴンをうまく出《だ》し抜《ぬ》くやり方《かた》を、シリウスがハリーに教《おし》えるのをじゃましたのは誰《だれ》なんだ？

ロンだった。栗色《くりいろ》のペーズリー柄《がら》のパジャマを着《き》たロンが、部屋《へや》の反対側《はんたいがわ》で、ハリーと向《む》き合《あ》ってぴたりと立《た》ち止《ど》まり、あたりをきょろきょろ見回《みまわ》した。

「誰《だれ》と話《はな》してたんだ？」

ロンが聞《き》いた。

「君《きみ》には関係《かんけい》ないだろう？」

ハリーがうなるように言《い》った。

「こんな夜中《よなか》に、何《なに》しにきたんだ？」

「君《きみ》がどこに——」

ロンは途中《とちゅう》で言葉《ことば》を切《き》り、肩《かた》をすくめた。

「別《べつ》に。僕《ぼく》、ベッドに戻《もど》る」

「ちょっとかぎ回《まわ》ってやろうと思《おも》ったんだろう？」

ハリーがどなった。ロンは、ちょうどどんな場面《ばめん》にでくわしたのか知《し》るはずもないし、わざとやったのではないと、ハリーにはよくわかっていた。しかし、そんなことはどうでもよかった――ハリーは、今《いま》この瞬間《しゅんかん》、ロンのすべてが憎《にく》らしかった。パジャマの下《した》から数《すう》センチはみ出《だ》している、むき出《だ》しのくるぶしまでが憎《にく》たらしかった。

「悪《わる》かったね」

ロンは怒《いか》りで顔《かお》を真《ま》っ赤《か》にした。

「君《きみ》がじゃまされたくないんだってこと、認識《にんしき》しておくべきだったよ。どうぞ、次《つぎ》のインタビューの練習《れんしゅう》を、お静《しず》かにお続《つづ》けください」

ハリーは、テーブルにあった「ほんとに汚《きたな》いぞ、ポッター」バッジを一つつかむと、力《ちから》まかせに部屋《へや》のむこう側《がわ》に向《む》かって投《な》げつけた。バッジはロンの額《ひたい》に当《あ》たり、跳《は》ね返《かえ》った。

「そーら」

ハリーが言《い》った。

「火曜日《かようび》にそれをつけていけよ。うまくいけば、たった今《いま》、君《きみ》も額《ひたい》に傷痕《きずあと》ができたかもしれない……。傷《きず》が欲《ほ》しかったんだろう？」

ハリーは階段《かいだん》に向《む》かってずんずん歩《ある》いた。ロンが引《ひ》き止《と》めてくれないかと、半《なか》ば期待《きたい》していた。ロンにパンチを食《く》らわされたいとさえ思《おも》った。しかし、ロンはつんつるてんのパジャマを着《き》て、ただそこに突《つ》っ立《た》っているだけだった。ハリーは、荒々《あらあら》しく寝室《しんしつ》に上《あ》がり、長《なが》いこと目《め》を開《あ》けたままベッドに横《よこ》たわり、怒《いか》りに身《み》を任《まか》せていた。

ロンがベッドに戻《もど》ってくる気配《けはい》はついになかった。

第《だい》20章《しょう》 第《だい》一の課題《かだい》

日曜《にちよう》の朝《あさ》、起《お》きて服《ふく》を着《き》はじめたものの、ハリーは上《うわ》の空《そら》で、足《あし》に靴下《くつした》をはかせるかわりに帽子《ぼうし》をかぶせようとしていたことに気《き》づくまで、しばらくかかった。やっと、体《からだ》のそれぞれの部分《ぶぶん》にあてはまる服《ふく》を身《み》に着《つ》け、ハリーは急《いそ》いでハーマイオニーを探《さが》しに部屋《へや》を出《で》た。

ハーマイオニーは大広間《おおひろま》のグリフィンドール寮《りょう》のテーブルで、ジニーと一緒《いっしょ》に朝食《ちょうしょく》をとっていた。ハリーは、むかむかしてとても食《た》べる気《き》になれず、ハーマイオニーがオートミールの最後《さいご》の一《ひと》さじを飲《の》み込《こ》むまで待《ま》って、それからハーマイオニーを引《ひ》っ張《ぱ》って校庭《こうてい》に出《で》た。湖《みずうみ》のほうへ二人《ふたり》でまた長《なが》い散歩《さんぽ》をしながら、ハリーはドラゴンのこと、シリウスの言《い》ったことをすべてハーマイオニーに話《はな》して聞《き》かせた。

シリウスがカルカロフを警戒《けいかい》せよと言《い》ったことは、ハーマイオニーを驚《おどろ》かせはしたが、やはり、ドラゴンのほうがより緊急《きんきゅう》の問題《もんだい》だというのがハーマイオニーの意見《いけん》だった。

「とにかく、あなたが火曜日《かようび》の夜《よる》も生《い》きているようにしましょう」

ハーマイオニーは必死《ひっし》の面持《おもも》ちだった。

「それからカルカロフのことを心配《しんぱい》すればいいわ」

ドラゴンを抑《おさ》えつける簡単《かんたん》な呪文《じゅもん》とは何《なん》だろうと、いろいろ考《かんが》えて、二人《ふたり》は湖《みずうみ》の周《まわ》りを三周《しゅう》もしていた。まったく何《なに》も思《おも》いつかなかった。そこで二人《ふたり》は図書館《としょかん》にこもった。ハリーは、ここで、ドラゴンに関《かん》するありとあらゆる本《ほん》を引《ひ》っ張《ぱ》り出《だ》し、二人《ふたり》で山《やま》と積《つ》まれた本《ほん》に取《と》り組《く》みはじめた。

「『鉤爪《かぎづめ》を切《き》る呪文《じゅもん》……くさった鱗《うろこ》の治療《ちりょう》』……だめだ。こんなのは、ドラゴンの健康管理《けんこうかんり》をしたがるハグリッドみたいな変《か》わり者用《ものよう》だ……」

「『ドラゴンを殺《ころ》すのは極《きわ》めて難《むずか》しい。古代《こだい》の魔法《まほう》が、ドラゴンの分厚《ぶあつ》い皮《かわ》に浸透《しんとう》したことにより、最強《さいきょう》の呪文以外《じゅもんいがい》は、どんな呪文《じゅもん》もその皮《かわ》を貫《つらぬ》くことはできない』……だけど、シリウスは簡単《かんたん》な呪文《じゅもん》が効《き》くって言《い》ったわよね……」

「それじゃ、簡単《かんたん》な呪文集《じゅもんしゅう》を調《しら》べよう」

ハリーは『ドラゴンを愛《あい》しすぎる男《おとこ》たち』の本《ほん》をポイッと放《ほう》った。

ハリーは呪文集《じゅもんしゅう》を一山《ひとやま》抱《かか》えて机《つくえ》に戻《もど》り、本《ほん》を並《なら》べて次々《つぎつぎ》にパラパラとページをめくりはじめた。ハーマイオニーはハリーのすぐ脇《わき》で、ひっきりなしにブツブツ言《い》っていた。

「ウーン、『取《と》り替《か》え呪文《じゅもん》』があるけど……でも、取《と》り替《か》えてどうにかなるの？　牙《きば》のかわりにマシュマロか何《なん》かに取《と》り替《か》えたら、少《すこ》しは危険《きけん》でなくなるけど……問題《もんだい》は、さっきの本《ほん》にも書《か》いてあったように、ドラゴンの皮《かわ》を貫《つらぬ》くものがほとんどないってことなのよ……変身《へんしん》させてみたらどうかしら。でも、あんなに大《おお》きいと、あんまり望《のぞ》みないわね。マクゴナガル先生《せんせい》でさえだめかも……もっとも、**自分自身《じぶんじしん》**に呪文《じゅもん》をかけるっていう手《て》があるじゃない？　自分《じぶん》にもっと力《ちから》を与《あた》えるのはどう？　だけど、そういうのは簡単《かんたん》な呪文《じゅもん》じゃないわね。つまり、まだそういうのは授《じゅ》業《ぎょう》で一つも習《なら》ってないもの。私《わたし》はO・W・Lの模擬試験《もぎしけん》をやってみたから、そういうのがあるって知《し》ってるだけ……」

「ハーマイオニー」ハリーは歯《は》を食《く》いしばって言《い》った。

「ちょっとだまっててくれない？　僕《ぼく》、集中《しゅうちゅう》したいんだ」

しかし、いざハーマイオニーが静《しず》かになってみれば、ハリーの頭《あたま》の中《なか》は真《ま》っ白《しろ》になり、ブンブンという音《おと》で埋《う》まってしまい、集中《しゅうちゅう》するどころではなかった。ハリーは救《すく》いようのない気持《きも》ちで、本《ほん》の索引《さくいん》をたどっていた。

「『忙《いそが》しいビジネス魔《ま》ンのための簡単《かんたん》な呪文《じゅもん》――即席頭《そくせきあたま》の皮《かわ》はぎ』……でもドラゴンは髪《かみ》の毛《け》がないよ……『胡椒《こしょう》入《い》りの息《いき》』……これじゃ、ドラゴンの吐《は》く火《ひ》が強《つよ》くなっちゃう……『角《つの》のある舌《した》』……ばっちりだ。これじゃ敵《てき》にもう一つ武器《ぶき》を与《あた》えてしまうじゃないか……」

「ああ、いやだ。**また**あの人《ひと》だわ。どうして自分《じぶん》のボロ船《ふね》で読書《どくしょ》しないのかしら？」

ハーマイオニーがいらいらした。ビクトール・クラムが入《はい》ってくるところだった。いつもの前《まえ》かがみで、むっつりと二人《ふたり》を見《み》て、本《ほん》の山《やま》と一緒《いっしょ》に遠《とお》くの隅《すみ》に座《すわ》った。

「行《い》きましょうよ、ハリー。談話室《だんわしつ》に戻《もど》るわ……。あの人《ひと》のファンクラブがすぐ来《く》るわ。ピーチクパーチクって……」

そして、そのとおり、二人《ふたり》が図書館《としょかん》を出《で》るとき、女子学生《じょしがくせい》の一団《いちだん》が、忍《しの》び足《あし》で入《はい》ってきた。中《なか》の一人《ひとり》は、ブルガリアのスカーフを腰《こし》に巻《ま》きつけていた。


ハリーはその夜《よ》、ほとんど眠《ねむ》れなかった。月曜《げつよう》の朝目覚《あさめざ》めたとき、ハリーは初《はじ》めて真剣《しんけん》にホグワーツから逃《に》げ出《だ》すことを考《かんが》えた。しかし、朝食《ちょうしょく》のときに大広間《おおひろま》を見回《みまわ》して、ホグワーツ城《じょう》を去《さ》るということが何《なに》を意味《いみ》するかを考《かんが》えたとき、ハリーはやはりそれはできないと思《おも》った。ハリーが今《いま》までに幸《しあわ》せだと感《かん》じたのは、ここしかない……そう、両親《りょうしん》と一緒《いっしょ》だったときも、きっと幸《しあわ》せだったろう。しかし、ハリーはそれを覚《おぼ》えていない。

ここにいてドラゴンに立《た》ち向《む》かうほうが、ダドリーと一緒《いっしょ》のプリベット通《どお》りに戻《もど》るよりはましだ。それがはっきりしただけで、ハリーは少《すこ》し落《お》ち着《つ》いた。無理《むり》やりベーコンを飲《の》み込《こ》み（ハリーののどは、あまりうまく機能《きのう》していなかった)、ハリーとハーマイオニーが立《た》ち上《あ》がると、ちょうどセドリック・ディゴリーもハッフルパフのテーブルを立《た》つところだった。

セドリックはまだドラゴンのことを知《し》らない……マダム・マクシームとカルカロフが、ハリーの考《かんが》えるとおり、フラーとクラムに話《はなし》をしていたとすれば、代表選手《だいひょうせんしゅ》の中《なか》でただ一人《ひとり》知《し》らないのだ。

セドリックが大広間《おおひろま》を出《で》ていくところを見《み》ていて、ハリーの気持《きも》ちは決《き》まった。

「ハーマイオニー、温室《おんしつ》で会《あ》おう。先《さき》に行《い》って。すぐ追《お》いつくから」ハリーが言《い》った。

「ハリー、遅《おく》れるわよ。もうすぐベルが鳴《な》るのに——」

「追《お》いつくよ。オッケー?」

ハリーが大理石《だいりせき》の階段《かいだん》の下《した》に来《き》たとき、セドリックは階段《かいだん》の上《うえ》にいた。六年生《ねんせい》の友達《ともだち》が大勢一緒《おおぜいいっしょ》だった。ハリーはその生徒《せいと》たちの前《まえ》でセドリックに話《はなし》をしたくなかった。みんな、ハリーが近《ちか》づくといつも、リータ・スキーターの記事《きじ》を持《も》ち出《だ》す連中《れんちゅう》だった。ハリーは間《あいだ》をあけてセドリックのあとをつけた。すると、セドリックが「呪文学《じゅもんがく》」の教室《きょうしつ》への廊下《ろうか》に向《む》かっていることがわかった。そこで、ハリーはひらめいた。一団《いちだん》から離《はな》れたところで、ハリーは杖《つえ》を取《と》り出《だ》し、しっかりねらいを定《さだ》めた。

「ディフィンド！　裂《さ》けよ！」

セドリックのかばんが裂《さ》けた。羊皮紙《ようひし》やら、羽根《はね》ペン、教科書《きょうかしょ》がバラバラと床《ゆか》に落《お》ち、インク瓶《びん》がいくつか割《わ》れた。

「かまわないで」

友人《ゆうじん》がかがみ込《こ》んで手伝《てつだ》おうとしたが、セドリックは、まいったなという声《こえ》で言《い》った。

「フリットウィックに、すぐ行《い》くって伝《つた》えてくれ。さあ行《い》って……」

ハリーの思《おも》うつぼだった。杖《つえ》をローブにしまい、ハリーはセドリックの友達《ともだち》が教室《きょうしつ》へと消《き》えるのを待《ま》った。そして、二人《ふたり》しかいなくなった廊下《ろうか》を、急《いそ》いでセドリックに近《ちか》づいた。

「やあ」

インクまみれになった『上級変身術《じょうきゅうへんしんじゅつ》』の教科書《きょうかしょ》を拾《ひろ》い上《あ》げながら、セドリックが挨拶《あいさつ》した。

「僕《ぼく》の鞄《かばん》、たった今《いま》、破《やぶ》れちゃって……まだ新品《しんぴん》なんだけど……」

「セドリック、第一《だいいち》の課題《かだい》はドラゴンだ」

「えっ？」セドリックが目《め》を上《あ》げた。

「ドラゴンだよ」

ハリーは早口《はやくち》でしゃべった。フリットウィック先生《せんせい》がセドリックはどうしたかと見《み》に出《で》てきたら困《こま》る。

「四頭《とう》だ。一人《ひとり》に一頭《とう》。僕《ぼく》たち、ドラゴンを出《だ》し抜《ぬ》かないといけない」

セドリックはまじまじとハリーを見《み》た。ハリーが土曜日《どようび》の夜《よる》以来《いらい》感《かん》じてきた恐怖感《きょうふかん》が、今《いま》セドリックのグレーの目《め》にちらついているのを、ハリーは見《み》た。

「たしかかい？」セドリックが声《こえ》をひそめて聞《き》いた。

「絶対《ぜったい》だ。僕《ぼく》、見《み》たんだ」ハリーが答《こた》えた。

「しかし、君《きみ》、どうしてわかったんだ？　僕《ぼく》たち知《し》らないことになっているのに……」

「気《き》にしないで」

ハリーは急《いそ》いで言《い》った――ほんとうのことを話《はな》したら、ハグリッドが困《こま》ったことになるとわかっていた。

「だけど、知《し》ってるのは僕《ぼく》だけじゃない。フラーもクラムも、もう知《し》っているはずだ――マダム・マクシームとカルカロフの二人《ふたり》も、ドラゴンを見《み》た」

セドリックはインクまみれの羽根《はね》ペンや、羊皮紙《ようひし》、教科書《きょうかしょ》を腕《うで》いっぱいに抱《かか》えて、すっと立《た》った。破《やぶ》れたかばんが肩《かた》からぶら下《さ》がっている。セドリックはハリーをじっと見《み》つめた。当惑《とうわく》したような、ほとんど疑《うたが》っているような目《め》つきだった。

「どうして、僕《ぼく》に教《おし》えてくれるんだい？」セドリックが聞《き》いた。

ハリーは信《しん》じられない気持《きも》ちでセドリックを見《み》た。セドリックだって自分《じぶん》の目《め》であのドラゴンを見《み》ていたなら、絶対《ぜったい》にそんな質問《しつもん》はしないだろうに。最悪《さいあく》の敵《てき》にだって、ハリーは何《なん》の準備《じゅんび》もなくあんな怪物《かいぶつ》に立《た》ち向《む》かわせたりはしない――まあ、マルフォイやスネイプならどうかわからないが……。

「だって……それがフェアじゃないか？」

ハリーは答《こた》えた。

「もう僕《ぼく》たち全員《ぜんいん》が知《し》ってる……これで足並《あしな》みがそろったんじゃない？」

セドリックはまだ少《すこ》し疑《うたが》わしげにハリーを見《み》つめていた。その時《とき》、聞《き》き慣《な》れたコツッ、コツッという音《おと》がハリーの背後《はいご》から聞《き》こえた。振《ふ》り向《む》くと、マッド－アイ・ムーディが近《ちか》くの教室《きょうしつ》から出《で》てくる姿《すがた》が目《め》に入《はい》った。

「ポッター、一緒《いっしょ》に来《こ》い」ムーディがうなるような声《こえ》で言《い》った。

「ディゴリー、もう行《い》け」

ハリーは不安《ふあん》げにムーディを見《み》た。二人《ふたり》の会話《かいわ》を聞《き》いたのだろうか？

「あの――先生《せんせい》。僕《ぼく》、『薬草学《やくそうがく》』の授業《じゅぎょう》が――」

「かまわん、ポッター。わしの部屋《へや》に来《き》てくれ……」

ハリーは、今度《こんど》は何《なに》が起《お》こるのだろうと思《おも》いながら、ムーディについていった。ハリーがどうしてドラゴンのことを知《し》ったか、ムーディが問《と》いただしたいのだとしたら？　ムーディはハグリッドのことをダンブルドアに告《つ》げ口《ぐち》するのだろうか？　それとも、ハリーをケナガイタチに変《か》えてしまうだけだろうか？　まあ、イタチになったほうが、ドラゴンを出《だ》し抜《ぬ》きやすいかもしれないな、とハリーはぼんやり考《かんが》えた。小《ちい》さくなったら、十五、六メートルの高《たか》さからはずっと見《み》えにくくなるし……。

ハリーはムーディの部屋《へや》に入《はい》った。ムーディはドアを閉《し》め、向《む》きなおってハリーを見《み》た。「魔《ま》法《ほう》の目《め》」も、普通《ふつう》の目《め》も、ハリーに注《そそ》がれた。

「今《いま》、おまえのしたことは、ポッター、非常《ひじょう》に道徳的《どうとくてき》な行為《こうい》だ」ムーディは静《しず》かに言《い》った。

ハリーは何《なん》と言《い》ってよいかわからなかった。こういう反応《はんのう》はまったく予期《よき》していなかった。

「座《すわ》りなさい」

ムーディに言《い》われてハリーは座《すわ》り、あたりを見回《みまわ》した。

この部屋《へや》には、これまで二人《ふたり》のちがう先生《せんせい》のときに、何度《なんど》か来《き》たことがある。ロックハート先《せん》生《せい》のときは、壁《かべ》にべたべた貼《は》られた先生自身《せんせいじしん》の写真《しゃしん》がニッコリしたり、ウィンクしたりしていた。

ルーピンがいたときは、先生《せんせい》がクラスで使《つか》うために手《て》に入《い》れた、新《あたら》しい、何《なん》だかおもしろそうな闇《やみ》の生物《せいぶつ》の見本《みほん》が置《お》いてあったものだった。しかし、今《いま》、この部屋《へや》は、とびっきり奇妙《きみょう》なものでいっぱいだった。ムーディが「闇祓《やみばら》い」時代《じだい》に使《つか》ったものだろうとハリーは思《おも》った。

机《つくえ》の上《うえ》には、ひびの入《はい》った大《おお》きなガラスのこまのようなものがあった。ハリーは、それが「かくれん防止器《スニーコスコープ》」だとすぐにわかった。ムーディのよりはずっと小《ちい》さいが、ハリーも一つ持《も》っていたからだ。隅《すみ》っこの小《ちい》さいテーブルには、ことさらにくねくねした金色《きんいろ》のテレビアンテナのような物《もの》が立《た》っている。かすかにブーンとうなりを上《あ》げていた。ハリーのむかい側《がわ》の壁《かべ》にかかった鏡《かがみ》のようなものは、部屋《へや》を映《うつ》してはいない。影《かげ》のようなぼんやりした姿《すがた》が、中《なか》でうごめいていた。どの姿《すがた》もぼやけている。

「わしの『闇検知器《やみけんちき》』が気《き》に入《い》ったか？」

ハリーを観察《かんさつ》していたムーディが聞《き》いた。

「あれは何《なん》ですか？」

ハリーは金色《きんいろ》のくねくねアンテナを指差《ゆびさ》した。

「『秘密発見器《ひみつはっけんき》』だ。何《なに》か隠《かく》しているものや、うそを探知《たんち》すると振動《しんどう》する……ここでは、もちろん、干渉波《かんしょうは》が多過《おおす》ぎて役《やく》に立《た》たない――生徒《せいと》たちが四方八方《しほうはっぽう》でうそをついている。なぜ宿題《しゅくだい》をやってこなかったかとかだがな。ここに来《き》てからというもの、ずっとうなりっぱなしだ。『かくれん防止器《スニーコスコープ》』も止《と》めておかないといけなくなった。ずっと警報《けいほう》を鳴《な》らし続《つづ》けるのでな。こいつは特別《とくべつ》に感度《かんど》がよく、半径《はんけい》二キロの事象《じしょう》を拾《ひろ》う。もちろん、子供《こども》のガセネタばかりを拾《ひろ》っているわけではないはずだが」ムーディはうなるように最後《さいご》の言葉《ことば》をつけ足《た》した。

「それじゃ、あの鏡《かがみ》は何《なん》のために？」

「ああ、あれは、わしの『敵鏡《てきかがみ》』だ。こそこそ歩《ある》き回《まわ》っているのが見《み》えるか？　やつらの白目《しろめ》が見《み》えるほどに接近《せっきん》してこないうちは、安泰《あんたい》だ。見《み》えたときには、わしのトランクを開《ひら》くときだ」

ムーディは短《みじか》く乾《かわ》いた笑《わら》いをもらし、窓《まど》の下《した》に置《お》いた大《おお》きなトランクを指差《ゆびさ》した。七つの鍵穴《かぎあな》が一列《れつ》に並《なら》んでいる。いったい何《なに》が入《はい》っているのかと考《かんが》えていると、ムーディが問《と》いかけてきて、ハリーは突然現実《とつぜんげんじつ》に引《ひ》き戻《もど》された。

「すると……ドラゴンのことを知《し》ってしまったのだな？」

ハリーは言葉《ことば》に詰《つ》まった。これを恐《おそ》れていた――しかし、ハリーはセドリックにも言《い》わなかったし、ムーディにもけっして言《い》わないつもりだ。ハグリッドが規則《きそく》を破《やぶ》ったなどと言《い》うものか。

「大丈夫《だいじょうぶ》だ」

ムーディは腰《こし》を下《お》ろして、木製《もくせい》の義足《ぎそく》を伸《の》ばし、うめいた。

「カンニングは三校対抗試合《さんこうたいこうじあい》の伝統《でんとう》で、昔《むかし》からあった」

「僕《ぼく》、カンニングしてません」

ハリーはきっぱり言《い》った。

「ただ――偶然知《ぐうぜんし》ってしまったんです」

ムーディはニヤリとした。

「お若《わか》いの、わしは責《せ》めているわけではない。はじめからダンブルドアに言《い》ってある。ダンブルドアはあくまでも高潔《こうけつ》にしていればよいが、あのカルカロフやマクシームは、けっしてそういうわけにはいくまいとな。連中《れんちゅう》は、自分《じぶん》たちが知《し》るかぎりのすべてを、代表選手《だいひょうせんしゅ》にもらすだろう。連中《れんちゅう》は勝《か》ちたい。ダンブルドアを負《ま》かしたい。ダンブルドアも普通《ふつう》のヒトだと証明《しょうめい》してみせたいのだ」

ムーディはまた乾《かわ》いた笑《わら》い声《ごえ》を上《あ》げ、「魔法《まほう》の目《め》」がぐるぐる回《まわ》った。あまりに速《はや》く回《まわ》るので、ハリーは見《み》ていて気分《きぶん》が悪《わる》くなってきた。

「それで……どうやってドラゴンを出《だ》し抜《ぬ》くか、何《なに》か考《かんが》えはあるのか？」ムーディが聞《き》いた。

「いえ」ハリーが答《こた》えた。

「フム。わしは教《おし》えんぞ」

ムーディがぶっきらぼうに言《い》った。

「わしは、ひいきはせん。わしはな。おまえにいくつか、一般的《いっぱんてき》なよいアドバイスをするだけだ。その第《だい》一は――**自分《じぶん》の強《つよ》みを生《い》かす試合《しあい》をしろ**」

「僕《ぼく》、何《なん》にも強《つよ》みなんてない」ハリーは思《おも》わず口走《くちばし》った。

「なんと」ムーディがうなった。

「おまえには強《つよ》みがある。わしがあると言《い》ったらある。考《かんが》えろ。おまえが得意《とくい》なのは何《なん》だ？」

ハリーは気持《きも》ちを集中《しゅうちゅう》させようとした。僕《ぼく》の得意《とくい》なものは**何《なん》だっけ？** ああ、簡単《かんたん》じゃないか、まったく――。

「クィディッチ」ハリーはのろのろと答《こた》えた。「それがどんな役《やく》に立《た》つって――」

「そのとおり」

ムーディはハリーをじっと見《み》すえた。「魔法《まほう》の目《め》」がほとんど動《うご》かなかった。

「おまえは相当《そうとう》の飛《と》び手《て》だと、そう聞《き》いた」

「うーん、でも……」ハリーも見《み》つめ返《かえ》した。

「箒《ほうき》は許可《きょか》されていません。杖《つえ》しか持《も》てないし――」

「二番目《ばんめ》の一般的《いっぱんてき》なアドバイスは」

ムーディはハリーの言葉《ことば》をさえぎり、大声《おおごえ》で言《い》った。

「効果的《こうかてき》で簡単《かんたん》な呪文《じゅもん》を使《つか》い、**自分《じぶん》に必要《ひつよう》な物《もの》を手《て》に入《い》れる**」

ハリーはキョトンとしてムーディを見《み》た。自分《じぶん》に必要《ひつよう》な物《もの》って何《なん》だろう？

「さあさあ、いい子《こ》だ……」ムーディがささやいた。

「二つを結《むす》びつけろ……そんなに難《むずか》しいことではない……」

ついに、ひらめいた。ハリーが得意《とくい》なのは飛《と》ぶことだ。ドラゴンを空中《くうちゅう》で出《だ》し抜《ぬ》く必要《ひつよう》がある。それには、ファイアボルトが必要《ひつよう》だ。そして、そのファイアボルトのために必要《ひつよう》なのは――。

「ハーマイオニー」

十分後《ぶんご》、第三温室《だいおんしつ》に到着《とうちゃく》したハリーは、スプラウト先生《せんせい》のそばを通《とお》り過《す》ぎるときに急《いそ》いで謝《あやま》り、ハーマイオニーに小声《こごえ》で呼《よ》びかけた。

「ハーマイオニー――助《たす》けてほしいんだ」

「ハリーったら、私《わたし》、これまでだってそうしてきたでしょう？」

ハーマイオニーも小声《こごえ》で答《こた》えた。「ブルブル震《ふる》える木《き》」の剪定《せんてい》をしながら、潅木《かんぼく》の上《うえ》から顔《かお》をのぞかせたハーマイオニーは、心配《しんぱい》そうに目《め》を大《おお》きく見開《みひら》いていた。

「ハーマイオニー、『呼《よ》び寄《よ》せ呪文《じゅもん》』をあしたの午後《ごご》までにちゃんと覚《おぼ》える必要《ひつよう》があるんだ」

そして、二人《ふたり》は練習《れんしゅう》を始《はじ》めた。昼食《ちゅうしょく》を抜《ぬ》いて、空《あ》いている教室《きょうしつ》に行《い》き、ハリーは全力《ぜんりょく》を振《ふ》りしぼり、いろいろなものを教室《きょうしつ》のむこうから自分《じぶん》のほうへと飛《と》ばせてみた。まだうまくいかなかった。本《ほん》や羽根《はね》ペンが、部屋《へや》を飛《と》ぶ途中《とちゅう》で腰砕《こしくだ》けになり、石《いし》が落《お》ちるように床《ゆか》に落《お》ちた。

「集中《しゅうちゅう》して、ハリー、集中《しゅうちゅう》して……」

「これでも集中《しゅうちゅう》してるんだ」

ハリーは腹《はら》が立《た》った。

「なぜだか、頭《あたま》の中《なか》に恐《おそ》ろしい大《おお》ドラゴンがポンポン飛《と》び出《だ》してくるんだ……よーし、もう一回《かい》……」

ハリーは「占《うらな》い学《がく》」をサボって練習《れんしゅう》を続《つづ》けたかったが、ハーマイオニーは「数占《かずうらな》い」の授業《じゅぎょう》を欠席《けっせき》することをきっぱり断《ことわ》った。ハーマイオニーなしで続《つづ》けても意味《いみ》がない。そこでハリーは、一時間以上《じかんいじょう》、トレローニー先生《せんせい》の授業《じゅぎょう》にたえなければならなかった。授業《じゅぎょう》の半分《はんぶん》は火星《かせい》と土星《どせい》の今現在《いまげんざい》の位置関係《いちかんけい》が持《も》つ意味《いみ》の説明《せつめい》に費《つい》やされた。七月生《がつう》まれの者《もの》が、突然痛々《とつぜんいたいた》しい死《し》を迎《むか》える危険性《きけんせい》がある位置《いち》だという。

「ああ、そりゃいいや」

とうとうかんしゃくを抑《おさ》えきれなくなって、ハリーが大声《おおごえ》で言《い》った。

「長引《ながび》かないほうがいいや。僕《ぼく》、苦《くる》しみたくないから」

ロンが一瞬《いっしゅん》噴《ふ》き出《だ》しそうな顔《かお》をした。ここ何日《なんにち》ぶりかで、ロンはたしかにハリーの目《め》を見《み》た。

しかし、ロンに対《たい》する怒《いか》りがまだ収《おさ》まらないハリーは、それに反応《はんのう》する気《き》にならなかった。それから授業《じゅぎょう》が終《お》わるまで、ハリーはテーブルの下《した》で杖《つえ》を使《つか》い、小《ちい》さなものを呼《よ》び寄《よ》せる練習《れんしゅう》をした。ハエを一匹《いっぴき》、自分《じぶん》の手《て》の中《なか》に飛《と》び込《こ》ませることに成功《せいこう》したが、自分《じぶん》の「呼《よ》び寄《よ》せ呪文《じゅもん》」の威力《いりょく》なのかどうか自信《じしん》がなかった——もしかしたら、ハエがばかだっただけなのかもしれない。

「占《うらな》い学《がく》」のあと、ハリーは無理《むり》やり夕食《ゆうしょく》を少《すこ》しだけ飲《の》み込《こ》み、先生《せんせい》たちに会《あ》わないように透明《とうめい》マントを使《つか》って、ハーマイオニーと一緒《いっしょ》に空《あ》いた教室《きょうしつ》に戻《もど》った。

練習《れんしゅう》は真夜中《まよなか》すぎまで続《つづ》いた。ピーブズが現《あらわ》れなかったら、もっと長《なが》くやれたかもしれない。ピーブズは、ハリーが物《もの》を投《な》げつけてほしいのだと思《おも》ったというふりをして、部屋《へや》のむこうからハリーに椅子《いす》を投《な》げつけはじめた。物音《ものおと》でフィルチがやってこないうちに、二人《ふたり》は急《いそ》いで教室《きょうしつ》を出《で》て、グリフィンドールの談話室《だんわしつ》に戻《もど》ってきた。ありがたいことに、そこにはもう誰《だれ》もいなかった。

午前《ごぜん》二時《じ》、ハリーは山《やま》のようにいろいろな物《もの》に囲《かこ》まれ、暖炉《だんろ》のそばに立《た》っていた——本《ほん》、羽根《はね》ペン、逆《さか》さまになった椅子《いす》が数脚《すうきゃく》、古《ふる》いゴブストーン・ゲーム一式《いっしき》、それにネビルのヒキガエル、トレバーもいた。最後《さいご》の一時間《じかん》で、ハリーはやっと「呼《よ》び寄《よ》せ呪文《じゅもん》」のコツをつかんだ。

「よくなったわ、ハリー。ずいぶんよくなった」

ハーマイオニーはつかれきった顔《かお》で、しかしとてもうれしそうに言《い》った。

「うん、これからは僕《ぼく》が呪文《じゅもん》をうまく使《つか》えなかったときに、どうすればいいのかわかったよ」

ハリーはそう言《い》いながらルーン文字《もじ》の辞書《じしょ》をハーマイオニーに投《な》げ返《かえ》し、もう一度練習《いちどれんしゅう》することにした。

「ドラゴンが来《く》るって、僕《ぼく》を脅《おど》せばいいのさ。それじゃ、やるよ……」

ハリーはもう一度《いちど》杖《つえ》を上《あ》げた。

「アクシオ！　辞書《じしょ》よ来《こ》い！」

重《おも》たい辞書《じしょ》がハーマイオニーの手《て》を離《はな》れて浮《う》き上《あ》がり、部屋《へや》を横切《よこぎ》ってハリーの手《て》に収《おさ》まった。

「ハリー、あなた、できたわよ。ほんと！」ハーマイオニーは大喜《おおよろこ》びだった。

「あしたうまくいけば、だけど」ハリーが言《い》った。

「ファイアボルトはここにある物《もの》よりずっと遠《とお》いところにあるんだ。城《しろ》の中《なか》に。僕《ぼく》は外《そと》で、競技《きょうぎ》場《じょう》にいる……」

「関係《かんけい》ないわ」ハーマイオニーがきっぱり言《い》った。「ほんとに、ほんとうに集中《しゅうちゅう》すれば、ファイアボルトは飛《と》んでくるわ。ハリー、私《わたし》たち、少《すこ》しは寝《ね》たほうがいい……あなた、睡眠《すいみん》が必要《ひつよう》よ」

ハリーはその夜《よ》、「呼《よ》び寄《よ》せ呪文《じゅもん》」を習得《しゅうとく》するのに全神経《ぜんしんけい》を集中《しゅうちゅう》していたので、言《い》い知《し》れない恐怖感《きょうふかん》も少《すこ》しは忘《わす》れていた。翌朝《よくあさ》にはそれがそっくり戻《もど》ってきた。学校中《がっこうじゅう》の空気《くうき》が緊張《きんちょう》と興奮《こうふん》で張《は》りつめていた。授業《じゅぎょう》は半日《はんにち》で終《お》わり、生徒《せいと》がドラゴンの囲《かこ》い地《ち》に出《で》かける準備《じゅんび》の時間《じかん》が与《あた》えられた――もちろん、みんなは、そこに何《なに》があるのかを知《し》らなかった。

ハリーは周《まわ》りのみんなから切《き》り離《はな》されているような奇妙《きみょう》な感《かん》じがした。がんばれと応援《おうえん》していようが、すれちがいざま「ティッシュ一箱用意《ひとはこようい》してあるぜ、ポッター」と憎《にく》まれ口《ぐち》をたたこうが、同《おな》じことだった。神経《しんけい》が極度《きょくど》にたかぶっていた。ドラゴンの前《まえ》に引《ひ》き出《だ》されたら、理性《りせい》など吹《ふ》き飛《と》んで、誰《だれ》かれ見境《みさかい》なく呪《のろ》いをかけはじめるのではないかと思《おも》った。

時間《じかん》もこれまでになくおかしな動《うご》き方《かた》をした。ボタッボタッと大《おお》きな塊《かたまり》になって時《とき》が飛《と》び去《さ》り、ある瞬間《しゅんかん》には一時間目《じかんめ》の「魔法史《まほうし》」で机《つくえ》の前《まえ》に腰《こし》かけたかと思《おも》えば、次《つぎ》の瞬間《しゅんかん》は昼食《ちゅうしょく》に向《む》かっていた……そして(いったい午前中《ごぜんちゅう》はどこに行《い》ったんだ？　ドラゴンなしの最後《さいご》の時間《じかん》はどこに？)、マクゴナガル先生《せんせい》が大広間《おおひろま》にいるハリーのところへ急《いそ》いでやってきた。大勢《おおぜい》の生徒《せいと》がハリーを見《み》つめている。

「ポッター、代表選手《だいひょうせんしゅ》は、すぐ競技場《きょうぎじょう》に行《い》かないとなりません……第《だい》一の課題《かだい》の準備《じゅんび》をするのです」

「わかりました」

立《た》ち上《あ》がると、ハリーのフォークがカチャリと皿《さら》に落《お》ちた。

「がんばって！　ハリー！」ハーマイオニーがささやいた。

「きっと大丈夫《だいじょうぶ》！」

「うん」ハリーの声《こえ》は、いつもの自分《じぶん》の声《こえ》とまるでちがっていた。

ハリーはマクゴナガル先生《せんせい》と一緒《いっしょ》に大広間《おおひろま》を出《で》た。先生《せんせい》もいつもの先生《せんせい》らしくない。事実《じじつ》、ハーマイオニーと同《おな》じくらい心配《しんぱい》そうな顔《かお》をしていた。石段《いしだん》を下《お》りて十一月《がつ》の午後《ごご》の寒《さむ》さの中《なか》に出《で》てきたとき、先生《せんせい》はハリーの肩《かた》に手《て》を置《お》いた。

「さあ、落《お》ち着《つ》いて」先生《せんせい》が言《い》った。

「冷静《れいせい》さを保《たも》ちなさい……手《て》に負《お》えなくなれば、事態《じたい》を収《おさ》める魔法使《まほうつか》いたちが待機《たいき》しています。……大切《たいせつ》なのは、ベストを尽《つ》くすことです。そうすれば、誰《だれ》もあなたのことを悪《わる》く思《おも》ったりはしません……大丈夫《だいじょうぶ》ですか？」

「はい」

ハリーは自分《じぶん》がそう言《い》うのを聞《き》いた。

「はい、大丈夫《だいじょうぶ》です」

マクゴナガル先生《せんせい》は、禁《きん》じられた森《もり》の縁《ふち》を回《まわ》り、ハリーをドラゴンのいる場所《ばしょ》へと連《つ》れていった。しかし、囲《かこ》い地《ち》の手前《てまえ》の木立《こだち》に近《ちか》づき、はっきり囲《かこ》い地《ち》が見《み》えるところまで来《き》たとき、ハリーはそこにテントが張《は》られているのに気《き》づいた。テントの入口《いりぐち》がこちら側《がわ》を向《む》いていて、ドラゴンはテントで隠《かく》されていた。

「ここに入《はい》って、ほかの代表選手《だいひょうせんしゅ》たちと一緒《いっしょ》にいなさい」

マクゴナガル先生《せんせい》の声《こえ》がやや震《ふる》えていた。

「そして、ポッター、あなたの番《ばん》を待《ま》つのです。バグマン氏《し》が中《なか》にいます……バグマン氏《し》が説明《せつめい》します――手続《てつづ》きを……。がんばりなさい」

「ありがとうございます」

ハリーはどこか遠《とお》くで声《こえ》がするような、抑揚《よくよう》のない言《い》い方《かた》をした。先生《せんせい》はハリーをテントの入《いり》口《ぐち》に残《のこ》して去《さ》った。ハリーは中《なか》に入《はい》った。

フラー・デラクールが片隅《かたすみ》の低《ひく》い木《き》の椅子《いす》に座《すわ》っていた。いつもの落《お》ち着《つ》きはなく、青《あお》ざめて冷《ひ》や汗《あせ》をかいていた。ビクトール・クラムはいつもよりさらにむっつりしていた。これがクラムなりの不安《ふあん》の表《あらわ》し方《かた》なのだろうと、ハリーは思《おも》った。セドリックは往《い》ったり来《き》たりをくり返《かえ》していた。ハリーが入《はい》っていくと、セドリックはちょっとほほ笑《え》んだ。ハリーもほほ笑《え》み返《かえ》した。まるでほほ笑《え》み方《かた》を忘《わす》れてしまったかのように、顔《かお》の筋肉《きんにく》がこわばっているのを感《かん》じた。

「ハリー！　よーし、よし！」

バグマンがハリーのほうを振《ふ》り向《む》いて、うれしそうに言《い》った。

「さあ、入《はい》った、入《はい》った。楽《らく》にしたまえ！」

青《あお》ざめた代表選手《だいひょうせんしゅ》たちの中《なか》に立《た》っているバグマンは、なぜか、大《おお》げさな漫画《まんが》のキャラクターのような姿《すがた》に見《み》えた。今日《きょう》もまた、昔《むかし》のチーム、ワスプスのユニフォームを着《き》ていた。

「さて、もう全員集合《ぜんいんしゅうごう》したな――話《はな》して聞《き》かせる時《とき》が来《き》た！」

バグマンが陽気《ようき》に言《い》った。

「観衆《かんしゅう》が集《あつ》まったら、私《わたし》から諸君一人一人《しょくんひとりひとり》にこの袋《ふくろ》を渡《わた》し」――バグマンは紫《むらさき》の絹《きぬ》でできた小《ちい》さな袋《ふくろ》を、みんなの前《まえ》で振《ふ》って見《み》せた――「その中《なか》から、諸君《しょくん》はこれから直面《ちょくめん》するものの小《ちい》さな模型《もけい》を選《えら》び取《と》る！　さまざまな――エー――ちがいがある。それから、何《なに》かもっと諸君《しょくん》に言《い》うことがあったな……ああ、そうだ……諸君《しょくん》の課題《かだい》は、**金《きん》の卵《たまご》を取《と》ることだ！**」

ハリーはちらりとみんなを見《み》た。セドリックは一回《かい》うなずいて、バグマンの言《い》ったことがわかったことを示《しめ》した。それから、再《ふたた》びテントの中《なか》を往《い》ったり来《き》たりしはじめた。少《すこ》し青《あお》ざめて見《み》えた。フラー・デラクールとクラムは、まったく反応《はんのう》しなかった。口《くち》を開《ひら》けば吐《は》いてしまうと思《おも》ったのだろうか。たしかに、ハリーはそんな気分《きぶん》だった。しかし、少《すく》なくとも、ほかのみんなは、自分《じぶん》から名乗《なの》り出《で》たんだ……。

それからすぐ、何百《なんびゃく》、何千《なんぜん》もの足音《あしおと》がテントのそばを通《とお》り過《す》ぎるのが聞《き》こえた。足音《あしおと》の主《ぬし》たちは興奮《こうふん》して笑《わら》いさざめき、冗談《じょうだん》を言《い》い合《あ》っている……。ハリーはその群《む》れが、自分《じぶん》とは人種《じんしゅ》がちがうかのような感《かん》じがした。そして――ハリーにはわずか一秒《びょう》しかたっていないように感《かん》じられたが――バグマンが紫《むらさき》の絹《きぬ》の袋《ふくろ》の口《くち》を開《あ》けた。

「レディ・ファーストだ」

バグマンは、フラー・デラクールに袋《ふくろ》を差《さ》し出《だ》した。

フラーは震《ふる》える手《て》を袋《ふくろ》に入《い》れ、精巧《せいこう》なドラゴンのミニチュア模型《もけい》を取《と》り出《だ》した――ウェールズ・グリーン種《しゅ》だ。首《くび》の周《まわ》りに「２」の数字《すうじ》をつけている。フラーがまったく驚《おどろ》いたそぶりもなく、かえって決然《けつぜん》と受《う》け入《い》れた様子《ようす》から、ハリーは、やっぱりマダム・マクシームが、これから起《お》こることをすでにフラーに教《おし》えていたのだとわかった。

クラムについても同《おな》じだった。クラムは真《ま》っ赤《か》な中国火《ちゅうごくひ》の玉種《たましゅ》を引《ひ》き出《だ》した。首《くび》に「3」がついている。クラムは瞬《まばた》き一つせず、ただ地面《じめん》を見《み》つめていた。

セドリックが袋《ふくろ》に手《て》を入《い》れ、首《くび》に「1」の札《ふだ》をつけた、青《あお》みがかったグレーのスウェーデン・ショートｰスナウト種《しゅ》を取《と》り出《だ》した。残《のこ》りが何《なに》か知《し》ってはいたが、ハリーは絹《きぬ》の袋《ふくろ》に手《て》を入《い》れた。出《で》てきたのは、ハンガリー・ホーンテール、「4」の番号《ばんごう》だった。ハリーが見下《みお》ろすと、ミニチュアは両翼《りょうよく》を広《ひろ》げ、ちっちゃな牙《きば》をむいた。

「さあ、これでよし！」バグマンが言《い》った。

「諸君《しょくん》は、それぞれが出会《であ》うドラゴンを引《ひ》き出《だ》した。番号《ばんごう》はドラゴンと対決《たいけつ》する順番《じゅんばん》だ。いいかな？　さて、私《わたし》はまもなく行《い》かなければならん。解説者《かいせつしゃ》なんでね。ディゴリー君《くん》、君《きみ》が一番《いちばん》だ。ホイッスルが聞《き》こえたら、まっすぐ囲《かこ》い地《ち》に行《い》きたまえ。いいね？　さてと……ハリー……ちょっと話《はなし》があるんだが、いいかね？　外《そと》で？」

「えーと……はい」

ハリーは何《なに》も考《かんが》えられなかった。立《た》ち上《あ》がり、バグマンと一緒《いっしょ》にテントの外《そと》に出《で》た。バグマンはちょっと離《はな》れた木立《こだち》へと誘《さそ》い、父親《ちちおや》のような表情《ひょうじょう》を浮《う》かべてハリーを見《み》た。

「気分《きぶん》はどうだね、ハリー？　何《なに》か私《わたし》にできることはないか？」

「えっ？　僕《ぼく》──いいえ、何《なに》も」

「作戦《さくせん》はあるのか？」

バグマンが、共犯者同士《きょうはんしゃどうし》でもあるかのように声《こえ》をひそめた。

「何《なん》なら、その、少《すこ》しヒントをあげてもいいんだよ。いや、なに」

バグマンはさらに声《こえ》をひそめた。

「ハリー、君《きみ》は、不利《ふり》な立場《たちば》にある……何《なに》か私《わたし》が役《やく》に立《た》てば……」

「いいえ」

ハリーは即座《そくざ》に言《い》ったが、それではあまりに失礼《しつれい》に聞《き》こえると気《き》づき、言《い》いなおした。

「いいえ──僕《ぼく》、どうするか、もう決《き》めています。ありがとうございます」

「ハリー、誰《だれ》にもバレやしないよ」バグマンはウィンクした。

「いいえ、僕《ぼく》、大丈夫《だいじょうぶ》です」

言葉《ことば》とはうらはらに、ハリーは、どうして僕《ぼく》はみんなに、「大丈夫《だいじょうぶ》だ」と言《い》ってばかりいるんだろうといぶかった──こんなに「大丈夫《だいじょうぶ》じゃない」ことが、これまでにあっただろうか。

「作戦《さくせん》は練《ね》ってあります。僕《ぼく》──」

どこかでホイッスルが鳴《な》った。

「こりゃ大変《たいへん》。急《いそ》いで行《い》かなきゃ」バグマンはあわてでかけだした。

ハリーはテントに戻《もど》った。セドリックがこれまでよりも青《あお》ざめて中《なか》から出《で》てきた。ハリーはすれちがいながら、がんばってと言《い》いたかった。しかし、口《くち》をついて出《で》てきたのは、言葉《ことば》にならないかすれた音《おと》だった。

ハリーはフラーとクラムのいるテントに戻《もど》った。数秒後《すうびょうご》に大歓声《だいかんせい》が聞《き》こえた。セドリックが囲《かこ》い地《ち》に入《はい》り、あの模型《もけい》の生《い》きた本物版《ほんものばん》と向《む》き合《あ》っているのだ……。

そこに座《すわ》って、ただ聞《き》いているだけなのは、ハリーが想像《そうぞう》したよりずっとひどかった。セドリックがスウェーデン・ショート‐スナウトを出《だ》し抜《ぬ》こうと、いったい何《なに》をやっているのかはわからないが、観客《かんきゃく》は、まるで全員《ぜんいん》の頭《あたま》が一つの体《からだ》につながっているかのように、いっせいに悲鳴《ひめい》を上《あ》げ……叫《さけ》び……息《いき》をのんでいた。クラムはまだ地面《じめん》を見《み》つめたままだ。今度《こんど》はフラーがセドリックの足跡《あしあと》をたどるように、テントの中《なか》をぐるぐる歩《ある》き回《まわ》っていた。バグマンの解説《かいせつ》が、ますます不安感《ふあんかん》をあおった……聞《き》いていると、ハリーの頭《あたま》に恐《おそ》ろしいイメージが浮《う》かんでくる。

「おおぉう、危《あぶ》なかった、危機一髪《ききいっぱつ》」……「これは危険《きけん》な賭《か》けに出《で》ました。これは！」……「うまい動《うご》きです――残念《ざんねん》、だめか！」

そして、かれこれ十五分《ふん》もたったころ、ハリーは耳《みみ》をつんざく大歓声《だいかんせい》を聞《き》いた。まちがいなく、セドリックがドラゴンを出《だ》し抜《ぬ》いて、金《きん》の卵《たまご》を取《と》ったのだ。

「ほんとうによくやりました！」バグマンが叫《さけ》んでいる。

「さて、審査員《しんさいん》の点数《てんすう》です！」

しかし、バグマンは点数《てんすう》を大声《おおごえ》で読《よ》み上《あ》げはしなかった。審査員《しんさいん》が点数《てんすう》を掲《かか》げて、観衆《かんしゅう》に見《み》せているのだろうと、ハリーは想像《そうぞう》した。

「一人《ひとり》が終《お》わって、あと三人《にん》！」ホイッスルがまた鳴《な》り、バグマンが叫《さけ》んだ。

「ミス・デラクール。どうぞ！」

フラーは頭《あたま》のてっぺんからつま先《さき》まで震《ふる》えていた。ハリーは今《いま》までよりフラーに対《たい》して親《した》しみを感《かん》じながら、フラーが頭《あたま》をしゃんと上《あ》げ、杖《つえ》をしっかりつかんでテントから出《で》ていくのを見《み》送《おく》った。ハリーはクラムと二人《ふたり》取《と》り残《のこ》され、テントの両端《りょうはし》で互《たが》いに目《め》を合《あ》わせないように座《すわ》っていた。

同《おな》じことが始《はじ》まった……「おー、これはどうもよくない！」バグマンの興奮《こうふん》した陽気《ようき》な叫《さけ》び声《ごえ》が聞《き》こえてきた。「おー……危《あや》うく！　さあ慎重《しんちょう》に……ああ、なんと、今度《こんど》こそやられてしまったかと思《おも》ったのですが！」

それから十分後《ぷんご》、ハリーはまた観衆《かんしゅう》の拍手《はくしゅ》が爆発《ばくはつ》するのを聞《き》いた。フラーも成功《せいこう》したにちがいない。フラーの点数《てんすう》が示《しめ》されている間《あいだ》の、一瞬《いっしゅん》の静寂《せいじゃく》……また拍手《はくしゅ》……そして、三度目《どめ》のホイッスル。

「そして、いよいよ登場《とうじょう》。ミスター・クラム！」

バグマンが叫《さけ》び、クラムが前《まえ》かがみに出《で》ていったあと、ハリーはほんとうにひとりぼっちになった。

ハリーはいつもより自分《じぶん》の体《からだ》を意識《いしき》していた。心臓《しんぞう》の鼓動《こどう》が速《はや》くなるのを、指《ゆび》が恐怖《きょうふ》にピリピリするのを、ハリーははっきり意識《いしき》した……しかし、同時《どうじ》に、ハリーは自分《じぶん》の体《からだ》を抜《ぬ》け出《だ》したかのように、まるで遠《とお》く離《はな》れたところにいるかのように、テントの壁《かべ》を目《め》にし、観衆《かんしゅう》の声《こえ》を耳《みみ》にしていた……。

「なんと大胆《だいたん》な！」

バグマンが叫《さけ》び、中国火《ちゅうごくひ》の玉種《たましゅ》がギャーッと恐《おそ》ろしいうなりをあげるのを、ハリーは聞《き》いた。観衆《かんしゅう》が、いっせいに息《いき》をのんだ。

「いい度胸《どきょう》を見《み》せました――そして――やった。卵《たまご》を取《と》りました！」

拍手喝采《はくしゅかっさい》が、張《は》りつめた冬《ふゆ》の空気《くうき》を、ガラスを割《わ》るように粉々《こなごな》に砕《くだ》いた。クラムが終《お》わったのだ——今《いま》にも、ハリーの番《ばん》が来《く》る。

ハリーは立《た》ち上《あ》がった。ぼんやりと、自分《じぶん》の足《あし》がマシュマロでできているかのような感《かん》じがした。ハリーは待《ま》った。そして、ホイッスルが聞《き》こえた。ハリーはテントから出《で》た。恐怖感《きょうふかん》が体《からだ》の中《なか》でずんずん高《たか》まってくる。そして、今《いま》、木立《こだち》を過《す》ぎ、ハリーは囲《かこ》い地《ち》の柵《さく》の切《き》れ目《め》から中《なか》に入《はい》った。

目《め》の前《まえ》のすべてが、まるで色鮮《いろあざ》やかな夢《ゆめ》のように見《み》えた。何百何千《なんびゃくなんぜん》という顔《かお》がスタンドからハリーを見下《みお》ろしている。前《まえ》にハリーがここに立《た》ったときにはなかったスタンドが、魔法《まほう》で作《つく》り出《だ》されていた。そして、ホーンテールがいた。囲《かこ》い地《ち》のむこう端《はし》に、一胎《ひとはら》の卵《たまご》をしっかり抱《かか》えて伏《ふ》せている。両翼《りょうよく》を半分開《はんぶんひら》き、邪悪《じゃあく》な黄色《きいろ》い目《め》でハリーをにらみ、うろこに覆《おお》われた黒《くろ》いトカゲのような怪物《かいぶつ》は、とげだらけの尾《お》を地面《じめん》に激《はげ》しく打《う》ちつけ、硬《かた》い地面《じめん》に、幅《はば》一メートルもの溝《みぞ》をけずり込《こ》んでいた。観衆《かんしゅう》は大騒《おおさわ》ぎしていた。それが友好的《ゆうこうてき》な騒《さわ》ぎかどうかなど、ハリーは知《し》りもしなければ気《き》にもしなかった。今《いま》こそ、やるべきことをやるのだ……気持《きも》ちを集中《しゅうちゅう》させろ、全神《ぜんしん》経《けい》を完全《かんぜん》に、たった一《ひと》つの望《のぞ》みの綱《つな》に。

ハリーは杖《つえ》を上《あ》げた。

「アクシオ! ファイアボルト!」

ハリーが叫《さけ》んだ。

ハリーは待《ま》った。神経《しんけい》の一本《ぽん》一本《ぽん》が、望《のぞ》み、祈《いの》った……もしうまくいかなかったら……もしファイアボルトが来《こ》なかったら……周《まわ》りのものすべてが、蜃気楼《しんきろう》のように、ゆらめく透明《とうめい》な壁《かべ》を通《とお》して見《み》えるような気《き》がした。囲《かこ》い地《ち》も何百《なんびゃく》という顔《かお》も、ハリーの周《まわ》りで奇妙《きみょう》にゆらゆらしている……。

その時《とき》、ハリーは聞《き》いた。背後《はいご》の空気《くうき》を貫《つらぬ》いて疾走《しっそう》してくる音《おと》を。振《ふ》り返《かえ》ると、ファイアボルトが森《もり》の端《はし》からハリーのほうへ、ビュンビュン飛《と》んでくるのが見《み》えた。そして、囲《かこ》い地《ち》に飛《と》び込《こ》み、ハリーの脇《わき》でぴたりと止《と》まり、宙《ちゅう》に浮《う》いたままハリーが乗《の》るのを待《ま》った。観衆《かんしゅう》の騒音《そうおん》が一段《いちだん》と高《たか》まった……バグマンが何《なに》か叫《さけ》んでいる……しかしハリーの耳《みみ》はもはや正常《せいじょう》に働《はたら》いてはいなかった……聞《き》くなんてことは重要《じゅうよう》じゃない……。

ハリーは片足《かたあし》をサッと上《あ》げて箒《ほうき》にまたがり、地面《じめん》をけった。そして次《つぎ》の瞬間《しゅんかん》、奇跡《きせき》とも思《おも》える何《なに》かが起《お》こった……。

飛翔《ひしょう》したとき、風《かぜ》が髪《かみ》をなびかせたとき、ずっと下《した》で観衆《かんしゅう》の顔《かお》が肌色《はだいろ》の点《てん》になり、ホーンテールが犬《いぬ》ほどの大《おお》きさに縮《ちぢ》んだとき、ハリーは気《き》づいた。地面《じめん》を離《はな》れただけでなく、恐怖《きょうふ》からも離《はな》れたのだと……ハリーは自分《じぶん》の世界《せかい》に戻《もど》ったのだ……。

クィディッチの試合《しあい》と同《おな》じだ。それだけなんだ……またクィディッチの試合《しあい》をしているだけなんだ。ホーンテールは醜悪《しゅうあく》な敵《てき》のチームじゃないか……。

ハリーは抱《かか》え込《こ》まれた卵《たまご》を見下《みお》ろし、金《きん》の卵《たまご》を見《み》つけた。ほかのセメント色《いろ》の卵《たまご》にまじって光《ひかり》を放《はな》ち、ドラゴンの前脚《まえあし》の間《あいだ》に安全《あんぜん》に収《おさ》まっている。

「オーケー」ハリーは自分《じぶん》に声《こえ》をかけた。「陽動作戦《ようどうさくせん》だ……行《い》くぞ……」

ハリーは急降下《きゅうこうか》した。ホーンテールの首《くび》がハリーを追《お》った。ドラゴンの次《つぎ》の動《うご》きを読《よ》んでいたハリーは、それより一瞬《いっしゅん》早《はや》く上昇《じょうしょう》に転《てん》じた。そのまま突《つ》き進《すす》んでいたなら直撃《ちょくげき》されていたにちがいない場所《ばしょ》めがけて火炎《かえん》が噴射《ふんしゃ》された……しかし、ハリーは気《き》にもしなかった……ブラッジャーをさけるのとおんなじだ……。

「いやあ、たまげた。何《なん》たる飛《と》びっぷりだ！」

バグマンが叫《さけ》んだ。観衆《かんしゅう》は声《こえ》をしぼり、息《いき》をのんだ。

「クラム君《くん》、見《み》てるかね？」

ハリーは高《たか》く舞《ま》い上《あ》がり、弧《こ》を描《えが》いた。ホーンテールはまだハリーの動《うご》きを追《お》っている。長《なが》い首《くび》を伸《の》ばし、その上《うえ》で頭《あたま》がぐるぐる回《まわ》っている——このまま続《つづ》ければ、うまい具合《ぐあい》に目《め》を回《まわ》すかもしれない——しかし、あまり長《なが》くは続《つづ》けないほうがいい。さもないと、ホーンテールがまた火《ひ》を吐《は》くかもしれない――。

ハリーは、ホーンテールが口《くち》を開《あ》けたとたんに急降下《きゅうこうか》した。しかし、今度《こんど》は今《いま》ひとつツキがなかった――炎《ほのお》はかわしたが、かわりに尾《お》が鞭《むち》のように飛《と》んできて、ハリーをねらった。ハリーが左《ひだり》にそれて尾《お》をかわしたとき、長《なが》いとげが一本《ぽん》、ハリーの肩《かた》をかすめ、ローブを引《ひ》き裂《さ》いた――。

ハリーは傷《きず》がずきずきするのを感《かん》じ、観衆《かんしゅう》が叫《さけ》んだりうめいたりするのを聞《き》いた。しかし傷《きず》はそれほど深《ふか》くなさそうだ。……今度《こんど》はホーンテールの背後《はいご》に回《まわ》り込《こ》んだ。その時《とき》、これなら可能《かのう》性《せい》がある、と、あることを思《おも》いついた……。

ホーンテールは飛《と》び立《た》とうとはしなかった。卵《たまご》を守《まも》る気持《きも》ちのほうが強《つよ》かったのだ。身《み》をよじり、翼《つばさ》を閉《と》じたり広《ひろ》げたりしながら、恐《おそ》ろしげな黄色《きいろ》い目《め》でハリーを見張《みは》り続《つづ》けていたが、卵《たまご》からあまり遠《とお》くに離《はな》れるのが心配《しんぱい》なのだ……しかし、何《なん》とかしてホーンテールが離《はな》れるようにしなければ、ハリーは絶対《ぜったい》に卵《たまご》に近《ちか》づけない……慎重《しんちょう》に、徐々《じょじょ》にやるのがコツだ……。

ハリーはあちらへひらり、こちらへひらり、ホーンテールがハリーを追《お》い払《はら》おうとして炎《ほのお》を吐《は》いたりすることがないように、一定《てい》の距離《きょり》をとり、しかも、ハリーから目《め》をそらさないように、充分《じゅうぶん》に脅《おど》しをかけられる近《ちか》さを保《たも》って飛《と》んだ。ホーンテールは首《くび》をあちらへゆらり、こちらへゆらりと振《ふ》り、縦長《たてなが》に切《き》れ込《こ》んだ瞳《ひとみ》でハリーをにらみ、牙《きば》をむいた……。

ハリーはより高《たか》く飛《と》んだ。ホーンテールの首《くび》がハリーを追《お》って伸《の》びた。今《いま》や伸《の》ばせるだけ伸《の》ばし、首《くび》をゆらゆらさせている。蛇使《へびつか》いの前《まえ》の蛇《へび》のように……。

ハリーはさらに一メートルほど高度《こうど》を上《あ》げた。ホーンテールはいらいらとうなり声《ごえ》を上《あ》げた。ホーンテールにとって、ハリーはハエのようなものだ。バシッとたたき落《お》としたいハエだ。しっぽがまたバシリと鞭《むち》のように動《うご》いた。が、ハリーは今《いま》や届《とど》かない高《たか》みにいる。……ホーンテールは炎《ほのお》を噴《ふ》き上《あ》げた。ハリーがかわした……ホーンテールのあごがガッと開《ひら》いた……。

「さあ来《こ》い」

ハリーは歯《は》を食《く》いしばった。じらすようにホーンテールの頭上《ずじょう》をくねって飛《と》んだ。

「ほーら、ほら、捕《つか》まえてみろ……立《た》ち上《あ》がれ。そら……」

その時《とき》、ホーンテールが後脚《あとあし》で立《た》った。ついに広《ひろ》げきった巨大《きょだい》な黒《くろ》なめし革《がわ》のような両翼《りょうよく》は、小型飛行機《こがたひこうき》ほどもある――ハリーは急降下《きゅうこうか》した。ドラゴンが、ハリーがいったい何《なに》をしたのか、どこに消《き》えたのかに気《き》づく前《まえ》に、ハリーは全速力《ぜんそくりょく》で突《つ》っ込《こ》んだ。鉤爪《かぎづめ》のある前脚《まえあし》が離《はな》れ、無防備《むぼうび》になった卵《たまご》めがけて一直線《いっちょくせん》に――ファイアボルトから両手《りょうて》を離《はな》した――ハリーは金《きん》の卵《たまご》をつかんだ――。

猛烈《もうれつ》なスパートをかけ、ハリーはその場《ば》を離《はな》れた。スタンドのはるか上空《じょうくう》へ、ずしりと重《おも》たい卵《たまご》を、けがしなかったほうの腕《うで》にしっかり抱《かか》え、ハリーは空高《そらたか》く舞《ま》い上《あ》がった。まるで誰《だれ》かがボリュームを元《もと》に戻《もど》したかのように——初《はじ》めて、ハリーは大観衆《だいかんしゅう》の騒音《そうおん》をたしかにとらえた。観《かん》衆《しゅう》が声《こえ》をかぎりに叫《さけ》び、拍手喝采《はくしゅかっさい》している。ワールドカップのアイルランドのサポーターのように——。

「やった！」バグマンが叫《さけ》んでいる。

「やりました！　最年少《さいねんしょう》の代表選手《だいひょうせんしゅ》が、最短時間《さいたんじかん》で卵《たまご》を取《と》りました。これでポッター君《くん》の優勝《ゆうしょう》の確率《かくりつ》が高《たか》くなるでしょう！」

ドラゴン使《つか》いが、ホーンテールを静《しず》めるのに急《いそ》いでかけ寄《よ》るのが見《み》えた。そして囲《かこ》い地《ち》の入口《いりぐち》に、急《いそ》ぎ足《あし》でハリーを迎《むか》えにくるマクゴナガル先生《せんせい》、ムーディ先生《せんせい》、ハグリッドの姿《すがた》が見《み》えた。みんながハリーに向《む》かって、こっちへ来《こ》いと手招《てまね》きしている。遠《とお》くからでもはっきりとみんなの笑顔《えがお》が見《み》えた。鼓膜《こまく》が痛《いた》いほどの大歓声《だいかんせい》の中《なか》、ハリーはスタンドへと飛《と》び戻《もど》り、鮮《あざ》やかに着地《ちゃくち》した。何週間《なんしゅうかん》ぶりかの爽快《そうかい》さ……最初《さいしょ》の課題《かだい》をクリアした。僕《ぼく》は生《い》き残《のこ》った……。

「すばらしかったです。ポッター！」

ファイアボルトを降《お》りたハリーに、マクゴナガル先生《せんせい》が叫《さけ》んだ——マクゴナガル先生《せんせい》としては、最高級《さいこうきゅう》のほめ言葉《ことば》だ。ハリーの肩《かた》を指差《ゆびさ》したマクゴナガル先生《せんせい》の手《て》が震《ふる》えているのに、ハリーは気《き》がついた。

「審査員《しんさいん》が点数《てんすう》を発表《はっぴょう》する前《まえ》に、マダム・ポンフリーに見《み》てもらう必要《ひつよう》があります……さあ、あちらへ。もうディゴリーも手当《てあ》てを受《う》けています……」

「やっつけたな、ハリー！」ハグリッドの声《こえ》がかすれていた。

「おまえはやっつけたんだ！　しかも、あのホーンテールを相手《あいて》にだぞ。チャーリーが言《い》ったろうが。あいつが一番《いちばん》ひどい――」

「ありがとう。ハグリッド」

ハリーは声《こえ》を張《は》り上《あ》げた。ハグリッドがハリーに前《まえ》もってドラゴンを見《み》せたなど、うっかりバラさないようにだ。

ムーディ先生《せんせい》もとてもうれしそうだった。「魔法《まほう》の目《め》」が、眼窩《がんか》の中《なか》で踊《おど》っていた。

「簡単《かんたん》でうまい作戦《さくせん》だ、ポッター」うなるようにムーディが言《い》った。

「よろしい。それではポッター、救急《きゅうきゅう》テントに、早《はや》く……」マクゴナガル先生《せんせい》が言《い》った。

まだハァハァ息《いき》をはずませながら、囲《かこ》い地《ち》から出《で》たハリーは、二番目《ばんめ》のテントの入口《いりぐち》で心配《しんぱい》そうに立《た》っているマダム・ポンフリーの姿《すがた》を見《み》た。

「ドラゴンなんて！」

ハリーをテントに引《ひ》き入《い》れながら、マダム・ポンフリーが苦《にが》りきったように言《い》った。テントは小部屋《こべや》に分《わ》かれていて、キャンバス地《じ》を通《とお》して、セドリックだとわかる影《かげ》が見《み》えた。セドリックのけがはたいしたことはなさそうだった。少《すく》なくとも、上半身《じょうはんしん》を起《お》こしていた。マダム・ポンフリーはハリーの肩《かた》を診察《しんさつ》しながら、怒《おこ》ったようにしゃべり続《つづ》けた。

「去年《きょねん》は吸魂鬼《ディメンター》、今年《ことし》はドラゴン、次《つぎ》は何《なに》を学校《がっこう》に持《も》ち込《こ》むことやら？　あなたは運《うん》がよかったわ……傷《きず》は浅《あさ》いほうです。……でも、治《なお》す前《まえ》に消毒《しょうどく》が必要《ひつよう》だわ……」

マダム・ポンフリーは、傷口《きずぐち》を何《なに》やら紫《むらさき》色《いろ》の液体《えきたい》で消毒《しょうどく》した。煙《けむり》が出《で》て、ピリピリしみた。マダム・ポンフリーが杖《つえ》でハリーの肩《かた》を軽《かる》くたたくと、ハリーは、傷《きず》がたちまち癒《い》えるのを感《かん》じた。

「さあ、しばらくじっと座《すわ》っていなさい――お座《すわ》りなさい！　そのあとで点数《てんすう》を見《み》にいってよろしい」

マダム・ポンフリーはあわただしくテントを出《で》ていったが、隣《となり》の部屋《へや》に行《い》って話《はなし》をするのが聞《き》こえてきた。

「気分《きぶん》はどう？　ディゴリー？」

ハリーはじっと座《すわ》っていたくなかった。まだアドレナリンではちきれそうだった。立《た》ち上《あ》がり、外《そと》で何《なに》が起《お》こっているのか見《み》ようとしたが、テントの出口《でぐち》にもたどり着《つ》かないうちに、誰《だれ》か二人《ふたり》が飛《と》び込《こ》んできた——ハーマイオニーと、すぐ後《うし》ろにロンだった。

「ハリー、あなた、すばらしかったわ！」

ハーマイオニーが上《うわ》ずった声《こえ》で言《い》った。顔《かお》に爪《つめ》の跡《あと》がついている。恐怖《きょうふ》でギュッと爪《つめ》を立《た》てていたのだろう。

「あなたって、すごいわ！　あなたって、ほんとうに！」

しかし、ハリーはロンを見《み》ていた。真《ま》っ青《さお》な顔《かお》で、まるで幽霊《ゆうれい》のようにハリーを見《み》つめている。

「ハリー」ロンが深刻《しんこく》な口調《くちょう》で言《い》った。

「君《きみ》の名前《なまえ》をゴブレットに入《い》れたやつが誰《だれ》だったにしろ——僕《ぼく》——僕《ぼく》、やつらが君《きみ》を殺《ころ》そうとしてるんだと思《おも》う」

この数週間《すうしゅうかん》が、溶《と》け去《さ》ったかのようだった——まるで、ハリーが代表選手《だいひょうせんしゅ》になったその直後《ちょくご》にロンに会《あ》っているような気《き》がした。

「気《き》がついたってわけかい？」ハリーは冷《つめ》たく言《い》った。

「ずいぶん長《なが》いことかかったな」

ハーマイオニーが心配《しんぱい》そうに二人《ふたり》の間《あいだ》に立《た》って、二人《ふたり》の顔《かお》を交互《こうご》に見《み》ていた。ロンがあいまいに口《くち》を開《ひら》きかけた。ハリーにはロンが謝《あやま》ろうとしているのがわかった。突然《とつぜん》、ハリーは、そんな言葉《ことば》を聞《き》く必要《ひつよう》がないのだと気《き》づいた。

「いいんだ」ロンが何《なに》も言《い》わないうちにハリーが言《い》った。

「気《き》にするな」

「いや」ロンが言《い》った。「僕《ぼく》、もっと早《はや》く――」

「気《き》にするなって」ハリーが言《い》った。

ロンがおずおずとハリーに笑《わら》いかけた。ハリーも笑《わら》い返《かえ》した。

ハーマイオニーがワッと泣《な》きだした。

「何《なに》も泣《な》くことはないじゃないか！」ハリーはおろおろした。

「二人《ふたり》とも、ほんとに大《おお》バカなんだから！」

ハーマイオニーは地団駄《じだんだ》を踏《ふ》みながら、ボロボロ涙《なみだ》を流《なが》し、叫《さけ》ぶように言《い》った。それから、二人《ふたり》が止《と》める間《ま》もなく、ハーマイオニーは二人《ふたり》を抱《だ》きしめ、今度《こんど》はワンワン泣《な》き声《ごえ》を上《あ》げて走《はし》り去《さ》ってしまった。

「狂《くる》ってるよな」

ロンがやれやれと頭《あたま》を振《ふ》った。

「ハリー、行《い》こう。君《きみ》の点数《てんすう》が出《で》るはずだ……」

金《きん》の卵《たまご》とファイアボルトを持《も》ち、一時間前《じかんまえ》にはとうてい考《かんが》えられなかったほど意気揚々《いきようよう》とした気分《きぶん》で、ハリーはテントをくぐり、外《そと》に出《で》た。ロンがすぐ横《よこ》で早口《はやくち》にまくし立《た》てた。

「君《きみ》が最高《さいこう》だったさ。誰《だれ》もかなわない。セドリックはへんてこなことをやったんだ。グラウンドにあった岩《いわ》を変身《へんしん》させた……犬《いぬ》に……ドラゴンが自分《じぶん》のかわりに犬《いぬ》を追《お》いかけるようにしようとした。うん、変身《へんしん》としてはなかなかかっこよかったし、うまくいったとも言《い》えるな。だって、セドリックは卵《たまご》を取《と》ったからね。でも火傷《やけど》しちゃった——ドラゴンが途中《とちゅう》で気《き》が変《か》わって、ラブラドールよりセドリックのほうを捕《つか》まえようって思《おも》ったんだな。セドリックはかろうじて逃《のが》れたけど。それから、あのフラーって子《こ》は、魅惑呪文《みわくじゅもん》みたいなのをかけた。恍惚状態《こうこつじょうたい》にしようとしたんだろうな——うん、それもまあ、うまくいった。ドラゴンがすっかり眠《ねむ》くなって。だけど、いびきをかいたら、鼻《はな》から炎《ほのお》が噴《ふ》き出《だ》して、スカートに火《ひ》がついてさ——フラーは杖《つえ》から水《みず》を出《だ》して消《け》したんだ。それから、クラム——君《きみ》、信《しん》じられないと思《おも》うよ。クラムったら、飛《と》ぶことを考《かんが》えもしなかった！　だけど、クラムが君《きみ》の次《つぎ》によかったかもしれない。何《なん》だか知《し》らないけど呪文《じゅもん》をかけて、目《め》を直撃《ちょくげき》したんだ。ただ、ドラゴンが苦《くる》しんでのたうち回《まわ》ったんで、本物《ほんもの》の卵《たまご》の半数《はんすう》はつぶれっちまった——審査員《しんさいん》はそれで減点《げんてん》したんだ。卵《たまご》にダメージを与《あた》えちゃいけなかったんだよ」

二人《ふたり》が囲《かこ》い地《ち》の端《はし》までやってきたとき、ロンはやっと息《いき》をついた。ホーンテールはもう連《つ》れ去《さ》られていたので、ハリーは五人《にん》の審査員《しんさいん》が座《すわ》っているのを見《み》ることができた——囲《かこ》い地《ち》のむこう正面《じょうめん》に設《もう》けられた、金色《きんいろ》のドレープがかかった一段《いちだん》と高《たか》い席《せき》に座《すわ》っている。

「十点満点《てんまんてん》で各審査員《かくしんさいん》が採点《さいてん》するんだ」

ロンが言《い》った。ハリーが目《め》を凝《こ》らしてグラウンドのむこうを見《み》ると、最初《さいしょ》の審査員《しんさいん》——マダム・マクシーム——が杖《つえ》を宙《ちゅう》に上《あ》げていた。長《なが》い、銀色《ぎんいろ》のリボンのようなものが杖先《つえさき》から噴《ふ》き出《だ》し、ねじれて大《おお》きな8の字《じ》を描《えが》いた。

「よし、悪《わる》くないぜ！」

ロンが言《い》った。観衆《かんしゅう》が拍手《はくしゅ》している。

「君《きみ》の肩《かた》のことで減点《げんてん》したんだと思《おも》うな……」

クラウチ氏《し》の番《ばん》だ。「9」の数字《すうじ》を高《たか》く上《あ》げた。

「いけるぞ！」

ハリーの背中《せなか》をバシンとたたいて、ロンが叫《さけ》んだ。

次《つぎ》は、ダンブルドアだ。やはり「9」を上《あ》げた。観衆《かんしゅう》がいっそう大《おお》きく歓声《かんせい》を上《あ》げた。

ルード・バグマン――「10」。

「十点《てん》？」ハリーは信《しん》じられない気持《きも》ちだった。

「だって……僕《ぼく》、けがしたし……何《なん》の冗談《じょうだん》だろう？」

「文句言《もんくい》うなよ、ハリー」ロンが興奮《こうふん》して叫《さけ》んだ。

そして、今度《こんど》は、カルカロフが杖《つえ》を上《あ》げた。一瞬間《いっしゅんま》を置《お》いて、やがて杖《つえ》から数字《すうじ》が飛《と》び出《だ》した――。

「4」

「何《なん》だって？」ロンが怒《おこ》ってわめいた。

「四点《てん》？　ひきょう者《もの》、えこひいきのクソッタレ。クラムには十点《てん》やったくせに！」

ハリーは気《き》にしなかった。たとえカルカロフが零点《れいてん》しかくれなくても気《き》にしなかったろう。ロンがハリーのかわりに憤慨《ふんがい》してくれたことのほうが、ハリーにとっては百点《てん》の価値《かち》があった。もちろんハリーはロンにそうは言《い》わなかったが、囲《かこ》い地《ち》を去《さ》るときのハリーの気分《きぶん》は、空気《くうき》よりも軽《かろ》やかだった。それに、ロンだけではなかった……観衆《かんしゅう》の声援《せいえん》もグリフィンドールからだけではなかった。その場《ば》に臨《のぞ》んで、ハリーが立《た》ち向《む》かったものが何《なん》なのかを見《み》たとき、全校生《ぜんこうせい》の大部分《だいぶぶん》が、セドリックばかりでなく、ハリーの味方《みかた》にもなった……スリザリンなんかどうでもよかった。

ハリーはもう、スリザリン生《せい》に何《なん》と言《い》われようががまんできる。

「ハリー、同点《どうてん》で一位《い》だ！　君《きみ》とクラムだ！」

学校《がっこう》に戻《もど》りかけたとき、チャーリー・ウィーズリーが急《いそ》いでやってきて言《い》った。

「おい、僕《ぼく》、急《いそ》いで行《い》かなくちゃ。行《い》って、おふくろにふくろうを送《おく》るんだ。結果《けっか》を知《し》らせるって約束《やくそく》したからな——しかし、信《しん》じられないよ！　——あ、そうだ——君《きみ》に伝《つた》えてくれって言《い》われたんだけど、もうちょっと残《のこ》っていてくれってさ……バグマンが、代表選手《だいひょうせんしゅ》のテントで、話《はなし》があるんだそうだ」

ロンが待《ま》っていると言《い》ったので、ハリーは再《ふたた》びテントに入《はい》った。テントが、今《いま》はまったくちがった物《もの》に見《み》えた。親《した》しみがこもり、歓迎《かんげい》しているようだ。ハリーは、ホーンテールをかいくぐっていたときの気持《きも》ちを思《おも》い浮《う》かべ、対決《たいけつ》に出《で》ていくまでの、長《なが》い待《ま》ち時間《じかん》の気持《きも》ちと比《くら》べてみた。……比《くら》べるまでもない。待《ま》っていたときのほうが、計《はか》り知《し》れないほどひどい気持《きも》ちだった。

フラー、セドリック、クラムが一緒《いっしょ》に入《はい》ってきた。

セドリックの顔《かお》の半分《はんぶん》を、オレンジ色《いろ》の軟膏《なんこう》がべったりと覆《おお》っていた。それが火傷《やけど》を治《なお》しているのだろう。セドリックはハリーを見《み》てニッコリした。

「よくやったな、ハリー」

「君《きみ》も」ハリーもニッコリ笑《わら》い返《かえ》した。

「全員《ぜんいん》、よくやった！」

ルード・バグマンがはずむ足取《あしど》りでテントに入《はい》ってきた。まるで自分《じぶん》がたった今《いま》ドラゴンを出《だ》し抜《ぬ》いたかのようにうれしそうだ。

「さて、手短《てみじか》に話《はな》そう。第《だい》二の課題《かだい》まで、充分《じゅうぶん》に長《なが》い休《やす》みがある。第《だい》二の課題《かだい》は、二月《がつ》二十四日《か》の午前《ごぜん》九時半《じはん》に開始《かいし》される——しかし、それまでの間《あいだ》、諸君《しょくん》に考《かんが》える材料《ざいりょう》を与《あた》える！　諸君《しょくん》が持《も》っている金《きん》の卵《たまご》を見《み》てもらうと、開《ひら》くようになっているのがわかると思《おも》う……蝶番《ちょうつがい》が見《み》えるかな？　その卵《たまご》の中《なか》にあるヒントを解《と》くんだ——それが第《だい》二の課題《かだい》が何《なに》かを教《おし》えてくれるし、諸君《しょくん》に準備《じゅんび》ができるようにしてくれる！　わかったかな？　大丈夫《だいじょうぶ》か？　では、解散《かいさん》！」

ハリーはテントを出《で》て、ロンと一緒《いっしょ》に、禁《きん》じられた森《もり》の端《はし》に沿《そ》って帰《かえ》り道《みち》をたどった。二人《ふたり》は夢中《むちゅう》で話《はな》した。ハリーはほかの選手《せんしゅ》がどうやったか、もっとくわしく聞《き》きたかった。ハリーが最《さい》初《しょ》にドラゴンが吼《ほ》えるのを隠《かく》れて聞《き》いたその木立《こだち》を回《まわ》りこんだとき、木陰《こかげ》から魔女《まじょ》が一人《ひとり》飛《と》び出《だ》した。

リータ・スキーターだった。今日《きょう》は派手《はで》な黄《き》緑色《みどりいろ》のローブを着《き》ていて、手《て》に持《も》った自動速記《じどうそっき》羽根《はね》ペンが、ローブの色《いろ》に完全《かんぜん》に隠《かく》されていた。

「おめでとう、ハリー！」

リータはハリーに向《む》かってニッコリした。

「一言《ひとこと》いただけないかな？　ドラゴンに向《む》かったときの感想《かんそう》は？　点数《てんすう》の公平性《こうへいせい》について、今現《いまげん》在《ざい》、どういう気持《きも》ち？」

「ああ、一言《ひとこと》あげるよ」

ハリーは邪険《じゃけん》に言《い》った。

「バイバイ」

そして、ハリーは、ロンと連《つ》れ立《だ》って城《しろ》への道《みち》を歩《ある》いた。

第《だい》21章《しょう》　屋敷《やしき》しもべ妖精解放戦線《ようせいかいほうせんせん》

ハリー、ロン、ハーマイオニーはその晩《ばん》、ピッグウィジョンを探《さが》しにふくろう小屋《ごや》に行《い》った。シリウスに手紙《てがみ》を送《おく》り、ハリーが、対決《たいけつ》したドラゴンを無傷《むきず》で出《だ》し抜《ぬ》いたことを知《し》らせるためだった。道々《みちみち》ハリーは、久《ひさ》しぶりで話《はな》すロンに、シリウスがカルカロフについて言《い》ったことを一部始終《いちぶしじゅう》話《はな》して聞《き》かせた。カルカロフが死喰《デス・イーター》い人だったと聞《き》かされて、最初《さいしょ》はショックを受《う》けたロンも、ふくろう小屋《ごや》に着《つ》いたときには、はじめからそれを疑《うたが》ってかかるべきだったと言《い》うようになっていた。

「つじつまが合《あ》うじゃないか？」ロンが言《い》った。

「マルフォイが汽車《きしゃ》の中《なか》で言《い》ってたこと、覚《おぼ》えてるか？　あいつの父親《ちちおや》がカルカロフと友達《ともだち》だって。あいつらがどこで知《し》り合《あ》ったか、これでもうわかったぞ。ワールドカップじゃ、きっと二人《ふたり》一緒《いっしょ》に、仮面《かめん》をかぶって暗躍《あんやく》してたんだ……。これだけは言《い》えるぞ、ハリー。もし**カルカロフが**ゴブレットに君《きみ》の名前《なまえ》を入《い》れたんだったら、きっと今《いま》ごろ、ばかを見《み》たと思《おも》ってるさ。うまくいかなかった。だろ？　君《きみ》はかすり傷《きず》だけだった！　どいて――僕《ぼく》が捕《つか》まえるよ――」

ピッグウィジョンは、手紙《てがみ》を運《はこ》ばせてもらえそうなので大興奮《だいこうふん》し、ホッホッとひっきりなしに鳴《な》きながら、ハリーの頭上《ずじょう》をぐるぐる飛《と》び回《まわ》っていた。ロンがピッグウィジョンをヒョイと空《くう》中《ちゅう》でつかみ、ハリーが手紙《てがみ》を脚《あし》にくくりつける間《あいだ》、動《うご》かないように押《お》さえていた。

「ほかの課題《かだい》は、絶対《ぜったい》あんなに危険《きけん》じゃないよ。だって、ありえないだろ？」

ピッグウィジョンを窓際《まどぎわ》に運《はこ》びながらロンがしゃべり続《つづ》けた。

「あのさあ、僕《ぼく》、この試合《しあい》で君《きみ》が優勝《ゆうしょう》できると思《おも》う。ハリー、僕《ぼく》、マジでそう思《おも》う」

ロンが、この数週間《すうしゅうかん》の態度《たいど》の埋《う》め合《あ》わせをするためにそう言《い》っているだけだと、ハリーにはわかっていた。それでもうれしかった。しかし、ハーマイオニーは、ふくろう小屋《ごや》の壁《かべ》に寄《よ》りかかり、腕《うで》組《ぐ》みをして、しかめっ面《つら》でロンを見《み》た。

「この試合《しあい》が終《お》わるまで、ハリーにとってまだ先《さき》は長《なが》いのよ」

ハーマイオニーは真剣《しんけん》だ。

「あれが第《だい》一の課題《かだい》なら、次《つぎ》は何《なに》がくるやら、考《かんが》えるのもいや」

「君《きみ》って、太陽《たいよう》のように明《あか》るい人《ひと》だね」ロンが言《い》った。

「君《きみ》とトレローニー先生《せんせい》と、いい勝負《しょうぶ》だよ」

ロンは窓《まど》からピッグウィジョンを放《はな》した。ピッグウィジョンはとたんに四、五メートル墜落《ついらく》して、それからやっと何《なん》とか舞《ま》い上《あ》がった。脚《あし》にくくりつけられた手紙《てがみ》は、いつもよりずっと長《なが》い、重《おも》い手紙《てがみ》だった——ハリーは、シリウスにくわしく話《はな》したいという気持《きも》ちを抑《おさ》えきれなかった。ホーンテールをどんなふうにさけ、回《まわ》り込《こ》み、かわしたのか、一撃一撃《いちげきいちげき》をくわしく書《か》きたかったのだ。

三人《にん》はピッグウィジョンが闇《やみ》に消《き》えていくのを見送《みおく》った。それから、ロンが言《い》った。

「さあ、ハリー、下《した》に行《い》って、君《きみ》のびっくりパーティに出《で》なきゃ——フレッドとジョージが、今《いま》ごろはもう厨房《ちゅうぼう》から食《た》べ物《もの》をどっさりくすねてきてるはずだ」

まさに、そのとおりだった。グリフィンドールの談話室《だんわしつ》に入《はい》ると、歓声《かんせい》と叫《さけ》び声《ごえ》が再《ふたた》び爆発《ばくはつ》した。山《やま》のようなケーキ、大瓶《おおびん》入《い》りのかぼちゃジュースやバタービールが、どこもかしこもびっしりだった。リー・ジョーダンが「ドクター・フィリバスターのヒヤヒヤ花火《はなび》」を破裂《はれつ》させたあとだったので、周《まわ》り中《じゅう》に星《ほし》や火花《ひばな》が散《ち》っていた。絵《え》の上手《じょうず》なディーン・トーマスが、見事《みごと》な新《あたら》しい旗《はた》を何枚《なんまい》か作《つく》っていたが、そのほとんどが、ファイアボルトでホーンテールの頭上《ずじょう》をブンブン飛《と》び回《まわ》るハリーを描《えが》いていた。ほんの二、三枚《まい》だけが、頭《あたま》に火《ひ》がついたセドリックの絵《え》だった。

ハリーは食《た》べ物《もの》を取《と》った。まともな空腹感《くうふくかん》がどんなものか、その時《とき》までほとんど忘《わす》れていた。

ハリーはロンやハーマイオニーと一緒《いっしょ》に座《すわ》った。信《しん》じられないくらい幸《しあわ》せだった。ロンが自分《じぶん》の味方《みかた》に戻《もど》ってきてくれた。第《だい》一の課題《かだい》をクリアしたし、第《だい》二の課題《かだい》までは、まだ三か月《げつ》もある。

「おっどろき。これ、重《おも》いや」

リー・ジョーダンが、ハリーがテーブルに置《お》いておいた金《きん》の卵《たまご》を持《も》ち上《あ》げ、手《て》で重《おも》みを量《はか》りながら言《い》った。

「開《あ》けてみろよ、ハリー、さあ！　中《なか》に何《なに》があるか見《み》ようぜ！」

「ハリーは自分一人《じぶんひとり》でヒントを見《み》つけることになってるのよ」

すかさずハーマイオニーが言《い》った。

「試合《しあい》のルールで決《き》まっているとおり……」

「ドラゴンを出《だ》し抜《ぬ》く方法《ほうほう》も、自分一人《じぶんひとり》で見《み》つけることになってたんだけど」

ハリーが、ハーマイオニーにだけ聞《き》こえるようにつぶやくと、ハーマイオニーはバツが悪《わる》そうに笑《わら》った。

「そうだ、そうだ。ハリー、開《あ》けろよ！」何人《なんにん》かが同調《どうちょう》した。

リーがハリーに卵《たまご》を渡《わた》し、ハリーは卵《たまご》の周《まわ》りにぐるりとついている溝《みぞ》に爪《つめ》を立《た》ててこじ開《あ》けた。

からっぽだ。きれいさっぱりからっぽだった――しかし、ハリーが開《あ》けたとたん、世《よ》にも恐《おそ》ろしい、大《おお》きなキーキー声《ごえ》のむせび泣《な》きのような音《おと》が、部屋中《へやじゅう》に響《ひび》き渡《わた》った。ハリーが聞《き》いたことがある音《おと》の中《なか》でこれに一番近《いちばんちか》いのは、「ほとんど首無《くびな》しニック」の「絶命日《ぜつめいび》パーティ」でのゴースト・オーケストラの演奏《えんそう》で、奏者全員《そうしゃぜんいん》がのこぎりを弾《ひ》いていたときの音《おと》だ。

「だまらせろ！」フレッドが両手《りょうて》で耳《みみ》を覆《おお》って叫《さけ》んだ。

「今《いま》のは何《なん》だ？」

ハリーがバチンと閉《し》めた卵《たまご》をまじまじと見《み》つめながら、シェーマス・フィネガンが言《い》った。

「バンシー妖怪《ようかい》の声《こえ》みたいだったな……もしかしたら、次《つぎ》にやっつけなきゃいけないのはそれだぞ、ハリー！」

「誰《だれ》かが拷問《ごうもん》を受《う》けてた！」

ネビルはソーセージ・ロールをバラバラと床《ゆか》に落《お》として、真《ま》っ青《さお》になっていた。

「君《きみ》は『磔《はりつけ》の呪文《じゅもん》』と戦《たたか》わなくちゃならないんだ！」

「バカ言《い》うなよ、ネビル。あれは違法《いほう》だぜ」ジョージが言《い》った。

「代表選手《だいひょうせんしゅ》に『磔《はりつけ》の呪文《じゅもん》』をかけたりするもんか。俺《おれ》が思《おも》うに、ありゃ、パーシーの歌声《うたごえ》にちょっと似《に》てたな……もしかしたら、やつがシャワーを浴《あ》びてるときに襲《おそ》わないといけないのかもしれないぜ、ハリー」

「ハーマイオニー、ジャム・タルト、食《た》べるかい？」フレッドが勧《すす》めた。

ハーマイオニーはフレッドが差《さ》し出《だ》した皿《さら》を疑《うたが》わしげに見《み》た。フレッドがニヤッと笑《わら》った。

「大丈夫《だいじょうぶ》。こっちには何《なん》にもしてないよ。クリームサンド・ビスケットのほうはご用心《ようじん》さ――」

ちょうどビスケットにかぶりついたネビルが、むせて吐《は》き出《だ》した。

フレッドが笑《わら》いだした。

「ほんの冗談《じょうだん》さ、ネビル……」

ハーマイオニーがジャム・タルトを取《と》った。

「これ、全部《ぜんぶ》厨房《ちゅうぼう》から持《も》ってきたの？　フレッド？」ハーマイオニーが聞《き》いた。

「ウン」フレッドがハーマイオニーを見《み》て、ニヤッと笑《わら》った。

「旦那《だんな》さま、何《なん》でも差《さ》し上《あ》げます。何《なん》でもどうぞ！」

屋敷《やしき》しもべのかん高《だか》いキーキー声《ごえ》で、フレッドが言《い》った。

「連中《れんちゅう》はほんとうに役《やく》に立《た》つ……俺《おれ》がちょっと腹《はら》が空《す》いてるって言《い》ったら、雄牛《おうし》の丸焼《まるや》きだって持《も》ってくるぜ」

「どうやってそこに入《はい》るの？」

ハーマイオニーはさりげない、何《なん》の下心《したごころ》もなさそうな声《こえ》で聞《き》いた。

「簡単《かんたん》さ」フレッドが答《こた》えた。

「果物《くだもの》が盛《も》ってある器《うつわ》の絵《え》の裏《うら》に、隠《かく》し戸《ど》がある。梨《なし》をくすぐればいいのさ。するとクスクス笑《わら》う。そこで――」

フレッドは口《くち》を閉《と》じて、疑《うたが》うようにハーマイオニーを見《み》た。

「なんで聞《き》くんだ？」

「別《べつ》に」ハーマイオニーが口早《くちばや》に答《こた》えた。

「屋敷《やしき》しもべを率《ひき》いてストライキをやらかそうっていうのかい？」ジョージが言《い》った。

「ビラまきとか何《なん》とかあきらめて、連中《れんちゅう》をたきつけて反乱《はんらん》か？」

何人《なんにん》かがおもしろそうに笑《わら》ったが、ハーマイオニーは何《なに》も言《い》わなかった。

「連中《れんちゅう》をそっとしておけ。服《ふく》や給料《きゅうりょう》をもらうべきだなんて、連中《れんちゅう》に言《い》うんじゃないぞ！」

フレッドが忠告《ちゅうこく》した。

「料理《りょうり》に集中《しゅうちゅう》できなくなっちまうからな！」

ちょうどその時《とき》、ネビルが大《おお》きなカナリアに変身《へんしん》してしまい、みんなの注意《ちゅうい》がそれた。

「あ――ネビル、ごめん！」

みんながゲラゲラ笑《わら》う中《なか》で、フレッドが叫《さけ》んだ。

「忘《わす》れてた――俺《おれ》たち、やっぱりクリームサンドに呪《のろ》いをかけてたんだ――」

一分《ぶん》もたたないうちに、ネビルの羽《はね》が抜《ぬ》けはじめ、全部抜《ぜんぶぬ》け落《お》ちると、いつもとまったく変《か》わらない姿《すがた》のネビルが再《ふたた》び現《あらわ》れた。ネビル自身《じしん》もみんなと一緒《いっしょ》に笑《わら》った。

「カナリア・クリーム！」

興奮《こうふん》しやすくなっている生徒《せいと》たちに向《む》かって、フレッドが声《こえ》を張《は》り上《あ》げた。

「ジョージと僕《ぼく》とで発明《はつめい》したんだ――一個《こ》七シックル。お買《か》い得《どく》だよ！」

ハリーがやっと寝室《しんしつ》に戻《もど》ったのは、夜中《よなか》の一時近《じちか》くだった。ロン、ネビル、シェーマス、ディーンと一緒《いっしょ》だった。四本柱《ほんばしら》のベッドのカーテンを引《ひ》く前《まえ》に、ハリーはベッド脇《わき》の小机《こづくえ》にハンガリー・ホーンテールのミニチュアを置《お》いた。するとミニチュアはあくびをし、体《からだ》を丸《まる》めて目《め》を閉《と》じた。ほんとだ――ベッドのカーテンを閉《し》めながら、ハリーは思《おも》った――ハグリッドの言《い》うとおりだ……悪《わる》くないよ、ドラゴンって……。


十二月《がつ》が、風《かぜ》とみぞれを連《つ》れてホグワーツにやってきた。冬《ふゆ》になると、ホグワーツ城《じょう》はたしかにすきま風《かぜ》だらけだったが、湖《みずうみ》に浮《う》かぶダームストラングの船《ふね》のそばを通《とお》るたびに、ハリーは城《しろ》の暖炉《だんろ》に燃《も》える火《ひ》や、厚《あつ》い壁《かべ》をありがたく思《おも》った。船《ふね》は強《つよ》い風《かぜ》に揺《ゆ》れ、黒《くろ》い帆《ほ》が暗《くら》い空《そら》にうねっていた。

ボーバトンの馬車《ばしゃ》もずいぶん寒《さむ》いだろうと、ハリーは思《おも》った。ハグリッドがマダム・マクシームの馬《うま》たちに、好物《こうぶつ》のシングルモルト・ウィスキーをたっぷり飲《の》ませていることにも、ハリーは気《き》づいていた。放牧場《ほうぼくじょう》の隅《すみ》に置《お》かれた桶《おけ》から漂《ただよ》ってくる酒気《しゅき》だけで、「魔法生物飼育学《まほうせいぶつしいくがく》」のクラス全員《ぜんいん》が酔《よ》っ払《ぱら》いそうだった。これには弱《よわ》った。何《なに》しろ、恐《おそ》ろしいスクリュートの世話《せわ》を続《つづ》けていたので、気《き》をたしかに持《も》たなければならなかったのだ。

「こいつらが冬眠《とうみん》するかどうかわからねえ」

吹《ふ》きっさらしのかぼちゃ畑《ばたけ》での授業《じゅぎょう》で、震《ふる》えている生徒《せいと》たちにハグリッドが言《い》った。

「ひと眠《ねむ》りしてえかどうか、ちいと試《ため》してみようかと思《おも》ってな……この箱《はこ》にこいつらをちょっくら寝《ね》かせてみて……」

スクリュートはあと十四《ぴき》しか残《のこ》っていない。どうやら、連中《れんちゅう》の殺《ころ》し合《あ》い願望《がんぼう》は、運動《うんどう》させても収《おさ》まらないようだった。今《いま》やそれぞれが二メートル近《ちか》くに育《そだ》っている。灰色《はいいろ》のぶ厚《あつ》い甲殻《こうかく》、強力《きょうりょく》で動《うご》きの速《はや》い肢《あし》、火《ひ》を噴射《ふんしゃ》する尾《お》、とげと吸盤《きゅうばん》など、全部《ぜんぶ》あいまって、スクリュートはハリーがこれまで見《み》た中《なか》で、一番気持《いちばんきも》ちの悪《わる》いものだった。クラス全員《ぜんいん》が、ハグリッドの持《も》ってきた巨《きょ》大《だい》な箱《はこ》を見《み》てしょげ込《こ》んだ。箱《はこ》には枕《まくら》が置《お》かれ、ふわふわの毛布《もうふ》が敷《し》きつめられていた。

「あいつらをここに連《つ》れてこいや」ハグリッドが言《い》った。

「そんでもって、ふたをして様子《ようす》を見《み》るんだ」

しかし、スクリュートは冬眠《とうみん》しないということが、結果的《けっかてき》にはっきりした。枕《まくら》を敷《し》きつめた箱《はこ》に押《お》し込《こ》められ、くぎづけにされたこともお気《き》に召《め》さなかった。まもなくハグリッドが叫《さけ》んだ。

「落《お》ち着《つ》け、みんな、落《お》ち着《つ》くんだ！」

スクリュートはかぼちゃ畑《ばたけ》で暴《あば》れ回《まわ》り、畑《はたけ》にはバラバラになった箱《はこ》の残《ざん》がいが煙《けむり》を上《あ》げて散《ち》らばっていた。生徒《せいと》のほとんどが——マルフォイ、クラッブ、ゴイルを先頭《せんとう》に——ハグリッドの小《こ》屋《や》に裏木戸《うらきど》から逃《に》げ込《こ》み、バリケードを築《きず》いて立《た》てこもっていた。しかし、ハリー、ロン、ハーマイオニーをはじめ何人《なんにん》かは、残《のこ》ってハグリッドを助《たす》けようとした。力《ちから》を合《あ》わせ、何《なん》とかみんなで九匹《ひき》までは取《と》り押《お》さえてお縄《なわ》にした。おかげで火傷《やけど》や切《き》り傷《きず》だらけになった。残《のこ》るは一匹《ぴき》だけ。

「脅《おど》かすんじゃねえぞ、ええか！」

ハグリッドが叫《さけ》んだ。その時《とき》ロンとハリーは、二人《ふたり》に向《む》かってくるスクリュートに、杖《つえ》を使《つか》って火花《ひばな》を噴射《ふんしゃ》したところだった。背中《せなか》のとげが弓《ゆみ》なりに反《そ》り、ビリビリ震《ふる》え、スクリュートは脅《おど》すように二人《ふたり》に迫《せま》ってきた。

「とげんところに縄《なわ》をかけろ。そいつがほかのスクリュートを傷《きず》つけねえように！」

「ああ、ごもっともなお言葉《ことば》だ！」

ロンが怒《おこ》ったように叫《さけ》んだ。ロンとハリーは、スクリュートを火花《ひばな》で遠《とお》ざけながら、ハグリッドの小屋《こや》の壁《かべ》まであとずさりしていた。

「おーや、おや、おや……これはとってもおもしろそうざんすね」

リータ・スキーターがハグリッドの庭《にわ》の柵《さく》に寄《よ》りかかり、騒《さわ》ぎを眺《なが》めていた。今日《きょう》は、紫《むらさき》の毛《け》皮《がわ》のえりがついた、赤紫色《あかむらさきいろ》の厚《あつ》いマントを着込《きこ》み、ワニ革《がわ》のバッグを腕《うで》にかけていた。

ハグリッドが、ハリーとロンを追《お》いつめたスクリュートに飛《と》びかかり、上《うえ》からねじ伏《ふ》せた。しっぽから噴射《ふんしゃ》された火《ひ》で、その付近《ふきん》のかぼちゃの葉《は》や茎《くき》がしなびてしまった。

「あんた、誰《だれ》だね？」

スクリュートのとげの周《まわ》りに輪《わ》にした縄《なわ》をかけ、きつくしめながら、ハグリッドが聞《き》いた。

「リータ・スキーター。『日刊予言者新聞《にっかんよげんしゃしんぶん》』の記者《きしゃ》ざんすわ」

リータはハグリッドにニッコリしながら答《こた》えた。金歯《きんば》がキラリと光《ひか》った。

「ダンブルドアが、あんたはもう校内《こうない》に入《はい》ってはならねえと言《い》いなすったはずだが？」

少《すこ》しひしゃげたスクリュートから降《お》りながら、ハグリッドはちょっと顔《かお》をしかめ、スクリュートを仲間《なかま》のところへ引《ひ》いていった。

リータはハグリッドの言《い》ったことが聞《き》こえなかったかのように振《ふ》る舞《ま》った。

「この魅力的《みりょくてき》な生《い》き物《もの》は何《なん》て言《い》うざんすの？」ますますニッコリしながらリータが聞《き》いた。

「『尻尾爆発《しっぽばくはつ》スクリュート』だ」ハグリッドがぶすっとして答《こた》えた。

「あらそう？」

どうやら興味津々《きょうみしんしん》のリータが言《い》った。

「こんなの見《み》たことないざんすわ……どこから来《き》たのかしら？」

ハリーはハグリッドの黒《くろ》いもじゃもじゃひげの奥《おく》でじわっと顔《かお》が赤《あか》くなったのに気《き》づき、ドキリとした。ハグリッドはいったいどこからスクリュートを手《て》に入《い》れたのだろう？

どうやらハリーと同《おな》じことを考《かんが》えていたらしいハーマイオニーが、急《いそ》いで口《くち》を挟《はさ》んだ。

「ほんとにおもしろい生《い》き物《もの》よね？　ね、ハリー？」

「え？　あ、うん……痛《いた》っ……おもしろいね」

ハーマイオニーに足《あし》を踏《ふ》まれながら、ハリーが答《こた》えた。

「まっ、ハリー、君《きみ》、ここにいたの！」

リータ・スキーターが振《ふ》り返《かえ》って言《い》った。

「それじゃ、『魔法生物飼育学《まほうせいぶつしいくがく》』が好《す》きなの？　お気《き》に入《い》りの科目《かもく》の一つかな？」

「はい」

ハリーはしっかり答《こた》えた。ハグリッドがハリーにニッコリした。

「すてきざんすわ」リータが言《い》った。

「ほんと、すてきざんすわ。長《なが》く教《おし》えてるの？」こんどはハグリッドに尋《たず》ねた。

リータの目《め》が次《つぎ》から次《つぎ》へと移《うつ》っていくのにハリーは気《き》づいた。ディーン（ほおにかなりの切《き》り傷《きず》があった）、ラベンダー（ローブがひどく焼《や》け焦《こ》げていた）、シェーマス（火傷《やけど》した数本《すうほん》の指《ゆび》をかばっていた）、それから小屋《こや》の窓《まど》へ――そこには、クラスの大多数《だいたすう》の生徒《せいと》が、窓《まど》ガラスに鼻《はな》を押《お》しつけて、外《そと》はもう安全《あんぜん》かとうかがっていた。

「まだ今年《ことし》で二年目《ねんめ》だ」ハグリッドが答《こた》えた。

「すてきざんすわ……インタビューさせていただけないざんす？　あなたの魔法生物《まほうせいぶつ》のご経験《けいけん》を、少《すこ》し話《はな》してもらえない？『予言者《よげんしゃ》』では、毎週水曜《まいしゅうすいよう》に動物学《どうぶつがく》のコラムがありましてね。ご存《ぞん》じざんしょ。特集《とくしゅう》が組《く》めるわ。この――えーと――尻尾《しっぽ》バンバンスクートの」

「『尻尾爆発《しっぽばくはつ》スクリュート』だ」ハグリッドが熱《ねっ》を込《こ》めて言《い》った。

「あー――ウン。かまわねえ」

ハリーは、これはまずいと思《おも》った。しかし、リータに気《き》づかれないようにハグリッドに知《し》らせる方法《ほうほう》がなかった。ハグリッドとリータ・スキーターが、今週中《こんしゅうちゅう》のいつか別《べつ》の日《ひ》に、「三本《さんぼん》の箒《ほうき》」で、じっくりインタビューをすると約束《やくそく》するのを、ハリーはだまって見《み》ているほかなかった。

その時《とき》、城《しろ》からの鐘《かね》が聞《き》こえ、授業《じゅぎょう》の終《お》わりを告《つ》げた。

「じゃあね、さよなら、ハリー！」

ロン、ハーマイオニーと一緒《いっしょ》に帰《かえ》りかけたハリーに、リータ・スキーターが陽気《ようき》に声《こえ》をかけた。

「じゃ、金曜《きんよう》の夜《よる》に。ハグリッド！」

「あの人《ひと》、ハグリッドの言《い》うこと、みんなねじ曲《ま》げるよ」ハリーが声《こえ》をひそめて言《い》った。

「スクリュートを不法輸入《ふほうゆにゅう》とかしていなければいいんだけど」ハーマイオニーも深刻《しんこく》な声《こえ》だった。

二人《ふたり》は顔《かお》を見合《みあ》わせた――それこそ、ハグリッドがまさにやりそうなことだった。

「ハグリッドは今《いま》までも山《やま》ほど面倒《めんどう》を起《お》こしたけど、ダンブルドアは絶対《ぜったい》クビにしなかったよ」

ロンがなぐさめるように言《い》った。

「最悪《さいあく》の場合《ばあい》、ハグリッドはスクリュートを始末《しまつ》しなきゃならないだけだろ。あ、失礼《しつれい》……僕《ぼく》、最悪《さいあく》って言《い》った？　最善《さいぜん》のまちがい」

ハリーもハーマイオニーも笑《わら》った。そして、少《すこ》し元気《げんき》が出《で》て、昼食《ちゅうしょく》に向《む》かった。

その午後《ごご》、ハリーは「占い学《うらながく》」の二時限続《じげんつづ》きの授業《じゅぎょう》を充分楽《じゅうぶんたの》しんだ。中身《なかみ》は相変《あいか》わらず星座《せいざ》表《ひょう》や予言《よげん》だったが、ロンとの友情《ゆうじょう》が元《もと》に戻《もど》ったので、何《なに》もかもがまたおもしろくなった。ハリーとロンが、自《みずか》らの恐《おそ》ろしい死《し》を予測《よそく》したことでとても機嫌《きげん》のよかったトレローニー先生《せんせい》は、冥王星《めいおうせい》が日常生活《にちじょうせいかつ》を乱《みだ》すさまざまな例《れい》を説明《せつめい》している間《あいだ》、二人《ふたり》がクスクス笑《わら》っていたことでたちまちいらいらしだした。

「あたくし、**こう思《おも》いますのよ**」

神秘的《しんぴてき》なささやくような声《こえ》を出《だ》しても、トレローニー先生《せんせい》の機嫌《きげん》の悪《わる》さは隠《かく》せなかった。

「あたくしたちの中《なか》の**誰《だれ》かが**」――先生《せんせい》はさも意味《いみ》ありげな目《め》でハリーを見《み》つめた――「あたくしが昨夜《さくや》、水晶玉《すいしょうだま》で見《み》たものを、ご自分《じぶん》の目《め》でごらんになれば、それほど不真面目《ふまじめ》ではいられないかもしれませんわ。あたくし、ここに座《すわ》って、レース編《あ》みに没頭《ぼっとう》しておりましたとき、水《すい》晶玉《しょうだま》に聞《き》かなければという思《おも》いにかられまして立《た》ち上《あ》がりましたの。玉《たま》の前《まえ》に座《すわ》り、水晶《すいしょう》の底《そこ》の底《そこ》をのぞきましたら……あたくしを見《み》つめ返《かえ》していたものは何《なん》だったとお思《おも》い？」

「でっかいめがねをかけた醜《みにく》い年寄《としよ》りのコウモリ？」ロンが息《いき》を殺《ころ》してつぶやいた。

ハリーはまじめな顔《かお》を崩《くず》さないよう必死《ひっし》でこらえた。

「**死《し》**ですのよ」

パーバティとラベンダーが、二人《ふたり》ともゾクッとしたように、両手《りょうて》でパッと口《くち》を押《お》さえた。

「そうなのです」

トレローニー先生《せんせい》がもったいぶってうなずいた。

「それはやってくる。ますます身近《みぢか》に、それはハゲタカのごとく輪《わ》を描《えが》き、だんだん低《ひく》く……城《しろ》の上《うえ》に、ますます低《ひく》く……」

トレローニー先生《せんせい》はしっかりハリーを見《み》すえた。ハリーはあからさまに大《おお》きなあくびをした。

「もう八十回《かい》も同《おな》じことを言《い》ってなけりゃ、少《すこ》しはパンチが効《き》いたかもしれないけど」

トレローニー先生《せんせい》の部屋《へや》から下《お》りる階段《かいだん》で、やっと新鮮《しんせん》な空気《くうき》を取《と》り戻《もど》したとき、ハリーが言《い》った。

「だけど、僕《ぼく》が死《し》ぬって先生《せんせい》が言《い》うたびに、いちいち死《し》んでたら、僕《ぼく》は医学上《いがくじょう》の奇跡《きせき》になっちゃうよ」

「超濃縮《ちょうのうしゅく》ゴーストってとこかな」

ロンもおもしろそうに笑《わら》った。ちょうど「血《ち》みどろ男爵《だんしゃく》」が不吉《ふきつ》な目《め》をぎょろぎょろさせながら二人《ふたり》とすれちがうところだった。

「宿題《しゅくだい》が出《で》なかっただけよかったよ。ベクトル先生《せんせい》がハーマイオニーに、どっさり宿題《しゅくだい》を出《だ》してるといいな。あいつが宿題《しゅくだい》やってるとき、こっちがやることがないってのがいいねえ……」

しかし、ハーマイオニーは夕食《ゆうしょく》の席《せき》にいなかった。そのあと二人《ふたり》で図書館《としょかん》に探《さが》しにいったが、やっぱりいなかった。ビクトール・クラムしかいなかった。ロンは、しばらく書棚《しょだな》の陰《かげ》をうろうろしながらクラムを眺《なが》め、サインを頼《たの》むべきかどうかハリーに小声《こごえ》で相談《そうだん》していた――しかしその時《とき》、六、七人《にん》の女子学生《じょしがくせい》が隣《となり》の書棚《しょだな》の陰《かげ》にひそんで、まったく同《おな》じことを相談《そうだん》しているのに気《き》づき、ロンはやる気《き》をなくした。

「あいつ、どこ行《い》っちゃったのかなあ？」

二人《ふたり》でグリフィンドール塔《とう》に戻《もど》りながら、ロンが言《い》った。

「さあな……たわごと《ボールダーダッシュ》」

ところが、「太《ふと》った婦人《レディ》」が開《ひら》くか開《ひら》かないうちに、二人《ふたり》の背後《はいご》にバタバタと走《はし》ってくる音《おと》が聞《き》こえた。ハーマイオニーのご到着《とうちゃく》だ。

「ハリー！」

ハリーの脇《わき》で急停止《きゅうていし》し、息《いき》を切《き》らしながらハーマイオニーが呼《よ》びかけた（「太《ふと》った婦人《レディ》」が眉《まゆ》を吊《つ》り上《あ》げてハーマイオニーを見下《みお》ろした）。

「ハリー、一緒《いっしょ》に来《き》て――来《こ》なきゃダメ。とってもすごいことが起《お》こったんだから――お願《ねが》い――」

ハーマイオニーはハリーの腕《うで》をつかみ、廊下《ろうか》のほうに引《ひ》き戻《もど》そうとした。

「いったいどうしたの？」ハリーが聞《き》いた。

「着《つ》いてから見《み》せてあげるから――ああ、早《はや》く来《き》て――」

ハリーはロンのほうを振《ふ》り返《かえ》った。ロンもいったい何《なん》だろうという顔《かお》でハリーを見《み》た。

「オッケー」

ハリーはハーマイオニーと一緒《いっしょ》に廊下《ろうか》を戻《もど》りはじめ、ロンが急《いそ》いであとを追《お》った。

「いいのよ、気《き》にしなくて！」

「太《ふと》った婦人《レディ》」が後《うし》ろからいらいらと声《こえ》をかけた。

「私《わたし》に面倒《めんどう》をかけたことを、謝《あやま》らなくてもいいですとも！　私《わたし》はみなさんが帰《かえ》ってくるまで、ここにこうしてパックリ開《ひら》いたまま引《ひ》っかかっていればいいというわけね？」

「そうだよ、ありがと」ロンが振《ふ》り向《む》きざま答《こた》えた。

ハーマイオニーは七階《かい》から一階《かい》まで二人《ふたり》を引《ひ》っ張《ぱ》っていった。

「ハーマイオニー、どこに行《い》くんだい？」

玄関《げんかん》ホールに続《つづ》く大理石《だいりせき》の階段《かいだん》を下《お》りはじめたとき、ハリーが聞《き》いた。

「今《いま》にわかるわ。もうすぐよ！」ハーマイオニーは興奮《こうふん》していた。

階段《かいだん》を下《お》りきったところで、左《ひだり》に折《お》れるとドアが見《み》えた。「炎《ほのお》のゴブレット」がセドリックとハリーの名前《なまえ》を吐《は》き出《だ》したあの夜《よる》、セドリックが通《とお》っていったあのドアだ。ハーマイオニーは急《いそ》いでドアに向《む》かった。ハリーは今《いま》までここを通《とお》ったことがなかった。二人《ふたり》がハーマイオニーのあとについて石段《いしだん》を下《お》りると、そこは、スネイプの地下牢《ちかろう》に続《つづ》く陰気《いんき》な地下通路《ちかつうろ》とはちがって、明々《あかあか》と松明《たいまつ》に照《て》らされた広《ひろ》い石《いし》の廊下《ろうか》だった。主《おも》に食《た》べ物《もの》を描《えが》いた、楽《たの》しげな絵《え》が飾《かざ》ってある。

「あっ、待《ま》てよ……」

廊下《ろうか》の中《なか》ほどまで来《き》たとき、ハリーが何《なに》か考《かんが》えながら言《い》った。

「ちょっと待《ま》って、ハーマイオニー……」

「えっ？」ハーマイオニーはハリーを振《ふ》り返《かえ》った。顔中《かおじゅう》がワクワクしている。

「何《なん》だかわかったぞ」ハリーが言《い》った。

ハリーはロンをこづいて、ハーマイオニーのすぐ後《うし》ろにある絵《え》を指差《ゆびさ》した。巨大《きょだい》な銀《ぎん》の器《うつわ》に果《くだ》物《もの》を盛《も》った絵《え》だ。

「ハーマイオニー！」ロンもハッと気《き》づいた。

「僕《ぼく》たちを、また『S《ス》・P《ピ》・E《ュ》・W《ー》（反吐《へど》）』なんかに巻《ま》き込《こ》むつもりだろ！」

「ちがう、ちがう。そうじゃないの！」

ハーマイオニーがあわてて言《い》った。

「それに、『スピュー（反吐《へど》）』って呼《よ》ぶんじゃないわよ。ロンったら――」

「名前《なまえ》を変《か》えたとでもいうのか？」

ロンがしかめっ面《つら》でハーマイオニーを見《み》た。

「それじゃ、今度《こんど》は、何《なに》になったんだい？　屋敷《やしき》しもべ妖精解放戦線《ようせいかいほうせんせん》か？　厨房《ちゅうぼう》に押《お》し入《い》って、あいつらに働《はたら》くのをやめさせるなんて、そんなの、僕《ぼく》はごめんだ――」

「そんなこと、頼《たの》みやしないわ！」

ハーマイオニーはもどかしげに言《い》った。

「私《わたし》、ついさっき、みんなと話《はな》すのにここに来《き》たの。そしたら、見《み》つけたのよ――ああ、とにかく来《き》てよ、ハリー。あなたに見《み》せたいの！」

ハーマイオニーはまたハリーの腕《うで》をつかまえ、巨大《きょだい》な果物皿《くだものざら》の絵《え》の前《まえ》まで引《ひ》っ張《ぱ》ってくると、人差《ひとさ》し指《ゆび》を伸《の》ばして大《おお》きな緑色《みどりいろ》の梨《なし》をくすぐった。梨《なし》はクスクス笑《わら》いながら身《み》をよじり、急《きゅう》に大《おお》きな緑色《みどりいろ》のドアの取《と》っ手《て》に変《か》わった。ハーマイオニーは取《と》っ手《て》をつかみ、ドアを開《あ》け、ハリーの背中《せなか》をぐいと押《お》して、中《なか》に押《お》し込《こ》んだ。

天井《てんじょう》の高《たか》い巨大《きょだい》な部屋《へや》が、ほんの一瞬《いっしゅん》だけ見《み》えた。上《うえ》の階《かい》にある大広間《おおひろま》と同《おな》じくらい広《ひろ》く、石《いし》壁《かべ》の前《まえ》にずらりと、ピカピカの真鍮《しんちゅう》の鍋《なべ》やフライパンが山積《やまづ》みになっている。部屋《へや》の奥《おく》には大《おお》きなれんがの暖炉《だんろ》があった。次《つぎ》の瞬間《しゅんかん》、部屋《へや》の真《ま》ん中《なか》から、何《なに》か小《ちい》さなものが、ハリーに向《む》かってかけてきた。キーキー声《ごえ》で叫《さけ》んでいる。

「ハリー・ポッター様《さま》！　ハリー・ポッター！」

キーキー声《ごえ》のしもべ妖精《ようせい》が勢《いきお》いよくみずおちにぶつかり、ハリーは息《いき》が止《と》まりそうだった。しもべ妖精《ようせい》は、ハリーのろっ骨《こつ》が折《お》れるかと思《おも》うほど強《つよ》く抱《だ》きしめた。

「ド、ドビー？」ハリーは絶句《ぜっく》した。

「はい、ドビーめでございます！」

へそのあたりでキーキー声《ごえ》が答《こた》えた。

「ドビーはハリー・ポッター様《さま》に会《あ》いたくて、会《あ》いたくて。そうしたら、ハリー・ポッターはドビーめに会《あ》いにきてくださいました！」

ドビーはハリーから離《はな》れ、二、三歩下《ぽさ》がってハリーを見上《みあ》げ、ニッコリした。巨大《きょだい》な、テニスボールのような緑《みどり》の目《め》が、うれし涙《なみだ》でいっぱいだった。ドビーはハリーの記憶《きおく》にあるとおりの姿《すがた》をしていた。えんぴつのような鼻《はな》、コウモリのような耳《みみ》、長《なが》い手足《てあし》の指《ゆび》――ただ、衣服《いふく》だけはまったくちがっていた。

ドビーがマルフォイ家《け》で働《はたら》いていたときは、いつも同《おな》じ、汚《よご》れた枕《まくら》カバーを着《き》ていた。しかし今《いま》は、ハリーが見《み》たこともないような、へんてこな組《く》み合《あ》わせの衣装《いしょう》だ。ワールドカップでの魔《ま》法使《ほうつか》いたちのマグル衣装《いしょう》よりさらに悪《わる》かった。帽子《ぼうし》がわりにティーポット・カバーをかぶり、それにキラキラしたバッジをたくさんとめつけていたし、裸《はだか》の上半身《じょうはんしん》に、馬蹄模様《ばていもよう》のネクタイをしめ、子供《こども》のサッカー用《よう》パンツのようなものをはき、ちぐはぐな靴下《くつした》をはいていた。その片方《かたほう》には、見覚《みおぼ》えがあった。ハリーが昔《むかし》はいていた靴下《くつした》だ。ハリーはその黒《くろ》い靴下《くつした》を脱《ぬ》ぎ、マルフォイ氏《し》がそれをドビーに与《あた》えるように計略《けいりゃく》をしかけ、ドビーを自由《じゆう》の身《み》にしたのだ。もう片方《かたほう》は、ピンクとオレンジのしま模様《もよう》だ。

「ドビー、どうしてここに？」ハリーが驚《おどろ》いて尋《たず》ねた。

「ドビーはホグワーツに働《はたら》きにきたのでございます！」

ドビーは興奮《こうふん》してキーキー言《い》った。

「ダンブルドア校長《こうちょう》が、ドビーとウィンキーに仕事《しごと》をくださったのでございます！」

「ウィンキー？　ウィンキーもここにいるの？」ハリーが聞《き》いた。

「さようでございますとも！」

ドビーはハリーの手を取り、四つの長《なが》い木《き》のテーブルの間《あいだ》を引《ひ》っ張《ぱ》って厨房《ちゅうぼう》の奥《おく》に連《つ》れていった。テーブルの脇《わき》を通《とお》りながら、それぞれがちょうど、大広間《おおひろま》の各寮《かくりょう》のテーブルの真下《ました》に置《お》かれていることにハリーは気《き》づいた。今《いま》は夕食《ゆうしょく》も終《お》わったので、どのテーブルにも食《た》べ物《もの》はなかった。しかし、一時間前《じかんまえ》は食《た》べ物《もの》の皿《さら》がぎっしり置《お》かれ、天井《てんじょう》からそれぞれの寮《りょう》のテーブルに送《おく》られたのだろう。

ドビーがハリーを連《つ》れてそばを通《とお》ると、少《すく》なくとも百人《にん》の小《ちい》さなしもべ妖精《ようせい》が、厨房《ちゅうぼう》のあちこちで会釈《えしゃく》したり、頭《あたま》を下《さ》げたり、ひざをちょんと折《お》って宮廷風《きゅうていふう》の挨拶《あいさつ》をしたりした。全員《ぜんいん》が同《おな》じ格好《かっこう》をしている。ホグワーツの紋章《もんしょう》が入《はい》ったキッチンタオルを、ウィンキーが以前《いぜん》に着《き》ていたように、トーガ風《ふう》に巻《ま》きつけて結《むす》んでいるのだ。

ドビーはれんが造《づく》りの暖炉《だんろ》の前《まえ》で立《た》ち止《ど》まり、指差《ゆびさ》しながら言《い》った。

「ウィンキーでございます！」

ウィンキーは暖炉脇《だんろわき》の丸椅子《まるいす》に座《すわ》っていた。ウィンキーはドビーとちがって、洋服《ようふく》あさりをしなかったらしい。しゃれた小《ちい》さなスカートにブラウス姿《すがた》で、それに合《あ》ったブルーの帽子《ぼうし》をかぶっている。耳《みみ》が出《で》るように帽子《ぼうし》には穴《あな》が開《あ》いていた。しかし、ドビーの珍妙《ちんみょう》なごた混《ま》ぜの服《ふく》は清潔《せいけつ》で手入《てい》れが行《い》き届《とど》き、新品《しんぴん》のように見《み》えるのに、ウィンキーのほうは、まったく洋服《ようふく》の手入《てい》れをしていない。ブラウスの前《まえ》はスープのしみだらけで、スカートには焼《や》け焦《こ》げがあった。

「やあ、ウィンキー」

ハリーが声《こえ》をかけた。ウィンキーは唇《くちびる》を震《ふる》わせた。そして泣《な》きだした。クィディッチ・ワールドカップのときと同《おな》じように、大《おお》きな茶色《ちゃいろ》の目《め》から涙《なみだ》があふれ、滝《たき》のように流《なが》れ落《お》ちた。

「かわいそうに」

ロンと一緒《いっしょ》にハリーとドビーについて厨房《ちゅうぼう》の奥《おく》までやってきたハーマイオニーが言《い》った。

「ウィンキー、泣《な》かないで。お願《ねが》いだから……」

しかし、ウィンキーはいっそう激《はげ》しく泣《な》きだした。ドビーのほうは、逆《ぎゃく》にハリーにニッコリ笑《わら》いかけた。

「ハリー・ポッターは紅茶《こうちゃ》を一杯《ぱい》お飲《の》みになりますか？」

ウィンキーの泣《な》き声《ごえ》に負《ま》けない大《おお》きなキーキー声《ごえ》で、ドビーが聞《き》いた。

「あ――うん。オッケー」ハリーが答《こた》えた。

たちまち、六人《にん》ぐらいのしもべ妖精《ようせい》がハリーの背後《はいご》から小走《こばし》りにやってきた。ハリー、ロン、ハーマイオニーのために、大《おお》きな銀《ぎん》の盆《ぼん》にのせて、ティーポット、三人分《にんぶん》のティーカップ、ミルク入《い》れ、大皿《おおざら》に盛《も》ったビスケットを持《も》ってきたのだ。

「サービスがいいなぁ！」

ロンが感心《かんしん》したように言《い》った。ハーマイオニーはロンをにらんだが、しもべ妖精《ようせい》たちは全員《ぜんいん》うれしそうで、深々《ふかぶか》と頭《あたま》を下《さ》げながら退《しりぞ》いた。

「ドビー、いつからここにいるの？」

ドビーが紅茶《こうちゃ》の給仕《きゅうじ》を始《はじ》めたとき、ハリーが聞《き》いた。

「ほんの一週間前《しゅうかんまえ》でございます、ハリー・ポッター様《さま》！」

ドビーがうれしそうに答《こた》えた。

「ドビーはダンブルドア校長先生《こうちょうせんせい》の所《ところ》に来《き》たのでございます。おわかりいただけると存《ぞん》じますが、解雇《かいこ》されたしもべ妖精《ようせい》が新《あたら》しい職《しょく》を得《え》るのは、とても難《むずか》しいのでございます。ほんとうに難《むずか》しいので――」

ここでウィンキーの泣《な》き声《ごえ》が一段《いちだん》と激《はげ》しくなった。つぶれたトマトのような鼻《はな》から鼻水《はなみず》がボタボタ垂《た》れたが、止《と》めようともしない。

「ドビーは丸《まる》二年間《ねんかん》、仕事《しごと》を探《さが》して国中《くにじゅう》を旅《たび》したのでございます！」

ドビーはキーキー話《はな》し続《つづ》けた。

「でも、仕事《しごと》は見《み》つからなかったのでございます。なぜなら、ドビーはお給料《きゅうりょう》が欲《ほ》しかったからです！」

興味津々《きょうみしんしん》で見《み》つめ、聞《き》き入《い》っていた厨房中《ちゅうぼうじゅう》のしもべ妖精《ようせい》が、この言葉《ことば》で全員顔《ぜんいんかお》を背《そむ》けた。ドビーが、何《なに》か無作法《ぶさほう》で恥《は》ずかしいことを口《くち》にしたかのようだった。

しかし、ハーマイオニーは、「そのとおりだわ、ドビー！」と言《い》った。

「お嬢《じょう》さま、ありがとうございます！」

ドビーがニカーッと歯《は》を見《み》せてハーマイオニーに笑《わら》いかけた。

「ですが、お嬢《じょう》さま、大多数《だいたすう》の魔法使《まほうつか》いは、給料《きゅうりょう》を要求《ようきゅう》する屋敷《やしき》しもべ妖精《ようせい》を欲《ほ》しがりません。『それじゃ屋敷《やしき》しもべにならない』とおっしゃるのです。そして、ドビーの鼻先《はなさき》でドアをピシャリと閉《し》めるのです！　ドビーは働《はたら》くのが好《す》きです。でもドビーは服《ふく》を着《き》たいし、給料《きゅうりょう》をもらいたい。ハリー・ポッター……ドビーめは自由《じゆう》が好《す》きです！」

ホグワーツのしもべ妖精《ようせい》たちは、まるでドビーが何《なに》か伝染病《でんせんびょう》でも持《も》っているかのように、じりじりとドビーから離《はな》れはじめた。ウィンキーはその場《ば》から動《うご》かなかった。ただし、明《あき》らかに泣《な》き声《ごえ》のボリュームが上《あ》がった。

「そして、ハリー・ポッター、ドビーはその時《とき》ウィンキーを訪《たず》ね、ウィンキーも自由《じゆう》になったことがわかったのでございます！」ドビーがうれしそうに言《い》った。

その言葉《ことば》に、ウィンキーは椅子《いす》から身《み》を投《な》げ出《だ》し、石畳《いしだたみ》の床《ゆか》に突《つ》っ伏《ぷ》し、小《ちい》さな拳《こぶし》で床《ゆか》をたたきながら、みじめさに打《う》ちひしがれて泣《な》き叫《さけ》んだ。

ハーマイオニーが急《いそ》いでウィンキーの横《よこ》にひざをつき、なぐさめようとしたが、何《なに》を言《い》ってもまったくむだだった。

ウィンキーのピーピーという泣《な》き声《ごえ》をしのぐかん高《だか》い声《こえ》を張《は》り上《あ》げ、ドビーの物語《ものがたり》は続《つづ》いた。

「そして、その時《とき》、ドビーは思《おも》いついたのでございます、ハリー・ポッター様《さま》！『ドビーとウィンキーと一緒の仕事《しごと》を見《み》つけたら？』と、ドビーが言《い》います。『しもべ妖精《ようせい》が、二人《ふたり》も働《はたら》けるほど仕事《しごと》があるところがありますか？』と、ウィンキーが言《い》います。そこでドビーが考《かんが》えます。そしてドビーは思《おも》いついたのでございます！ホグワーツ！そしてドビーとウィンキーはダンブルドア校長先生《こうちょうせんせい》に会《あ》いにきたのでございます。そしてダンブルドア校長先生《こうちょうせんせい》がわたくしたちをおやといくださいました！」

ドビーはニッコリと、ほんとうに明《あか》るく笑《わら》い、その目《め》にうれし涙《なみだ》がまたあふれた。

「そしてダンブルドア校長先生《こうちょうせんせい》は、ドビーがそう望《のぞ》むなら、お給料《きゅうりょう》を支払《しはら》うとおっしゃいました！こうしてドビーは自由《じゆう》な屋敷妖精《やしきようせい》になったのでございます。そしてドビーは、一週間《しゅうかん》に一ガリオンと、一か月《げつ》に一日《にち》のお休《やす》みをいただくのです！」

「それじゃ少《すく》ないわ！」

ハーマイオニーが床《ゆか》に座《すわ》ったままで、ウィンキーがわめき続《つづ》ける声《こえ》や、拳《こぶし》で床《ゆか》を打《う》つ音《おと》にも負《ま》けない声《こえ》で、怒《おこ》ったように言《い》った。

「ダンブルドア校長《こうちょう》はドビーめに、週《しゅう》十ガリオンと週末《しゅうまつ》を休日《きゅうじつ》にするとおっしゃいました」

ドビーは、そんなにひまや金《かね》ができたら恐《おそ》ろしいとでもいうように、急《きゅう》にブルッと震《ふる》えた。

「でも、ドビーはお給料《きゅうりょう》を値切《ねぎ》ったのでございます。お嬢《じょう》さま……。ドビーは自由《じゆう》が好《す》きでございます。でもドビーはそんなにたくさん欲《ほ》しくはないのでございます。お嬢《じょう》さま。ドビーは働《はたら》くほうが好《す》きなのでございます」

「それで、ウィンキー、ダンブルドア校長先生《こうちょうせんせい》は、あなたにはいくら払《はら》っているの？」

ハーマイオニーがやさしく聞《き》いた。

ハーマイオニーがウィンキーを元気《げんき》づけるために聞《き》いたつもりだったとしたら、とんでもない見込《みこ》みちがいだった。ウィンキーは泣《な》きやんだ。しかし、顔中《かおじゅう》ぐしょぐしょにしながら、床《ゆか》に座《すわ》りなおし、巨大《きょだい》な茶色《ちゃいろ》の目《め》でハーマイオニーをにらみ、急《きゅう》に怒《おこ》りだした。

「ウィンキーは不名誉《ふめいよ》なしもべ妖精《ようせい》でございます。でも、ウィンキーはまだ、お給料《きゅうりょう》をいただくようなことはしておりません！」

ウィンキーはキーキー声《ごえ》を上《あ》げた。

「ウィンキーはそこまで落《お》ちぶれてはいらっしゃいません！　ウィンキーは自由《じゆう》になったことをきちんと恥《は》じております！」

「恥《は》じる？」ハーマイオニーはあっけにとられた。

「でも――ウィンキー、しっかりしてよ！　恥《は》じるのはクラウチさんのほうよ。あなたじゃない！　あなたは何《なん》にも悪《わる》いことをしてないし、あの人《ひと》はほんとに、あなたに対《たい》してひどいことを――」

しかし、この言葉《ことば》を聞《き》くと、ウィンキーは帽子《ぼうし》の穴《あな》から出《で》ている耳《みみ》を両手《りょうて》でぴったり押《お》さえつけ、一言《ひとこと》も聞《き》こえないようにして叫《さけ》んだ。

「あたしのご主人《しゅじん》さまを、あなたさまは侮辱《ぶじょく》なさらない……のです！　クラウチさまを、あなたさまは侮辱《ぶじょく》なさらない……のです！　お嬢《じょう》さま、クラウチさまはよい魔法使《まほうつか》いでございます。クラウチさまは悪《わる》いウィンキーをクビにするのが正《ただ》しいのでございます！」

「ウィンキーはなかなか適応《てきおう》できないのでございます。ハリー・ポッター」

ドビーはハリーに打《う》ち明《あ》けるようにキーキー言《い》った。

「ウィンキーは、もうクラウチさんに縛《しば》られていないということを忘《わす》れるのでございます。何《なん》でも言《い》いたいことを言《い》ってもいいのに、ウィンキーはそうしないのでございます」

「屋敷《やしき》しもべは、それじゃ、ご主人《しゅじん》さまのことで、言《い》いたいことが言《い》えないの？」

ハリーが聞《き》いた。

「言《い》えませんとも。とんでもございません」ドビーは急《きゅう》に真顔《まがお》になった。

「それが、屋敷《やしき》しもべ妖精制度《ようせいせいど》の一部《いちぶ》でございます。わたくしどもはご主人《しゅじん》さまの秘密《ひみつ》を守《まも》り、沈黙《ちんもく》を守《まも》るのでございます。主君《しゅくん》の家族《かぞく》の名誉《めいよ》を支《ささ》え、けっしてその悪口《わるぐち》を言《い》わないのでございます――でもダンブルドア校長先生《こうちょうせんせい》はドビーに、そんなことにこだわらないとおっしゃいました。ダンブルドア校長先生《こうちょうせんせい》は、わたくしどもに――あの――」

ドビーは急《きゅう》にそわそわして、ハリーにもっと近《ちか》くに来《く》るように合図《あいず》した。ハリーが身《み》をかがめた。

ドビーがささやいた。

「ダンブルドア様《さま》は、わたくしどもがそう呼《よ》びたければ――老《お》いぼれ偏屈《へんくつ》じじいと呼《よ》んでもいいとおっしゃったのでございます！」

ドビーは畏《おそ》れ多《おお》いという顔《かお》でクスッと笑《わら》った。

「でも、ドビーはそんなことはしたくないのでございます、ハリー・ポッター」

ドビーの声《こえ》が元《もと》に戻《もど》り、耳《みみ》がパタパタするほど強《つよ》く首《くび》を横《よこ》に振《ふ》った。

「ドビーはダンブルドア校長先生《こうちょうせんせい》がとても好《す》きでございます。校長先生《こうちょうせんせい》のために秘密《ひみつ》を守《まも》るのは誇《ほこ》りでございます」

「でも、マルフォイ一家《いっか》については、もう何《なに》を言《い》ってもいいんだね？」

ハリーはニヤッと笑《わら》いながら聞《き》いた。

ドビーの巨大《きょだい》な目《め》に、ちらりと恐怖《きょうふ》の色《いろ》が浮《う》かんだ。

「ドビーは――ドビーはそうだと思《おも》います」

自信《じしん》のない言《い》い方《かた》だった。そして小《ちい》さな肩《かた》を怒《いか》らせ、こう言《い》った。

「ドビーはハリー・ポッターに、このことをお話《はな》しできます。ドビーの昔《むかし》のご主人様《しゅじんさま》たちは――ご主人様《しゅじんさま》たちは――**悪《わる》い闇《やみ》の魔法使《まほうつか》いでした！**」

ドビーは自分《じぶん》の大胆《だいたん》さに恐《おそ》れをなして、全身震《ぜんしんふる》えながらその場《ば》に一瞬《いっしゅん》立《た》ちすくんだ――それから一番近《いちばんちか》くのテーブルにかけていき、思《おも》いきり頭《あたま》を打《う》ちつけながら、キーキー声《ごえ》で叫《さけ》んだ。

「**ドビーは悪《わる》い子《こ》！　ドビーは悪《わる》い子《こ》！**」

ハリーはドビーのネクタイの首根《くびね》っこのところをつかみ、テーブルから引《ひ》き離《はな》した。

「ありがとうございます、ハリー・ポッター。ありがとうございます」

ドビーは頭《あたま》をなでながら、息《いき》もつかずに言《い》った。

「ちょっと練習《れんしゅう》する必要《ひつよう》があるだけだよ」ハリーが言《い》った。

「練習《れんしゅう》ですって？」

ウィンキーが怒《おこ》ったようにキーキー声《ごえ》を上《あ》げた。

「ご主人《しゅじん》さまのことをあんなふうに言《い》うなんて、ドビー、あなたは恥《はじ》をお・知・り・に・な・ら・な・け・れ・ばなりません！」

「あの人《ひと》たちは、ウィンキー、もう私《わたし》のご主人《しゅじん》ではお・あ・り・に・なりません！」

ドビーは挑戦《ちょうせん》するように言《い》った。

「ドビーはもう、あの人《ひと》たちがどう思《おも》おうと気《き》にしないのです！」

「まあ、ドビー、あなたは悪《わる》いしもべ妖精《ようせい》でい・ら・っ・しゃ・い・ます！」

ウィンキーがうめいた。涙《なみだ》がまた顔《かお》をぬらしていた。

「あたしのおかわいそうなクラウチさま。ウィンキーがいなくて、どうしていらっしゃるのでしょう？　クラウチさまはウィンキーが必要《ひつよう》です。あたしの助《たす》けが必要《ひつよう》です！　あたしはずっとクラウチ家《け》のお世話《せわ》をしてい・ら・っ・しゃ・い・ました。あたしの母《はは》はあたしの前《まえ》に、あたしのおばあさんはその前《まえ》に、お世話《せわ》しています……ああ、あの二人《ふたり》は、ウィンキーが自由《じゆう》になったことを知《し》ったら、どうおっしゃるでしょう？　ああ、恥《は》ずかしい。情《なさ》けない！」

ウィンキーはスカートに顔《かお》をうずめ、また泣《な》き叫《さけ》んだ。

「ウィンキー」ハーマイオニーがきっぱりと言《い》った。

「クラウチさんは、あなたがいなくたって、ちゃんとやっているわよ。私《わたし》たち、最近《さいきん》お会《あ》いしたけど――」

「あなたさまはあたしのご主人《しゅじん》さまにお会《あ》いに？」

ウィンキーは息《いき》をのんで、涙《なみだ》で汚《よご》れた顔《かお》をスカートから上《あ》げ、ハーマイオニーをじろじろ見《み》た。

「あなたさまは、あたしのご主人《しゅじん》さまにホグワーツでお目《め》にかかったのですか？」

「そうよ」ハーマイオニーが答《こた》えた。

「クラウチさんとバグマンさんは、三校対抗試合《さんこうたいこうじあい》の審査員《しんさいん》なの」

「バグマンさまもいらっしゃる？」

ウィンキーがキーキー叫《さけ》んだ。ウィンキーがまた怒《おこ》った顔《かお》をしたので、ハリーはびっくりした（ロンもハーマイオニーも驚《おどろ》いたらしいことは、二人《ふたり》の顔《かお》でわかった）。

「バグマンさまは悪《わる》い魔法使《まほうつか》い！　とても悪《わる》い魔法使《まほうつか》い！　あたしのご主人《しゅじん》さまはあの人《ひと》がお好《す》

きではない。ええ、そうですとも。全然《ぜんぜん》お好《す》きではありません！」

「バグマンが──悪《わる》い？」ハリーが聞《き》き返《かえ》した。

「ええ、そうでございます」

ウィンキーが激《はげ》しく頭《かぶり》を振《ふ》りながら答《こた》えた。

「あたしのご主人《しゅじん》さまがウィンキーにお話《はな》しになったことがあります。でも、でもウィンキーは言《い》わないのです……。ウィンキーは──ウィンキーはご主人《しゅじん》さまの秘密《ひみつ》を守《まも》ります……」

ウィンキーはまたまた涙《なみだ》にかき暮《く》れた。スカートに顔《かお》をうずめてすすり泣《な》く声《こえ》が聞《き》こえた。

「かわいそうな、かわいそうなご主人《しゅじん》さま。ご主人《しゅじん》さまを助《たす》けるウィンキーがもういない！」

それ以上《いじょう》はウィンキーの口《くち》から、ちゃんとした言葉《ことば》は一言《ひとこと》も聞《き》けなかった。みんな、ウィンキーを泣《な》くがままにして、紅茶《こうちゃ》を飲《の》み終《お》えた。ドビーは、その間《あいだ》、自由《じゆう》な屋敷妖精《やしきようせい》の生活《せいかつ》や、給料《りょう》をどうするつもりかの計画《けいかく》を楽《たの》しそうに語《かた》り続《つづ》けた。

「ドビーはこの次《つぎ》にセーターを買《か》うつもりです。ハリー・ポッター！」

ドビーは裸《はだか》の胸《むね》を指差《ゆびさ》しながら、幸《しあわ》せそうに言《い》った。

「ねえ、ドビー」

ロンはこの屋敷妖精《やしきようせい》がとても気《き》に入《い》った様子《ようす》だ。

「ママが今年《ことし》のクリスマスに僕《ぼく》に編《あ》んでくれるヤツ、君《きみ》にあげるよ。僕《ぼく》、毎年《まいとし》一着《ちゃく》もらうんだ。君《きみ》、栗色《くりいろ》は嫌《きら》いじゃないだろう？」

ドビーは大喜《おおよろこ》びだった。

「ちょっと縮《ちぢ》めないと君《きみ》には大《おお》き過《す》ぎるかもしれないけど」ロンが言《い》った。

「でも、君《きみ》のティーポット・カバーとよく合《あ》うと思《おも》うよ」

帰《かえ》り仕度《じたく》を始《はじ》めると、周《まわ》りのしもべ妖精《ようせい》がたくさん寄《よ》ってきて、寮《りょう》に持《も》ち帰《かえ》ってくださいとスナックを押《お》しつけた。ハーマイオニーは、しもべ妖精《ようせい》たちが引《ひ》っきりなしにおじぎをしたり、ひざを折《お》って挨拶《あいさつ》したりする様子《ようす》を、苦痛《くつう》そうに見《み》ながら断《ことわ》ったが、ハリーとロンは、クリームケーキやパイをポケットいっぱいに詰《つ》め込《こ》んだ。

「どうもありがとう！」

ドアの周《まわ》りに集《あつ》まっておやすみなさいを言《い》うしもべ妖精《ようせい》たちに、ハリーは礼《れい》を言《い》った。

「ドビー、またね！」

「ハリー・ポッター……ドビーがいつかあなた様《さま》をお訪《たず》ねしてもよろしいでしょうか？」

ドビーがためらいながら言《い》った。

「もちろんさ」ハリーが答《こた》えると、ドビーはニッコリした。

「あのさ」

ロン、ハーマイオニー、ハリーが厨房《ちゅうぼう》をあとにし、玄関《げんかん》ホールへの階段《かいだん》を上《のぼ》りはじめたとき、ロンが言《い》った。

「僕《ぼく》、これまでずーっと、フレッドとジョージのこと、ほんとうにすごいと思《おも》ってたんだ。厨房《ちゅうぼう》から食《た》べ物《もの》をくすねてくるなんてさ――でも、そんなに難《むずか》しいことじゃなかったんだよね？　しもべ妖精《ようせい》たち、差《さ》し出《だ》したくてうずうずしてるんだ！」

「これは、あの妖精《ようせい》たちにとって、最高《さいこう》のことが起《お》こったと言《い》えるんじゃないかしら」

大理石《だいりせき》の階段《かいだん》に戻《もど》る道《みち》を先頭《せんとう》に立《た》って歩《ある》きながら、ハーマイオニーが言《い》った。

「つまり、ドビーがここに働《はたら》きにきたということが。ほかの妖精《ようせい》たちは、ドビーが自由《じゆう》の身《み》になって、どんなに幸《しあわ》せかを見《み》て、自分《じぶん》たちも自由《じゆう》になりたいと徐々《じょじょ》に気《き》づくんだわ！」

「ウィンキーのことをあんまりよく見《み》なければいいけど」ハリーが言《い》った。

「あら、あの子《こ》は元気《げんき》になるわ」

そうは言《い》ったものの、ハーマイオニーは少《すこ》し自信《じしん》がなさそうだった。

「いったんショックがやわらげば、ホグワーツにも慣《な》れるでしょうし、あんなクラウチなんて人《ひと》、いないほうがどんなにいいかわかるわよ」

「ウィンキーはクラウチのこと好《す》きみたいだな」

ロンがもごもご言《い》った（ちょうどクリームケーキをほお張《ば》ったところだった）。

「でも、バグマンのことはあんまりよく思《おも》ってないみたいだね？」ハリーが言《い》った。

「クラウチは家《いえ》の中《なか》ではバグマンのことを何《なん》て言《い》ってるのかなぁ？」

「きっと、あんまりいい部長《ぶちょう》じゃない、とか言《い》ってるんでしょ……はっきり言《い》って……それ、当《あ》たってるわよね？」

「僕《ぼく》は、クラウチなんかの下《した》で働《はたら》くより、バグマンのほうがまだいいな」ロンが言《い》った。

「少《すく》なくとも、バグマンにはユーモアのセンスってもんがある」

「それ、パーシーには言《い》わないほうがいいわよ」

ハーマイオニーがちょっとほほ笑《え》みながら言《い》った。

「うん。まあね、パーシーは、ユーモアのわかる人《ひと》の下《した》なんかで働《はたら》きたくないだろうな」

今度《こんど》はチョコレート・エクレアに取《と》りかかりながら、ロンが言《い》った。

「ユーモアってやつが、ドビーのティーポット・カバーをかぶって目《め》の前《まえ》で裸《はだか》で踊《おど》ったって、パーシーは気《き》がつきゃしないよ」

第《だい》22章《しょう》　予期《よき》せぬ課題《かだい》

「ポッター！　ウィーズリー！　こちらに注目《ちゅうもく》なさい！」

木曜《もくよう》の「変身術《へんしんじゅつ》」のクラスで、マクゴナガル先生《せんせい》のいらいらした声《こえ》が、鞭《むち》のようにビシッと教室中《きょうしつじゅう》に響《ひび》いた。ハリーとロンが飛《と》び上《あ》がって先生《せんせい》のほうを見《み》た。

授業《じゅぎょう》も終《お》わろうとしていた。二人《ふたり》はもう課題《かだい》をやり終《お》えていた。ホロホロ鳥《どり》から変身《へんしん》させたモルモットは、マクゴナガル先生《せんせい》の机《つくえ》の上《うえ》に置《お》かれた大《おお》きなかごに閉《と》じ込《こ》められていた（ネビルのモルモットはまだ羽《はね》が生《は》えていたが）。黒板《こくばん》に書《か》かれた宿題《しゅくだい》も写《うつ》し終《お》わっていた（「取《と》り替《か》え呪文《じゅもん》」で「異種間取《いしゅかんと》り替《か》え」を行《おこな》う場合《ばあい》、どのように調整《ちょうせい》しなければならないか、例《れい》を挙《あ》げて説明《せつめい》せよ）。終業《しゅうぎょう》のベルが今《いま》にも鳴《な》ろうというときだ。ハリーとロンは、フレッド、ジョージの「だまし杖《づえ》」を二本持《ほんも》って、教室《きょうしつ》の後《うし》ろのほうでちゃんばらをやっていたのだ。ロンはブリキのオウムを手《て》に、ハリーはゴムの鱈《たら》を持《も》ったまま、驚《おどろ》いて先生《せんせい》を見上《みあ》げた。

「さあ、ポッターもウィーズリーも、年相応《としそうおう》な振《ふ》る舞《ま》いをしていただきたいものです」

マクゴナガル先生《せんせい》は、二人組《ふたりぐみ》を怖《こわ》い目《め》でにらんだ。ちょうど、ハリーの鱈《たら》の頭《あたま》がだらりと垂《た》れ下《さ》がり、音《おと》もなく床《ゆか》に落《お》ちたところだった――一瞬前《いっしゅんまえ》にロンのオウムのくちばしが、鱈《たら》の頭《あたま》を切《き》り落《お》としたのだ――「みなさんにお話《はなし》があります」

「クリスマス・ダンスパーティが近《ちか》づきました――三大魔法学校対抗試合《さんだいまほうがっこうたいこうじあい》の伝統《でんとう》でもあり、外国《がいこく》からのお客様《きゃくさま》と知《し》り合《あ》う機会《きかい》でもあります。さて、ダンスパーティは四年生以上《ねんせいいじょう》が参加《さんか》を許《ゆる》されます――下級生《かきゅうせい》を招待《しょうたい》することは可能《かのう》ですが――」

ラベンダー・ブラウンがかん高《だか》い声《こえ》でクックッと笑《わら》った。パーバティ・パチルは自分《じぶん》もクスクス笑《わら》いしたいのを顔《かお》をゆがめて必死《ひっし》でこらえながら、ラベンダーの脇腹《わきばら》をこづいた。二人《ふたり》ともハリーを振《ふ》り返《かえ》ったのにマクゴナガル先生《せんせい》が二人《ふたり》を無視《むし》したので、ハリーは絶対不公平《ぜったいふこうへい》だと思《おも》った。ハリーとロンのことは今叱《いましか》ったばかりなのに。

「パーティ用《よう》のドレスローブを着用《ちゃくよう》なさい」

マクゴナガル先生《せんせい》の話《はなし》が続《つづ》いた。

「ダンスパーティは、大広間《おおひろま》で、クリスマスの夜《よる》八時《じ》から始《はじ》まり、夜中《よなか》の十二時《じ》に終《お》わります。ところで――」

マクゴナガル先生《せんせい》はことさらに念《ねん》を入《い》れて、クラス全員《ぜんいん》を見回《みまわ》した。

「クリスマス・ダンスパーティは私《わたし》たち全員《ぜんいん》にとって、もちろん——コホン——髪《かみ》を解《と》き放《はな》ち、はめをはずすチャンスです」しぶしぶ認《みと》めるという声《こえ》だ。

ラベンダーのクスクス笑《わら》いがさらに激《はげ》しくなり、手《て》で口《くち》を押《お》さえて笑《わら》い声《ごえ》を押《お》し殺《ころ》していた。今度《こんど》はハリーにも、何《なに》がおかしいのかわかった。マクゴナガル先生《せんせい》の髪《かみ》はきっちりした髷《まげ》に結《ゆ》い上《あ》げてあり、どんなときでも髪《かみ》を解《と》き放《はな》ったことなど一度《いちど》もないように見《み》えた。

「しかし、だからと言《い》って」先生《せんせい》はあとを続《つづ》けた。「**けっして**ホグワーツの生徒《せいと》に期待《きたい》される行動基準《こうどうきじゅん》をゆるめるわけではありません。グリフィンドール生《せい》が、どんな形《かたち》にせよ、学校《がっこう》に屈辱《くつじょく》を与《あた》えるようなことがあれば、私《わたし》としては大変遺憾《たいへんいかん》に思《おも》います」

ベルが鳴《な》った。みんながかばんに教材《きょうざい》を詰《つ》め込《こ》んだり、肩《かた》にかけたり、いつものあわただしいガヤガヤが始《はじ》まった。その騒音《そうおん》をしのぐ声《こえ》で、マクゴナガル先生《せんせい》が呼《よ》びかけた。

「ポッター——ちょっと話《はなし》があります」

頭《あたま》をちょん切《ぎ》られたゴムの鱈《たら》と関係《かんけい》があるのだろうと、ハリーは暗《くら》い気持《きも》ちで先生《せんせい》の机《つくえ》の前《まえ》に進《すす》んだ。

マクゴナガル先生《せんせい》は、ほかの生徒《せいと》が全員《ぜんいん》いなくなるまで待《ま》って、こう言《い》った。

「ポッター、代表選手《だいひょうせんしゅ》とそのパートナーは——」

「何《なん》のパートナーですか？」ハリーが聞《き》いた。

マクゴナガル先生《せんせい》は、ハリーが冗談《じょうだん》を言《い》っているのではないかと疑《うたが》うような目《め》つきをした。

「ポッター、クリスマス・ダンスパーティの代表選手《だいひょうせんしゅ》たちのお相手《あいて》のことです」

先生《せんせい》は冷《つめ》たく言《い》い放《はな》った。

「あなたたちのダンスのお相手《あいて》です」

ハリーは内臓《ないぞう》が丸《まる》まってしなびるような気《き》がした。

「ダンスのパートナー？」

ハリーは顔《かお》が赤《あか》くなるのを感《かん》じた。

「僕《ぼく》、ダンスしません」と急《いそ》いで言《い》った。

「いいえ、するのです」

マクゴナガル先生《せんせい》はいらいら声《ごえ》になった。

「はっきり言《い》っておきます。伝統《でんとう》に従《したが》い、代表選手《だいひょうせんしゅ》とそのパートナーが、ダンスパーティの最《さい》初《しょ》に踊《おど》るのです」

突然《とつぜん》ハリーの頭《あたま》の中《なか》に、シルクハットに燕尾服《えんびふく》の自分《じぶん》の姿《すがた》が浮《う》かんだ。ペチュニアおばさんがバーノンおじさんの仕事《しごと》のパーティでいつも着《き》るような、ひらひらしたドレスを着《き》た女《おんな》の子《こ》を連《つ》れている。

「僕《ぼく》、ダンスするつもりはありません」ハリーが言《い》った。

「伝統《でんとう》です」マクゴナガル先生《せんせい》がきっぱり言《い》った。

「あなたはホグワーツの代表選手《だいひょうせんしゅ》なのですから、学校代表《がっこうだいひょう》として、しなければならないことをするのです。ポッター、必《かなら》ずパートナーを連《つ》れてきなさい」

「でも――僕《ぼく》には――」

「わかりましたね、ポッター」

マクゴナガル先生《せんせい》は、問答無用《もんどうむよう》という口調《くちょう》で言《い》った。


一週間前《しゅうかんまえ》だったら、ハンガリー・ホーンテールに立《た》ち向《む》かうことに比《くら》べれば、ダンスのパートナーを見《み》つけることなんかお安《やす》い御用《ごよう》だと思《おも》ったことだろう。しかし、ホーンテールが片《かた》づいた今《いま》、女《おんな》の子《こ》をダンスパーティに誘《さそ》うという課題《かだい》をぶつけられると、もう一度《いちど》ホーンテールと戦《たたか》うほうがまだましだとハリーは思《おも》った。

クリスマスにホグワーツに残《のこ》る希望者《きぼうしゃ》リストに、こんなに大勢《おおぜい》の名前《なまえ》が書《か》き込《こ》まれるのを、ハリーははじめて見《み》た。もちろんハリーは今《いま》までも必《かなら》ず名前《なまえ》を書《か》いていた。そうでなければプリベット通《どお》りに帰《かえ》るしかなかったからだ。しかし、これまではハリーはいつも少数派《しょうすうは》だった。ところが今年《ことし》は、四年生以上《ねんせいいじょう》は全員残《ぜんいんのこ》るようだった。しかも、全員《ぜんいん》がダンスパーティのことで頭《あたま》がいっぱいのように見《み》えた――少《すく》なくとも女子学生《じょしがくせい》は全員《ぜんいん》そうだった。ホグワーツにこんなにたくさんの女子学生《じょしがくせい》がいるなんて、ハリーは今《いま》までまったく気《き》づかなかった。廊下《ろうか》でクスクス笑《わら》ったり、ヒソヒソささやいたり、男子学生《だんしがくせい》がそばを通《とお》り過《す》ぎるとキャアキャア笑《わら》い声《ごえ》を上《あ》げたり、クリスマスの夜《よる》に何《なに》を着《き》ていくかを夢中《むちゅう》で情報交換《じょうほうこうかん》していたり……。

「どうしてみんな、固《かた》まって動《うご》かなきゃならないんだ？」

十二、三人《にん》の女子学生《じょしがくせい》がクスクス笑《わら》いながらハリーを見《み》つめて通《とお》り過《す》ぎたとき、ハリーがロンに問《と》いかけた。

「一人《ひとり》でいるところを捕《と》らえて申《もう》し込《こ》むなんて、どうやったらいいんだろう？」

「投《な》げ縄《なわ》はどうだ？」ロンが提案《ていあん》した。

「誰《だれ》かねらいたい子《こ》がいるかい？」

ハリーは答《こた》えなかった。誰《だれ》を誘《さそ》いたいかは自分《じぶん》でよくわかっていたが、その勇気《ゆうき》があるかどうかは別問題《べつもんだい》だ……チョウはハリーより一年上《ねんうえ》だ。とてもかわいい。クィディッチのいい選手《せんしゅ》だ。しかも、とても人気《にんき》がある。

ロンにはハリーの頭《あたま》の中《なか》で起《お》こっていることがわかっているようだった。

「いいか。君《きみ》は苦労《くろう》しない。代表選手《だいひょうせんしゅ》じゃないか。ハンガリー・ホーンテールもやっつけたばかりだ。みんな行列《ぎょうれつ》して君《きみ》と行《い》きたがるよ」

最近回復《さいきんかいふく》したばかりの友情《ゆうじょう》の証《あか》しに、ロンはできるだけいやみに聞《き》こえないような声《こえ》でそう言《い》った。しかも、ハリーが驚《おどろ》いたことに、ロンの言《い》うとおりの展開《てんかい》になった。

早速《さっそく》その翌日《よくじつ》、ハッフルパフ寮《りょう》の三年生《ねんせい》で、巻《ま》き毛《げ》の女《おんな》の子《こ》が、ハリーがこれまで一度《いちど》も口《くち》をきいたこともないのに、パーティに一緒《いっしょ》に行《い》かないかと誘《さそ》ってきた。ハリーはびっくり仰天《ぎょうてん》し、考《かんが》える間《ま》もなく「ノー」と言《い》っていた。女《おんな》の子《こ》はかなり傷《きず》ついた様子《ようす》で立《た》ち去《さ》った。そのあとの「魔法史《まほうし》」の授業中《じゅぎょうちゅう》ずっと、ハリーは、ディーン、シェーマス、ロンの冷《ひ》やかしにたえるはめになった。次《つぎ》の日《ひ》、また二人《ふたり》の女《おんな》の子《こ》が誘《さそ》ってきた。二年生《ねんせい》の子《こ》と、なんと（恐《おそ》ろしいことに）五年生《ねんせい》の女《おんな》の子《こ》で、五年生《ねんせい》は、ハリーが断《ことわ》ったらノックアウトをかましそうな様子《ようす》だった。

「ルックスはなかなかだったじゃないか」

さんざん笑《わら》ったあと、ロンが公正《こうせい》な意見《いけん》を述《の》べた。

「僕《ぼく》より三十センチも背《せ》が高《たか》かった」

ハリーはまだショックが収《おさ》まらなかった。

「考《かん》えてもみて。僕《ぼく》があの人《ひと》と踊《おど》ろうとしたらどんなふうに見《み》えるか」

ハーマイオニーがクラムについて言《い》った言葉《ことば》が、しきりに思《おも》い出《だ》された。

「みんな、あの人《ひと》が有名《ゆうめい》だからチヤホヤしてるだけよ！」

パートナーになりたいと、これまで申《もう》し込《こ》んできた女《おんな》の子《こ》たちは、自分《じぶん》が代表選手《だいひょうせんしゅ》でなかったらはたして一緒《いっしょ》にパーティに行《い》きたいと思《おも》ったかどうか疑《うたが》わしい、とハリーは思《おも》った。しかし、申《もう》し込《こ》んだのがチョウだったら、自分《じぶん》はそんなことを気《き》にするだろうか、とも思《おも》った。

ダンスパーティで最初《さいしょ》に踊《おど》るという、何《なん》ともバツの悪《わる》いことが待《ま》ち受《う》けてはいたが、全体的《ぜんたいてき》に見《み》れば、第一《だいいち》の課題《かだい》を突破《とっぱ》して以来《いらい》、状況《じょうきょう》がぐんと改善《かいぜん》した。ハリーもそれは認《みと》めざるをえなかった。廊下《ろうか》でのいやがらせも、以前《いぜん》ほどひどくはなくなった。

セドリックのおかげが大《おお》きいのではないかとハリーは思《おも》った――ハリーがドラゴンのことをこっそりセドリックに教《おし》えたお返《かえ》しに、セドリックがハッフルパフ生《せい》に、ハリーをかまうな、と言《い》ったのではないかと考《かんが》えたのだ。「セドリック・ディゴリーを応援《おうえん》しよう」バッジもあまり見《み》かけなくなった。もちろん、ドラコ・マルフォイは、相変《あいか》わらず、事《こと》あるごとにリータ・スキーターの記事《きじ》を持《も》ち出《だ》していたが、それを笑《わら》う生徒《せいと》もだんだん少《すく》なくなってきていた――その上《うえ》、「日刊予言者新聞《にっかんよげんしゃしんぶん》」にハグリッドの記事《きじ》がまったく出《で》ないのも、ハリーの幸《しあわ》せ気分《きぶん》をいっそう高《たか》めていた。

「あの女《おんな》は、あんまり魔法生物《まほうせいぶつ》に関心《かんしん》があるようには見《み》えんかったな。正直言《しょうじきい》うと」

学期最後《がっきさいご》の「魔法生物飼育学《まほうせいぶつしいくがく》」のクラスで、ハリー、ロン、ハーマイオニーが、リータ・スキーターのインタビューはどうだったと聞《き》くと、ハグリッドがそう答《こた》えた。今《いま》やハグリッドはスクリュートと直接触《ちょくせつふ》れ合《あ》うことをあきらめていたので、みんなホッとしていた。今日《きょう》の授業《じゅぎょう》は、ハグリッドの丸太小屋《まるたごや》の陰《かげ》に隠《かく》れ、簡易《かんい》テーブルの周《まわ》りに腰《こし》かけ、スクリュートが好《この》みそうな新《あら》手《て》の餌《えさ》を用意《ようい》するだけだった。

「あの女《おんな》はな、ハリー、俺《おれ》におまえさんのことばっかり話《はな》させようとした」

ハグリッドが低《ひく》い声《こえ》で話《はな》し続《つづ》けた。

「まあ、俺《おれ》は、おまえさんとはダーズリーのところから連《つ》れ出《だ》してからずっと友達《ともだち》だって話《はな》した。『四年間《ねんかん》で一度《いちど》も叱《しか》ったことはないの？』って聞《き》いてな。『授業中《じゅぎょうちゅう》にあなたをいらいらさせたりしなかった？』ってな。俺《おれ》が『ねえ』って言《い》ってやったら、あの女《おんな》、気《き》に入《い》らねえようだったな。おまえさんのことをな、ハリー、とんでもねえヤツだって、俺《おれ》にそう言《い》わせたかったみてえだ」

「そのとおりさ」

ハリーはそう言《い》いながら、大《おお》きな金属《きんぞく》ボウルにドラゴンのレバーを切《き》った塊《かたまり》をいくつか投《な》げ入《い》れ、もう少《すこ》し切《き》ろうとナイフを取《と》り上《あ》げた。

「いつまでも僕《ぼく》のことを、小《ちい》さな悲劇《ひげき》のヒーロー扱《あつか》いで書《か》いてるわけにいかないもの。それじゃ、つまんなくなってくるし」

「ハグリッド、あいつ、新《あたら》しい切《き》り口《くち》が欲《ほ》しいのさ」

火トカゲ《サラマンダー》の卵《たまご》の殻《から》をむきながら、ロンがわかったような口《くち》をきいた。

「ハグリッドは、『ハリーは狂《くる》った非行少年《ひこうしょうねん》です』って言《い》わなきゃいけなかったんだ」

「ハリーがそんなわけねえだろう！」

ハグリッドはまともにショックを受《う》けたような顔《かお》をした。

「あの人《ひと》、スネイプをインタビューすればよかったんだ」ハリーが不快《ふかい》そうに言《い》った。

「スネイプなら、いつでも僕《ぼく》に関《かん》するおいしい情報《じょうほう》を提供《ていきょう》するだろうに。『本校《ほんこう》に来《き》て以来《いらい》、**ポッターはずっと規則破《きそくやぶ》りを続《つづ》けておる……**』とかね」

「そんなこと、スネイプが言《い》ったのか？」

ロンとハーマイオニーは笑《わら》っていたが、ハグリッドは驚《おどろ》いていた。

「そりゃ、ハリー、おまえさんは規則《きそく》の二つ、三つ曲《ま》げたかもしれんが、そんでも、おまえさんはまともだろうが、え？」

「ありがとう、ハグリッド」ハリーがニッコリした。

「クリスマスに、あのダンス何《なん》とかっていうやつに来《く》るの？　ハグリッド？」ロンが聞《き》いた。

「ちょっとのぞいてみるかと思《おも》っちょる。ウン」ハグリッドがぶっきらぼうに言《い》った。

「ええパーティのはずだぞ。おまえさん、最初《さいしょ》に踊《おど》るんだろうが、え？　ハリー？　誰《だれ》を誘《さそ》うんだ？」

「まだ、誰《だれ》も」

ハリーは、また顔《かお》が赤《あか》くなるのを感《かん》じた。ハグリッドはそれ以上追及《いじょうついきゅう》しなかった。

学期最後《がっきさいご》の週《しゅう》は、日《ひ》を追《お》って騒《さわ》がしくなった。クリスマス・ダンスパーティのうわさが周《まわ》り中《じゅう》に飛《と》び交《か》っていたが、ハリーはその半分《はんぶん》は眉《まゆ》つばだと思《おも》った――たとえば、ダンブルドアがマダム・ロスメルタから蜂蜜酒《はちみつしゅ》を八百樽《たる》買《か》い込《こ》んだとかだ。ただ、ダンブルドアが「妖女《ようじょ》シスターズ」の出演《しゅつえん》を予約《よやく》したというのはほんとうらしかった。「妖女《ようじょ》シスターズ」がいったい誰《だれ》で、何《なに》をするのか、魔法《まほう》ラジオを聞《き》く機会《きかい》がなかったハリーは、はっきりとは知《し》らなかったが、W《ダブリュー》W《ダブリュー》N《エヌ》魔法《まほう》ラジオネットワークを聞《き》いて育《そだ》ったほかの生徒《せいと》たちの異常《いじょう》な興奮《こうふん》ぶりからすると、きっととても有名《ゆうめい》なバンドなのだろうと思《おも》った。

何人《なんにん》かの先生方《せんせいがた》は――小《ちい》さなフリットウィック先生《せんせい》もその一人《ひとり》だったが――生徒《せいと》がまったく上《うわ》

の空《そら》なので、しっかり教《おし》え込《こ》むのは無理《むり》だとあきらめてしまった。フリットウィック先生《せんせい》は水曜《すいよう》の授業《じゅぎょう》で、生徒《せいと》にゲームをして遊《あそ》んでよいと言《い》い、自分《じぶん》はほとんどずっと、対抗試合《たいこうじあい》の第《だい》一の課《か》題《だい》でハリーが使《つか》った完璧《かんぺき》な「呼《よ》び寄《よ》せ呪文《じゅもん》」についてハリーと話《はな》し込《こ》んだ。

ほかの先生《せんせい》は、そこまで甘《あま》くはなかった。たとえばビンズ先生《せんせい》だが、天地《てんち》がひっくり返《かえ》っても、この先生《せんせい》は「小鬼の反乱《ゴブリンのはんらん》」のノートをえんえんと読《よ》み上《あ》げるだろう――自分《じぶん》が死《し》んでも授業《じゅぎょう》を続《つづ》けるさまたげにならなかったビンズ先生《せんせい》のことだ。たかがクリスマスごときでおたおたするタマではないと、みんなそう思《おも》った。血《ち》なまぐさい、凄惨《せいさん》な小鬼《ゴブリン》の反乱《はんらん》でさえ、ビンズ先生《せんせい》の手《て》にかかれば、パーシーの「鍋底《なべぞこ》に関《かん》する報告書《ほうこくしょ》」と同《おな》じようにたいくつなものになってしまうのは驚《おどろ》くべきことだった。

マクゴナガル先生《せんせい》、ムーディ先生《せんせい》の二人《ふたり》は、最後《さいご》の一秒《びょう》まできっちり授業《じゅぎょう》を続《つづ》けたし、スネイプもちろん、クラスで生徒《せいと》にゲームをして遊《あそ》ばせるくらいなら、むしろハリーを養子《ようし》にしただろう。生徒全員《せいとぜんいん》を意地悪《いじわる》くじろりと見渡《みわた》しながら、スネイプは、学期最後《がっきさいご》の授業《じゅぎょう》で解毒剤《げどくざい》のテストをすると言《い》い渡《わた》した。

「ワルだよ、あいつ」

その夜《よ》、グリフィンドールの談話室《だんわしつ》で、ロンが苦々《にがにが》しげに言《い》った。

「急《きゅう》に最後《さいご》の授業《じゅぎょう》にテストを持《も》ちだすなんて。山《やま》ほど勉強《べんきょう》させて、学期末《がっきまつ》をだいなしにする気《き》だ」

「うーん……でも、あなた、あんまり山《やま》ほど勉強《べんきょう》しているように見《み》えないけど？」

ハーマイオニーは「魔法薬学《まほうやくがく》」のノートから顔《かお》を上《あ》げて、ロンを見《み》た。ロンは「爆発《ばくはつ》スナップ・ゲーム」のカードを積《つ》んで城《しろ》を作《つく》るのに夢中《むちゅう》だった。カードの城《しろ》がいつなんどきいっぺんに爆発《ばくはつ》するかわからないので、マグルのカードを使《つか》う遊《あそ》びよりずっとおもしろい。

「クリスマスじゃないか、ハーマイオニー」

ハリーが気《け》だるそうに言《い》った。暖炉《だんろ》のそばで、ひじかけ椅子《いす》に座《すわ》り、『キャノンズと飛《と》ぼう』をもうこれで十回《かい》も読《よ》んでいるところだった。

ハーマイオニーはハリーにも厳《きび》しい目《め》を向《む》けた。

「解毒剤《げどくざい》のほうはもう勉強《べんきょう》したくないにしても、ハリー、あなた、何《なに》か建設的《けんせつてき》なことをやるべきじゃないの！」

「たとえば？」

ちょうどキャノンズのジョーイ・ジェンキンズがバリキャッスル・バッツのチェイサーにブラッジャーを打《う》ち込《こ》む場面《ばめん》を眺《なが》めながら、ハリーが聞《き》いた。

「あの卵《たまご》よ！」ハーマイオニーは怒《おこ》ったように低《ひく》い声《こえ》で言《い》った。

「そんなぁ。ハーマイオニー、二月二十四日《がつ か》までまだ日《ひ》があるよ」ハリーが言《い》った。

金《きん》の卵《たまご》は上階《じょうかい》の寝室《しんしつ》のトランクにしまい込《こ》んであり、ハリーは最初《さいしょ》の課題《かだい》のあとのお祝《いわ》いパーティ以来一度《いらいいちど》も開《あ》けていなかった。あのけたたましいむせび泣《な》きのような音《おと》が何《なに》を意味《いみ》するのかを解明《かいめい》するのに、とにかくまだ二か月半《げつはん》もあるのだ。

「でも、解明《かいめい》するのに何週間《なんしゅうかん》もかかるかもしれないわ！」ハーマイオニーが言《い》った。「ほかの人《ひと》が全部《ぜんぶ》次《つぎ》の課題《かだい》を知《し》っているのに、あなただけ知《し》らなかったら、まぬけ面《づら》もいいとこでしょ！」

「ほっといてやれよ、ハーマイオニー。休息《きゅうそく》してもいいだけのものを勝《か》ち取《と》ったんだ」

ロンはそう言《い》いながら、最後《さいご》の二枚《まい》のカードを城《しろ》のてっぺんに置《お》いた。とたんに全部《ぜんぶ》が爆発《ばくはつ》して、ロンの眉毛《まゆげ》が焦《こ》げた。

「男前《おとこまえ》になったぞ、ロン……おまえのドレスローブにぴったりだ。きっと」

フレッドとジョージだった。ロンが眉《まゆ》の焦《こ》げ具合《ぐあい》をさわって調《しら》べていると、二人《ふたり》はテーブルに来《き》て、ロン、ハーマイオニーと一緒《いっしょ》に座《すわ》った。

「ロン、ピッグウィジョンを借《か》りてもいいか？」ジョージが聞《き》いた。

「だめ。今《いま》、手紙《てがみ》の配達《はいたつ》に出《で》てる」ロンが言《い》った。「でも、どうして？」

「ジョージがピッグをダンスパーティに誘《さそ》いたいからさ」フレッドが皮肉《ひにく》った。

「俺《おれ》たちが手紙《てがみ》を出したいからに決《き》まってるだろ。バカチン」ジョージが言《い》った。

「二人《ふたり》でそんなに次々《つぎつぎ》と、誰《だれ》に手紙《てがみ》を出《だ》してるんだ、ん？」ロンが聞《き》いた。

「くちばしを突《つ》っ込《こ》むな。さもないとそれも焦《こ》がしてやるぞ」

フレッドが脅《おど》すように杖《つえ》を振《ふ》った。

「で……みんな、ダンスパーティの相手《あいて》を見《み》つけたか？」

「まーだ」ロンが言《い》った。

「なら、急《いそ》げよ、兄弟《きょうだい》。さもないと、いいのは全部《ぜんぶ》取《と》られっちまうぞ」フレッドが言《い》った。

「それじゃ、兄貴《あにき》は誰《だれ》と行《い》くんだ？」ロンが聞《き》いた。

「アンジェリーナ」フレッドはまったく照《て》れもせず、すぐに答《こた》えた。

「え？」ロンは面食《めんく》らった。「もう申《もう》し込《こ》んだの？」

「いい質問《しつもん》だ」

そう言《い》いながら、ふいに後《うし》ろを振《ふ》り向《む》き、フレッドは談話室《だんわしつ》のむこうに声《こえ》をかけた。

「おーい！　アンジェリーナ！」

暖炉《だんろ》のそばでアリシア・スピネットとしゃべっていたアンジェリーナが、フレッドのほうを振《ふ》り向《む》いた。

「何《なに》？」声《こえ》が返《かえ》ってきた。

「俺《おれ》とダンスパーティに行《い》くかい？」

アンジェリーナは品定《しなさだ》めするようにフレッドを見《み》た。

「いいわよ」

アンジェリーナはそう言《い》うと、またアリシアのほうを向《む》いておしゃべりを続《つづ》けた。口元《くちもと》がかすかに笑《わら》っていた。

「こんなもんだ」フレッドがハリーとロンに言《い》った。「かーんたん」

フレッドはあくびをしながら立《た》ち上《あ》がった。

「学校《がっこう》のふくろうを使《つか》ったほうがよさそうだな。ジョージ、行《い》こうか……」

二人《ふたり》がいなくなった。ロンは眉《まゆ》をさわるのをやめ、くすぶっているカードの城《しろ》の残《ざん》がいのむこう側《がわ》からハリーを見《み》た。

「僕《ぼく》たち、行動開始《こうどうかいし》すべきだぞ……誰《だれ》かに申《もう》し込《こ》もう。フレッドの言《い》うとおりだ。残《のこ》るはトロール二匹《ひき》、じゃ困《こま》るぞ」

ハーマイオニーはしゃくにさわったように聞《き》き返《かえ》した。

「ちょっとおうかがいしますけど、二匹《ひき》の……何《なん》ですって？」

「あのさ——ほら」ロンが肩《かた》をすくめた。

「一人《ひとり》で行《い》くほうがましだろ？——たとえば、エロイーズ・ミジョンと行《い》くくらいなら」

「あの子《こ》のにきび、このごろずっとよくなったわ——それにとってもいい子《こ》だわ！」

「鼻《はな》が真《ま》ん中《なか》からズレてる」ロンが言《い》った。

「ええ、わかりましたよ」

ハーマイオニーがチクチク言《い》った。

「それじゃ、基本的《きほんてき》に、あなたは、お顔《かお》のいい順《じゅん》に申《もう》し込《こ》んで、最初《さいしょ》にオーケーしてくれる子《こ》と行《い》くわけね。めちゃめちゃいやな子《こ》でも？」

「あ——ウン。そんなとこだ」ロンが言《い》った。

「私《わたし》、もう寝《ね》るわ」

ピシャリと言《い》うと、ハーマイオニーは口《くち》もきかずに、サッと女子寮《じょしりょう》への階段《かいだん》に消《き》えた。

ホグワーツの教職員《きょうしょくいん》は、ボーバトンとダームストラングの客人《きゃくじん》を、引《ひ》き続《つづ》きあっと言《い》わせたいとの願《ねが》いを込《こ》め、クリスマスには城《しろ》を最高《さいこう》の状態《じょうたい》で見《み》せようと決意《けつい》したようだった。飾《かざ》りつけができ上《あ》がると、それは、ハリーがこれまでホグワーツ城《じょう》で見《み》た中《なか》でも最高《さいこう》にすばらしいものだった。大理石《だいりせき》の階段《かいだん》の手《て》すりには万年氷《まんねんごおり》のつららが下《さ》がっていたし、十二本《ほん》のクリスマスツリーがいつものように大広間《おおひろま》に並《なら》び、飾《かざ》りは赤《あか》く輝《かがや》く柊《ひいらぎ》の実《み》から、本物《ほんもの》のホーホー鳴《な》く金色《きんいろ》のふくろうまで、盛《も》りだくさんだった。鎧兜《よろいかぶと》には全部魔法《ぜんぶまほう》がかけられ、誰《だれ》かがそばを通《とお》るたびにクリスマス・キャロルを歌《うた》った。中《なか》がからっぽの兜《かぶと》が、歌詞《かし》を半分《はんぶん》しか知《し》らないのに、「♪神《かみ》の御子《みこ》は今宵《こよい》しも」と歌《うた》うのは、なかなかのものだった。ピーブズは鎧《よろい》に隠《かく》れるのが気《き》に入《い》り、抜《ぬ》けた歌詞《かし》のところで勝手《かって》に自分《じぶん》で作《つく》った合《あ》いの手《て》を入《い》れ、それが全部下品《ぜんぶげひん》な歌詞《かし》だったので、管理人《かんりにん》のフィルチは、鎧《よろい》の中《なか》から何度《なんど》もピーブズを引《ひ》きずり出《だ》さなければならなかった。

それなのに、ハリーはまだチョウにダンスパーティの申《もう》し込《こ》みをしていなかった。ハリーもロンも、今《いま》やだいぶ心配《しんぱい》になってきた。しかし、ハリーの指摘《してき》するように、ロンの場合《ばあい》、相手《あいて》がいなくてもハリーほどまぬけには見《み》えないだろう。ハリーの場合《ばあい》は、何《なに》しろほかの代表選手《だいひょうせんしゅ》と一緒《いっしょ》に、最初《さいしょ》のダンスをしなければならないのだ。

「いざとなれば『嘆《なげ》きのマートル』がいるさ」

ハリーは憂《ゆう》うつな気持《きも》ちで、三階《かい》の女子《じょし》トイレに取《と》り憑《つ》いているゴーストのことを口《くち》にした。

「ハリー――我々《われわれ》は歯《は》を食《く》いしばって、やらねばならぬ」

金曜《きんよう》の朝《あさ》に、難攻不落《なんこうふらく》の砦《とりで》に攻《せ》め入《い》る計画《けいかく》を練《ね》っているかのように、ロンが言《い》った。

「今夜《こんや》、談話室《だんわしつ》に戻《もど》るときには、我々《われわれ》は二人《ふたり》ともパートナーを獲得《かくとく》している——いいな？」

「あー……オッケー」ハリーが言《い》った。

しかしその日《ひ》、チョウを見《み》かけるたび——休《やす》み時間《じかん》や昼食《ちゅうしょく》時間《じかん》、一度《いちど》は「魔法史《まほうし》」に行《い》く途中《とちゅう》——チョウは友達《ともだち》に囲《かこ》まれていた。一体全体《いったいぜんたい》、一人《ひとり》でどこかに行《い》くことはあるのか？　トイレに入《はい》る直前《ちょくぜん》を待《ま》ち伏《ぶ》せしてはどうか？　いや、しかし——そこへ行《い》くときさえ、チョウは四、五人《にん》の女《おんな》の子《こ》と連《つ》れ立《だ》っていた。それでも、ハリーが何《なん》とかしてすぐに申《もう》し込《こ》まないと、チョウはきっと誰《だれ》かに申《もう》し込《こ》まれてしまう。

ハリーは、スネイプの解毒剤《げどくざい》のテストに身《み》が入《はい》らなかった。その結果《けっか》、大事《だいじ》な材料《ざいりょう》を一つ加《くわ》えるのを忘《わす》れた——ベゾアール石《せき》、山羊《やぎ》の結石《けっせき》——これで点数《てんすう》は最低《さいてい》だった。しかし、そんなことはどうでもよかった。これからやろうとしていることに、勇気《ゆうき》を振《ふ》りしぼるのに精《せい》いっぱいだった。ベルが鳴《な》ったとき、ハリーはかばんを引《ひ》っつかみ、地下牢《ちかろう》教室《きょうしつ》の出口《でぐち》へと突進《とっしん》した。

「夕食《ゆうしょく》のとき会《あ》おう」

ハリーはロンとハーマイオニーにそう言《い》うと、階段《かいだん》をかけ上《のぼ》った。

チョウに、二人《ふたり》だけで少《すこ》し話《はなし》がしたいと言《い》うしかない……ハリーはチョウを探《さが》しながら、混《こ》み合《あ》った廊下《ろうか》を急《いそ》いで通《とお》り抜《ぬ》けた。そして、(思《おも》ったより早《はや》く)チョウを見《み》つけた。「闇《やみ》の魔術《まじゅつ》に対《たい》する防衛術《ぼうえいじゅつ》」の教室《きょうしつ》から出《で》てくるところだった。

「あの——チョウ? ちょっと二人《ふたり》だけで話《はな》せる?」

チョウと一緒《いっしょ》の女《おんな》の子《こ》たちがクスクス笑《わら》いはじめた。ハリーは腹《はら》が立《た》って、クスクス笑《わら》いは法《ほう》律《りつ》で禁《きん》じるべきだと思《おも》った。しかし、チョウは笑《わら》わなかった。「いいわよ」と言《い》って、クラスメートに声《こえ》が聞《き》こえないところまで、ハリーについてきた。

ハリーはチョウのほうに向《む》きなおった。まるで階段《かいだん》を下《お》りるとき一段《いちだん》踏《ふ》みはずしたように、胃《い》が奇妙《きみょう》に揺《ゆ》れた。

「あの」ハリーが言《い》った。

だめだ。チョウに申《もう》し込《こ》むなんてできない。でもやらなければ。チョウは、そこに立《た》ったまま「何《なに》かしら?」という顔《かお》でハリーを見《み》ていた。

舌《した》がまだ充分《じゅうぶん》整《ととの》わないうちに、言葉《ことば》が出《で》てしまった。

「ぼくダンパティいたい?」

「え?」チョウが聞《き》き返《かえ》した。

「よかったら——よかったら、僕《ぼく》とダンスパーティに行《い》かない?」

ハリーは言《い》った。どうして今《いま》、僕《ぼく》は赤《あか》くならなきゃならないんだ？　どうして？

「まあ！」チョウも赤《あか》くなった。

「まあ、ハリー。ほんとうに、ごめんなさい」

チョウはほんとうに残念《ざんねん》そうな顔《かお》をした。

「もう、ほかの人《ひと》と行《い》くって言《い》ってしまったの」

「そう」ハリーが言《い》った。

変《へん》な気持《きも》ちだ。今《いま》の今《いま》まで、ハリーの内臓《ないぞう》は蛇《へび》のようにのたうっていたのに、急《きゅう》に腹《はら》の中《なか》がからっぽになったような気《き》がした。

「そう。オッケー」ハリーは言《い》った。「それならいいんだ」

「ほんとうに、ごめんなさい」チョウがまた謝《あやま》った。

「いいんだ」

二人《ふたり》は見《み》つめ合《あ》ったままそこに立《た》っていた。やがて、チョウが言《い》った。

「それじゃ――」

「ああ」ハリーが言《い》った。

「それじゃ、さよなら」チョウは、まだ顔《かお》を赤《あか》らめたままそう言《い》うと、歩《ある》きはじめた。

ハリーは、思《おも》わず後《うし》ろからチョウを呼《よ》び止《と》めた。

「誰《だれ》と行《い》くの？」

「あの——セドリック」チョウが答《こた》えた。「セドリック・ディゴリーよ」

「わかった」ハリーが言《い》った。

ハリーの内臓《ないぞう》が戻《もど》ってきた。いなくなっていた間《あいだ》に、どこかで鉛《なまり》でも詰《つ》め込《こ》んできたような感《かん》じだ。

夕食《ゆうしょく》のことなどすっかり忘《わす》れて、ハリーはグリフィンドール塔《とう》にのろのろと戻《もど》っていった。一歩《ぽ》歩《ある》くごとに、チョウの声《こえ》が耳《みみ》の中《なか》でこだました。

「セドリック——セドリック・ディゴリーよ」

ハリーはセドリックが好《す》きになりかけていた。一度《いちど》クィディッチでハリーを破《やぶ》ったことも、ハンサムなことも、人気《にんき》があることも、ほとんど全校生《ぜんこうせい》が代表選手《だいひょうせんしゅ》としてセドリックを応援《おうえん》していることも、大目《おおめ》に見《み》ようと思《おも》いはじめていた。今《いま》、突然《とつぜん》、ハリーは気《き》づいた。セドリックは、役《やく》にも立《た》たない、かわいいだけの、頭《あたま》は鳥《とり》の脳《のう》みそぐらいしかないやつだ。

「フェアリー・ライト、豆電球《まめでんきゅう》」

ハリーはのろのろと言《い》った。合言葉《あいことば》はきのうから変《か》わっていた。

「そのとおりよ、坊《ぼう》や！」

「太《ふと》った婦人《レディ》」は歌《うた》うように言《い》いながら、真新《まあたら》しいティンセルのヘアバンドをきちんと直《なお》し、パッと開《ひら》いてハリーを通《とお》した。

談話室《だんわしつ》に入《はい》り、ハリーはぐるりと見回《みまわ》した。驚《おどろ》いたことに、ロンが隅《すみ》っこで、血《ち》の気《け》のない顔《かお》をして座《すわ》り込《こ》んでいた。ジニーがそばに座《すわ》って、低《ひく》い声《こえ》で、なぐさめるように話《はな》しかけていた。

「ロン、どうした？」ハリーは二人《ふたり》のそばに行《い》った。

ロンは、恐怖《きょうふ》の表情《ひょうじょう》でぼうぜんとハリーを見上《みあ》げた。

「僕《ぼく》、どうしてあんなことやっちゃったんだろう？」ロンは興奮《こうふん》していた。

「どうしてあんなことをする気《き》になったのか、わからない！」

「何《なに》を？」ハリーが聞《き》いた。

「ロンは――あの――フラー・デラクールに、一緒《いっしょ》にダンスパーティに行《い》こうって誘《さそ》ったの」

ジニーが答《こた》えた。つい口元《くちもと》がゆるみそうになるのを必死《ひっし》でこらえているようだったが、それでも、ロンの腕《うで》をなぐさめるようになでていた。

「何《なん》だって？」ハリーが聞《き》き返《かえ》した。

「どうしてあんなことをしたのか、わかんないよ！」ロンがまた絶句《ぜっく》した。

「いったい何《なに》を考《かんが》えてたんだろう？　たくさん人《ひと》がいて――みんな周《まわ》りにいて――僕《ぼく》、どうかしてたんだ――みんなが見《み》てた！　僕《ぼく》、玄関《げんかん》ホールでフラーとすれちがったんだ――フラーはあそこに立《た》って、ディゴリーと話《はな》してた――そしたら、急《きゅう》に僕《ぼく》、取《と》り憑《つ》かれたみたいになって――あの子《こ》に申《もう》し込《こ》んだんだ！」

ロンはうめき、両手《りょうて》に顔《かお》をうずめた。言葉《ことば》がよく聞《き》き取《と》れなかったが、ロンはしゃべり続《つづ》けた。

「フラーはぼくのこと、ナマコか何《なに》か見《み》るような目《め》で見《み》たんだ。答《こた》えもしなかった。そしたら――何《なん》だか――僕《ぼく》、正気《しょうき》に戻《もど》って、逃《に》げ出《だ》した」

「あの子《こ》にはヴィーラの血《ち》が入《はい》ってるんだ」ハリーが言《い》った。「君《きみ》の言《い》ったことが当《あ》たってた――おばあさんがヴィーラだったんだ。君《きみ》のせいじゃない。きっと、フラーがディゴリーに魅力《みりょく》を振《ふ》りまいていたとき、君《きみ》が通《とお》りかかったんだ。そしてその魅力《りょく》にあたったんだ――だけど、フラーは骨折《ほねお》り損《ぞん》だよ。ディゴリーはチョウ・チャンと行《い》く」

ロンが顔《かお》を上《あ》げた。

「たった今《いま》、僕《ぼく》、チョウに申《もう》し込《こ》んだんだ」ハリーは気《き》が抜《ぬ》けたように言《い》った。

「そしたら、チョウが教《おし》えてくれた」

ジニーが急《きゅう》に真顔《まがお》になった。

「冗談《じょうだん》じゃない」ロンが言《い》った。

「相手《あいて》がいないのは、僕《ぼく》たちだけだ――まあ、ネビルは別《べつ》として。あっ――ネビルが誰《だれ》に申《もう》し込《こ》んだと思《おも》う？　ハーマイオニーだ！」

「エーッ！」

衝撃《しょうげき》のニュースで、ハリーはすっかりそちらに気《き》を取《と》られてしまった。

「そうなんだよ！」

ロンが笑《わら》いだし、顔《かお》に少《すこ》し血《ち》の気《け》が戻《もど》ってきた。

「『魔法薬学《まほうやくがく》』のクラスのあとで、ネビルが話《はな》してくれたんだ！　あの人《ひと》はいつもとってもやさしくて、僕《ぼく》の宿題《しゅくだい》とか手伝《てつだ》ってくれてって言《い》うんだよ――でもハーマイオニーはもう誰《だれ》かと行《い》くことになってるからとネビルに言《い》ったんだって。ヘン！　まさか！　ただネビルと行《い》きたくなかっただけなんだ……だって、誰《だれ》があいつなんかと？」

「やめて！」ジニーが当惑《とうわく》したように言《い》った。

「笑《わら》うのはやめて――」

ちょうどその時《とき》、ハーマイオニーが肖像画《しょうぞうが》の穴《あな》をはい登《のぼ》ってきた。

「二人《ふたり》とも、どうして夕食《ゆうしょく》に来《こ》なかったの？」

そう言《い》いながら、ハーマイオニーも仲間《なかま》に加《くわ》わった。

「なぜかっていうとね――ねえ、やめてよ、二人《ふたり》とも。笑《わら》うのは――なぜかっていうと、二人《ふたり》ともダンスパーティに誘《さそ》った女《おんな》の子《こ》に、断《ことわ》られたばかりだからよ！」ジニーが言《い》った。

その言葉《ことば》でハリーもロンも笑《わら》うのをやめた。

「ジニー、大《おお》いにありがとよ」ロンがむっとしたように言《い》った。

「かわいい子《こ》はみんな予約済《よやくず》みってわけ？　ロン？」

ハーマイオニーがツンツンしながら言《い》った。

「エロイーズ・ミジョンが、今《いま》はちょっとかわいく見《み》えてきたでしょ？　ま、きっと、**どこかには**、お二人《ふたり》を受《う》け入《い》れてくれる誰《だれ》かさんがいるでしょうよ」

しかし、ロンはハーマイオニーをまじまじと見《み》ていた。急《きゅう》にハーマイオニーが別人《べつじん》に見《み》えたような目《め》つきだ。

「ハーマイオニー、ネビルの言《い》うとおりだ――君《きみ》は、**れっきとした**女《おんな》の子《こ》だ……」

「まあ、よくお気《き》づきになりましたこと」ハーマイオニーが辛辣《しんらつ》に言《い》った。

「そうだ――君《きみ》が僕《ぼく》たち二人《ふたり》のどっちかと来《く》ればいい！」

「おあいにくさま」ハーマイオニーがピシャリと言《い》った。

「ねえ、そう言《い》わずに」

ロンがもどかしそうに言《い》った。

「僕《ぼく》たち、パートナーが必要《ひつよう》なんだ。ほかの子《こ》は全部《ぜんぶ》いるのに、僕《ぼく》たちだけ誰《だれ》もいなかったら、ほんとにまぬけに見《み》えるじゃないか……」

「私《わたし》、一緒《いっしょ》には行《い》けないわ」

ハーマイオニーが今度《こんど》は赤《あか》くなった。

「だって、もう、ほかの人《ひと》と行《い》くことになってるの」

「そんなはずないよ！」ロンが言《い》った。

「そんなこと、ネビルを追《お》い払《はら》うために言《い》ったんだよ！」

「あら、**そうかしら？**」

ハーマイオニーの目《め》が危険《きけん》な輝《かがや》きを放《はな》った。

「**あなたは**、三年《ねん》もかかってやっとお気《き》づきになられたようですけどね、ロン、だからと言《い》って、**ほかの誰《だれ》も**私《わたし》が女《おんな》の子《こ》だと気《き》づかなかったわけじゃないわ！」

ロンはハーマイオニーをじっと見《み》た。それからまたニヤッと笑《わら》った。

「オッケー、オッケー。僕《ぼく》たち、君《きみ》が女《おんな》の子《こ》だと認《みと》める」ロンが言《い》った。

「これでいいだろ？　さあ、僕《ぼく》たちと行《い》くかい？」

「だから、言《い》ったでしょ！」ハーマイオニーが本気《ほんき》で怒《おこ》った。「ほかの人《ひと》と行《い》くんです！」

そして、ハーマイオニーは女子寮《じょしりょう》のほうへさっさと行《い》ってしまった。

「あいつ、うそついてる」ロンはその後《うし》ろ姿《すがた》を見《み》ながらきっぱりと言《い》った。

「うそじゃないわ」ジニーが静《しず》かに言《い》った。

「じゃ、誰《だれ》と？」ロンが声《こえ》をとがらせた。

「言《い》わないわ。あたし、関係《かんけい》ないもの」ジニーが言《い》った。

「よーし」ロンはかなり参《まい》っているようだった。「こんなこと、やってられないぜ。ジニー、おまえがハリーと行《い》けばいい。僕《ぼく》はただ――」

「あたし、だめなの」ジニーも真《ま》っ赤《か》になった。

「あたし――あたし、ネビルと行《い》くの。ハーマイオニーに断《ことわ》られたとき、あたしを誘《さそ》ったの。あたし……そうね……誘《さそ》いを受《う》けないと、ダンスパーティには行《い》けないと思《おも》ったの。まだ四年生《ねんせい》になっていないし」

ジニーはとてもみじめそうだった。

「あたし、夕食《ゆうしょく》を食《た》べにいくわ」

そう言《い》うと、ジニーは立《た》ち上《あ》がって、うなだれたまま、肖像画《しょうぞうが》の穴《あな》のほうに歩《ある》いていった。

ロンは目《め》を丸《まる》くしてハリーのほうを見《み》た。

「あいつら、どうなっちゃってんだ？」ロンがハリーに問《と》いかけた。

しかし、ハリーのほうはちょうど肖像画《しょうぞうが》の穴《あな》をくぐってきたパーバティとラベンダーを見《み》つけたところだった。思《おも》いきって行動《こうどう》を起《お》こすなら、今《いま》だ。

「ここで、待《ま》ってて」

ロンにそう言《い》うと、ハリーは立《た》ち上《あ》がってまっすぐにパーバティのところに行《い》き、聞《き》いた。

「パーバティ？　僕《ぼく》とダンスパーティに行《い》かない？」

パーバティはクスクス笑《わら》いの発作《ほっさ》に襲《おそ》われた。ハリーは、ローブのポケットに手《て》を突《つ》っ込《こ》み、うまくいくように指《ゆび》でおまじないをしながら、笑《わら》いが収《おさ》まるのを待《ま》った。

「ええ、いいわよ」

パーバティはやっとそう言《い》うと、見《み》る見《み》る真《ま》っ赤《か》になった。

「ありがとう」ハリーはホッとした。「ラベンダー――ロンと一緒《いっしょ》に行《い》かない？」

「ラベンダーはシェーマスと行《い》くの」

パーバティが言《い》った。そして二人《ふたり》でますますクスクス笑《わら》いをした。

ハリーはため息《いき》をついた。

「誰《だれ》か、ロンと行《い》ってくれる人《ひと》、知《し》らない？」

ロンに聞《き》こえないように声《こえ》を落《お》として、ハリーが聞《き》いた。

「ハーマイオニー・グレンジャーは？」パーバティが言《い》った。

「ほかの人《ひと》と行《い》くんだって」

パーバティは驚《おどろ》いた顔《かお》をした。

「へえええっ……**いったい誰《だれ》？**」パーバティは興味津々《きょうみしんしん》だ。

ハリーは肩《かた》をすぼめて言《い》った。

「全然知《ぜんぜんし》らない。それで、ロンのことは？」

「そうね……」パーバティはちょっと考《かんが》えた。

「私《わたし》の妹《いもうと》なら……パドマだけど……レイブンクローの。よかったら、聞《き》いてみるけど」

「うん。そうしてくれたら助《たす》かる。結果《けっか》を知《し》らせてくれる？」ハリーが言《い》った。

ハリーはロンのところに戻《もど》った。このダンスパーティは、それほどの価値《かち》もないのに、余計《よけい》な心配《しんぱい》ばかりさせられると思《おも》った。そして、パドマ・パチルの鼻《はな》が、顔《かお》の真《ま》ん真《ま》ん中《なか》についていますようにと、心《こころ》から願《ねが》った。

第《だい》23章《しょう》　クリスマス・ダンスパーティ

四年生《ねんせい》には休暇中《きゅうかちゅう》にやるべき宿題《しゅくだい》がどっさり出《だ》されたが、学期《がっき》が終《お》わったとき、ハリーは勉《べん》強《きょう》する気《き》になれず、クリスマスまでの一週間《しゅうかん》、思《おも》いきり遊《あそ》んだ。ほかの生徒《せいと》も同《おな》じだった。グリフィンドール塔《とう》は学期中《がっきちゅう》に負《ま》けず劣《おと》らず混《こ》み合《あ》っていた。寮生《りょうせい》がいつもより騒々《そうぞう》しいので、むしろ塔《とう》が少《すこ》し縮《ちぢ》んだのではないかと思《おも》うくらいだった。

フレッドとジョージの「カナリア・クリーム」は大成功《だいせいこう》で、休暇《きゅうか》が始《はじ》まってから二、三日《にち》は、あちこちで突然《とつぜん》ワッと羽《はね》の生《は》える生徒《せいと》が増《ふ》えた。しかし、まもなくグリフィンドール生《せい》も知恵《ちえ》がつき、食《た》べ物《もの》の真《ま》ん中《なか》にカナリア・クリームが入《はい》ってはいないかと、他人《たにん》からもらった食《た》べ物《もの》には細心《さいしん》の注意《ちゅうい》を払《はら》うようになった。ジョージは、フレッドと二人《ふたり》でもうほかの物《もの》を開発中《かいはっちゅう》だと、ハリーに打《う》ち明《あ》けた。これからは、フレッドやジョージからポテトチップ一枚《まい》たりとももらわないほうがいいと、ハリーは心《こころ》に刻《きざ》んだ。ダドリーの「ベロベロ飴《トン・タン・タフィ》」騒動《そうどう》を、ハリーはまだ忘《わす》れていなかった。

城《しろ》にも、校庭《こうてい》にも、深々《ふかぶか》と雪《ゆき》が降《ふ》っていた。ハグリッドの小屋《こや》は、砂糖《さとう》にくるまれた生姜《しょうが》クッキーのようで、その隣《となり》のボーバトンの薄青《うすあお》い馬車《ばしゃ》は、粉砂糖《こなざとう》のかかった巨大《きょだい》な冷《ひ》えたかぼちゃのように見《み》えた。ダームストラングの船窓《せんそう》は氷《こおり》で曇《くも》り、帆《ほ》やロープは真《ま》っ白《しろ》に霜《しも》で覆《おお》われていた。厨房《ちゅうぼう》のしもべ妖精《ようせい》たちは、いつにもまして大奮闘《だいふんとう》し、こってりした体《からだ》の温《あたた》まるシチューやピリッとしたプディングを次々《つぎつぎ》と出《だ》した。フラー・デラクールだけが文句《もんく》を言《い》った。

「オグワーツのたべもーのは、重過《おもす》ぎまーす」

ある晩《ばん》、大広間《おおひろま》を出《で》るとき、フラーが不機嫌《ふきげん》そうにブツブツ言《い》うのが聞《き》こえた（ロンは、フラーに見《み》つからないよう、ハリーの陰《かげ》に隠《かく》れてこそこそ歩《ある》いていた）。

「わたし、パーティローブが着《き》られなくなりまーす」

「あぁあら、それは悲劇《ひげき》ですこと」

フラーが玄関《げんかん》ホールのほうに出《で》ていくのを見《み》ながら、ハーマイオニーがピシャリと言《い》った。

「あの子《こ》、まったく、何様《なにさま》だと思《おも》ってるのかしら」

「ハーマイオニー――君《きみ》、誰《だれ》と一緒《いっしょ》にパーティに行《い》くんだい？」ロンが聞《き》いた。

ハーマイオニーがまったく予期《よき》していないときに聞《き》けば、驚《おどろ》いた拍子《ひょうし》に答《こた》えるのではないかと、ロンは何度《なんど》も出《だ》し抜《ぬ》けにこの質問《しつもん》をしていた。しかし、ハーマイオニーはただしかめっ面《つら》をしてこう答《こた》えた。

「教《おし》えないわ。どうせあなた、私《わたし》をからかうだけだもの」

「冗談《じょうだん》だろう、ウィーズリー？」

背後《はいご》でマルフォイの声《こえ》がした。

「誰《だれ》かが、あんなモノをダンスパーティに誘《さそ》った？　出っ歯《でっぱ》の『穢《けが》れた血《ち》』を？」

ハリーもロンも、サッと振《ふ》り返《かえ》った。ところがハーマイオニーは、マルフォイの背後《はいご》の誰《だれ》かに向《む》かって手《て》を振《ふ》り、大声《おおごえ》で言《い》った。

「こんばんは、ムーディ先生《せんせい》！」

マルフォイは真《ま》っ青《さお》になって後《うし》ろに飛《と》びのき、きょろきょろとムーディの姿《すがた》を探《さが》した。しかし、ムーディはまだ、教職員《きょうしょくいん》テーブルでシチューを食《た》べているところだった。

「小《ちい》さなイタチがピックピクだわね、マルフォイ？」

ハーマイオニーが痛烈《つうれつ》に言《い》い放《はな》ち、ハリー、ロンと一緒《いっしょ》に、思《おも》いっきり笑《わら》いながら大理石《だいりせき》の階《かい》段《だん》を上《あ》がった。

「ハーマイオニー」

ロンが横目《よこめ》でハーマイオニーを見《み》ながら、急《きゅう》に顔《かお》をしかめた。

「君《きみ》の歯《は》……」

「歯《は》がどうかした？」ハーマイオニーが聞《き》き返《かえ》した。

「うーん、何《なん》だかちがうぞ……たった今気《いまき》がついたけど……」

「もちろん、ちがうわ――マルフォイのやつがくれた牙《きば》を、私《わたし》がそのままぶら下《さ》げているとでも思《おも》ったの？」

「ううん、そうじゃなくて、あいつが君《きみ》に呪《のろ》いをかける前《まえ》の歯《は》と何《なん》だかちがう……つまり……まっすぐになって、そして――そして、普通《ふつう》の大《おお》きさだ」

ハーマイオニーは突然《とつぜん》いたずらっぽくニッコリした。すると、ハリーも気《き》がついた。ハリーの覚《おぼ》えているハーマイオニーのニッコリとは全然《ぜんぜん》ちがう。

「そう……マダム・ポンフリーのところに歯《は》を縮《ちぢ》めてもらいにいったとき、ポンフリー先生《せんせい》が鏡《かがみ》を持《も》って、元《もと》の長《なが》さまで戻《もど》ったらストップと言《い》いなさい、とおっしゃったの。そこで、私《わたし》、ただ……少《すこ》しだけ余分《よぶん》にやらせてあげたの」

ハーマイオニーはさらに大《おお》きくニッコリした。

「パパやママはあんまり喜《よろこ》ばないでしょうね。もうずいぶん前《まえ》から、私《わたし》が自分《じぶん》で短《みじか》くするって、二人《ふたり》を説得《せっとく》してたんだけど、二人《ふたり》とも私《わたし》に歯列矯正《しれつきょうせい》のブレースを続《つづ》けさせたがってたの。二人《ふたり》とも、ほら、歯医者《はいしゃ》じゃない？　魔法《まほう》で歯《は》をどうにかなんて――あら！　ピッグウィジョンが戻《もど》ってきたわ！」

ロンの豆《まめ》ふくろうが、つららの下《さ》がった階段《かいだん》の手《て》すりのてっぺんでさえずりまくっていた。脚《あし》に、丸《まる》めた羊皮紙《ようひし》がくくりつけられていた。そばを通《とお》り過《す》ぎる生徒《せいと》たちがピッグを指差《ゆびさ》しては笑《わら》っている。三年生《ねんせい》の女子学生《じょしがくせい》たちが立《た》ち止《ど》まって言《い》った。

「ねえ、あのちびっ子《こ》ふくろう、見《み》て！　かっわいいー！」

「あのバカ羽《はね》っ子《こ》！」

ロンが歯《は》がみして階段《かいだん》をかけ上《あ》がり、ピッグウィジョンをパッとつかんだ。

「手紙《てがみ》は、受取人《うけとりにん》にまっすぐ届《とど》けるの！　ふらふらして見《み》せびらかすんじゃないの！」

ピッグウィジョンはロンの握《にぎ》り拳《こぶし》の中《なか》から首《くび》を突《つ》き出《だ》して、うれしそうにホッホッと鳴《な》いた。三年生《ねんせい》の女子学生《じょしがくせい》たちは、ショックを受《う》けたような顔《かお》をして見《み》ていた。

「早《はや》く行《い》けよ！」

ロンが女子学生《じょしがくせい》にかみつくように言《い》い、ピッグウィジョンを握《にぎ》ったまま拳《こぶし》を振《ふ》り上《あ》げた。ピッグウィジョンは、「高《たか》い、高《たか》い」をしてもらったように、ますますうれしそうに鳴《な》いた。

「ハリー、はい――受《う》け取《と》って」

ロンが声《こえ》を低《ひく》くして言《い》った。三年生《ねんせい》の女子学生《じょしがくせい》たちは、憤慨《ふんがい》した顔《かお》で走《はし》り去《さ》った。ロンがピッグウィジョンの脚《あし》からはずしたシリウスの返事《へんじ》を、ハリーはポケットにしまい込《こ》んだ。それから三人《にん》は、手紙《てがみ》を読《よ》むために急《いそ》いでグリフィンドール塔《とう》に戻《もど》った。

談話室《だんわしつ》ではみんなお祭《まつ》り気分《きぶん》で盛《も》り上《あ》がり、ほかの人《ひと》が何《なに》をしているかなど気《き》にもとめない。ハリー、ロン、ハーマイオニーは、みんなから離《はな》れて窓《まど》のそばに座《すわ》った。窓《まど》はだんだん雪《ゆき》で覆《おお》われて暗《くら》くなっていく。ハリーが手紙《てがみ》を読みあげた。

ハリー

おめでとう。ホーンテールをうまく出《だ》し抜《ぬ》いたんだね。「炎《ほのお》のゴブレット」に君《きみ》の名前《なまえ》を入《い》れた誰《だれ》かさんは、きっと今《いま》ごろがっかりしているだろう！　私《わたし》は「結膜炎《けつまくえん》の呪《のろ》い」を使《つか》えと言《い》うつもりだった。ドラゴンの一番《いちばん》の弱点《じゃくてん》は目《め》だからね――。

「クラムはそれをやったのよ！」ハーマイオニーがささやいた。

「――だが、君《きみ》のやり方《かた》のほうがよかった。感心《かんしん》したよ。

しかし、ハリー、これで満足《まんぞく》してはいけない。まだ一つしか課題《かだい》をこなしていないのだ。試合《しあい》に君《きみ》を参加《さんか》させたのが誰《だれ》であれ、君《きみ》を傷《きず》つけようとたくらんでいるなら、まだまだチャンスがあるわけだ。油断《ゆだん》せずに、しっかり目《め》を開《あ》けて――特《とく》に私《わたし》たちが話題《わだい》にしたあの人物《じんぶつ》が近《ちか》くにいる間《あいだ》は――トラブルに巻《ま》き込《こ》まれないよう充分気《じゅうぶんき》をつけなさい。何《なに》か変《か》わったことがあったら、必《かなら》ず知《し》らせなさい。連絡《れんらく》を絶《た》やさないように。

シリウスより

「ムーディにそっくりだ」

手紙《てがみ》をまたローブにしまい込《こ》みながら、ハリーがひっそりと言《い》った。

「『油断大敵《ゆだんたいてき》！』って。まるで、僕《ぼく》が目《め》をつぶったまま歩《ある》いて、壁《かべ》にぶつかるみたいじゃないか……」

「だけど、シリウスの言《い》うとおりよ、ハリー」ハーマイオニーが言《い》った。「たしかに、まだ二つも課題《かだい》が残《のこ》ってるわ。ほんと、あの卵《たまご》を調《しら》べるべきよ。ね。そしてあれがどういう意味《いみ》なのか、考《かんが》えはじめなきゃ……」

「ハーマイオニー、まだずーっと先《さき》じゃないか！」ロンがピシャリと言《い》った。

「チェスしようか、ハリー？」

「うん、オーケー」

そう答《こた》えはしたが、ハーマイオニーの表情《ひょうじょう》を読《よ》み取《と》って、ハリーが言《い》った。

「いいじゃないか。こんなやかましい中《なか》で、どうやって集中《しゅうちゅう》できる？　この騒《さわ》ぎじゃ、卵《たまご》の音《おと》だって聞《き》こえやしないだろ」

「ええ、それもそうね」

ハーマイオニーはため息《いき》をつき、座《すわ》り込《こ》んで二人《ふたり》のチェスを観戦《かんせん》した。むこう見《み》ずで勇敢《ゆうかん》なポーンを二駒《ふたこま》と、非常《ひじょう》に乱暴《らんぼう》なビショップを一駒使《ひとこまつか》ってロンが王手《おうて》をかける、わくわくするようなチェックメイトで試合《しあい》は最高潮《さいこうちょう》に達《たっ》した。


クリスマスの朝《あさ》、ハリーは突然目《とつぜんめ》が覚《さ》めた。なぜ突然意識《とつぜんいしき》がはっきりしたのだろうと不思議《ふしぎ》に思《おも》いながら、ハリーは目《め》を開《あ》けた。すると、大《おお》きな丸《まる》い緑《みどり》の目《め》をした何《なに》かが、暗闇《くらやみ》の中《なか》からハリーを見《み》つめ返《かえ》していた。その何《なに》かが、あまりに近《ちか》くにいたので、鼻《はな》と鼻《はな》がくっつきそうだった。

「ドビー！」

ハリーが叫《さけ》び声《ごえ》を上《あ》げた。あわてて妖精《ようせい》から離《はな》れようとした拍子《ひょうし》に、ハリーは危《あや》うくベッドから転《ころ》げ落《お》ちそうになった。

「やめてよ。びっくりするじゃないか！」

「ドビーはごめんなさいなのです！」

ドビーは長《なが》い指《ゆび》を口《くち》に当《あ》てて後《うし》ろに飛《と》びのきながら、心配《しんぱい》そうに言《い》った。

「ドビーは、ただ、ハリー・ポッターに『クリスマスおめでとう』を言《い》って、プレゼントを差《さ》し上《あ》げたかっただけなのでございます！　ハリー・ポッターは、ドビーがいつかハリー・ポッターに会《あ》いにきてもよいとおっしゃいました！」

「ああ、わかったよ」

心臓《しんぞう》のドキドキは元《もと》に戻《もど》ったが、ハリーはまだ息《いき》をはずませていた。

「ただ――ただ、これからは、つっついて起《お》こすとか何《なん》とかしてよね。あんなふうに僕《ぼく》をのぞき込《こ》まないで……」

ハリーは四本柱《ほんばしら》のベッドに張《は》りめぐらされたカーテンを開《あ》け、ベッド脇《わき》の小机《こづくえ》からめがねを取《と》ってかけた。ハリーが叫《さけ》んだので、ロン、シェーマス、ディーン、ネビルも起《お》こされてしまっていた。四人《にん》とも自分《じぶん》のベッドのカーテンのすきまから、どろんとした目《め》、くしゃくしゃ頭《あたま》でのぞいている。

「誰《だれ》かに襲《おそ》われたのか、ハリー？」シェーマスが眠《ねむ》そうに聞《き》いた。

「ちがうよ。ドビーなんだ」ハリーがもごもご答《こた》えた。「まだ眠《ねむ》っててよ」

「ンー……プレゼントだ！」

シェーマスは自分《じぶん》のベッドの足下《あしもと》に大《おお》きな山《やま》ができているのを見《み》つけた。ロン、ディーン、ネビルも、どうせ起《お》きてしまったのだから、プレゼントを開《あ》けるのに取《と》りかかろうということになった。ハリーはドビーのほうに向《む》きなおった。ドビーは、ハリーを驚《おどろ》かせてしまったことがまだ気《き》がかりだという顔《かお》で、今度《こんど》はハリーのベッドの脇《わき》におどおどと立《た》っていた。ティーポット・カバーを帽子《ぼうし》のようにかぶり、そのてっぺんの輪《わ》になったところに、クリスマス飾《かざ》りのボールを結《むす》びつけている。

「ドビーは、ハリー・ポッターにプレゼントを差《さ》し上《あ》げてもよろしいでしょうか？」

ドビーはキーキー声《ごえ》でためらいがちに言《い》った。

「もちろんさ」ハリーが答《こた》えた。「えーと……僕《ぼく》も君《きみ》にあげるものがあるんだ」

うそだった。ドビーには何《なん》にも買《か》ってはいなかった。しかし、急《いそ》いでトランクを開《あ》け、くるくる丸《まる》めた飛《と》びきり毛玉《けだま》だらけの靴下《くつした》を一足《そく》引《ひ》っ張《ぱ》り出《だ》した。ハリーの靴下《くつした》の中《なか》でも一番古《いちばんふる》く、一番汚《ばんきたな》らしい、からし色《いろ》の靴下《くつした》で、かつてはバーノンおじさんのものだった。ことさらに毛玉《けだま》が多《おお》いのは、ハリーがこの靴下《くつした》を一年以上《ねんいじょう》「かくれん防止器《スニーコスコープ》」のクッションがわりに使《つか》っていたからだ。ハリーは「かくれん防止器《スニーコスコープ》」を引《ひ》っ張《ぱ》り出《だ》し、ドビーに靴下《くつした》を渡《わた》しながら言《い》った。

「包《つつ》むのを忘《わす》れてごめんね……」

ドビーは大喜《おおよろこ》びだった。

「ドビーはソックスが大好《だいす》きです。大好《だいす》きな衣服《いふく》でございます！」

ドビーははいていた左右《さゆう》ちぐはぐな靴下《くつした》を急《いそ》いで脱《ぬ》ぎ、バーノンおじさんの靴下《くつした》をはいた。

「ドビーは今《いま》、七つも持《も》っているのでございます……でも……」

ドビーはそう言《い》うと目《め》を見開《みひら》いた。靴下《くつした》は引《ひ》っ張《ぱ》り上《あ》げられるだけ引《ひ》っ張《ぱ》り上《あ》げられ、ドビーの半《はん》ズボンのすそのすぐ下《した》まで来《き》ていた。

「お店《みせ》の人《ひと》がまちがえたでございます。ハリー・ポッター、二つともおんなじのをよこしたでございます！」

「ああ、ハリー、何《なん》たること。それに気《き》づかなかったなんて！」

ロンが自分《じぶん》のベッドからハリーのほうを見《み》てニヤニヤしながら言《い》った。ロンのベッドは包《つつ》み紙《がみ》だらけになっている。

「ドビー、こうしよう――ほら――こっちの二つもあげるよ。そしたら君《きみ》が全部《ぜんぶ》を好《す》きなように組《く》み合《あ》わせればいい。それから、前《まえ》に約束《やくそく》してたセーターもあげるよ」

ロンは、今《いま》、包《つつ》みを開《あ》けたばかりのスミレ色《いろ》の靴下《くつした》一足《そく》と、ウィーズリーおばさんが送《おく》ってよこした手編《てあ》みのセーターをドビーのほうに投《な》げた。

ドビーは感激《かんげき》に打《う》ちのめされた顔《かお》で、キーキー声《ごえ》で言《い》った。

「旦那様《だんなさま》は、なんてご親切《しんせつ》な！」

大《おお》きな目《め》にまた涙《なみだ》があふれそうになりながら、ドビーはロンに深々《ふかぶか》とおじぎした。

「ドビーは旦那様《だんなさま》が偉大《いだい》な魔法使《まほうつか》いにちがいないと存《ぞん》じておりました。旦那様《だんなさま》はハリー・ポッターの一番《いちばん》のお友達《ともだち》ですから。でも、ドビーは存《ぞん》じませんでした。旦那様《だんなさま》がそれだけではなく、ハリー・ポッターと同《おな》じようにご親切《しんせつ》で、気高《けだか》くて、無欲《むよく》な方《かた》だとは――」

「たかが靴下《くつした》じゃないか」

ロンは耳元《みみもと》をかすかに赤《あか》らめたが、それでもまんざらでもない顔《かお》だった。

「わーっ、ハリー――」

ロンはハリーからのプレゼントを開《あ》けたところだった。チャドリー・キャノンズの帽子《ぼうし》だ。

「かっこいい！」

ロンは早速《さっそく》かぶった。赤毛《あかげ》と帽子《ぼうし》の色《いろ》が恐《おそ》ろしく合《あ》わなかった。

今度《こんど》はドビーがハリーに小《ちい》さな包《つつ》みを手渡《てわた》した。それは——靴下《くつした》だった。

「ドビーが自分《じぶん》で編《あ》んだのでございます！」

妖精《ようせい》はうれしそうに言《い》った。

「ドビーはお給料《きゅうりょう》で毛糸《けいと》を買《か》ったのでございます！」

左用《ひだりよう》の靴下《くつした》は鮮《あざ》やかな赤《あか》で、箒《ほうき》の模様《もよう》があり、右用《みぎよう》の靴下《くつした》は緑色《みどりいろ》で、スニッチの模様《もよう》だった。

「これって……この靴下《くつした》って、ほんとに……うん、ありがとう、ドビー」

ハリーはそう言《い》うなり靴下《くつした》をはいた。ドビーの目《め》がまた幸《しあわ》せにうるんだ。

「ドビーはもう行《い》かなければならないのでございます。厨房《ちゅうぼう》で、もうみんながクリスマス・ディナーを作《つく》っています！」

ドビーはそう言《い》うと、ロンやほかのみんなにさようならと手《て》を振《ふ》りながら、急《いそ》いで寝室《しんしつ》を出《で》ていった。

ハリーのほかのプレゼントは、ドビーのちぐはぐな靴下《くつした》よりはずっとましなものだった——ダーズリー一家《いっか》からの、ティッシュペーパー一枚《まい》という史上最低記録《しじょうさいていきろく》をのぞけばだが——。まだ「ベロベロ飴《トン・タン・タフィ》」のことを根《ね》に持《も》っているのだろう、とハリーは思《おも》った。ハーマイオニーは『イギリスとアイルランドのクィディッチ・チーム』の本《ほん》をくれたし、ロンは「クソ爆弾《ばくだん》」のぎっしり詰《つ》まった袋《ふくろ》、シリウスはペンナイフで、何《なん》でもこじ開《あ》ける道具《どうぐ》とどんな結《むす》び目《め》もほどく道具《どうぐ》がついていた。ハグリッドは大《おお》きな菓子箱《かしばこ》で、ハリーの好物《こうぶつ》がいっぱい詰《つ》まっていた――バーティ・ボッツの「百味《ひゃくみ》ビーンズ」、「蛙《かえる》チョコレート」、どんどんふくらむ「ドルーブル風船《ふうせん》ガム」、「フィフィ・フィズビー」などだ。もちろん、いつものウィーズリーおばさんからの包《つつ》みがあった。新《あたら》しいセーター（緑色《みどりいろ》でドラゴンの絵《え》が編《あ》み込《こ》んであった――チャーリーがホーンテールのことをおばさんにいろいろ話《はな》したのだろう）、それにお手製《てせい》のクリスマス用《よう》ミンスパイがたくさん入《はい》っていた。

ハリーとロンは談話室《だんわしつ》でハーマイオニーと待《ま》ち合《あ》わせをして、三人《にん》で一緒《いっしょ》に朝食《ちょうしょく》に下《お》りていった。午前中《ごぜんちゅう》は、グリフィンドール塔《とう》でほとんどを過《す》ごした。塔《とう》では誰《だれ》もがプレゼントを楽《たの》しんでいた。それから大広間《おおひろま》に戻《もど》り、豪華《ごうか》な昼食《ちゅうしょく》。少《すく》なくとも百羽《わ》の七面鳥《しちめんちょう》、クリスマス・プディング、そしてクリベッジの魔法《まほう》クラッカーが山《やま》ほどあった。

午後《ごご》は三人《にん》で校庭《こうてい》に出《で》た。まっさらな雪《ゆき》だ。ダームストラングやボーバトンの生徒《せいと》たちが城《しろ》に行《い》き帰《かえ》りする道《みち》だけが深《ふか》い溝《みぞ》になっていた。ハーマイオニーは、ハリーとウィーズリー兄弟《きょうだい》の雪《ゆき》合戦《がっせん》には加《くわ》わらずに眺《なが》めていた。五時《じ》になると、ハーマイオニーはパーティの支度《したく》があるので部《へ》屋《や》に戻《もど》ると言《い》った。

「エーッ、三時間《じかん》もいるのかよ？」

ロンが信《しん》じられないという顔《かお》でハーマイオニーを見《み》た。一瞬《いっしゅん》気《き》を抜《ぬ》いたツケが回《まわ》ってきた。ジョージが投《な》げた大《おお》きな雪玉《ゆきだま》が、ロンの顔《かお》を横《よこ》からバシッと強打《きょうだ》した。

「誰《だれ》と行《い》くんだよー？」

ハーマイオニーの後《うし》ろからロンが叫《さけ》んだが、ハーマイオニーはただ手《て》を振《ふ》って、石段《いしだん》を上《あ》がり城《しろ》へと消《き》えた。

今日《きょう》はダンスパーティでごちそうが出《で》るので、クリスマス・ティーはなかった。七時《じ》になると、もう雪玉《ゆきだま》のねらいを定《さだ》めることもできなくなってきたので、みんな雪合戦《ゆきがっせん》をやめ、ぞろぞろと談《だん》話室《わしつ》に戻《もど》った。「太《ふと》った婦人《レディ》」は下《した》の階《かい》から来《き》た友人《ゆうじん》のバイオレットと一緒《いっしょ》に額《がく》に納《おさ》まり、二人《ふたり》ともほろ酔《よ》い機嫌《きげん》だった。絵《え》の下《した》のほうに、空《から》になったウィスキー・ボンボンの箱《はこ》がたくさん散《ち》らばっていた。

「『レアリー・ファイト、電豆球《でんまめきゅう》』。そうだったわね！」

「太《ふと》った婦人《レディ》」は合言葉《あいことば》を聞《き》くと、クスクス笑《わら》ってパッと開《ひら》き、みんなを中《なか》に入《い》れた。

ハリー、ロン、シェーマス、ディーン、ネビルは、寝室《しんしつ》でドレスローブに着替《きが》え、みんな自意《じい》識過剰《しきかじょう》になって照《て》れていたが、一番意識《いちばんいしき》していたのはロンだった。部屋《へや》の隅《すみ》の姿見《すがたみ》に映《うつ》る自分《じぶん》の姿《すがた》を眺《なが》めてぼうぜんとしていた。どう見《み》ても、ロンのローブが女性《じょせい》のドレスに見《み》えるのは、どうしようもない事実《じじつ》だった。少《すこ》しでも男《おとこ》っぽく見《み》せようと躍起《やっき》になって、ロンはえりとそで口《ぐち》のレースに「切断《せつだん》の呪文《じゅもん》」をかけた。これがかなりうまくいき、少《すく》なくともロンは「レースなし」の姿《すがた》になった。ただし、呪文《じゅもん》の詰《つ》めが甘《あま》く、えりやそで口《ぐち》がみじめにぼろぼろのまま、みんなと階下《かいか》に下《お》りていった。

「君《きみ》たち二人《ふたり》とも、どうやって同学年一番《どうがくねんいちばん》の美女《びじょ》を獲得《かくとく》したのか、僕《ぼく》、いまだにわからないなぁ」ディーンがボソボソ言《い》った。

「動物的魅力《どうぶつてきみりょく》ってやつだよ」

ロンは、ぼろぼろのそで口《ぐち》の糸《いと》を引《ひ》っ張《ば》りながら、憂《ゆう》うつそうに言《い》った。

談話室《だんわしつ》は、いつもの黒《くろ》いローブの群《む》れではなく、色《いろ》とりどりの服装《ふくそう》であふれ返《かえ》り、いつもとは様子《ようす》がちがっていた。パーバティは寮《りょう》の階段下《かいだんした》でハリーを待《ま》っていた。とてもかわいい。ショッキング・ピンクのパーティドレスローブに、長《なが》い黒髪《くろかみ》を三《み》つ編《あ》みにして金《きん》の糸《いと》を編《あ》み込《こ》み、両方《りょうほう》の手首《てくび》には金《きん》のブレスレットが輝《かがや》いていた。クスクス笑《わら》いをしていないので、ハリーはホッとした。

「君《きみ》――あの――すてきだよ」ハリーはぎこちなくほめた。

「ありがとう」

パーバティが言《い》った。それから、「パドマが玄関《げんかん》ホールで待《ま》ってるわ」とロンに言《い》った。

「うん」

ロンはきょろきょろしながら言《い》った。

「ハーマイオニーはどこだろう？」

パーバティは、知《し》らないわとばかり肩《かた》をすくめた。

「それじゃ、下《した》に行《い》きましょうか、ハリー？」

「オーケー」

そう答《こた》えながら、ハリーは、このまま談話室《だんわしつ》に残《のこ》っていられたらいいのに、と思《おも》った。肖像画《しょうぞうが》の穴《あな》から出《で》る途中《とちゅう》、フレッドがハリーを追《お》い越《こ》しながらウィンクした。

玄関《げんかん》ホールも生徒《せいと》でごった返《がえ》していた。大広間《おおひろま》のドアが開放《かいほう》される八時《じ》を待《ま》って、みんなうろうろしている。自分《じぶん》とちがう寮《りょう》のパートナーと組《く》む生徒《せいと》は、お互《たが》いを探《さが》して、人混《ひとご》みの中《なか》を縫《ぬ》うように歩《ある》いていた。パーバティは妹《いもうと》のパドマを見《み》つけて、ハリーとロンのところへ連《つ》れてきた。

「こんばんは」

明《あか》るいトルコ石色《いしいろ》のローブを着《き》たパドマは、パーバティに負《ま》けないくらいかわいい。しかし、ロンをパートナーにすることにはあまり興味《きょうみ》がないように見《み》えた。パドマの黒《くろ》い瞳《ひとみ》が、ロンを上《うえ》から下《した》まで眺《なが》め回《まわ》したあげく、ぼろぼろのえりとそで口《ぐち》をじっと見《み》た。

「やあ」

ロンは挨拶《あいさつ》したが、パドマには目《め》もくれず、人混《ひとご》みをじっと見回《みまわ》していた。

「あっ、まずい……」

ロンはひざを少《すこ》しかがめてハリーの陰《かげ》に隠《かく》れた。フラー・デラクールが通《とお》り過《す》ぎるところだった。シルバーグレーのサテンのパーティドレスローブを着《き》たフラーは輝《かがや》くばかりで、レイブンクローのクィディッチ・キャプテン、ロジャー・デイビースを従《したが》えていた。二人《ふたり》の姿《すがた》が見《み》えなくなってから、ロンはやっとまっすぐ立《た》ち、みんなの頭《あたま》の上《うえ》から人混《ひとご》みを眺《なが》め回《まわ》した。

「ハーマイオニーはいったいどこだろう？」ロンがまた言《い》った。

スリザリンの一群《いちぐん》が地下牢《ちかろう》の寮《りょう》の談話室《だんわしつ》から階段《かいだん》を上《あ》がって現《あらわ》れた。マルフォイが先頭《せんとう》だ。黒《くろ》いビロードの詰《つ》めえりローブを着《き》たマルフォイは、英国国教会《えいこくこっきょうかい》の牧師《ぼくし》のようだとハリーは思《おも》った。パンジー・パーキンソンが、フリルだらけの淡《あわ》いピンクのパーティドレスローブを着《き》て、マルフォイの腕《うで》にしがみついていた。クラッブとゴイルは、二人《ふたり》ともグリーンのローブで、苔《こけ》むした大岩《おおいわ》のようだった。どちらもパートナーが見《み》つからなかったらしく、ハリーはちょっといい気《き》分《ぶん》になった。

正面玄関《しょうめんげんかん》の樫《かし》の扉《とびら》が開《ひら》いた。ダームストラングの生徒《せいと》が、カルカロフ校長《こうちょう》と一緒《いっしょ》に入《はい》ってくるのをみんなが振《ふ》り返《かえ》って見《み》た。一行《いっこう》の先頭《せんとう》はクラムで、ブルーのローブを着《き》た、ハリーの知《し》らないかわいい女《おんな》の子《こ》を連《つ》れている。一行《いっこう》の頭越《あたまご》しに、外《そと》の芝生《しばふ》がハリーの目《め》に入《はい》った。城《しろ》のすぐ前《まえ》の芝生《しばふ》が魔法《まほう》で洞窟《どうくつ》のようになり、中《なか》に豆電球《フェアリー・ライト》ならぬ妖精《フェアリー》の光《ライト》が満《み》ちていた――何百《なんびゃく》という生《い》きた妖精《ようせい》が、魔法《まほう》で作《つく》られたバラの園《その》に座《すわ》ったり、サンタクロースとトナカイのような形《かたち》をした石像《せきぞう》の上《うえ》をひらひら飛《と》び回《まわ》ったりしている。

すると、マクゴナガル先生《せんせい》の声《こえ》が響《ひび》いた。

「代表選手《だいひょうせんしゅ》はこちらへ！」

パーバティはニッコリしながら腕輪《うでわ》をはめなおした。パーバティとハリーは、ロンとパドマに「またあとでね」と声《こえ》をかけて前《まえ》に進《すす》み出《で》た。ペチャクチャしゃべっていた人垣《ひとがき》が割《わ》れて、二人《ふたり》に道《みち》をあけた。

マクゴナガル先生《せんせい》は赤《あか》いタータンチェックのドレスローブを着《き》て、帽子《ぼうし》の縁《ふち》には、かなり見栄《みば》えの悪《わる》いアザミの花輪《はなわ》を飾《かざ》っていた。先生《せんせい》は代表選手《だいひょうせんしゅ》に、ほかの生徒《せいと》が全部《ぜんぶ》入場《にゅうじょう》するまで、ドアの脇《わき》で待《ま》つように指示《しじ》した。代表選手《だいひょうせんしゅ》は、生徒《せいと》が全部《ぜんぶ》着席《ちゃくせき》してから列《れつ》を作《つく》って大広間《おおひろま》に入《にゅう》場《じょう》することになっていた。フラー・デラクールとロジャー・デイビースはドアに一番近《いちばんちか》いところに陣取《じんど》った。デイビースはフラーをパートナーにできた幸運《こううん》にくらくらして、目《め》がフラーにくぎづけになっていた。セドリックとチョウもハリーの近《ちか》くにいたが、ハリーは二人《ふたり》と話《はなし》をしないですむように目《め》をそらしていた。その目《め》が、ふとクラムの隣《となり》にいる女《おんな》の子《こ》をとらえた。ハリーの口《くち》があんぐり開《ひら》いた。

ハーマイオニーだった。

しかしまったくハーマイオニーには見《み》えない。髪《かみ》をどうにかしたらしく、ぼさぼさと広《ひろ》がった髪《かみ》ではなく、つやつやとなめらかな髪《かみ》だ。頭《あたま》の後《うし》ろでねじり、優雅《ゆうが》なシニョンに結《ゆ》い上《あ》げてある。ふんわりした薄青色《うすあおいろ》の布地《ぬのじ》のローブで、立《た》ち居振《いふ》る舞《ま》いもどこかちがっていた――たぶん、いつも背負《せお》っている二十冊《さつ》くらいの本《ほん》がないのでちがって見《み》えるだけかもしれない。それに、ほほ笑《え》んでいる――緊張《きんちょう》気味《ぎみ》のほほ笑《え》み方《かた》なのはたしかだが――しかし、前歯《まえば》が小《ちい》さくなっているのがますますはっきりわかった。どうして今《いま》まで気《き》づかなかったのか、ハリーはわからなかった。

「こんばんは、ハリー！　こんばんは、パーバティ！」ハーマイオニーが挨拶《あいさつ》した。

パーバティはあからさまに信《しん》じられないという顔《かお》で、ハーマイオニーを見《み》つめていた。パーバティだけではない。大広間《おおひろま》の扉《とびら》が開《ひら》くと、図書館《としょかん》でクラムをつけ回《まわ》していたファンたちは、ハーマイオニーを恨《うら》みがましい目《め》で見《み》ながら、ツンツンして前《まえ》を通《とお》り過《す》ぎた。パンジー・パーキンソンは、マルフォイと一緒《いっしょ》に前《まえ》を通《とお》り過《す》ぎるとき、ハーマイオニーを穴《あな》の開《あ》くほど見《み》つめたし、マルフォイでさえ、ハーマイオニーを侮辱《ぶじょく》する言葉《ことば》が一言《ひとこと》も見《み》つからないようだった。しかし、ロンは、ハーマイオニーの顔《かお》も見《み》ずに前《まえ》を通《とお》り過《す》ぎた。

みんなが大広間《おおひろま》の席《せき》に落《お》ち着《つ》くと、マクゴナガル先生《せんせい》が代表選手《だいひょうせんしゅ》とパートナーたちに、それぞれ組《くみ》になって並《なら》び、先生《せんせい》のあとについてくるようにと言《い》った。指示《しじ》に従《したが》って大広間《おおひろま》に入《はい》ると、みんなが拍手《はくしゅ》で迎《むか》えた。代表選手《だいひょうせんしゅ》たちは、大広間《おおひろま》の一番奥《いちばんおく》に置《お》かれた、審査員《しんさいん》が座《すわ》っている大《おお》きな丸《まる》テーブルに向《む》かって歩《ある》いた。

大広間《おおひろま》の壁《かべ》はキラキラと銀色《ぎんいろ》に輝《かがや》く霜《しも》で覆《おお》われ、星《ほし》の瞬《またた》く黒《くろ》い天井《てんじょう》の下《した》には、何百《なんびゃく》というヤドリギや蔦《つた》の花綱《はなづな》がからんでいた。各寮《かくりょう》のテーブルは消《き》えてなくなり、かわりに、ランタンのほのかな灯《あか》りに照《て》らされた、十人《にん》ほどが座《すわ》れる小《ちい》さなテーブルが、百あまり置《お》かれていた。

ハリーは自分《じぶん》の足《あし》につまずかないよう必死《ひっし》だった。パーバティはうきうきと楽《たの》しそうで、一人《ひとり》一人《ひとり》に笑《わら》いかけた。パーバティがぐいぐい引《ひ》っ張《ぱ》っていくので、ハリーは、まるで自分《じぶん》がドッグショーの犬《いぬ》になって、パーバティに引《ひ》き回《まわ》されているような気《き》がした。審査員《しんさいん》テーブルに近《ちか》づいたとき、ロンとパドマの姿《すがた》が目《め》に入《はい》った。ロンはハーマイオニーが通《とお》り過《す》ぎるのを、目《め》をすぼめて見《み》ていた。パドマはふくれっ面《つら》だった。

代表選手《だいひょうせんしゅ》たちが審査員《しんさいん》テーブルに近《ちか》づくと、ダンブルドアはうれしそうにほほ笑《え》んだが、カルカロフはクラムとハーマイオニーが近《ちか》づくのを見《み》て、驚《おどろ》くほどロンとそっくりの表情《ひょうじょう》を見《み》せた。ルード・バグマンは、今夜《こんや》は鮮《あざ》やかな紫《むらさき》に大《おお》きな黄色《きいろ》の星《ほし》を散《ち》らしたローブを着込《きこ》み、生徒《せいと》たちと一緒《いっしょ》になって、夢中《むちゅう》で拍手《はくしゅ》していた。マダム・マクシームは、いつもの黒《くろ》い繻子《しゅす》のドレスではなく、ラベンダー色《いろ》の流《なが》れるような絹《きぬ》のガウンをまとい、上品《じょうひん》に拍手《はくしゅ》していた。しかし、クラウチ氏《し》は——ハリーは突然気《とつぜんき》づいた——いない。審査員《しんさいん》テーブルの五人目《にんめ》の席《せき》には、パーシー・ウィーズリーが座《すわ》っていた。

代表選手《だいひょうせんしゅ》がそれぞれのパートナーとともに審査員《しんさいん》のテーブルまで来《く》ると、パーシーは自分《じぶん》の隣《となり》の椅子《いす》を引《ひ》いて、ハリーに目配《めくば》せした。ハリーはその意味《いみ》を悟《さと》って、パーシーの隣《となり》に座《すわ》った。パーシーは真新《まあたら》しい濃紺《のうこん》のドレスローブを着《き》て、鼻高々《はなたかだか》の様子《ようす》だった。

「昇進《しょうしん》したんだ」

ハリーに聞《き》く間《ま》も与《あた》えず、パーシーが言《い》った。その声《こえ》の調子《ちょうし》は、「宇宙《うちゅう》の最高統治者《さいこうとうちしゃ》」に選《えら》ばれたとでも発表《はっぴょう》したかのようだった。

「クラウチ氏個人《しこじん》の補佐官《ほさかん》だ。僕《ぼく》は、クラウチ氏《し》の代理《だいり》でここにいるんですよ」

「あの人《ひと》、どうして来《こ》ないの？」

ハリーが聞《き》いた。宴会《えんかい》の間中《あいだじゅう》、鍋底《なべぞこ》の講義《こうぎ》をされたらたまらないと思《おも》った。

「クラウチ氏《し》は、残念《ざんねん》ながら体調《たいちょう》がよくない。まったくよくない。ワールドカップ以来《いらい》ずっと調《ちょう》子《し》がおかしい。それも当然《とうぜん》――働《はたら》き過《す》ぎですね。もう若《わか》くはない――もちろん、まださえているし、昔《むかし》と変《か》わらないすばらしい頭脳《ずのう》だ。しかし、ワールドカップは魔法省全体《まほうしょうぜんたい》にとっての一大《いちだい》不祥事《ふしょうじ》だったし、クラウチ氏個人《しこじん》も、あのブリンキーとか何《なん》とかいう屋敷《やしき》しもべ妖精《ようせい》の不始末《ふしまつ》で、大《おお》きなショックを受《う》けられた。当然《とうぜん》、クラウチ氏《し》はそのあとすぐ、しもべを解雇《かいこ》しましたが。しかし――まあ、なんですよ、クラウチ氏《し》は年《とし》を取《と》ってきてるわけだし、世《せ》話《わ》をする人《ひと》が必要《ひつよう》だ。しもべがいなくなってから、家《いえ》の中《なか》のことは確実《かくじつ》に快適《かいてき》ではなくなったと、クラウチ氏《し》も気《き》がついただろうね。それに、この対抗試合《たいこうじあい》の準備《じゅんび》はあるし、ワールドカップのあとのごたごたの始末《しまつ》をつけないといけなかったし――あのスキーターっていういやな女《おんな》がうるさくかぎ回《まわ》ってるし――ああ、お気《き》の毒《どく》に。クラウチ氏《し》は今《いま》、静《しず》かにクリスマスを過《す》ごしていらっしゃる。当然《とうぜん》の権《けん》利《り》ですよ。自分《じぶん》の代理《だいり》を務《つと》める信頼《しんらい》できる者《もの》がいることをご存《ぞん》じなのが、僕《ぼく》としてはうれしいですね」

ハリーは、クラウチ氏《し》がパーシーを「ウェーザビー」と呼《よ》ばなくなったかどうか聞《き》いてみたくてたまらなかったが、何《なん》とか思《おも》いとどまった。

金色《きんいろ》に輝《かがや》く皿《さら》には、まだ何《なん》のごちそうもなかったが、小《ちい》さなメニューが一人一人《ひとりひとり》の前《まえ》に置《お》かれていた。ハリーは、どうしていいかはっきりわからないまま、メニューを取《と》り上《あ》げて周《まわ》りを見回《みまわ》した。ウェイターはいなかった。しかし、ダンブルドアは、自分《じぶん》のメニューをじっくり眺《なが》め、自《じ》分《ぶん》の皿《さら》に向《む》かって、はっきりと、「ポークチョップ」と言《い》った。

すると、ポークチョップが現《あらわ》れた。そうか、と合点《がてん》して、同《おな》じテーブルに座《すわ》った者《もの》は、それぞれ自分《じぶん》の皿《さら》に向《む》かって注文《ちゅうもん》を出《だ》した。この新《あたら》しい、より複雑《ふくざつ》な食事《しょくじ》の仕方《しかた》を、ハーマイオニーはどう思《おも》うだろうかと、ハリーはちらりとハーマイオニーを見《み》た――屋敷《やしき》しもべ妖精《ようせい》にとっては、これはずいぶん余分《よぶん》な労力《ろうりょく》がいるはずだが？――しかし、ハーマイオニーはこの時《とき》にかぎってS《エス》・P《ピー》・E《イー》・W《ダブリュー》のことを考《かんが》えていないようだった。ビクトール・クラムとすっかり話《はな》し込《こ》んでいて、自分《じぶん》が何《なに》を食《た》べているのかさえ気《き》がつかないようだった。

そういえば、ハリーは、クラムが話《はな》すのを実際《じっさい》に聞《き》いたことはなかった。しかし、今《いま》はたしかに話《はな》している。しかも、夢中《むちゅう》になって。

「ええ、ヴぉくたちのところにも城《しろ》があります。こんなに大《おお》きくはないし、こんなに居心地《いごこち》よくないです、と思《おも》います」

クラムはハーマイオニーに話《はな》していた。

「ヴぉくたちのところは四階建《かいだ》てです。そして、魔法《まほう》を使《つか》う目的《もくてき》だけに火《ひ》をおこします。しかし、ヴぉくたちの校庭《こうてい》はここよりも広《ひろ》いです——でも冬《ふゆ》には、ヴぉくたちのところはヴぉとんど日光《にっこう》がないので、ヴぉくたちは楽《たの》しんでいないです。しかし、夏《なつ》には、ヴぉくたちは毎日《まいにち》飛《と》んでいます。湖《みずうみ》や山《やま》の上《うえ》を——」

「これ、これ、ビクトール！」

カルカロフは笑《わら》いながら言《い》ったが、冷《つめ》たい目《め》は笑《わら》っていない。

「それ以上《いじょう》は、もう明《あ》かしてはいけないよ。さもないと、君《きみ》のチャーミングなお友達《ともだち》に、私《わたし》たちの居場所《いばしょ》がはっきりわかってしまう！」

ダンブルドアがほほ笑《え》んだ。目《め》がキラキラしている。

「イゴール、そんなに秘密主義《ひみつしゅぎ》じゃと……誰《だれ》も客《きゃく》に来《き》てほしくないのかと思《おも》ってしまうじゃろうが」

「はて、ダンブルドア」

カルカロフは黄色《きいろ》い歯《は》をむき出《だ》せるだけむき出《だ》して言《い》った。

「我々《われわれ》は、それぞれ、自《みずか》らの領地《りょうち》を守《まも》ろうとするのではないですかな？　我々《われわれ》に託《たく》された学《まな》びの殿堂《でんどう》を、意固地《いこじ》なまでにガードしているのでは？　我々《われわれ》のみが自《みずか》らの学校《がっこう》の秘密《ひみつ》を知《し》っているという誇《ほこ》りを持《も》ち、それを守《まも》ろうとするのは、正《ただ》しいことではないですかな？」

「おお、わしはホグワーツの秘密《ひみつ》のすべてを知《し》っておるなどと、夢《ゆめ》にも思《おも》わんぞ、イゴール」

ダンブルドアは和気《わき》あいあいと話《はな》した。

「たとえば、つい今朝《けさ》のことじゃがの、トイレに行《い》く途中《とちゅう》、曲《ま》がるところをまちがえての、これまでに見《み》たこともない、見事《みごと》に均整《きんせい》の取《と》れた部屋《へや》に迷《まよ》い込《こ》んでしもうた。そこにはほんにすばらしい、おまるのコレクションがあっての。もっとくわしく調《しら》べようと、もう一度《いちど》行《い》ってみると、その部屋《へや》は跡形《あとかた》もなかったのじゃ。しかし、わしは、これからも見逃《みのが》さぬよう気《き》をつけようと思《おも》うておる。もしかすると、朝《あさ》の五時半《じはん》にのみ近《ちか》づけるのかもしれんて。さもなければ、上弦《じょうげん》、下弦《げん》の月《つき》のときのみ現《あらわ》れるのか――いや、求《もと》める者《もの》の膀胱《ぼうこう》が、ことさらに満《み》ちているときかもしれんのう」

ハリーは食《た》べかけのグラーシュシチューの皿《さら》に、プーッと噴《ふ》き出《だ》してしまった。パーシーは顔《かお》をしかめたが、まちがいなく――とハリーは思《おも》った――ダンブルドアがハリーに向《む》かってちょこんとウィンクした。

一方《いっぽう》、フラー・デラクールはロジャー・デイビースに向《む》かって、ホグワーツの飾《かざ》りつけをけなしていた。

「こんなの、なーんでもありませーん」

大広間《おおひろま》の輝《かがや》く壁《かべ》をぐるりと見回《みまわ》し、軽蔑《けいべつ》したようにフラーが言《い》った。

「ボーバトンの宮殿《きゅうでん》では、クリースマスに、お食事《しょくじ》のあいーだ、周《まわ》りには、ぐるーりと氷《こおり》の彫刻《ちょうこく》が立《た》ちまーす。もちろーん、彫刻《ちょうこく》は、とけませーん……まるでおーきなダイヤモンドの彫刻《ちょうこく》のようで、ピーカピカ輝《かがや》いて、あたりを照《て》らしていまーす。そして、お食事《しょくじ》は、とーてもすばらしいでーす。そして、森《もり》のニンフの聖歌隊《せいかたい》がいて、お食事《しょくじ》の間《あいだ》、歌《うた》を奏《かな》でまーす。こんな、見苦《みぐる》しーい鎧《よろい》など、わたーしたちの廊下《ろうか》にはありませーん。もしーも、ポルターガイストがボーバトンに紛《まぎ》れ込《こ》むようなことがあーれば、追《お》い出《だ》されまーす。コムサ《こんなふうに》！」

フラーはがまんならないというふうに、テーブルをピシャリとたたいた。

ロジャー・デイビースは、魂《たましい》を抜《ぬ》かれたような顔《かお》で、フラーが話《はな》すのを見《み》つめていた。フォークを口《くち》に運《はこ》んでも、ほおに当《あ》たってばかりいる。デイビースはフラーの顔《かお》を見《み》つめるのに忙《いそが》しくて、フラーの話《はなし》など一言《ひとこと》もわかっていないのではないか、とハリーは思《おも》った。

「そのとおりだ」

デイビースはあわててそう言《い》うと、フラーのまねをして、テーブルをピシャリとたたいた。

「コムサ！　うん」

ハリーは大広間《おおひろま》を見回《みまわ》した。ハグリッドが教職員《きょうしょくいん》テーブルの一つに座《すわ》っている。以前《いぜん》に着《き》たことがある、あのやぼったい毛《け》のもこもこした茶色《ちゃいろ》の背広《せびろ》をまた着込《きこ》んでいる。そして、こちらの審査員《しんさいん》テーブルをじっと見《み》つめていた。ハグリッドが小《ちい》さく手《て》を振《ふ》るのが見《み》えたので、ハリーはあたりを見回《みまわ》した。マダム・マクシームが手《て》を振《ふ》り返《かえ》している。指《ゆび》のオパールがろうそくの光《ひかり》にきらめいた。

ハーマイオニーが、今度《こんど》はクラムに自分《じぶん》の名前《なまえ》の正《ただ》しい発音《はつおん》を教《おし》えていた。クラムは「ハーミィ－オウン」と呼《よ》び続《つづ》けていたのだ。

「ハー－マイ－オ－ニー」

ハーマイオニーがゆっくり、はっきり発音《はつおん》した。

「ハーム－オウン－ニニー」

「まあまあね」

ハリーが見《み》ているのに気《き》づいて、ハーマイオニーがニコッとしながら言《い》った。

食事《しょくじ》を食《た》べ尽《つ》くしてしまうと、ダンブルドアが立《た》ち上《あ》がり、生徒《せいと》たちにも立《た》ち上《あ》がるようにうながした。そして、杖《つえ》を一振《ひとふ》りすると、テーブルはズイーッと壁際《かべぎわ》に退《しりぞ》き、広《ひろ》いスペースができた。それから、ダンブルドアは右手《みぎて》の壁《かべ》に沿《そ》ってステージを立《た》ち上《あ》げた。ドラム一式《いっしき》、ギター数《すう》本《ほん》、リュート、チェロ、バグパイプがそこに設置《せっち》された。

いよいよ「妖女《ようじょ》シスターズ」が、熱狂的《ねっきょうてき》な拍手《はくしゅ》に迎《むか》えられてドヤドヤとステージに上《あ》がった。全員異常《ぜんいんいじょう》に毛深《けぶか》く、着《き》ている黒《くろ》いローブは、芸術的《げいじゅってき》に破《やぶ》いたり、引《ひ》き裂《さ》いたりしてあった。それぞれが楽器《がっき》を取《と》り上《あ》げた。夢中《むちゅう》でシスターズに見入《みい》っていたハリーは、これからのことをほとんど忘《わす》れていたが、突然《とつぜん》、テーブルのランタンがいっせいに消《き》え、ほかの代表選手《だいひょうせんしゅ》たちが、パートナーと一緒《いっしょ》に立《た》ち上《あ》がったのに気《き》づいた。

「さあ！」

パーバティが声《こえ》を殺《ころ》してうながした。

「私《わたし》たち、踊《おど》らないと！」

ハリーは立《た》ち上《あ》がりざま、自分《じぶん》のローブのすそを踏《ふ》んづけた。「妖女《ようじょ》シスターズ」は、スローな物悲《ものがな》しい曲《きょく》を奏《かな》ではじめた。ハリーは、誰《だれ》の目《め》も見《み》ないようにしながら、煌々《こうこう》と照《て》らされたダンスフロアに歩《あゆ》み出《で》た（シェーマスとディーンがハリーに手《て》を振《ふ》り、からかうように笑《わら》っているのが見《み》えた）。次《つぎ》の瞬間《しゅんかん》、パーバティがハリーの両手《りょうて》をつかむや否《いな》や、片方《かたほう》の手《て》を自分《じぶん》の腰《こし》に回《まわ》し、もう一方《いっぽう》の手《て》をしっかり握《にぎ》りしめた。

その場《ば》でスローなターンをしながら（パーバティがリードしていた）、恐《おそ》れていたほどひどくはないな、とハリーは思《おも》った。ハリーは観客《かんきゃく》の頭《あたま》の上《うえ》のほうを見《み》つめ続《つづ》けた。まもなく、観客《かんきゃく》のほうも大勢《おおぜい》ダンスフロアに出《で》てきたので、代表選手《だいひょうせんしゅ》はもう注目《ちゅうもく》の的《まと》ではなくなった。ネビルとジニーがすぐそばで踊《おど》っていた――ネビルが足《あし》を踏《ふ》むので、ジニーがしょっちゅう痛《いた》そうにすくむのが見《み》えた――ダンブルドアはマダム・マクシームとワルツを踊《おど》っていた。まるで大人《おとな》と子供《こども》で、ダンブルドアの三角帽子《さんかくぼうし》の先《さき》が、やっとマダム・マクシームのあごをくすぐる程度《ていど》だった。しかし、マダム・マクシームは巨大《きょだい》な体《からだ》の割《わり》に、とても優雅《ゆうが》な動《うご》きだった。マッド-アイ・ムーディは、シニストラ先生《せんせい》と、ぎこちなく二拍子《にびょうし》のステップを踏《ふ》んでいたが、シニストラ先生《せんせい》は義足《ぎそく》に踏《ふ》まれないように神経質《しんけいしつ》になっていた。

「いい靴下《くつした》だな、ポッター」

ムーディがすれちがいながら、「魔法《まほう》の目《め》」でハリーのローブを透視《とうし》し、うなるように言《い》った。

「あ――ええ、屋敷妖精《やしきようせい》のドビーが編《あ》んでくれたんです」ハリーが苦笑《にがわら》いした。

「あの人《ひと》、**気味《きみ》が悪《わる》い！**」

ムーディがコツコツ遠《とお》ざかってから、パーバティがヒソヒソ声《ごえ》で言《い》った。

「あの目《め》は、**許《ゆる》されるべき**じゃないと思《おも》うわ！」

バグパイプが最後《さいご》の音《おと》を震《ふる》わせるのを聞《き》いて、ハリーはホッとした。「妖女《ようじょ》シスターズ」が演《えん》奏《そう》を終《お》え、大広間《おおひろま》は再《ふたた》び拍手《はくしゅ》に包《つつ》まれた。ハリーはパーバティをサッと離《はな》した。

「座《すわ》ろうか？」

「あら――でも――これ、とってもいい曲《きょく》よ！」

パーバティが言《い》った。「妖女《ようじょ》シスターズ」がずっと速《はや》いテンポの新《あたら》しい曲《きょく》を演奏《えんそう》しはじめていた。

「僕《ぼく》は好《す》きじゃない」

ハリーはうそをついて、パーバティをダンスフロアから連《つ》れ出《だ》し、フレッドとアンジェリーナのそばを通《とお》って――この二人《ふたり》は元気《げんき》を爆発《ばくはつ》させて踊《おど》っていたので、けがをさせられてはかなわないと、みんな遠巻《とおま》きにしていた――ロンとパドマの座《すわ》っているテーブルに行《い》った。

「調子《ちょうし》はどうだい？」

テーブルに座《すわ》ってバタービールの栓《せん》を抜《ぬ》きながら、ハリーがロンに聞《き》いた。

ロンは答《こた》えない。近《ちか》くで踊《おど》っているハーマイオニーとクラムを、ギラギラとにらんでいた。パドマは腕組《うでぐ》みし足《あし》を組《く》んで座《すわ》っていたが、片方《かたほう》の足《あし》が音楽《おんがく》に合《あ》わせてヒョイヒョイ拍子《ひょうし》を取《と》っていた。ときどきふてくされてロンを見《み》たが、ロンはまったくパドマを無視《むし》していた。パーバティもハリーの隣《となり》に座《すわ》ったが、こっちも腕《うで》と足《あし》を組《く》んだ。しかし、まもなくボーバトンの男《おとこ》の子《こ》がパーバティにダンスを申《もう》し込《こ》んだ。

「かまわないかしら？　ハリー？」パーバティが聞《き》いた。

「え？」

ハリーはその時《とき》、チョウとセドリックを見《み》ていた。

「何《なん》でもないわ」

パーバティはプイとそう言《い》うと、ボーバトンの男《おとこ》の子《こ》と行《い》ってしまった。曲《きょく》が終《お》わっても、パーバティは戻《もど》ってこなかった。

ハーマイオニーがやってきて、パーバティが去《さ》ったあとの席《せき》に座《すわ》った。ダンスのせいで、ほのかに紅潮《こうちょう》していた。

「やあ」ハリーが言《い》った。ロンは何《なに》も言《い》わなかった。

「暑《あつ》くない？」

ハーマイオニーは手《て》で顔《かお》をあおぎながら言《い》った。

「ビクトールが何《なに》か飲《の》み物《もの》を取《と》りにいったところよ」

ロンが、じろりとハーマイオニーをねめつけた。

「ビクトールだって？」ロンが言《い》った。「ビッキーって呼《よ》んでくれって、まだ言《い》わないのか？」

ハーマイオニーは驚《おどろ》いてロンを見《み》た。

「どうかしたの？」ハーマイオニーが聞《き》いた。

「そっちがわからないんなら」ロンが辛辣《しんらつ》な口調《くちょう》で言《い》った。「こっちが教《おし》えるつもりはないね」

ハーマイオニーはロンをまじまじと見《み》た。それからハリーを見《み》た。ハリーは肩《かた》をすくめた。

「ロン、何《なに》が――？」

「あいつは、ダームストラングだ！」

ロンが吐《は》き捨《す》てるように言《い》った。

「ハリーと張《は》り合《あ》ってる！　ホグワーツの敵《てき》だ！　君《きみ》――君《きみ》は――」

ロンは、明《あき》らかに、ハーマイオニーの罪《つみ》の重《おも》さを充分言《じゅうぶんい》い表《あらわ》す言葉《ことば》を探《さが》していた。

「敵《てき》とべたべたしている。君《きみ》のやってることはそれなんだ！」

ハーマイオニーはぽかんと口《くち》を開《あ》けた。

「バカ言《い》わないで！」

しばらくしてハーマイオニーが言《い》った。

「敵《てき》ですって！　まったく――あの人《ひと》が到着《とうちゃく》したとき、あんなに大騒《おおさわ》ぎしてたのはどこのどなたさん？　サインを欲《ほ》しがったのは誰《だれ》なの？　寮《りょう》にあの人《ひと》のミニチュア人形《にんぎょう》を持《も》ってる人《ひと》は誰《だれ》？」

ロンは無視《むし》を決《き》め込《こ》んだ。

「二人《ふたり》で図書館《としょかん》にいるときにでも、お誘《さそ》いがあったんだろうね？」

「ええ、誘《さそ》われたわ」

ハーマイオニーのピンクのほおが、ますます紅《あか》くなった。

「それがどうしたっていうの？」

「何《なに》があったんだ？——あいつを『反吐《へど》』に入《い》れようとでもしたのか？」

「そんなことしないわ！　本気《ほんき》で知《し》りたいなら、あの人《ひと》——あの人《ひと》、毎日《まいにち》図書館《としょかん》に来《き》ていたのは、私《わたし》と話《はなし》がしたいからだった、と言《い》ったの。だけど、そうする勇気《ゆうき》がなかったって！」

ハーマイオニーはこれだけを一気《いっき》に言《い》い終《お》えると、ますます真《ま》っ赤《か》になり、パーバティのローブと同《おな》じ色《いろ》になった。

「へー、そうかい——それがヤツの言《い》い方《かた》ってわけだ」ロンがねちっこく言《い》った。

「それって、どういう意味《いみ》？」

「見《み》え見《み》えだろ？　あいつはカルカロフの生徒《せいと》じゃないか？　君《きみ》が誰《だれ》といつも一緒《いっしょ》か、知《し》ってるか……あいつはハリーに近《ちか》づこうとしてるだけだ——ハリーの内部《ないぶ》情報《じょうほう》をつかもうとしてるか

——それとも、ハリーに充分近《じゅうぶんちか》づいて呪《のろ》いをかけようと——」

ハーマイオニーは、ロンに平手打《ひらてう》ちを食《く》らったような顔《かお》をした。口《くち》を開《ひら》いたとき、声《こえ》が震《ふる》えていた。

「言《い》っとくけど、あの人《ひと》は、私《わたし》にただの一言《ひとこと》もハリーのことを聞《き》いたりしなかったわ。ただの一《ひと》言《こと》も——」

ロンは電光石火《でんこうせっか》、矛先《ほこさき》を変《か》えた。

「それじゃあいつは、あの卵《たまご》の謎《なぞ》を解《と》くのに、君《きみ》の助《たす》けを借《か》りたいと思《おも》ってるんだ！　図書館《としょかん》でイチャイチャしてるとき、君《きみ》たち、知恵《ちえ》を出《だ》し合《あ》ってたんだろう——」

「私《わたし》、あの人《ひと》が卵《たまご》の謎《なぞ》を考《かんが》える手助《てだす》けなんか、絶対《ぜったい》にしないわ！」

ハーマイオニーは烈火《れっか》のごとく怒《おこ》った。

「絶対《ぜったい》によ！　よくもそんなことが言《い》えるわね——私《わたし》、ハリーに試合《しあい》に勝《か》ってほしいのよ。そのことは、ハリーが知《し》ってるわ。そうでしょう、ハリー？」

「それにしちゃ、おかしなやり方《かた》で応援《おうえん》してるじゃないか」ロンが嘲《あざけ》った。

「そもそも、この試合《しあい》は、外国《がいこく》の魔法使《まほうつか》いと知《し》り合《あ》いになって、友達《ともだち》になることが目的《もくてき》のはずよ！」

ハーマイオニーが激《はげ》しい口調《くちょう》で言《い》った。

「ちがうね！」ロンが叫《さけ》んだ。「勝《か》つことが目的《もくてき》さ！」

周囲《しゅうい》の目《め》が集《あつ》まりはじめた。

「ロン」ハリーが静《しず》かに言《い》った。「ハーマイオニーがクラムと一緒《いっしょ》に来《き》たこと、僕《ぼく》、何《なん》とも思《おも》っちゃいないよ――」

しかし、ロンはハリーの言《い》うことも無視《むし》した。

「行《い》けよ。ビッキーを探《さが》しにさ。君《きみ》がどこにいるのか、あいつ、探《さが》してるだろうぜ」

ロンが言《い》った。

「あの人《ひと》をビッキーなんて呼《よ》ばないで！」

ハーマイオニーはパッと立《た》ち上《あ》がり、憤然《ふんぜん》とダンスフロアを横切《よこぎ》り、人混《ひとご》みの中《なか》に消《き》えた。

ロンはハーマイオニーの後《うし》ろ姿《すがた》を、怒《いか》りと満足《まんぞく》の入《い》りまじった顔《かお》で見《み》つめていた。

「私《わたし》とダンスする気《き》があるの？」パドマがロンに聞《き》いた。

「ない」

ロンは、ハーマイオニーの行《い》ったあとをまだにらみつけていた。

「そう」

パドマはバシッと言《い》うと、立《た》ち上《あ》がってパーバティのところに行《い》った。パーバティと一緒《いっしょ》にいたボーバトンの男《おとこ》の子《こ》は、あっという間《ま》に友達《ともだち》を一人調達《ひとりちょうたつ》してきた。その早業《はやわざ》。ハリーは、これはまちがいなく「呼《よ》び寄《よ》せ呪文《じゅもん》」で現《あらわ》れたにちがいないと思《おも》った。

「ハーム－オウン－ニニーはどこ？」声《こえ》がした。

クラムがバタービールを二つつかんでハリーたちのテーブルに現《あらわ》れたところだった。

「さあね」

ロンがクラムを見上《みあ》げながら、取《と》りつく島《しま》もない言《い》い方《かた》をした。

「見失《みうしな》ったのかい？」

クラムはいつものむっつりした表情《ひょうじょう》になった。

「でヴぁ、もし見《み》かけたら、ヴぉくが飲《の》み物《もの》を持《も》っていると言《い》ってください」

そう言《い》うと、クラムは背中《せなか》を丸《まる》めて立《た》ち去《さ》った。

「ビクトール・クラムと友達《ともだち》になったのか？　ロン？」

パーシーがもみ手《て》しながら、いかにももったいぶった様子《ようす》で、せかせかとやってきた。

「けっこう！　そう、それが大事《だいじ》なんだよ――国際魔法協力《こくさいまほうきょうりょく》が！」

ハリーの迷惑《めいわく》をよそに、パーシーはパドマの空《あ》いた席《せき》にサッと座《すわ》った。審査員《しんさいん》テーブルには今《いま》や誰《だれ》もいない。ダンブルドア校長《こうちょう》はスプラウト先生《せんせい》と、ルード・バグマンはマクゴナガル先生《せんせい》と踊《おど》っていた。マダム・マクシームはハグリッドと二人《ふたり》、生徒《せいと》たちの間《あいだ》をワルツで踊《おど》り抜《ぬ》け、ダンスフロアに幅広《はばひろ》く通《とお》り道《みち》を刻《きざ》んでいた。カルカロフはどこにも見当《みあ》たらない。

曲《きょく》が終《お》わると、みんながまた拍手《はくしゅ》した。ハリーは、ルード・バグマンがマクゴナガル先生《せんせい》の手《て》にキスして、人混《ひとご》みをかき分《わ》けて戻《もど》ってくるのを見《み》た。その時《とき》、フレッドとジョージがバグマンに近《ちか》づいて声《こえ》をかけるのが見《み》えた。

「あいつら何《なに》をやってるんだ？　魔法省《まほうしょう》の高官《こうかん》に、ご迷惑《めいわく》なのに」

パーシーはフレッドとジョージをいぶかしげに眺《なが》めながら、歯《は》がみした。

「敬意《けいい》のかけらも……」

ルード・バグマンは、しかし、まもなくフレッドとジョージを振《ふ》り払《はら》い、ハリーを見《み》つけると、手《て》を振《ふ》ってテーブルにやってきた。

「弟《おとうと》たちがおじゃまをしませんでしたでしょうか、バグマンさん？」

パーシーが間髪《かんはつ》を容《い》れずに言《い》った。

「え？　ああ、いやいや！」バグマンが言《い》った。

「いや何《なに》、あの子《こ》たちは、ただ、自分《じぶん》たちが作《つく》った『だまし杖《づえ》』についてちょっと話《はな》してただけだ。販売方法《はんばいほうほう》について私《わたし》の助言《じょげん》がもらえないかとね。ゾンコの『いたずら専門店《せんもんてん》』の私《わたし》の知《し》り合《あ》いに紹介《しょうかい》しようと、あの子《こ》たちに約束《やくそく》したが……」

パーシーはこれがまったく気《き》に入《い》らない様子《ようす》だった。家《いえ》に帰《かえ》ったら、すぐさまウィーズリーおばさんにこのことを言《い》いつけるだろう。絶対《ぜったい》そうだ、とハリーは思《おも》った。一般市場《いっぱんしじょう》に売《う》り出《だ》すというのなら、どうやらフレッドとジョージの計画《けいかく》は、最近《さいきん》ますます大《おお》がかりになっているようだ。

バグマンはハリーに何《なに》か聞《き》こうと口《くち》を開《ひら》きかけたが、パーシーが横合《よこあ》いから口《くち》を出《だ》した。

「バグマンさん、対校試合《トーナメント》はどんな具合《ぐあい》でしょう？　私《わたくし》どもの部《ぶ》では、かなり満足《まんぞく》しておりますが――『炎《ほのお》のゴブレット』のちょっとしたミスは」――パーシーはハリーをちらりと見《み》た――「もちろん、やや残念《ざんねん》ではありますが、しかし、それ以後《いご》はとても順調《じゅんちょう》だと思《おも》いますが、いかがですか？」

「ああ、そうだね」バグマンは楽《たの》しげに言《い》った。

「これまでとてもおもしろかった。バーティ殿《どの》はどうしているかね？　来《こ》られないとは残念至極《ざんねんしごく》」

「ああ、クラウチさんはすぐにも復帰《ふっき》なさると思《おも》いますよ」

パーシーはもったいぶって言《い》った。

「まあ、それまでの間《あいだ》の穴埋《あなう》めを、僕《ぼく》が喜《よろこ》んで務《つと》めるつもりです。もちろん、ダンスパーティに出席《しゅっせき》するだけのことではありませんがね――」

パーシーは陽気《ようき》に笑《わら》った。

「いやいや、それどころか、クラウチさんのお留守中《るすちゅう》、いろんなことが持《も》ち上《あ》がりましてね。それを全部処理《ぜんぶしょり》しなければならなかったのですよ――アリ・バシールが空飛《そらと》ぶじゅうたんを密輸《みつゆ》入《にゅう》しようとして捕《つか》まったのはお聞《き》きおよびでしょう？　それに、トランシルバニア国《こく》に『国際決《こくさいけっ》闘禁止条約《とうきんしじょうやく》』への署名《しょめい》をするよう説得《せっとく》を続《つづ》けていますしね。年明《としあ》けにはむこうの『魔法協力《まほうきょうりょく》部長《ぶちょう》』との会合《かいごう》がありますし――」

「ちょっと歩《ある》こうか」ロンがハリーにボソボソッと言《い》った。

「パーシーから離《はな》れよう……」

飲《の》み物《もの》を取《と》りに行《い》くふりをしてハリーとロンはテーブルを離《はな》れ、ダンスフロアの端《はし》を歩《ある》き、玄《げん》関《かん》ホールに抜《ぬ》け出《だ》した。正面《しょうめん》の扉《とびら》が開《あ》けっ放《ぱな》しになっていた。正面《しょうめん》の石段《いしだん》を下《お》りていくと、バラの園《その》に飛《と》び回《まわ》る妖精《ようせい》の光《ひかり》が、瞬《また》き、きらめいた。石段《いしだん》を下《お》りきると、そこは潅木《かんぼく》のしげみに囲《かこ》まれ、くねくねとした散歩道《さんぽみち》がいくつも延《の》び、大《おお》きな石《いし》の彫刻《ちょうこく》が立《た》ち並《なら》んでいた。ハリーの耳《みみ》に、噴水《ふんすい》のような水音《みずおと》が聞《き》こえてきた。あちらこちらに彫刻《ちょうこく》をほどこしたベンチが置《お》かれ、人《ひと》が座《すわ》っていた。ハリーとロンはバラの園《その》に延《の》びる小道《こみち》の一つを歩《ある》きだしたが、あまり歩《ある》かないうちに、聞《き》き覚《おぼ》えのある不快《ふかい》な声《こえ》が聞《き》こえてきた。

「イゴール……我輩《わがはい》は何《なに》も騒《さわ》ぐ必要《ひつよう》はないと思《おも》うが」

「セブルス、何《なに》も起《お》こっていないふりをすることはできまい！」

カルカロフが盗《ぬす》み聞《ぎ》きを恐《おそ》れるかのように、不安《ふあん》げな押《お》し殺《ころ》した声《こえ》で言《い》った。

「この数《すう》か月《げつ》の間《あいだ》に、ますますはっきりしてきた。私《わたし》は真剣《しんけん》に心配《しんぱい》している。否定《ひてい》できることではない——」

「なら、逃《に》げろ」スネイプがそっけなく言《い》った。

「逃《に》げろ。我輩《わがはい》が言《い》い訳《わけ》を考《かんが》えてやる。しかし、我輩《わがはい》はホグワーツに残《のこ》る」

スネイプとカルカロフが曲《ま》がり角《かど》にさしかかった。スネイプは杖《つえ》を取《と》り出《だ》していた。意地《いじ》の悪《わる》い表情《ひょうじょう》をむき出《だ》しにして、スネイプはバラのしげみをバラバラに吹《ふ》き飛《と》ばしていた。あちこちのしげみから悲鳴《ひめい》が上《あ》がり、黒《くろ》い影《かげ》が飛《と》び出《だ》してきた。

「ハッフルパフ、十点減点《てんげんてん》だ、フォーセット！」

スネイプがうなった。女《おんな》の子《こ》がスネイプの脇《わき》を走《はし》り抜《ぬ》けていくところだった。

「さらに、レイブンクローも十点減点《てんげんてん》だ、ステビンズ！」

男《おとこ》の子《こ》が女《おんな》の子《こ》のあとを追《お》ってかけていくところだった。

「ところでおまえたち二人《ふたり》は何《なに》をしているのだ?」

小道《こみち》の先《さき》にハリーとロンの姿《すがた》を見《み》つけたスネイプが聞《き》いた。カルカロフが、二人《ふたり》がそこに立《た》っているのを見《み》て、わずかに動揺《どうよう》したのを、ハリーは見逃《みのが》さなかった。カルカロフの手《て》が神経質《しんけいしつ》に山羊《やぎ》ひげに伸《の》び、指《ゆび》に巻《ま》きつけはじめた。

「歩《ある》いています」ロンが短《みじか》く答《こた》えた。

「規則違反《きそくいはん》ではありませんね?」

「なら、歩《ある》き続《つづ》けろ!」

スネイプはうなるように言《い》うと、二人《ふたり》の脇《わき》をサッと通《とお》り過《す》ぎた。後《うし》ろ姿《すがた》に長《なが》い黒《くろ》マントがひるがえっていた。カルカロフは急《いそ》いでスネイプのあとに続《つづ》いた。ハリーとロンは小道《こみち》を歩《ある》き続《つづ》けた。

「カルカロフはなんであんなに心配《しんぱい》なんだ?」ロンがつぶやいた。

「それに、いつからあの二人《ふたり》は、イゴール、セブルスなんて、名前《なまえ》で呼《よ》び合《あ》うほど親《した》しくなったんだ?」ハリーがいぶかった。

二人《ふたり》は大《おお》きなトナカイの石像《せきぞう》の前《まえ》に出《で》た。そのむこうに、噴水《ふんすい》が水《みず》しぶきを輝《かがや》かせて高々《たかだか》と上《あ》がっているのが見《み》えた。石《いし》のベンチに、二つの巨大《きょだい》なシルエットが見《み》えた。月明《つきあ》かりに噴水《ふんすい》を眺《なが》めている。そして、ハリーはハグリッドの声《こえ》を聞《き》いた。

「あなたを見《み》たとたん、俺《おれ》にはわかった」

ハグリッドの声《こえ》は変《へん》にかすれていた。

ハリーとロンはその場《ば》に立《た》ちすくんだ。じゃまをしてはいけない場面《ばめん》のような気《き》がする。何《なん》となく……。ハリーは小道《こみち》を振《ふ》り返《かえ》った。すると、近《ちか》くのバラのしげみに半分隠《はんぶんかく》されて、フラー・デラクールとロジャー・デイビースが立《た》っているのが見《み》えた。ハリーはロンの肩《かた》をつついて、あごで二人《ふたり》のほうを差《さ》した。その方向《ほうこう》からなら、気《き》づかれずにこっそり立《た》ち去《さ》れるという意味《いみ》だ（ハリーには、フラーとデイビースはお取《と》り込《こ》み中《ちゅう》のように見《み》えた）。しかし、フラーの姿《すがた》にロンは恐怖《きょうふ》で目《め》を見開《みひら》き、頭《あたま》をブルブルッと横《よこ》に振《ふ》り、ハリーをトナカイの後《うし》ろの暗《くら》がりの奥深《おくふか》くに引《ひ》っ張《ぱ》り込《こ》んだ。

「何《なに》がわかったの。アグリッド？」

マダム・マクシームの低《ひく》い声《こえ》には、はっきりと甘《あま》えた響《ひび》きがあった。

ハリーは絶対《ぜったい》に聞《き》きたくなかった。こんな状況《じょうきょう》を盗《ぬす》み聞《ぎ》きされたら、ハグリッドがいやがるだろうとわかっていた――僕《ぼく》なら絶対《ぜったい》いやだもの――できることなら、指《ゆび》で耳栓《みみせん》をして大声《おおごえ》で鼻歌《はなうた》を歌《うた》いたい。しかし、それはとうていできない相談《そうだん》だ。かわりにハリーは、石《いし》のトナカイの背中《せなか》をはっているコガネムシに意識《いしき》を集中《しゅうちゅう》しようとした。しかし、コガネムシでは、ハグリッドの次《つぎ》の言葉《ことば》が耳《みみ》に入《はい》らなくなるほどおもしろいとは言《い》えなかった。

「わかったんだ……あなたが俺《おれ》とおんなじだって……あなたのおふくろさんですかい？　親父《おやじ》さんですかい？」

「わたくし――わたくし、何《なん》のことかわかりませんわ、アグリッド」

「俺《おれ》の場合《ばあい》はおふくろだ」ハグリッドは静《しず》かに言《い》った。

「おふくろは、イギリスで最後《さいご》の一人《ひとり》だった。もちろん、おふくろのこたぁ、あんまりよく覚《おぼ》えてはいねえが……。いなくなっちまったんだ。俺《おれ》が三つぐれえのとき。あんまり母親《ははおや》らしくはなかった。まあ……あの連中《れんちゅう》はそういう性質《たち》ではねえんだろう。おふくろがどうなったのか、わからねえ……死《し》んじまったのかもしれねえし……」

マダム・マクシームは何《なに》も言《い》わない。そしてハリーは、思《おも》わずコガネムシから目《め》を離《はな》し、トナカイの角《つの》のむこう側《がわ》を見《み》た。耳《みみ》を傾《かたむ》けて……。ハリーはハグリッドが子供《こども》のころの話《はなし》をするのを聞《き》いたことがなかった。

「俺《おれ》の親父《おやじ》は、おふくろがいなくなると、胸《むね》が張《は》り裂《さ》けっちまってなあ。ちっぽけな親父《おやじ》だった。俺《おれ》が六つになるころにゃ、もう、親父《おやじ》が俺《おれ》にうるさく言《い》ったりすっと、親父《おやじ》を持《も》ち上《あ》げて、たんすのてっぺんに乗《の》っけることができた。そうすっと、親父《おやじ》はいつも笑《わら》ったもんだ……」

ハグリッドの太《ふと》い声《こえ》がくぐもった。マダム・マクシームは、身《み》じろぎもせず聞《き》いていた。銀色《ぎんいろ》の噴水《ふんすい》をじっと見《み》つめているのだろう。

「親父《おやじ》が俺《おれ》を育《そだ》ててくれた……でも死《し》んじまったよ。ああ。俺《おれ》が学校《がっこう》に入《はい》ってまもなくだった。それからは、俺《おれ》は一人《ひとり》で何《なん》とかやっていかにゃならんかった。ダンブルドアが、ほんによーくしてくれたよ。ああ。俺《おれ》に親切《しんせつ》になあ……」

ハグリッドは大《おお》きな水玉《みずたま》の絹《きぬ》のハンカチを取《と》り出《だ》し、ブーッと鼻《はな》をかんだ。

「そんで……とにかく……俺《おれ》のことはもういい。あなたはどうなんですかい？　どっち方《かた》なんで？」

しかし、マダム・マクシームは突然《とつぜん》立《た》ち上《あ》がった。

「冷《ひ》えるわ」と言《い》った――しかし、天気《てんき》がどうであれ、マダム・マクシームの声《こえ》ほど冷《つめ》たくはなかった。

「わたくし、もう、中《なか》にあいります」

「は？」ハグリッドが放心《ほうしん》したように言《い》った。

「いや、行《い》かねえでくれ！　俺《おれ》は――俺《おれ》はこれまで俺《おれ》と同類《どうるい》の人《ひと》に会《あ》ったことがねえ！」

「同類《どうるい》のいったい何《なん》だと言《い》いたいのでーすか？」

マダム・マクシームは氷《こおり》のような声《こえ》だ。

ハリーはハグリッドに答《こた》えないほうがいいと伝《つた》えたかった。無理《むり》な願《ねが》いだとわかっても、言《い》わないで、と心《こころ》で叫《さけ》びながら、ハリーは暗《くら》がりに突《つ》っ立《た》ったたままだった——願《ねが》いはやはり通《つう》じなかった。

「同類《どうるい》の半巨人《はんきょじん》だ。そうだとも！」ハグリッドが言《い》った。

「おお、何《なん》ということを！」

マダム・マクシームが叫《さけ》んだ。おだやかな夜《よる》の空気《くうき》を破《やぶ》り、その声《こえ》は霧笛《むてき》のように響《ひび》き渡《わた》った。ハリーは背後《はいご》で、フラーとロジャーがバラのしげみから跳《と》び上《あ》がる音《おと》を聞《き》いた。

「こーんなに侮辱《ぶじょく》されたことは、あじめてでーす！　あん巨人《きょじん》！　わたくしが？　わたくしは——わたくしは、おねがうといだけでーす！」

マダム・マクシームは荒々《あらあら》しく去《さ》っていった。怒《おこ》ってしげみをかき分《わ》けながら歩《ある》き去《さ》ったあとには、色《いろ》とりどりの妖精《ようせい》の群《む》れがワッと空中《くうちゅう》に立《た》ち昇《のぼ》った。ハグリッドはそのあとを目《め》で追《お》いながらベンチに座《すわ》ったたままだった。ハグリッドの表情《ひょうじょう》を見《み》るには、あたりがあまりに暗《くら》かった。それから、一分《ぶん》ほどもたったろうか。ハグリッドは立《た》ち上《あ》がり、大股《おおまた》に歩《ある》き去《さ》った。城《しろ》のほうにではなく、真《ま》っ暗《くら》な校庭《こうてい》を、自分《じぶん》の小屋《こや》の方向《ほうこう》に向《む》かって。

「行《い》こう」

ハリーはロンに向《む》かってそっと言《い》った。

「さあ、行《い》こう……」

しかし、ロンは動《うご》こうとしない。

「どうしたの？」ハリーはロンを見《み》た。

ロンは振《ふ》り返《かえ》ってハリーを見《み》た。深刻《しんこく》な表情《ひょうじょう》だった。

「知《し》ってたか？」ロンがささやいた。

「ハグリッドが半巨人《はんきょじん》だってこと？」

「ううん」ハリーは肩《かた》をすくめた。

「それがどうかした？」

ロンの表情《ひょうじょう》から、ハリーは、自分《じぶん》がどんなに魔法界《まほうかい》のことを知《し》らないかがはっきりしたと、改《あらた》めて思《おも》い知《し》らされた。ダーズリー一家《いっか》に育《そだ》てられたので、魔法使《まほうつか》いならあたりまえのことでも、ハリーには驚《おどろ》くようなことがたくさんあった。そうした驚《おどろ》きも、学校《がっこう》で一年一年《いちねんいちねん》を過《す》ごすうちに少《すく》なくなってきていた。ところが、今《いま》また、友達《ともだち》の母親《ははおや》が巨人《きょじん》だったと知《し》ったときに、たいがいの魔法使《まほうつか》いなら「それがどうかした？」などと言《い》わないのだとわかった。

「中《なか》に入《はい》って説明《せつめい》するよ」ロンが静《しず》かに言《い》った。「行《い》こうか……」

フラーとロジャー・デイビースはいなくなっていた。もっと二人《ふたり》きりになれるしげみに移動《いどう》したのだろう。ハリーとロンは大広間《おおひろま》に戻《もど》った。パーバティとパドマは、ボーバトンの男《おとこ》の子《こ》たちに囲《かこ》まれて、今《いま》はもう遠《とお》くのテーブルに座《すわ》っていたし、ハーマイオニーはクラムともう一度《いちど》ダンスしていた。ハリーとロンはダンスフロアからずっと離《はな》れたテーブルに座《すわ》った。

「それで？」

ハリーがロンをうながした。

「巨人《きょじん》のどこが問題《もんだい》なの？」

「そりゃ、連中《れんちゅう》は……連中《れんちゅう》は……」

ロンは言葉《ことば》に詰《つ》まってもたもたした。

「あんまりよくない」

ロンは中途半端《ちゅうとはんぱ》な言《い》い方《かた》をした。

「気《き》にすることないだろ？」ハリーが言《い》った。

「ハグリッドは何《なん》にも悪《わる》くない！」

「それはわかってる。でも……驚《おどろ》いたなぁ……ハグリッドがだまっていたのも無理《むり》ないよ」

ロンが首《くび》を振《ふ》りながら言《い》った。

「僕《ぼく》、ハグリッドが子供《こども》のとき、たまたま悪質《あくしつ》な『肥《ふと》らせ呪文《じゅもん》』に当《あ》たるか何《なん》かしたんじゃないかって、そう思《おも》ってた。僕《ぼく》、そのこと言《い》いたくなかったんだけど……」

「だけど、ハグリッドの母《かあ》さんが巨人《きょじん》だと何《なに》が問題《もんだい》なの？」ハリーが聞《き》いた。

「うーん……ハグリッドのことを知《し》ってる人《ひと》にはどうでもいいんだけど。だって、ハグリッドは危険《きけん》じゃないって知《し》ってるから」

ロンが考《かんが》えながら話《はな》した。

「だけど……ハリー、連中《れんちゅう》は、巨人《きょじん》は狂暴《きょうぼう》なんだ。ハグリッドも言《い》ってたけど、そういう性質《たち》なんだ。トロールと同《おな》じで……とにかく殺《ころ》すのが好《す》きでさ。それはみんな知《し》ってる。ただ、もうイギリスにはいないけど」

「どうなったわけ？」

「うん。いずれにしても絶滅《ぜつめつ》しつつあったんだけど、それに闇祓《やみばら》いにずいぶん殺《ころ》されたし。でも、外国《がいこく》には巨人《きょじん》がいるらしい……だいたい山《やま》に隠《かく》れて……」

「マクシームは、いったい誰《だれ》をごまかすつもりなのかなぁ」

審査員《しんさいん》のテーブルに一人《ひとり》つくねんと、醒《さ》めた表情《ひょうじょう》で座《すわ》っているマダム・マクシームを見《み》ながら、ハリーが言《い》った。

「ハグリッドが半巨人《はんきょじん》なら、あの人《ひと》も絶対《ぜったい》そうだ。骨太《ほねぶと》だって……あの人《ひと》より骨《ほね》が太《ふと》いのは恐竜《きょうりゅう》ぐらいなもんだよ」

二人《ふたり》だけの片隅《かたすみ》で、ハリーとロンは、それからパーティが終《お》わるまでずっと、巨人《きょじん》について語《かた》り合《あ》った。二人《ふたり》ともダンスをする気分《きぶん》にはなれなかった。ハリーはチョウとセドリックのほうをあまり見《み》ないようにした。見《み》れば何《なに》かをけとばしたい気持《きも》ちにかられるからだ。

「妖女《ようじょ》シスターズ」が演奏《えんそう》を終《お》えたのは真夜中《まよなか》だった。みんなが最後《さいご》に盛大《せいだい》な拍手《はくしゅ》を送《おく》り、玄関《げんかん》ホールへの道《みち》をたどりはじめた。ダンスパーティがもっと続《つづ》けばいいのにという声《こえ》があちこちから聞《き》こえたが、ハリーはベッドに行《い》けるのがとてもうれしかった。ハリーにとっては、今夜《こんや》はあまり楽《たの》しい宵《よい》ではなかった。

二人《ふたり》が玄関《げんかん》ホールに出《で》ると、クラムがダームストラングの船《ふね》に戻《もど》る前《まえ》に、ハーマイオニーがクラムにおやすみなさいを言《い》っているのが見《み》えた。ハーマイオニーはロンにひやりと冷《つめ》たい視線《しせん》を浴《あ》びせ、一言《ひとこと》も言《い》わずにロンのそばを通《とお》り過《す》ぎ、大理石《だいりせき》の階段《かいだん》を上《のぼ》っていった。ハリーとロンはそのあとをついていったが、階段《かいだん》の途中《とちゅう》で、ハリーは誰《だれ》かが呼《よ》ぶ声《こえ》を聞《き》いた。

「おーい、ハリー！」

セドリック・ディゴリーだった。ハリーは、チョウが階段下《かいだんした》の玄関《げんかん》ホールでセドリックを待《ま》っているのを見《み》た。

「うん？」

ハリーのほうにかけ上《あ》がってくるセドリックに、ハリーは冷《つめ》たい返事《へんじ》をした。

セドリックは何《なに》か言《い》いたそうだったが、ロンのいるところでは言《い》いたくないように見《み》えた。ロンは機嫌《きげん》の悪《わる》い顔《かお》で、肩《かた》をすくめ、一人《ひとり》で階段《かいだん》を上《のぼ》っていった。

「いいか……」

セドリックはロンがいなくなると、声《こえ》を落《お》として言《い》った。

「君《きみ》にはドラゴンのことを教《おし》えてもらった借《か》りがある。あの金《きん》の卵《たまご》のことだけど、開《あ》けたとき、君《きみ》の卵《たまご》はむせび泣《な》くか？」

「ああ」ハリーが答《こた》えた。

「そうか……風呂《ふろ》に入《はい》れ、いいか？」

「えっ？」

「風呂《ふろ》に入《はい》れ。そして――えーと――卵《たまご》を持《も》っていけ。そして――えーと――とにかくお湯《ゆ》の中《なか》でじっくり考《かんが》えるんだ。そうすれば考《かんが》える助《たす》けになる……信《しん》じてくれ」

ハリーはセドリックをまじまじと見《み》た。

「こうしたらいい」セドリックが続《つづ》けた。

「監督生《かんとくせい》の風呂場《ふろば》がある。六階《かい》の『ボケのボリス』の像《ぞう》の左側《ひだりがわ》、四つ目《め》のドアだ。合言葉《あいことば》は『パイン・フレッシュ、松《まつ》の香《か》さわやか』だ。もう行《い》かなきゃ……おやすみを言《い》いたいからね――」

セドリックはハリーにニコッと笑《わら》い、急《いそ》いで階段《かいだん》を下《お》りてチョウのところに戻《もど》った。

ハリーはグリフィンドール塔《とう》に一人《ひとり》で戻《もど》った。とっても変《へん》な助言《じょげん》だったなあ。風呂《ふろ》がなんで泣《な》き卵《たまご》の謎《なぞ》を解《と》く助《たす》けになるんだろう？　セドリックはからかっているんだろうか？　チョウが、僕《ぼく》と比較《ひかく》してセドリックをさらに好《す》きになるように、僕《ぼく》をまぬけに見《み》せようとしているのだろうか？

「太《ふと》った婦人《レディ》」と友達《ともだち》のバイが穴《あな》の前《まえ》の肖像画《しょうぞうが》の中《なか》で寝息《ねいき》を立《た》てていた。ハリーは二人《ふたり》を起《お》こすため、「フェアリー・ライト、豆電球《まめでんきゅう》！」と叫《さけ》ばなければならなかった。それで起《お》こされてしまった二人《ふたり》は、相当《そうとう》おかんむりだった。

談話室《だんわしつ》に上《あ》がっていくと、ロンとハーマイオニーが火花《ひばな》を散《ち》らして口論中《こうろんちゅう》だった。間《あいだ》を三メートルもあけて立《た》ち、双方真《そうほうま》っ赤《か》な顔《かお》で叫《さけ》び合《あ》っている。

「ええ、ええ、お気《き》に召《め》さないんでしたらね、解決法《かいけつほう》はわかってるでしょう？」

ハーマイオニーが叫《さけ》んだ。優雅《ゆうが》なシニョンは今《いま》や垂《た》れ下《さ》がり、怒《いか》りで顔《かお》がゆがんでいる。

「ああ、そうかい？」ロンが叫《さけ》び返《かえ》した。

「言《い》えよ。何《なん》だい」

「今度《こんど》ダンスパーティがあったら、ほかの誰《だれ》かが私《わたし》に申《もう》し込《こ》む前《まえ》に申《もう》し込《こ》みなさいよ。最後《さいご》の手《しゅ》段《だん》じゃなくって！」

ハーマイオニーがきびすを返《かえ》し、女子寮《じょしりょう》の階段《かいだん》を荒々《あらあら》しく上《のぼ》っていく間《あいだ》、ロンは水《みず》から上《あ》がった金魚《きんぎょ》のように、口《くち》をパクパクさせていた。ロンが振《ふ》り返《かえ》ってハリーを見《み》た。

「まあな」

ロンは雷《かみなり》に打《う》たれたような顔《かお》でブツブツ言《い》った。

「つまり——要《よう》するにだ——まったく的《まと》はずれもいいとこだ——」

ハリーは何《なに》も言《い》わなかった。正直《しょうじき》に言《い》うことで、せっかく元《もと》どおりになった大切《たいせつ》なロンとの仲《なか》を壊《こわ》したくはなかった——しかし、ハリーにはなぜか、ハーマイオニーのほうが、ロンより的《まと》を射《い》ているように思《おも》えた。

第《だい》24章《しょう》　リータ・スキーターの特《とく》ダネ

クリスマスの翌日《よくじつ》は、みんな朝寝坊《あさねぼう》した。グリフィンドールの談話室《だんわしつ》はこれまでとは打《う》って変《か》わって静《しず》かだったし、気《け》だるい会話《かいわ》もあくびでとぎれがちだった。ハーマイオニーの髪《かみ》はまた元《もと》に戻《もど》ってぼさぼさだった。ダンスパーティのために「スリーク・イージーの直毛薬《ちょくもうやく》」を大量《たいりょう》に使《つか》ったのだと、ハーマイオニーはハリーに打《う》ち明《あ》けた。

「だけど、面倒《めんどう》くさくって、とても毎日《まいにち》やる気《き》にならないわ」

ゴロゴロのどを鳴《な》らしているクルックシャンクスの耳《みみ》の後《うし》ろをカリカリかきながら、ハーマイオニーは事《こと》もなげに言《い》った。

ロンとハーマイオニーは、二人《ふたり》の争点《そうてん》には触《ふ》れないと、暗黙《あんもく》の了解《りょうかい》に達《たっ》したようだった。お互《たが》いにばかていねいだったが、仲《なか》よくしていた。ハリーとロンは、偶然耳《ぐうぜんみみ》にしたマダム・マクシームとハグリッドの会話《かいわ》を、すぐさまハーマイオニーに話《はな》して聞《き》かせた。しかし、ハーマイオニーは、ハグリッドが半巨人《はんきょじん》だというニュースに、ロンほどショックを受《う》けてはいなかった。

「まあね、そうだろうと思《おも》っていたわ」

ハーマイオニーは肩《かた》をすくめた。

「もちろん、純巨人《じゅんきょじん》でないことはわかってた。だって、ほんとの巨人《きょじん》なら、身長《しんちょう》六メートルもあるもの。だけど、巨人《きょじん》のことになるとヒステリーになるなんて、どうかしてるわ。全部《ぜんぶ》が全部《ぜんぶ》恐《おそ》ろしいわけないのに……狼人間《おおかみにんげん》に対《たい》する偏見《へんけん》と同《おな》じことね……単《たん》なる思《おも》い込《こ》みだわ」

ロンは何《なに》か痛烈《つうれつ》に反撃《はんげき》したそうな顔《かお》をしたが、ハーマイオニーとまた一悶着《ひともんちゃく》起《お》こすのはごめんだと思《おも》ったらしく、ハーマイオニーが見《み》ていないときに、「つき合《あ》いきれないよ」と頭《かぶり》を振《ふ》るだけで満足《まんぞく》したようだった。

休暇《きゅうか》が始《はじ》まってから一週間無視《しゅうかんむし》し続《つづ》けていた宿題《しゅくだい》を、思《おも》い出《だ》す時《とき》が来《き》た。クリスマスが終《お》わってしまった今《いま》、誰《だれ》もが気《き》が抜《ぬ》けていた——ハリー以外《いがい》は。ハリーは（これで二度目《どめ》だが）少《すこ》し不安《ふあん》になりはじめていた。

困《こま》ったことに、クリスマスを境《さかい》に、二月《がつ》二十四日《か》はぐっと間近《まぢか》に迫《せま》って見《み》えた。それなのに、ハリーはまだ何《なに》も金《きん》の卵《たまご》の謎《なぞ》を解《と》き明《あ》かす努力《どりょく》をしていない。ハリーは、寮《りょう》の寝室《しんしつ》に上《あ》がるたびに、トランクから卵《たまご》を取《と》り出《だ》し、開《あ》けて、何《なに》かわかるのではないかと願《ねが》いながら一心《いっしん》にその音《おと》を聞《き》くことにした。三十丁《ちょう》ののこぎり楽器《がっき》が奏《かな》でる音以外《おといがい》に何《なに》か思《おも》いつかないかと、必死《ひっし》で考《かんが》えたが、こんな音《おと》は今《いま》まで聞《き》いたことがない。ハリーは卵《たまご》を閉《と》じ、勢《いきお》いよく振《ふ》って、何《なに》か音《おと》が変化《へんか》しているかとまた開《あ》けてみるのだが、何《なん》の変化《へんか》もない。卵《たまご》に質問《しつもん》してみたり、泣《な》き声《ごえ》に負《ま》けないくらい大声《おおごえ》を出《だ》してみたりしたが、何《なに》も起《お》こらない。ついには卵《たまご》を部屋《へや》のむこうに放《ほう》り投《な》げた――それでどうにかなると思《おも》ったわけではないが。

セドリックがくれたヒントを忘《わす》れたわけではなかった。しかし、今《いま》は、セドリックに対《たい》して打《う》ち解《と》けない気持《きも》ちだ。できればセドリックの助《たす》けは借《か》りたくないという思《おも》いが強《つよ》かった。セドリックが本気《ほんき》でハリーに手《て》を貸《か》したいのなら、もっとはっきり教《おし》えてくれたはずだ。僕《ぼく》は、セドリックに第《だい》一の課題《かだい》そのものずばりを教《おし》えたじゃないか――セドリックの考《かんが》える公正《こうせい》なお返《かえ》しは、僕《ぼく》に「風呂《ふろ》に入《はい》れ」と言《い》うだけなのか。いいとも。そんなくだらない助《たす》けなら僕《ぼく》はいらない――どっちにしろ、チョウと手《て》をつないで廊下《ろうか》を歩《ある》いているやつの手助《てだす》けなんか、いるもんか。

そうこうするうちに、新学期《しんがっき》の一日目《にちめ》が始《はじ》まり、ハリーは授業《じゅぎょう》に出《で》かけた。教科書《きょうかしょ》や羊皮紙《ようひし》、羽根《はね》ペンはいつものように重《おも》かったが、そればかりでなく、気《き》がかりな卵《たまご》が胃《い》に重《おも》くのしかかり、まるで卵《たまご》までも持《も》ち歩《ある》いているかのようだった。

校庭《こうてい》はまだ深々《ふかぶか》と雪《ゆき》に覆《おお》われ、温室《おんしつ》の窓《まど》はびっしりと結露《けつろ》して、「薬草学《やくそうがく》」の授業中《じゅぎょうちゅう》、外《そと》が見《み》えなかった。こんな天気《てんき》に「魔法生物飼育学《まほうせいぶつしいくがく》」の授業《じゅぎょう》を受《う》けるのは、誰《だれ》も気《き》が進《すす》まなかった。しかし、ロンの言《い》うとおり、スクリュートのおかげでみんな充分《じゅうぶん》に暖《あたた》かくなれるかもしれない。スクリュートに追《お》いかけられるとか、激烈《げきれつ》な爆発《ばくはつ》でハグリッドの小屋《こや》が火事《かじ》になるとか。

ハグリッドの小屋《こや》にたどり着《つ》いてみると、白髪《しらが》を短《みじか》く刈《か》り込《こ》み、あごが突《つ》き出《で》た老魔女《ろうまじょ》が、戸《と》口《ぐち》に立《た》っていた。

「さあ、お急《いそ》ぎ。鐘《かね》はもう五分前《ふんまえ》に鳴《な》ってるよ」雪道《ゆきみち》でなかなか先《さき》に進《すす》まない生徒《せいと》たちに、魔女《まじょ》が大声《おおごえ》で呼《よ》びかけた。

「あなたは誰《だれ》ですか？」ロンが魔女《まじょ》を見《み》つめた。

「ハグリッドはどこ？」

「わたしゃ、グラブリー‐プランク先生《せんせい》」魔女《まじょ》は元気《げんき》よく答《こた》えた。「『魔法生物飼育学《まほうせいぶつしいくがく》』の代用教師《だいようきょうし》だよ」

「ハグリッドはどこなの？」ハリーも大声《おおごえ》で同《おな》じことを聞《き》いた。

「あの人《ひと》は気分《きぶん》が悪《わる》くてね」魔女《まじょ》はそれしか言《い》わなかった。

低《ひく》いふゆかいな笑《わら》い声《ごえ》がハリーの耳《みみ》に入《はい》ってきた。振《ふ》り返《かえ》ると、ドラコ・マルフォイとスリザリン生《せい》が到着《とうちゃく》していた。どの顔《かお》も上機嫌《じょうきげん》で、グラブリー‐プランク先生《せんせい》を見《み》ても誰《だれ》も驚《おどろ》いていない。

「こっちへおいで」

グラブリー－プランク先生《せんせい》は、ボーバトンの巨大《きょだい》な馬《うま》たちが震《ふる》えている囲《かこ》い地《ち》に沿《そ》って、ずんずん歩《ある》いていった。ハリー、ロン、ハーマイオニーは、魔女《まじょ》について歩《ある》きながら、ハグリッドの小屋《こや》を振《ふ》り返《かえ》った。カーテンが全部《ぜんぶ》閉《し》まっている。ハグリッドは病気《びょうき》で、たった一人《ひとり》であそこにいるのだろうか？

「ハグリッドはどこが悪《わる》いのですか？」

ハリーは急《いそ》いでグラブリー－プランク先生《せんせい》に追《お》いつき、聞《き》いた。

「気《き》にしなくていいよ」

余計《よけい》なお世話《せわ》だとでも言《い》いたげな答《こた》えだった。

「でも気《き》になります」ハリーの声《こえ》に熱《ねつ》がこもった。

「いったいどうしたのですか？」

グラブリー－プランク先生《せんせい》は聞《き》こえないふりをした。ボーバトンの馬《うま》が寒《さむ》さに身《み》を寄《よ》せ合《あ》って立《た》っている囲《かこ》い地《ち》を過《す》ぎ、禁《きん》じられた森《もり》の端《はし》に立《た》つ一本《ぽん》の木《き》のところへ、先生《せんせい》はみんなを連《つ》れてきた。その木《き》には、大《おお》きな美《うつく》しいユニコーンがつながれていた。

「おぉぉぉぉー！」

ユニコーンを見《み》ると、大勢《おおぜい》の女子学生《じょしがくせい》が思《おも》わず声《こえ》を上《あ》げた。

「まあ、なんてきれいなんでしょう！」

ラベンダー・ブラウンがささやくように言《い》った。

「あの先生《せんせい》、どうやって手《て》に入《い》れたのかしら？　捕《つか》まえるのはとっても難《むずか》しいはずよ！」

ユニコーンの輝《かがや》くような白《しろ》さに、周《まわ》りの雪《ゆき》さえも灰色《はいいろ》に見《み》えるほどだった。ユニコーンは金色《きんいろ》のひづめで神経質《しんけいしつ》に地《ち》をかき、角《つの》のある頭《あたま》をのけぞらせていた。

「男《おとこ》の子《こ》は下《さ》がって！」

グラブリー－プランク先生《せんせい》は腕《うで》をサッと伸《の》ばし、ハリーの胸《むね》のあたりでがっしり行《ゆ》く手《て》をさえぎり、大声《おおごえ》で言《い》った。

「ユニコーンは女性《じょせい》の感触《かんしょく》のほうがいいんだよ。女《おんな》の子《こ》は前《まえ》へ。気《き》をつけて近《ちか》づくように。さあ、ゆっくりと……」

先生《せんせい》も女子学生《じょしがくせい》もゆっくりとユニコーンに近《ちか》づき、男《おとこ》の子《こ》は囲《かこ》い地《ち》の柵《さく》のそばに立《た》って眺《なが》めていた。

グラブリー－プランク先生《せんせい》にこちらの声《こえ》が届《とど》かなくなるとすぐ、ハリーがロンに言《い》った。

「ハグリッドはどこが悪《わる》いんだと思《おも》う？　まさかスクリュートに――？」

「襲《おそ》われたと思《おも》ってるなら、ポッター、そうじゃないよ」

マルフォイがねっとりと言《い》った。

「ただ、恥《は》ずかしくて、あのでかい醜《みにく》い顔《かお》が出《だ》せないだけさ」

「何《なに》が言《い》いたいんだ？」ハリーが鋭《するど》い声《こえ》で聞《き》き返《かえ》した。

マルフォイはローブのポケットに手《て》を突《つ》っ込《こ》み、折《お》りたたんだ新聞《しんぶん》を一枚《まい》引《ひ》っ張《ぱ》り出《だ》した。

「ほら」マルフォイが言《い》った。

「こんなことを君《きみ》に知《し》らせたくはないけどね、ポッター……」

ハリーが新聞《しんぶん》をひったくり、広《ひろ》げて読《よ》むのを、マルフォイはニタニタしながら見《み》ていた。ロン、シェーマス、ディーン、ネビルは、ハリーの後《うし》ろから新聞《しんぶん》をのぞき込《こ》んで一緒《いっしょ》に読《よ》んだ。新聞記《しんぶんき》事《じ》の冒頭《ぼうとう》に、いかにもうさんくさそうに見《み》えるハグリッドの写真《しゃしん》がのっていた。

ダンブルドアの「巨大《きょだい》な」過《あやま》ち

本紙《ほんし》の特派員《とくはいん》、リータ・スキーターは、「ホグワーツ魔法魔術学校《まほうまじゅつがっこう》の変人校長《へんじんこうちょう》、アルバス・ダンブルドアは、常《つね》に、あえて問題《もんだい》のある人物《じんぶつ》を教職員《きょうしょくいん》に任命《にんめい》してきた」との記事《きじ》を寄《よ》せた。

　本年《ほんねん》九月《がつ》、校長《こうちょう》は、「マッド-アイ」と呼《よ》ばれる、呪《のろ》い好《ず》きで悪名《あくめい》高《たか》い元闇祓《もとやみばら》いのアラスター・ムーディを、「闇《やみ》の魔術《まじゅつ》に対《たい》する防衛術《ぼうえいじゅつ》」の教師《きょうし》として迎《むか》えた。この人選《じんせん》は、魔法省《まほうしょう》の多《おお》くの役人《やくにん》の眉《まゆ》をひそめさせた。ムーディは身近《みぢか》で急《きゅう》に動《うご》く者《もの》があれば、誰《だれ》かれ見境《みさかい》なく攻撃《こうげき》する習性《しゅうせい》があるからだ。そのマッド-アイ・ムーディでさえ、ダンブルドアが「魔法生物飼育学《まほうせいぶつしいくがく》」の教師《きょうし》に任命《にんめい》した半《はん》ヒトに比《くら》べれば、まだ責任感《せきにんかん》のあるやさしい人物《じんぶつ》に見《み》える。

　三年生《ねんせい》のときホグワーツを退校処分《たいこうしょぶん》になったと自《みずか》ら認《みと》めるルビウス・ハグリッドは、それ以来《いらい》、ダンブルドアが確保《かくほ》してくれた森番《もりばん》としての職《しょく》を享受《きょうじゅ》してきた。ところが、昨年《さくねん》、ハグリッドは、校長《こうちょう》に対《たい》する不可思議《ふかしぎ》な影響力《えいきょうりょく》を行使《こうし》し、あまたの適任候補《てきにんこうほ》を尻目《しりめ》に、「魔法生物飼育学《まほうせいぶつしいくがく》」の教師《きょうし》という座《ざ》まで射止《いと》めてしまった。

　危険《きけん》を感《かん》じさせるまでに巨大《きょだい》で、獰猛《どうもう》な顔《かお》つきのハグリッドは、新《あら》たに手《て》にした権力《けんりょく》を利用《りよう》し、恐《おそ》ろしい生物《せいぶつ》を次々《つぎつぎ》とくり出《だ》して、自分《じぶん》が担当《たんとう》する生徒《せいと》を脅《おど》している。ダンブルドアの見《み》て見《み》ぬふりをよいことに、ハグリッドは、多《おお》くの生徒《せいと》が「怖《こわ》いのなんのって」と認《みと》めるところの授業《じゅぎょう》で、何人《なんにん》かの生徒《せいと》を負傷《ふしょう》させている。

「僕《ぼく》はヒッポグリフに襲《おそ》われましたし、友達《ともだち》のビンセント・クラッブは、レタス食い虫《フロバーワーム》にひどくかまれました」四年生《ねんせい》のドラコ・マルフォイはそう言《い》う。「僕《ぼく》たちはみんな、ハグリッドをとても嫌《きら》っています。でも怖《こわ》くて何《なに》も言《い》えないのです」とも語《かた》った。

しかし、ハグリッドは威嚇作戦《いかくさくせん》の手《て》をゆるめる気《き》はさらさらない。先月《せんげつ》、「日刊予言《にっかんよげん》者新聞《しゃしんぶん》」の記者《きしゃ》の取材《しゅざい》に答《こた》えて、ハグリッドは、「尻尾爆発《しっぽばくはつ》スクリュート」と自《みずか》ら命名《めいめい》した、マンティコアと火蟹《ひがに》とをかけ合《あ》わせた危険極《きけんきわ》まりない生物《せいぶつ》を飼育《しいく》していると認《みと》めた。魔法生物《まほうせいぶつ》の新種《しんしゅ》を創《つく》り出《だ》すことは、周知《しゅうち》のとおり「魔法生物規制管理部《まほうせいぶつきせいかんりぶ》」が常日頃《つねひごろ》厳《きび》しく監視《かんし》している行為《こうい》だ。どうやらハグリッドは、そんな些細《ささい》な規制《きせい》など自分《じぶん》には関《かか》わりなしと考《かんが》えているらしい。

「俺《おれ》はただちょいと楽《たの》しんでいるだけだ」ハグリッドはそう言《い》って、あわてて話題《わだい》を変《か》えた。

「日刊予言者新聞《にっかんよげんしゃしんぶん》」は、さらに、極《きわ》めつきの、ある事実《じじつ》をつかんでいる。ハグリッドは、純血《じゅんけつ》の魔法使《まほうつか》い――そのふりをしてきたが――ではなかった。しかも、純粋《じゅんすい》のヒトですらない。母親《ははおや》は、本紙《ほんし》のみがつかんだところによれば、なんと、女巨人《おんなきょじん》のフリドウルファで、その所在《しょざい》は、今現在不明《いまげんざいふめい》である。

血《ち》に飢《う》えた狂暴《きょうぼう》な巨人《きょじん》たちは、前世紀《ぜんせいき》に仲間内《なかまうち》の戦争《せんそう》で互《たが》いに殺《ころ》し合《あ》い、絶滅寸前《ぜつめつすんぜん》となった。生《い》き残《のこ》ったほんの一握《ひとにぎ》りの巨人《きょじん》たちは、「名前《なまえ》を言《い》ってはいけないあの人《ひと》」に与《くみ》し、恐怖支配時代《きょうふしはいじだい》に起《お》きたマグル大量殺戮事件《たいりょうさつりくじけん》の中《なか》でも最悪《さいあく》の事件《じけん》にかかわっている。

「名前《なまえ》を言《い》ってはいけないあの人《ひと》」に仕《つか》えた巨人《きょじん》の多《おお》くは、暗黒《あんこく》の勢力《せいりょく》と対決《たいけつ》した闇祓《やみばら》いたちに殺《ころ》されたが、フリドウルファはその中《なか》にはいなかった。海外《かいがい》の山岳地帯《さんがくちたい》に今《いま》なお残《のこ》る、巨人《きょじん》の集落《しゅうらく》に逃《のが》れたとも考《かんが》えられる。「魔法生物飼育学《まほうせいぶつしいくがく》」の授業《じゅぎょう》での奇行《きこう》が何《なに》かを語《かた》っているとすれば、フリドウルファの息子《むすこ》は、母親《ははおや》の狂暴《きょうぼう》な性質《せいしつ》を受《う》け継《つ》いでいると言《い》える。

運命《うんめい》のいたずらか、ハグリッドは、「例《れい》のあの人《ひと》」を失墜《しっつい》させ、自分《じぶん》の母親《ははおや》をふくむ「例《れい》のあの人《ひと》」の支持者《しじしゃ》たちを日陰《ひかげ》の身《み》に追《お》いやった、あの男《おとこ》の子《こ》との親交《しんこう》を深《ふか》めてきたとの評判《ひょうばん》である。おそらく、ハリー・ポッターは、巨大《きょだい》な友人《ゆうじん》に関《かん》する、ふゆかいな真実《しんじつ》を知《し》らないのだろう——しかし、アルバス・ダンブルドアは、ハリー・ポッター、ならびにそのほかの生徒《せいと》たちに、半巨人《はんきょじん》と交《まじ》わることの危険性《きけんせい》について警告《けいこく》する義務《ぎむ》があることは明白《めいはく》だ。

記事《きじ》を読《よ》み終《お》えたハリーは、ロンを見上《みあ》げた。ロンはぽかんと口《くち》を開《あ》けていた。

「なんでわかったんだろう？」ロンがささやいた。

ハリーが気《き》にしていたのは、そのことではなかった。

「『僕《ぼく》たちはみんな、ハグリッドをとても嫌《きら》っています』だって？　どういうつもりだ？」

ハリーはマルフォイに向《む》かって吐《は》き捨《す》てるように言《い》った。

「こいつが——」ハリーはクラッブを指差《ゆびさ》しながら言《い》った。「——レタス食い虫《フローバーワーム》にひどくかまれた？　でたらめだ。あいつらには歯《は》なんかないのに！」

クラッブはいかにも得意《とくい》げに、ニタニタ笑《わら》っていた。

「まあ、これでやっと、あのデカブツの教師生命《きょうしせいめい》もおしまいだな」

マルフォイの目《め》がギラギラ光《ひか》っていた。

「半巨人《はんきょじん》か……それなのに、僕《ぼく》なんか、あいつが小《ちい》さいときに『骨生え薬《ほねはえぐすり》』を一瓶《ひとびん》飲《の》み干《ほ》したのかと思《おも》っていた……どこの親《おや》だって、これは絶対気《ぜったいき》に入《い》らないだろうな……ヤツが子供《こども》たちを食《く》ってしまうと心配《しんぱい》するだろうよ。ハ、ハ、ハ……」

「よくも——」

「そこの生徒《せいと》、ちゃんと聞《き》いてるの？」

グラブリー－プランク先生《せんせい》の声《こえ》が、男子学生《だんしがくせい》のほうに飛《と》んできた。

女《おんな》の子《こ》たちは、みんなユニコーンの周《まわ》りに集《あつ》まってなでていた。ハリーはユニコーンのほうに目《め》を向《む》けたが、何《なに》も見《み》てはいなかった。怒《いか》りのあまり、「日刊予言者新聞《にっかんよげんしゃしんぶん》」を持《も》った両手《りょうて》が震《ふる》えていた。グラブリー－プランク先生《せんせい》は、遠《とお》くの男子学生《だんしがくせい》にも聞《き》こえるように大声《おおごえ》で、ユニコーンのさまざまな魔法特性《まほうとくせい》を列挙《れっきょ》しているところだった。

「あの女《おんな》の先生《せんせい》にずっといてほしいわ！」

授業《じゅぎょう》が終《お》わり、昼食《ちゅうしょく》をとりにみんなで城《しろ》に向《む》かう途中《とちゅう》、パーバティ・パチルが言《い》った。

「『魔法生物飼育学《まほうせいぶつしいくがく》』はこんな感《かん》じだろうって、私《わたし》が思《おも》っていたのに近《ちか》いわ……ユニコーンのようなちゃんとした生《い》き物《もの》で、怪物《かいぶつ》なんかじゃなくって……」

「ハグリッドはどうなるんだい？」

城《しろ》への石段《いしだん》を上《のぼ》りながら、ハリーが怒《おこ》った。

「どうなるかですって？」パーバティが声《こえ》を荒《あら》らげた。

「森番《もりばん》に変《か》わりないでしょう？」

ダンスパーティ以来《いらい》、パーバティはハリーにいやに冷淡《れいたん》だった。ハリーは、パーバティのことをもう少《すこ》し気《き》にかけてやるべきだったのだろうと思《おも》ったが、どっちにしろパーバティは楽《たの》しくやっていたようだ。この次《つぎ》、いつか週末《しゅうまつ》にホグズミードに行《い》くときには、ボーバトンの男《おとこ》の子《こ》と会《あ》う約束《やくそく》になっているのよと、チャンスさえあれば誰《だれ》かれなく吹聴《ふいちょう》していたのはたしかだ。

「とってもいい授業《じゅぎょう》だったわ」

大広間《おおひろま》に入《はい》るとき、ハーマイオニーが言《い》った。

「ユニコーンについて、私《わたし》、グラブリー－プランク先生《せんせい》の教《おし》えてくださったことの半分《はんぶん》も知《し》らなかっ――」

「これ、見《み》て！」

うなるようにそう言《い》うと、ハリーは「日刊予言者新聞《にっかんよげんしゃしんぶん》」をハーマイオニーの鼻先《はなさき》に突《つ》きつけた。記事《きじ》を読《よ》みながら、ハーマイオニーはあんぐりと口《くち》を開《あ》けた。ロンの反応《はんのう》とそっくり同《おな》じだった。

「あのスキーターっていやな女《おんな》、なんでわかったのかしら？　ハグリッドがあの女《おんな》に話《はな》したと思《おも》う？」

「思《おも》わない」

ハリーは先《さき》に立《た》ってグリフィンドールのテーブルのほうにどんどん進《すす》み、怒《いか》りに任《まか》せてドサッと腰《こし》を下《お》ろした。

「僕《ぼく》たちにだって一度《いちど》も話《はな》さなかったろ？　さんざん僕《ぼく》の悪口《わるくち》を聞《き》きたかったのに、ハグリッドが言《い》わなかったから、腹《はら》を立《た》てて、ハグリッドに仕返《しかえ》しするつもりでかぎ回《まわ》っていたんだろうな」

「ダンスパーティで、ハグリッドがマダム・マクシームに話《はな》しているのを聞《き》いたのかもしれない」

ハーマイオニーが静《しず》かに言《い》った。

「それだったら、僕《ぼく》たちがあの庭《にわ》でスキーターを見《み》てるはずだよ！」ロンが言《い》った。

「とにかく、スキーターは、もう学校《がっこう》には入《はい》れないことになってるはずだ。ハグリッドが言《い》ってた。ダンブルドアが禁止《きんし》したって……」

「スキーターは透明《とうめい》マントを持《も》ってるのかもしれない」ハリーが言《い》った。

チキン・キャセロールを鍋《なべ》から自分《じぶん》の皿《さら》に取《と》り分《わ》けながら、ハリーは怒《いか》りで手《て》が震《ふる》え、そこら中《じゅう》にこぼした。

「あの女《おんな》のやりそうなことだ。草《くさ》むらに隠《かく》れて盗《ぬす》み聞《ぎ》きするなんて」

「あなたやロンがやったと同《おな》じように？」ハーマイオニーが言《い》った。

「僕《ぼく》らは盗《ぬす》み聞《ぎ》きしようと思《おも》ったわけじゃない！」ロンが憤慨《ふんがい》した。

「ほかにどうしようもなかっただけだ！　バカだよ、まったく。誰《だれ》が聞《き》いているかわからないのに、自分《じぶん》の母親《ははおや》が巨人《きょじん》だって話《はな》すなんて！」

「ハグリッドに会《あ》いにいかなくちゃ！」ハリーが言《い》った。

「今夜《こんや》、『占《うらな》い学《がく》』のあとだ。戻《もど》ってきてほしいって、ハグリッドに言《い》うんだ……。君《きみ》もハグリッドに戻《もど》ってほしいって、そう思《おも》うだろう？」

ハリーはキッとなってハーマイオニーを見《み》た。

「私《わたし》――そりゃ、初《はじ》めてきちんとした『魔法生物飼育学《まほうせいぶつしいくがく》』らしい授業《じゅぎょう》を受《う》けて、新鮮《しんせん》に感《かん》じたことはたしかだわ――でも、ハグリッドに戻《もど》ってほしい。もちろん、そう思《おも》うわ！」

ハリーの激《はげ》しい怒《いか》りの視線《しせん》にたじろぎ、ハーマイオニーはあわてて最後《さいご》の言葉《ことば》をつけ加《くわ》えた。

そこで、その日《ひ》の夕食後《ゆうしょくご》、三人《にん》はまた城《しろ》を出《で》て、凍《い》てつく校庭《こうてい》を、ハグリッドの小屋《こや》へと向《む》かった。小屋《こや》の戸《と》をノックすると、ファングのとどろくようなほえ声《ごえ》が応《こた》えた。

「ハグリッド、僕《ぼく》たちだよ！」

ハリーはドンドンと戸《と》をたたきながら叫《さけ》んだ。

「開《あ》けてよ！」

ハグリッドの応《こた》えはなかった。ファングが哀《あわ》れっぽく鼻《はな》を鳴《な》らしながら、戸《と》をガリガリ引《ひ》っかく音《おと》が聞《き》こえた。しかし、戸《と》は開《ひら》かない。それから十分《ぷん》ほど、三人《にん》は戸《と》をガンガンたたいた。ロンは小屋《こや》を回《まわ》り込《こ》んで、窓《まど》をバンバンたたいた。それでも何《なん》の反応《はんのう》もない。

「どうして私《わたし》たちをさけるの？」

ついにあきらめて、城《しろ》に向《む》かって戻《もど》る道々《みちみち》、ハーマイオニーが言《い》った。

「ハグリッドが半巨人《はんきょじん》だってこと、まさか、ハグリッドったら、私《わたし》たちがそれを気《き》にしてると思《おも》ってるわけじゃないでしょうね？」

しかし、ハグリッドはそれを気《き》にしているようだった。その週《しゅう》、ハグリッドの姿《すがた》はどこにも見《み》当《あ》たらなかった。食事《しょくじ》のときも教職員《きょうしょくいん》テーブルに姿《すがた》を見《み》せず、校庭《こうてい》で森番《もりばん》の仕事《しごと》をしている様《よう》子《す》もなかった。「魔法生物飼育学《まほうせいぶつしいくがく》」は、グラブリー－プランク先生《せんせい》が続《つづ》けて教《おし》えた。マルフォイは、事《こと》あるごとに満足《まんぞく》げにほくそ笑《え》んだ。

「混血《こんけつ》の仲《なか》よしがいなくてさびしいのか？」

マルフォイは、ハリーが反撃《はんげき》できないように、誰《だれ》か先生《せんせい》が近《ちか》くにいるときだけをねらってハリーにささやいた。

「エレファントマンに会《あ》いたいだろう？」

一月半《がつなか》ばにホグズミード行《い》きが許《ゆる》された。ハリーが行《い》くつもりだと言《い》ったので、ハーマイオニーは驚《おどろ》いた。

「せっかく談話室《だんわしつ》が静《しず》かになるのよ。このチャンスを利用《りよう》したらいいのにと思《おも》って」

ハーマイオニーが言《い》った。

「あの卵《たまご》に真剣《しんけん》に取《と》り組《く》むチャンスよ」

「ああ。僕《ぼく》――僕《ぼく》、あれがどういうことなのか、もう相当《そうとう》いいとこまでわかってるんだ」

ハリーはうそをついた。

「ほんと？」ハーマイオニーは感心《かんしん》したように言《い》った。

「すごいわ！」

ハリーは罪悪感《ざいあくかん》で内臓《ないぞう》がよじれる思《おも》いだったが、無視《むし》した。何《なん》といっても、卵《たまご》のヒントを解《と》く時間《じかん》はまだ五週間《しゅうかん》もある。まだまだ先《さき》だ……それに、ホグズミードに行《い》けば、ハグリッドにばったり出会《であ》って、戻《もど》ってくれるように説得《せっとく》するチャンスもあるかもしれない。

土曜日《どようび》が来《き》た。ハリーはロン、ハーマイオニーと連《つ》れ立《だ》って城《しろ》を出《で》、冷《つめ》たい、湿《しめ》った校庭《こうてい》を、校門《こうもん》のほうへと歩《ある》いた。湖《みずうみ》に停留《ていりゅう》しているダームストラングの船《ふね》のそばを通《とお》るとき、ビクトール・クラムがデッキに現《あらわ》れるのが見《み》えた。水泳《すいえい》パンツ一枚《まい》の姿《すがた》だ。やせてはいるが、見《み》かけよりずっとタフらしい。船《ふね》の縁《へり》によじ登《のぼ》り、両腕《りょううで》を伸《の》ばしたかと思《おも》うと、まっすぐ湖《みずうみ》に飛《と》び込《こ》んだ。

「狂《くる》ってる！」

クラムの黒《くろ》い頭髪《とうはつ》が湖《みずうみ》の中央《ちゅうおう》に浮《う》き沈《しず》みするのを見《み》つめながら、ハリーが言《い》った。

「凍《こご》えちゃう。一月《がつ》だよ！」

「あの人《ひと》はもっと寒《さむ》いところから来《き》ているの」ハーマイオニーが言《い》った。

「あれでもけっこう暖《あたた》かいと感《かん》じてるんじゃないかしら」

「ああ、だけど、その上《うえ》、大《おお》イカもいるしね」

ロンの声《こえ》は、ちっとも心配《しんぱい》そうではなかった――むしろ、何《なに》か期待《きたい》しているようだった。ハーマイオニーはそれに気《き》づいて顔《かお》をしかめた。

「あの人《ひと》、ほんとにいい人《ひと》よ」ハーマイオニーが言《い》った。

「ダームストラング生《せい》だけど、あなたが考《かんが》えているような人《ひと》とはまったくちがうわ。ここのほうがずっと好《す》きだって、私《わたし》にそう言《い》ったの」

ロンは何《なん》にも言《い》わなかった。ダンスパーティ以来《いらい》、ロンはビクトール・クラムの名《な》を一度《いちど》も口《くち》にしなかったが、クリスマスの翌日《よくじつ》、ハリーはベッドの下《した》に小《ちい》さな人形《にんぎょう》の腕《うで》が転《ころ》がっているのを見《み》つけた。ポッキリ折《お》れた腕《うで》は、どう見《み》ても、ブルガリアのクィディッチ・ユニフォームを着《き》たミニチュア人形《にんぎょう》の腕《うで》だった。

雪《ゆき》でぬかるんだハイストリート通《どお》りを、ハリーは目《め》を凝《こ》らしてハグリッドの姿《すがた》を探《さが》しながら歩《ある》いた。どの店《みせ》にもハグリッドがいないことがわかると、ハリーは「三本《さんぼん》の箒《ほうき》」に行《い》こうと提案《ていあん》した。

パブは相変《あいか》わらず混《こ》み合《あ》っていた。しかし、テーブルをひとわたり、ざっと見回《みまわ》しただけで、ハグリッドの姿《すがた》がないことがわかった。ハリーはがっくり消沈《しょうちん》して、ロン、ハーマイオニーと一緒《いっしょ》にカウンターに行《い》き、マダム・ロスメルタにバタービールを注文《ちゅうもん》した。こんなことなら、寮《りょう》に残《のこ》って、卵《たまご》の泣《な》きわめく声《こえ》を聞《き》いていたほうがましだったと、ハリーは暗《くら》い気持《きも》ちになった。

「あの人《ひと》、いったいいつ、お役所《やくしょ》で仕事《しごと》をしてるの？」

突然《とつぜん》ハーマイオニーがヒソヒソ声《ごえ》で言《い》った。

「見《み》て！」

ハーマイオニーはカウンターの後《うし》ろにある鏡《かがみ》を指差《ゆびさ》していた。ハリーがのぞくと、ルード・バグマンが映《うつ》っていた。大勢《おおぜい》の小鬼《ゴブリン》に囲《かこ》まれて、薄暗《うすぐら》い隅《すみ》のほうに座《すわ》っている。バグマンは小鬼《ゴブリン》に向《む》かって、低《ひく》い声《こえ》で早口《はやくち》にまくしたてている。小鬼《ゴブリン》は全員腕組《ぜんいんうでぐ》みして、何《なに》やら恐《おそ》ろしげな雰囲気《ふんいき》だ。

たしかにおかしい、とハリーは思《おも》った。今週《こんしゅう》は三校対抗試合《さんこうたいこうじあい》がないし、審査《しんさ》の必要《ひつよう》もないのに、週末《しゅうまつ》にバグマンが「三本《さんぼん》の箒《ほうき》」にいる。ハリーは鏡《かがみ》のバグマンを見《み》つめた。バグマンはまた緊《きん》張《ちょう》している。あの夜《よる》、森《もり》に「闇《やみ》の印《しるし》」が現《あらわ》れる直前《ちょくぜん》に見《み》た、バグマンのあの緊張《きんちょう》ぶりと同《おな》じだ。しかしその時《とき》、ちらりとカウンターを見《み》たバグマンが、ハリーを見《み》つけて立《た》ち上《あ》がった。

「すぐだ。すぐだから！」

ハリーは、バグマンが小鬼《ゴブリン》に向《む》かってぶっきらぼうにそう言《い》うのを聞《き》いた。そして、バグマンは急《いそ》いでハリーのほうにやってきた。少年《しょうねん》のような笑顔《えがお》が戻《もど》っていた。

「ハリー！」バグマンが声《こえ》をかけた。

「元気《げんき》か？　君《きみ》にばったり会《あ》えるといいと思《おも》っていたよ！　すべて順調《じゅんちょう》かね？」

「はい。ありがとうございます」ハリーが答《こた》えた。

「ちょっと、二人《ふたり》だけで話《はな》したいんだが、どうかね、ハリー？」バグマンが頼《たの》み込《こ》んだ。

「君《きみ》たち、お二人《ふたり》さん、ちょっとだけはずしてくれるかな？」

「アー――オッケー」

ロンはそう言《い》うと、ハーマイオニーと二人《ふたり》でテーブルを探《さが》しにいった。

バグマンは、マダム・ロスメルタから一番遠《いちばんとお》いカウンターの隅《すみ》に、ハリーを引《ひ》っ張《ぱ》っていった。

「さーて、ハリー、ホーンテールとの対決《たいけつ》は見事《みごと》だった。まずはもう一度《いちど》おめでとうだ」

バグマンが言《い》った。

「実《じつ》にすばらしかった」

「ありがとうございます」

バグマンはそんなことが言《い》いたかったのではないと、ハリーにはわかった。お祝《いわ》いを言《い》うだけなら、ロンやハーマイオニーの前《まえ》でもかまわないはずだ。しかし、バグマンは特《とく》に急《いそ》いで手《て》の内《うち》を明《あ》かすような気配《けはい》ではなかった。カウンターの奥《おく》の鏡《かがみ》をちらりとのぞいて、小鬼《ゴブリン》を見《み》ているようだ。小鬼《ゴブリン》は全員《ぜんいん》、目尻《めじり》の吊《つ》り上《あ》がった暗《くら》い目《め》で、だまってバグマンとハリーを見《み》つめていた。

「まったく悪夢《あくむ》だ」

ハリーが小鬼《ゴブリン》を見《み》つめているのに気《き》づいたバグマンが、声《こえ》をひそめて言《い》った。

「連中《れんちゅう》の言葉《ことば》ときたら、お粗末《そまつ》で……クィディッチ・ワールドカップでのブルガリア勢《ぜい》を思《おも》い出《だ》してしまうよ……。しかしブルガリア勢《ぜい》のほうは、少《すく》なくともほかのヒト類《るい》にわかるような手話《しゅわ》を使《つか》った。こいつらは、ちんぷんかんぷんのゴブルディグック語《ご》でべらべらまくし立《た》てる……私《わたし》の知《し》っているゴブルディグック語《ご》は『ブラドヴァック』の一語《ご》だけだ。『つるはし』だがね。連《れん》中《ちゅう》の前《まえ》でこの単語《たんご》は使《つか》いたくない。脅迫《きょうはく》していると思《おも》われると困《こま》るからね」

小鬼《ゴブリン》がまだバグマンをにらみ続《つづ》けているのに気《き》づいて、ハリーが聞《き》いた。

「小鬼《ゴブリン》はいったい何《なに》が望《のぞ》みなんですか？」

バグマンは低音《ていおん》の効《き》いた声《こえ》で短《みじか》く笑《わら》った。

「あー――それはだ……」

バグマンは急《きゅう》にそわそわしだした。

「あいつらは……あー……バーティ・クラウチを探《さが》しているんだ」

「どうしてこんなところで探《さが》すんですか？」ハリーが聞《き》いた。

「クラウチさんは、ロンドンの魔法省《まほうしょう》でしょう？」

「あー……実《じつ》は、どこにいるか、私《わたし》にはわからんのだ」

バグマンが言《い》った。

「何《なん》というか……仕事《しごと》に出《で》てこなくなったのだ。もう二、三週間欠勤《しゅうかんけっきん》している。助手《じょしゅ》のパーシーという若者《わかもの》は、病気《びょうき》だと言《い》うんだがね。ふくろう便《びん》で指示《しじ》を送《おく》ってくるらしいが。だが、このことは、ハリー、誰《だれ》にも言《い》わないでくれるかな？　何《なに》しろ、リータ・スキーターがまだあっちこっちかぎ回《まわ》っているんでね。バーティの病気《びょうき》のことを知《し》ったら、まちがいなく、何《なに》か不吉《ふきつ》な記《き》事《じ》にでっち上《あ》げる。バーティがバーサ・ジョーキンズと同《おな》じに行方不明《ゆくえふめい》だとか何《なん》とか」

「バーサ・ジョーキンズのことは、何《なに》かわかったのですか？」ハリーが聞《き》いた。

「いや」

バグマンはまたこわばった顔《かお》をした。

「もちろん捜索《そうさく》させているが……」（遅《おそ》いぐらいだ、とハリーは思《おも》った）「しかし、不思《ふし》議《ぎ》なこともあるものだ。バーサはたしかにアルバニアに到着《とうちゃく》している。何《なに》せ、そこでまたいとこに会《あ》っている。それから、またいとこの家《いえ》を出《で》て、おばさんに会《あ》いに南《みなみ》に向《む》かった……そしてその途中《とちゅう》、影《かげ》も形《かたち》もなく消《き》えた。何《なに》が起《お》こったやらさっぱりわからん……かけ落《お》ちするタイプには見《み》えないんだが。たとえばの話《はなし》だが……いや、しかし……。何《なん》だい、こりゃ？　小鬼《ゴブリン》とバーサの話《はなし》などして。私《わたし》が聞《き》きたかったのは」

バグマンは声《こえ》を落《お》とした。

「金《きん》の卵《たまご》はどうしてるかね？」

「あの……まあまあです」ハリーは言葉《ことば》をにごした。

バグマンはハリーのごまかしを見抜《みぬ》いたようだった。

「いいかい、ハリー」

バグマンは（声《こえ》を低《ひく》めたまま）言《い》った。

「私《わたし》は何《なに》もかも気《き》の毒《どく》だと思《おも》っている……君《きみ》はこの試合《しあい》に引《ひ》きずり込《こ》まれた。自分《じぶん》から望《のぞ》んだわけでもないのに……もし、（バグマンの声《こえ》がさらに低《ひく》くなり、ハリーは耳《みみ》を近《ちか》づけないと聞《き》き取《と》れなかった）……もし私《わたし》に何《なに》かできるなら……君《きみ》をちょっとだけあと押《お》ししてやれたら……私《わたし》は君《きみ》が気《き》に入《い》ってね……あのドラゴンとの対決《たいけつ》はどうだい！……さあ、一言《ひとこと》言《い》ってくれたら」

ハリーはバグマンのバラ色《いろ》の丸顔《まるがお》や、大《おお》きい赤《あか》ん坊《ぼう》のような青《あお》い目《め》を見上《みあ》げた。

「自分一人《じぶんひとり》の力《ちから》で謎《なぞ》を解《と》くことになっているでしょう？」

ハリーは、「魔法《まほう》ゲーム・スポーツ部《ぶ》」の部長《ぶちょう》がルールを破《やぶ》っていると非難《ひなん》がましく聞《き》こえないように気《き》を配《くば》り、なにげない調子《ちょうし》で言《い》った。

「いや……それは、そうだが」

バグマンがじれったそうに言《い》った。

「しかし――いいじゃないか、ハリー――みんなホグワーツに勝《か》たせたいと思《おも》っているんだから」

「セドリックにも援助《えんじょ》を申《もう》し出《で》られましたか？」ハリーが聞《き》いた。

バグマンのつやつやした顔《かお》が、かすかにゆがんだ。

「いいや」バグマンが言《い》った。

「私《わたし》は──ほら、さっきも言《い》ったように、君《きみ》が気《き》に入《い》ったんだ。だからちょっと助《たす》けてやりたいと……」

「ええ、ありがとうございます」ハリーが言《い》った。

「でも、僕《ぼく》、卵《たまご》のことはほとんどわかりました……あと二、三日《にち》あれば、解決《かいけつ》です」

なぜバグマンの申《もう》し出《で》を断《ことわ》るのか、ハリーにはよくわからなかった。ただ、バグマンはハリーにとって、まったく赤《あか》の他人《たにん》といってもよい。だから、バグマンの助《たす》けを受《う》けるのは、ロンや、ハーマイオニー、シリウスの忠告《ちゅうこく》を聞《き》くことより、ずっと八百長《やおちょう》に近《ちか》いような気《き》がしただけだ。

バグマンは、ほとんど侮辱《ぶじょく》されたような顔《かお》をした。しかし、その時《とき》フレッドとジョージが現《あらわ》れたので、それ以上何《いじょうなに》も言《い》えなくなった。

「こんにちは、バグマンさん」フレッドが明《あか》るい声《こえ》で挨拶《あいさつ》した。

「僕《ぼく》たちから何《なに》かお飲《の》み物《もの》を差《さ》し上《あ》げたいのですが？」

「あー……いや」

バグマンは残念《ざんねん》そうな目《め》つきで、もう一度《いちど》ハリーを見《み》た。

「せっかくだが、お二人《ふたり》さん」

バグマンは、ハリーに手《て》ひどく振《ふ》られたような顔《かお》でハリーを眺《なが》めていたが、フレッドとジョージも、バグマンと同《おな》じくらい残念《ざんねん》そうな顔《かお》をしていた。

「さて、急《いそ》いで行《い》かないと」バグマンが言《い》った。

「それじゃあ。ハリー、がんばれよ」

バグマンは急《いそ》いでパブを出《で》ていった。小鬼《ゴブリン》は全員椅子《ぜんいんいす》からスルリと下《お》りて、バグマンのあとを追《お》った。ハリーはロンとハーマイオニーのところへ戻《もど》った。

「何《なん》の用《よう》だったんだい？」ハリーが椅子《いす》に座《すわ》るや否《いな》や、ロンが聞《き》いた。

「金《きん》の卵《たまご》のことで、助《たす》けたいって言《い》った」ハリーが答《こた》えた。

「そんなことしちゃいけないのに！」

ハーマイオニーはショックを受《う》けたような顔《かお》をした。

「審査員《しんさいん》の一人《ひとり》じゃない！　どっちにしろ、ハリー、あなたもうわかったんでしょう？——そうでしょう？」

「あ……まあね」ハリーが言《い》った。

「バグマンが、あなたに八百長《やおちょう》を勧《すす》めてたなんて、ダンブルドアが知《し》ったら、きっと気《き》に入《い》らないと思《おも》うわ！」

ハーマイオニーは、まだ、絶対《ぜったい》に納得《なっとく》できないという顔《かお》をしていた。

「バグマンが、セドリックもおんなじように助《たす》けたいって思《おも》っているならいいんだけど！」

「それが、ちがうんだ。僕《ぼく》も質問《しつもん》した」ハリーが言《い》った。

「ディゴリーが援助《えんじょ》を受《う》けているかいないかなんて、どうでもいいだろ？」

ロンが言《い》った。ハリーも内心《ないしん》そう思《おも》った。

「あの小鬼《ゴブリン》たち、あんまり和気《わき》あいあいの感《かん》じじゃなかったわね」

バタービールをすすりながら、ハーマイオニーが言《い》った。

「こんなところで、何《なに》していたのかしら？」

「クラウチを探《さが》してる。バグマンはそう言《い》ったけど」ハリーが言《い》った。

「クラウチはまだ病気《びょうき》らしい。仕事《しごと》に来《き》てないんだって」

「パーシーが一服盛《いっぷくも》ってるんじゃないか」ロンが言《い》った。

「もしかしたら、クラウチが消《き》えれば、自分《じぶん》が『国際魔法協力部《こくさいまほうきょうりょくぶ》』の部長《ぶちょう》に任命《にんめい》されるって思《おも》ってるんだ」

ハーマイオニーが、「そんなこと、冗談《じょうだん》にも言《い》うもんじゃないわ」という目《め》つきでロンをにらんだ。

「変《へん》ね。小鬼《ゴブリン》がクラウチさんを探《さが》すなんて……普通《ふつう》なら、あの連中《れんちゅう》は『魔法生物規制管理部《まほうせいぶつきせいかんりぶ》』の管轄《かんかつ》でしょうに」

「でも、クラウチはいろんな言葉《ことば》がしゃべれるし」ハリーが言《い》った。

「たぶん、通訳《つうやく》が必要《ひつよう》なんだろう」

「今度《こんど》はかわいそうな『小鬼《ゴブリン》ちゃん』の心配《しんぱい》かい？」

ロンがハーマイオニーに言《い》った。

「S《エス》・P《ピー》・U《ユー》・G《ジー》か何《なん》か始《はじ》めるのかい？　醜《みにく》い（U《ユー》）小鬼《ゴブリン》（G《ジー》）を守《まも》る会《かい》とか？」

「お・あ・い・に・く」

ハーマイオニーが皮肉《ひにく》たっぷりに言《い》った。

「小鬼《ゴブリン》には保護《ほご》はいりません。ビンズ先生《せんせい》のおっしゃったことを聞《き》いていなかったの？　小鬼《ゴブリン》の反乱《はんらん》のこと？」

「聞《き》いてない」ハリーとロンが同時《どうじ》に答《こた》えた。

「つまり、小鬼《ゴブリン》たちは魔法使《まほうつか》いに太刀打《たちう》ちできる能力《のうりょく》があるのよ」

ハーマイオニーがまた一口《ひとくち》バタービールをすすった。

「あの連中《れんちゅう》はとっても賢《かしこ》いの。自分《じぶん》たちのために立《た》ち上《あ》がろうとしない屋敷《やしき》しもべ妖精《ようせい》とはちがってね」

「お、わ」ロンが入口《いりぐち》を見《み》つめて声《こえ》を上《あ》げた。

リータ・スキーターが入《はい》ってきたところだった。今日《きょう》はバナナ色《いろ》のローブを着《き》ている。長《なが》い爪《つめ》をショッキング・ピンクに染《そ》め、いつもの腹《はら》の出《で》たカメラマンを従《したが》えている。飲《の》み物《もの》を買《か》い、カメラマンと二人《ふたり》でほかの客《きゃく》をかき分《わ》け、近《ちか》くのテーブルにやってきた。近《ちか》づいてくるリータ・スキーターを、ハリー、ロン、ハーマイオニーがギラギラとにらみつけた。

スキーターは何《なに》かとても満足《まんぞく》げに、早口《はやくち》でしゃべっている。

「……あたしたちとあんまり話《はな》したくないようだったわねえ、ボゾ？　さーて、どうしてか、あんた、わかる？　あんなにぞろぞろ小鬼《ゴブリン》を引《ひ》き連《つ》れて、何《なに》してたんざんしょ？　観光案内《かんこうあんない》だとさ……バカ言《い》ってるわ……あいつはまったくうそがへたなんだから。何《なに》か臭《にお》わない？　ちょっとほじくってみようか？『魔法《まほう》ゲーム・スポーツ部《ぶ》、失脚《しっきゃく》した元部長《もとぶちょう》、ルード・バグマンの不名誉《ふめいよ》』……なかなか切《き》れのいい見出《みだ》しじゃないか、ボゾ——あとは、見出《みだ》しに合《あ》う話《はなし》を見《み》つけるだけざんす——」

「また誰《だれ》かを破滅《はめつ》させるつもりか？」ハリーが大声《おおごえ》を出《だ》した。

何人《なんにん》かが声《こえ》のほうを振《ふ》り返《かえ》った。リータ・スキーターは、声《こえ》の主《ぬし》を見《み》つけると、宝石縁《ほうせきぶち》のめがねの奥《おく》で、目《め》を見開《みひら》いた。

「ハリー！」リータ・スキーターがニッコリした。

「すてきざんすわ！　こっちに来《き》て一緒《いっしょ》に――」

「おまえなんか、いっさいかかわりたくない。三メートルの箒《ほうき》を中《なか》に挟《はさ》んだっていやだ」

ハリーはカンカンに怒《おこ》っていた。

「いったい何《なん》のために、ハグリッドにあんなことをしたんだ？」

リータ・スキーターは、眉《まゆ》ペンシルでどぎつく描《か》いた眉《まゆ》を吊《つ》り上《あ》げた。

「読者《どくしゃ》には真実《しんじつ》を知《し》る権利《けんり》があるのよ。ハリー、あたくしはただ自分《じぶん》の役目《やくめ》を――」

「ハグリッドが半巨人《はんきょじん》だって、それがどうだっていうんだ？」ハリーが叫《さけ》んだ。

「ハグリッドは何《なん》にも悪《わる》くないのに！」

酒場中《さかばじゅう》がしんとなっていた。マダム・ロスメルタはカウンターのむこうで目《め》を凝《こ》らしていた。注《そそ》いでいる蜂蜜酒《はちみつしゅ》が大《おお》だるま瓶《びん》からあふれているのにも気《き》づいていないらしい。

リータ・スキーターの笑顔《えがお》がわずかに動揺《どうよう》したが、たちまち取《と》りつくろって笑顔《えがお》に戻《もど》った。ワニ革《がわ》バッグのとめ金《がね》をパチンと開《ひら》き、自動速記羽根《じどうそっきはね》ペンＱ《キュー》Ｑ《キュー》Ｑ《キュー》を取《と》り出《だ》し、リータ・スキーターはこう言《い》った。

「ハリー、君《きみ》の知《し》っているハグリッドについてインタビューさせてくれない？　『筋骨隆々《きんこつりゅうりゅう》に隠《かく》された顔《かお》』ってのはどうざんす？　君《きみ》の意外《いがい》な友情《ゆうじょう》とその裏《うら》の事情《じじょう》についてざんすけど。君《きみ》はハグリッドが父親《ちちおや》がわりだと思《おも》う？」

突然《とつぜん》ハーマイオニーが立《た》ち上《あ》がった。手《て》にしたバタービールのジョッキを手榴弾《しゅりゅうだん》のように握《にぎ》りしめている。

「あなたって、最低《さいてい》の女《おんな》よ」

ハーマイオニーは歯《は》を食《く》いしばって言《い》った。

「記事《きじ》のためなら、何《なん》にも気《き》にしないのね。誰《だれ》がどうなろうと。たとえルード・バグマンだって――」

「お座《すわ》りよ。バカな小娘《こむすめ》のくせして。わかりもしないのに、わかったような口《くち》をきくんじゃない」

ハーマイオニーをにらみつけ、リータ・スキーターは冷《つめ》たく言《い》った。

「ルード・バグマンについちゃ、あたしゃね、あんたの髪《かみ》の毛《け》が縮《ちぢ》み上《あ》がるようなことをつかんでいるんだ……もっとも、もう縮《ちぢ》み上《あ》がっているようざんすけど――」

ハーマイオニーのぼさぼさ頭《あたま》をちらりと見《み》て、リータ・スキーターが捨《す》てゼリフを吐《は》いた。

「行《い》きましょう」ハーマイオニーが言《い》った。

「さあ、ハリー——ロン……」

三人《にん》は席《せき》を立《た》った。大勢《おおぜい》の目《め》が、三人《にん》の出《で》ていくのを見《み》つめていた。出口《でぐち》に近《ちか》づいたとき、ハリーはちらりと振《ふ》り返《かえ》った。リータ・スキーターの自動速記羽根《じどうそっきはね》ペンＱ《キュー》Ｑ《キュー》Ｑ《キュー》が取《と》り出《だ》され、テーブルに置《お》かれた羊皮紙《ようひし》の上《うえ》を、飛《と》ぶように往《い》ったり来《き》たりしていた。

「ハーマイオニー、あいつ、きっと次《つぎ》は君《きみ》をねらうぜ」

急《いそ》ぎ足《あし》で帰《かえ》る道々《みちみち》、ロンが心配《しんぱい》そうに低《ひく》い声《こえ》で言《い》った。

「やるならやってみろだわ！」

ハーマイオニーは怒《いか》りに震《ふる》えながら、挑《いど》むように言《い》った。

「目《め》に物見《ものみ》せてやる！　バカな小娘《こむすめ》？　私《わたし》が？　絶対《ぜったい》にやっつけてやる。最初《さいしょ》はハリー、次《つぎ》にハグリッド……」

「リータ・スキーターを刺激《しげき》するなよ」ロンが心配《しんぱい》そうに言《い》った。

「ハーマイオニー、僕《ぼく》、本気《ほんき》で言《い》ってるんだ。あの女《おんな》、君《きみ》の弱《よわ》みを突《つ》いてくるぜ——」

「私《わたし》の両親《りょうしん》は『日刊予言者新聞《にっかんよげんしゃしんぶん》』を読《よ》まないから、私《わたし》は、あんな女《おんな》に脅《おど》されて隠《かく》れたりしないわ！」

ハーマイオニーがどんどん早足《はやあし》で歩《ある》くので、ハリーとロンはついていくだけでやっとだった。ハリーにとって、ハーマイオニーがこんなに怒《おこ》ったのを見《み》るのは、ドラコ・マルフォイの横面《よこづら》をピシャリと張《は》ったとき以来《いらい》だった。

「それに、ハグリッドはもう逃《に》げ隠《かく》れしてちゃダメ！　あんな、ヒトのできそこないみたいな女《おんな》のことでおたおたするなんて、**絶対《ぜったい》ダメ！**　さあ、**行《い》くわよ！**」

ハーマイオニーは突然走《とつぜんはし》りだした。二人《ふたり》を従《したが》え、帰《かえ》り道《みち》を走《はし》り続《つづ》け、羽《はね》の生《は》えたイノシシ像《ぞう》が一対立《いっついた》っている校門《こうもん》をかけ抜《ぬ》け、校庭《こうてい》を突《つ》き抜《ぬ》けて、ハグリッドの小屋《こや》へと走《はし》った。

小屋《こや》のカーテンはまだ閉《し》まったままだった。三人《にん》が近《ちか》づいたので、ファングがほえる声《こえ》が聞《き》こえた。

「ハグリッド！」

玄関《げんかん》の戸《と》をガンガンたたきながら、ハーマイオニーが叫《さけ》んだ。

「ハグリッド、いいかげんにして！　そこにいることはわかってるわ！　あなたのお母《かあ》さんが巨人《きょじん》だろうと何《なん》だろうと、誰《だれ》も気《き》にしてないわ、ハグリッド！　リータみたいなくさった女《おんな》にやられてちゃダメ！　ハグリッド、ここから出《で》るのよ。こんなことしてちゃ――」

ドアが開《ひら》いた。ハーマイオニーは「ああ、やっと！」と言《い》いかけて、突然口《とつぜんくち》をつぐんだ。ハーマイオニーに面《めん》と向《む》かって立《た》っていたのは、ハグリッドではなく、アルバス・ダンブルドアだった。

「こんにちは」

ダンブルドアは三人《にん》にほほ笑《え》みかけながら、心地《ここち》よく言《い》った。

「私《わたし》たち――あの――ハグリッドに会《あ》いたくて」

ハーマイオニーの声《こえ》が小《ちい》さくなった。

「おお、わしもそうじゃろうと思《おも》いましたぞ」

ダンブルドアは目《め》をキラキラさせながら言《い》った。

「さあ、お入《はい》り」

「あ……あの……はい」ハーマイオニーが言《い》った。

ハーマイオニー、ロン、ハリーの三人《にん》は、小屋《こや》に入《はい》った。ハリーが入《はい》るなり、ファングが飛《と》びついて、めちゃめちゃほえながらハリーの耳《みみ》をなめようとした。ハリーはファングを受《う》け止《と》めながら、あたりを見回《みまわ》した。

ハグリッドは、大《おお》きなマグカップが二つ置《お》かれたテーブルの前《まえ》に座《すわ》っていた。ひどかった。顔《かお》は泣《な》いてまだらになり、両目《りょうめ》は腫《は》れ上《あ》がり、髪《かみ》の毛《け》にいたっては、これまでの極端《きょくたん》から反対《はんたい》の極《きょく》端《たん》へと移《うつ》り、なでつけるどころか、今《いま》や、からみ合《あ》った針金《はりがね》のかつらのように見《み》えた。

「やあ、ハグリッド」ハリーが挨拶《あいさつ》した。

ハグリッドは目《め》を上《あ》げた。

「よう」ハグリッドはしわがれた声《こえ》を出《だ》した。

「もっと紅茶《こうちゃ》が必要《ひつよう》じゃの」

ダンブルドアは三人《にん》が入《はい》ったあとで戸《と》を閉《し》め、杖《つえ》を取《と》り出《だ》してくるくるっと回《まわ》した。空中《くうちゅう》に、紅茶《こうちゃ》をのせた回転《かいてん》テーブルが現《あらわ》れ、ケーキをのせた皿《さら》も現《あらわ》れた。ダンブルドアはテーブルの上《うえ》に回転《かいてん》テーブルをのせ、みんながテーブルに着《つ》いた。ちょっと間《ま》を置《お》いてから、ダンブルドアが言《い》った。

「ハグリッド、ひょっとして、ミス・グレンジャーが叫《さけ》んでいたことが聞《き》こえたかね？」

ハーマイオニーはちょっと赤《あか》くなったが、ダンブルドアはハーマイオニーにほほ笑《え》みかけて言《こと》葉《ば》を続《つづ》けた。

「ハーマイオニーもハリーもロンも、ドアを破《やぶ》りそうなあの勢《いきお》いから察《さっ》するに、今《いま》でもおまえと親《した》しくしたいと思《おも》っているようじゃ」

「もちろん、僕《ぼく》たち、今《いま》でもハグリッドと友達《ともだち》でいたいと思《おも》ってるよ！」

ハリーがハグリッドを見《み》つめながら言《い》った。

「あんなブスのスキーターばばぁの言《い》うことなんか——すみません。先生《せんせい》」

ハリーはあわてて謝《あやま》り、ダンブルドアの顔《かお》を見《み》た。

「急《きゅう》に耳《みみ》が聞《き》こえなくなってのう、ハリー、今何《いまなん》と言《い》うたか、さっぱりわからん」

ダンブルドアは天井《てんじょう》を見《み》つめ、手《て》を組《く》んで親指《おやゆび》をくるくるもてあそびながら言《い》った。

「あの——えーと——」

ハリーはおずおずと言《い》った。

「僕《ぼく》が言《い》いたかったのは——ハグリッド、あんな——女《おんな》が——ハグリッドのことを何《なん》て書《か》こうと、僕《ぼく》たちが気《き》にするわけないだろう？」

コガネムシのような真《ま》っ黒《くろ》なハグリッドの目《め》から、大粒《おおつぶ》の涙《なみだ》が二粒《つぶ》あふれ、もじゃもじゃひげをゆっくりと伝《つた》って落《お》ちた。

「わしが言《い》ったことの生《い》きた証拠《しょうこ》じゃな、ハグリッド」

ダンブルドアはまだじっと天井《てんじょう》を見上《みあ》げたまま言《い》った。

「生徒《せいと》の親《おや》たちから届《とど》いた、数《かぞ》えきれないほどの手紙《てがみ》を見《み》せたじゃろう？　自分《じぶん》たちが学校《がっこう》にいたころのおまえのことをちゃんと覚《おぼ》えていて、もし、わしがおまえをクビにしたら、一言言《ひとことい》わせてもらうと、はっきりそう書《か》いてよこした——」

「全部《ぜんぶ》が全部《ぜんぶ》じゃねえです」ハグリッドの声《こえ》はかすれていた。

「みんながみんな、俺《おれ》が残《のこ》ることを望《のぞ》んではいねえです」

「それはの、ハグリッド、世界中《せかいじゅう》の人《ひと》に好《す》かれようと思《おも》うのなら、残念《ざんねん》ながらこの小屋《こや》にずっと長《なが》いこと閉《と》じこもっているほかあるまい」

ダンブルドアは半月《はんげつ》めがねの上《うえ》から、今度《こんど》は厳《きび》しい目《め》を向《む》けていた。

「わしが校長《こうちょう》になってから、学校運営《がっこううんえい》のことで、少《すく》なくとも週《しゅう》に一度《いちど》はふくろう便《びん》が苦情《くじょう》を運《はこ》んでくる。かといって、わしはどうすればよいのじゃ？　校長室《こうちょうしつ》に立《た》てこもって、誰《だれ》とも話《はな》さんことにするかの？」

「そんでも――先生《せんせい》は半巨人《はんきょじん》じゃねえ！」ハグリッドがしわがれた声《こえ》で言《い》った。

「ハグリッド。じゃ、僕《ぼく》の親《しん》せきはどうなんだい！」

ハリーが怒《おこ》った。

「ダーズリー一家《いっか》なんだよ！」

「よいところに気《き》づいた」ダンブルドア校長《こうちょう》が言《い》った。

「わしの兄弟《きょうだい》のアバーフォースは、山羊《やぎ》に不適切《ふてきせつ》な呪文《じゅもん》をかけた咎《とが》で起訴《きそ》されての。あらゆる新聞《しんぶん》に大《おお》きく出《で》た。しかしアバーフォースが逃《に》げ隠《かく》れしたかの？　いや、しなかった。頭《あたま》をしゃんと上《あ》げ、いつものとおり仕事《しごと》をした！　もっとも、字《じ》が読《よ》めるのかどうか定《さだ》かではない。したがって、勇気《ゆうき》があったということにはならんかもしれんがのう……」

「戻《もど》ってきて、教《おし》えてよ、ハグリッド」

ハーマイオニーが静《しず》かに言《い》った。

「お願《ねが》いだから、戻《もど》ってきて。ハグリッドがいないと、私《わたし》たちほんとにさびしいわ」

ハグリッドがゴクッとのどを鳴《な》らした。涙《なみだ》がボロボロとほおを伝《つた》い、もじゃもじゃのひげを伝《つた》った。ダンブルドアが立《た》ち上《あ》がった。

「辞表《じひょう》は受《う》け取《と》れぬぞ、ハグリッド。月曜日《げつようび》に授業《じゅぎょう》に戻《もど》るのじゃ」

ダンブルドアが言《い》った。

「明日《あす》の朝《あさ》八時半《じはん》に、大広間《おおひろま》でわしと一緒《いっしょ》に朝食《ちょうしょく》じゃ。言《い》い訳《わけ》は許《ゆる》さぬぞ。それではみな、元気《げんき》での」

ダンブルドアは、ファングの耳《みみ》をカリカリするのにちょっと立《た》ち止《ど》まり、小屋《こや》を出《で》ていった。その姿《すがた》を見送《みおく》り、戸《と》が閉《し》まると、ハグリッドはごみバケツのふたほどもある両手《りょうて》に顔《かお》をうずめてすすり泣《な》きはじめた。ハーマイオニーはハグリッドの腕《うで》を軽《かる》くたたいてなぐさめた。やっと顔《かお》を上《あ》げたハグリッドは、目《め》を真《ま》っ赤《か》にして言《い》った。

「偉大《いだい》なお方《かた》だ。ダンブルドアは……偉大《いだい》なお方《かた》だ……」

「うん、そうだね」

ロンが言《い》った。

「ハグリッド、このケーキ、一つ食《た》べてもいいかい？」

「ああ、やってくれ」

ハグリッドは手《て》の甲《こう》で涙《なみだ》をぬぐった。

「ん。あのお方《かた》が正《ただ》しい。そうだとも――おまえさんら、みんな正《ただ》しい……俺《おれ》はバカだった……俺《おれ》の父《とう》ちゃんは、俺《おれ》がこんなことをしてるのを見《み》たら、恥《は》ずかしいと思《おも》うにちげぇねえ……」

またしても涙《なみだ》があふれ出《で》たが、ハグリッドはさっきよりきっぱりと涙《なみだ》をぬぐった。

「父《とう》ちゃんの写真《しゃしん》を見《み》せたことがなかったな？　どれ……」

ハグリッドは立《た》ち上《あ》がって洋《よう》だんすのところへ行《い》き、引《ひ》き出《だ》しを開《あ》けて写真《しゃしん》を取《と》り出《だ》した。ハグリッドと同《おな》じくしゃくしゃっとした真《ま》っ黒《くろ》な目《め》の、小柄《こがら》な魔法使《まほうつか》いが、ハグリッドの肩《かた》に乗《の》っかってニコニコしていた。そばのりんごの木《き》から判断《はんだん》して、ハグリッドは優《ゆう》に二メートル豊《ゆた》かだが、顔《かお》にはひげがなく、若《わか》くて、丸《まる》くて、つるつるだった――せいぜい十一歳《さい》だろう。

「ホグワーツに入学《にゅうがく》してすぐに撮《と》ったやつだ」ハグリッドはしわがれ声《ごえ》で言《い》った。

「親父《おやじ》は大喜《おおよろこ》びでなあ……俺《おれ》が魔法使《まほうつか》いじゃねえかもしれんと思《おも》ってたからな。ほれ、おふくろのことがあるし……うん、まあ、もちろん、俺《おれ》はあんまり魔法《まほう》がうまくはなかったな。うん……しかし、少《すく》なくとも、親父《おやじ》は俺《おれ》が退学《たいがく》になるのを見《み》ねえですんだ。死《し》んじまったからな。二年生《ねんせい》んときに……」

「親父《おやじ》が死《し》んでから、俺《おれ》を支《ささ》えてくれなさったのがダンブルドアだ。森番《もりばん》の仕事《しごと》をくださった……人《ひと》をお信《しん》じなさる、あの方《かた》は。誰《だれ》にでもやり直《なお》しのチャンスをくださる……そこが、ダンブルドアとほかの校長《こうちょう》とのちがうとこだ。才能《さいのう》さえあれば、ダンブルドアは誰《だれ》でもホグワーツに受《う》け入《い》れなさる。みんなちゃんと育《そだ》つってことを知《し》ってなさる。たとえ家系《かけい》が……その、なんだ……そんなに立派《りっぱ》じゃねぇくてもだ。しかし、それが理解《りかい》できねえやつもいる。生《う》まれ育《そだ》ちを盾《たて》にとって、批判《ひはん》するやつが必《かなら》ずいるもんだ……骨《ほね》が太《ふと》いだけだなんて言《い》うやつもいるな――『自《じ》分《ぶん》は自分《じぶん》だ。恥《は》ずかしくなんかねえ』ってきっぱり言《い》って立《た》ち上《あ》がるより、ごまかすんだ。『恥《は》じることはないぞ』って、俺《おれ》の父《とう》ちゃんはよく言《い》ったもんだ。『そのことでおまえをたたくやつがいても、そんなやつはこっちが気《き》にする価値《かち》もない』ってな。親父《おやじ》は正《ただ》しかった。俺《おれ》がバカだった。あの女《ひと》のことも、もう気《き》にせんぞ。約束《やくそく》する。骨《ほね》が太《ふと》いだと……よう言《い》うわ」

ハリー、ロン、ハーマイオニーはそわそわと顔《かお》を見合《みあ》わせた。ハグリッドがマダム・マクシームに話《はな》しているのを聞《き》いてしまったと認《みと》めるくらいなら、ハリーは「尻尾爆発《しっぽばくはつ》スクリュート」五十四匹《ひき》を散歩《さんぽ》に連《つ》れていくほうがましだと思《おも》った。しかしハグリッドは、自分《じぶん》が今《いま》、変《へん》なことを口《くち》走《ばし》ったとも気《き》づかないらしく、しゃべり続《つづ》けていた。

「ハリー、あのなぁ」

父親《ちちおや》の写真《しゃしん》から目《め》を上《あ》げたハグリッドが言《い》った。目《め》がキラキラ輝《かがや》いている。

「おまえさんにはじめて会《あ》ったときなぁ、昔《むかし》の俺《おれ》に似《に》てると思《おも》った。父《とう》ちゃんも母《かあ》ちゃんも死《し》んで、おまえさんはホグワーツなんかでやっていけねえと思《おも》っちょった。覚《おぼ》えとるか？　そんな資《し》格《かく》があるのかどうか、おまえさんは自信《じしん》がなかったなぁ……ところが、ハリー、どうだ！　学校《がっこう》の代表選手《だいひょうせんしゅ》だ！」

ハグリッドはハリーをじっと見《み》つめ、それから真顔《まがお》で言《い》った。

「ハリーよ、俺《おれ》が今《いま》、心《こころ》から願《ねが》っちょるのが何《なん》だかわかるか？　おまえさんに勝《か》ってほしい。ほんとうに勝《か》ってほしい。みんなに見《み》せてやれ……純血《じゅんけつ》じゃなくてもできるんだってな。自分《じぶん》の生《う》まれを恥《は》じることはねえんだ。ダンブルドアが正《ただ》しいんだっちゅうことを、みんなに見《み》せてやれる。魔法《まほう》ができる者《もの》なら誰《だれ》でも入学《にゅうがく》させるのが正《ただ》しいってな。ハリー、あの卵《たまご》はどうなってる？」

「大丈夫《だいじょうぶ》」ハリーが言《い》った。「ほんとに大丈夫《だいじょうぶ》さ」

ハグリッドのしょぼくれた顔《かお》が、パッと涙《なみだ》まみれの笑顔《えがお》になった。

「それでこそ、俺《おれ》のハリーだ……目《め》に物見《ものみ》せてやれ。ハリー、みんなに見《み》せてやれ。みんなを負《ま》かしっちまえ」

ハグリッドにうそをつくのは、ほかの人《ひと》にうそをつくのと同《おな》じではなかった。午後《ごご》も遅《おそ》くなって、ロンとハーマイオニーと一緒《いっしょ》に城《しろ》に戻《もど》ったハリーの目《め》に、ハリーが試合《しあい》で優勝《ゆうしょう》する姿《すがた》を想像《そうぞう》したときに見《み》せた、ひげもじゃハグリッドのあのうれしそうな顔《かお》が焼《や》きついていた。その夜《よる》は、意味《いみ》のわからない卵《たまご》がハリーの良心《りょうしん》に一段《いちだん》と重《おも》くのしかかった。ベッドに入《はい》るとき、ハリーの心《こころ》は決《き》まっていた——プライドを一時忘《いっときわす》れ、セドリックのヒントが役《やく》に立《た》つかどうかを試《ため》してみる時《とき》がきた。

第《だい》25章《しょう》　玉子《たまご》と目玉《めだま》

金《きん》の卵《たまご》の謎《なぞ》を解《と》き明《あ》かすのに、どのくらいの時間《じかん》、風呂《ふろ》に入《はい》る必要《ひつよう》があるのか見当《けんとう》がつかないので、ハリーは好《す》きなだけ時間《じかん》が取《と》れるよう、夜《よる》になってから実行《じっこう》することにした。これ以上《いじょう》セドリックに借《か》りを作《つく》るのは気《き》が進《すす》まなかったが、ハリーは監督生用《かんとくせいよう》の浴室《よくしつ》を使《つか》うことにした。かぎられた人《ひと》しか入《はい》れない場所《ばしょ》なので、そこなら誰《だれ》かにじゃまされることも少《すく》ないはずだ。

浴室行《よくしつい》きを、ハリーは綿密《めんみつ》に計画《けいかく》した。前《まえ》に一度《いちど》、真夜中《まよなか》にベッドを抜《ぬ》け出《だ》し、禁止区域《きんしくいき》で管理人《かんりにん》のフィルチに捕《つか》まったことがあるが、もう二度《にど》とあの経験《けいけん》はしたくない。もちろん、「透明《とうめい》マント」は欠《か》かせない。さらに、用心《ようじん》のため、「忍《しの》びの地図《ちず》」も持《も》っていくことにした。ハリーの持《も》っている規則破《きそくやぶ》り用《よう》の道具《どうぐ》の中《なか》では、透明《とうめい》マントの次《つぎ》に役立《やくだ》つのがこの地図《ちず》だ。ホグワーツ全体《ぜんたい》の地図《ちず》で、近道《ちかみち》や秘密《ひみつ》の抜《ぬ》け道《みち》も描《か》いてあるし、もっとも重要《じゅうよう》なのは、城内《じょうない》にいる人《ひと》が、廊下《ろうか》を動《うご》く小《ちい》さな点《てん》で示《しめ》され、それぞれの点《てん》に名前《なまえ》がついていることだった。誰《だれ》かが浴室《よくしつ》に近《ちか》づけば、ハリーにはこれで前《まえ》もってわかる。

木曜《もくよう》の夜《よる》、ハリーはこっそりベッドを抜《ぬ》け出《だ》し、透明《とうめい》マントをかぶり、そうっと下《した》に下《お》りていった。ハグリッドがハリーにドラゴンを見《み》せてくれたあの夜《よる》と同《おな》じように、ハリーは肖像画《しょうぞうが》が開《ひら》くのを、内側《うちがわ》で待《ま》った。今夜《こんや》はロンが外側《そとがわ》にいて、「太《ふと》った婦人《レディ》」に合言葉《あいことば》を言《い》った（「バナナ・フリッター」）。「がんばれよ」談話室《だんわしつ》にはい上《あ》がりながら、ロンはすれちがいに出《で》ていくハリーにささやいた。

今夜《こんや》は、透明《とうめい》マントを着《き》ているとと動《うご》きにくかった。片腕《かたうで》に重《おも》い卵《たまご》を抱《かか》え、もう一方《いっぽう》の手《て》で地図《ちず》を目《め》の前《まえ》に掲《かか》げているからだ。しかし、月明《つきあ》かりに照《て》らされた廊下《ろうか》は閑散《かんさん》としていたし、肝心《かんじん》なところで地図《ちず》をチェックすることで、出会《であ》いたくない人物《じんぶつ》に出会《であ》わないですんだ。「ボケのボリス」の像《ぞう》――手袋《てぶくろ》の右左《みぎひだり》をまちがえて着《つ》けている、ぼうっとした魔法使《まほうつか》いだ――にたどり着《つ》くと、ハリーは目指《めざ》す扉《とびら》を見《み》つけ、近《ちか》づいて寄《よ》りかかり、セドリックに教《おし》えてもらったとおり、「パイン・フレッシュ」と合言葉《あいことば》を唱《とな》えた。

ドアがきしみながら開《ひら》いた。ハリーは中《なか》にすべり込《こ》み、内側《うちがわ》からかんぬきをかけ、透明《とうめい》マントを脱《ぬ》いで周《まわ》りを見回《みまわ》した。

第一印象《だいいちいんしょう》は、こんな浴室《よくしつ》を使《つか》えるなら、それだけで監督生《かんとくせい》になる価値《かち》がある、ということだった。ろうそくの灯《とも》った豪華《ごうか》なシャンデリアが一つ、白《しろ》い大理石造《だいりせきづく》りの浴室《よくしつ》をやわらかく照《て》らしている。床《ゆか》の真《ま》ん中《なか》に埋《う》め込《こ》まれた、長方形《ちょうほうけい》のプールのような浴槽《よくそう》も白大理石《しろだいりせき》だ。浴槽《よくそう》の周囲《しゅうい》に、百本《ぽん》ほどの金《きん》の蛇口《じゃぐち》があり、取《と》っ手《て》のところに一つ一つ色《いろ》のちがう宝石《ほうせき》がはめ込《こ》まれている。飛《と》び込《こ》み台《だい》もあった。窓《まど》には真《ま》っ白《しろ》なリンネルの長《なが》いカーテンがかけられ、浴室《よくしつ》の隅《すみ》にはふわふわの白《しろ》いタオルが山《やま》のように積《つ》まれていた。壁《かべ》には金《きん》の額縁《がくぶち》の絵《え》が一枚《まい》かけてある。ブロンドの人魚《マーメイド》の絵《え》だ。岩《いわ》の上《うえ》でぐっすり眠《ねむ》っている。寝息《ねいき》を立《た》てるたびに、長《なが》い髪《かみ》がその顔《かお》の上《うえ》でひらひら揺《ゆ》れた。

ハリーは透明《とうめい》マントと卵《たまご》、地図《ちず》を下《した》に置《お》き、あたりを見回《みまわ》しながらもっと中《なか》に入《はい》った。足音《あしおと》が壁《かべ》にこだました。

浴室《よくしつ》はたしかにすばらしかったが――それに、蛇口《じゃぐち》をいくつかひねってみたいという気持《きも》ちも強《つよ》かったが――ここに来《き》てみると、セドリックが自分《じぶん》を担《かつ》いだのではないかという気持《きも》ちが抑《おさ》えきれなかった。これがいったいどうして卵《たまご》の謎《なぞ》を解《と》くのに役立《やくだ》つというんだ？

それでも、ハリーは、ふわふわのタオルを一枚《まい》と、透明《とうめい》マント、地図《ちず》、卵《たまご》を水泳《すいえい》プールのような浴槽《よくそう》の脇《わき》に置《お》き、ひざまずいて蛇口《じゃぐち》を一、二本《ほん》ひねってみた。

湯《ゆ》と一緒《いっしょ》に、蛇口《じゃぐち》によってちがう種類《しゅるい》の入浴剤《にゅうよくざい》の泡《あわ》が出《で》てくることがすぐわかった。しかも、これまでハリーが経験《けいけん》したことがないような泡《あわ》だった。ある蛇口《じゃぐち》からは、サッカーボールほどもあるピンクとブルーの泡《あわ》が噴《ふ》き出《だ》し、別《べつ》の蛇口《じゃぐち》からは雪《ゆき》のように白《しろ》い泡《あわ》が出《で》てきた。白《しろ》い泡《あわ》は細《こま》かくしっかりとしていて、試《ため》しにその上《うえ》に乗《の》ったら、体《からだ》を支《ささ》えて浮《う》かしてくれそうだった。三本《ぼん》目《め》の蛇口《じゃぐち》からは香《かお》りの強《つよ》い紫《むらさき》の雲《くも》が出《で》てきて、水面《すいめん》にたなびいた。

ハリーは蛇口《じゃぐち》を開《あ》けたり閉《し》めたりして、しばらく遊《あそ》んだ。とりわけ、勢《いきお》いよく噴《ふ》き出《だ》した湯《ゆ》が、水面《すいめん》を大《おお》きく弧《こ》を描《えが》いて飛《と》びはねる蛇口《じゃぐち》が楽《たの》しかった。

やがて、深《ふか》い浴槽《よくそう》も湯《ゆ》と大小《だいしょう》さまざまな泡《あわ》で満《み》たされた(これだけ大《おお》きい浴槽《よくそう》にしては、かなり短《みじか》い時間《じかん》でいっぱいになった)。ハリーは蛇口《じゃぐち》を全部《ぜんぶ》閉《し》め、ガウン、スリッパ、パジャマを脱《ぬ》ぎ、湯《ゆ》に浸《つ》かった。

浴槽《よくそう》はとても深《ふか》く、足《あし》がやっと底《そこ》に届《とど》くほどで、ハリーは浴槽《よくそう》の端《はし》から端《はし》まで二、三回泳《かいおよ》ぎ、それから、浴槽《よくそう》の縁《ふち》まで泳《およ》いで戻《もど》り、立《た》ち泳《およ》ぎをして、卵《たまご》をじっと見《み》た。泡立《あわだ》った温《あたた》かい湯《ゆ》の中《なか》を、色《いろ》とりどりの湯気《ゆげ》が立《た》ち昇《のぼ》る中《なか》で泳《およ》ぐのはすごく楽《たの》しかったが、抜《ぬ》き手《て》を切《き》っても頭《あたま》は切《き》れず、何《なん》のひらめきも思《おも》いつきも出《で》てこなかった。

ハリーは腕《うで》を伸《の》ばして、濡《ぬ》れた手《て》で卵《たまご》を持《も》ち上《あ》げ、開《あ》けてみた。泣《な》きわめくようなかん高《だか》い悲《ひ》鳴《めい》が浴室《よくしつ》いっぱいに広《ひろ》がり、大理石《だいりせき》の壁《かべ》に反響《はんきょう》したが、相変《あいか》わらずわけがわからない。それどころか、反響《はんきょう》でよけいわかりにくかった。

卵《たまご》をパチンと閉《と》じ、フィルチがこの音を聞《き》きつけるのではないかと、ハリーは心配《しんぱい》になった。もしかしたら、それがセドリックのねらいだったのでは――その時、誰《だれ》かの声《こえ》がした。ハリーは驚《おどろ》いて跳《と》び上《あ》がり、その拍子《ひょうし》に卵《たまご》が手《て》を離《はな》れて、浴室《よくしつ》の床《ゆか》をカンカンと転《ころ》がっていった。

「わたしなら、それを水《みず》の中《なか》に入《い》れてみるけど」

ハリーはショックで、しこたま泡《あわ》を飲《の》み込《こ》んでしまった。咳《せ》き込《こ》みながら立《た》ち上《あ》がったハリーは、憂《ゆう》うつな顔《かお》をした女《おんな》の子《こ》のゴーストが蛇口《じゃぐち》の上《うえ》にあぐらをかいて座《すわ》っているのを見《み》た。いつもは、三階下《かいした》のトイレの、S字《エスじ》パイプの中《なか》ですすり泣《な》いている「嘆《なげ》きのマートル」だった。

「マートル！」

ハリーは憤慨《ふんがい》した。

「ぼ――僕《ぼく》は、裸《はだか》なんだよ！」

泡《あわ》が厚《あつ》く覆《おお》っていたので、それはあまり問題《もんだい》ではなかった。しかし、ハリーがここに来《き》たときからずっと、マートルが蛇口《じゃぐち》の中《なか》からハリーの様子《ようす》をうかがっていたのではないかと、いやな感《かん》じがしたのだ。

「あんたが浴槽《よくそう》に入《はい》るときは目《め》をつぶってたわ」

マートルは分厚《ぶあつ》いめがねの奥《おく》でハリーに向《む》かって目《め》をパチパチさせた。

「ずいぶん長《なが》いこと、会《あ》いにきてくれなかったじゃない」

「うん……まあ……」

ハリーは、マートルに頭以外《あたまいがい》は絶対何《ぜったいなん》にも見《み》えないように、少《すこ》しひざを曲《ま》げた。

「君《きみ》のいるトイレには、僕《ぼく》、行《い》けないだろ？　女子《じょし》トイレだもの」

「前《まえ》は、そんなこと気《き》にしなかったじゃない」

マートルがみじめな声《こえ》で言《い》った。

「しょっちゅうあそこにいたじゃない」

そのとおりだった。ただ、それは、ハリー、ロン、ハーマイオニーが、隠《かく》れて「ポリジュース薬《やく》」を煎《せん》じるのに、マートルのいる故障中《こしょうちゅう》のトイレが好都合《こうつごう》だったからだ。ポリジュース薬《やく》は禁《きん》じられた魔法薬《まほうやく》で、ハリーとロンがそれを飲《の》み、一時間《じかん》だけクラッブとゴイルに変身《へんしん》して、スリザリンの談話室《だんわしつ》に入《はい》り込《こ》むことができたのだ。

「あそこに行《い》ったことで、叱《しか》られたんだよ」

ハリーが言《い》った。それも半分《はんぶん》ほんとうだった。ハリーがマートルのトイレから出《で》てくるところを、パーシーに捕《つか》まったことがあった。

「そのあとは、もうあそこに行《い》かないほうがいいと思《おも》ったんだ」

「ふーん……そう……」

マートルはむっつりとあごのにきびをつぶした。

「まあ……とにかく……卵《たまご》は水《みず》の中《なか》で試《ため》すことだわね……セドリック・ディゴリーはそうやったわ」

「セドリックのこともののぞき見《み》してたのか？」

ハリーは憤然《ふんぜん》と言《い》った。

「どういうつもりなんだ？　夜《よ》な夜《よ》なこっそりここに来《き》て、監督生《かんとくせい》が風呂《ふろ》に入《はい》るところを見《み》てるのか？」

「ときどきね」

マートルがちょっといたずらっぽく言《い》った。

「だけど、出《で》てきて話《はなし》をしたことはないわ」

「光栄《こうえい》だね」

ハリーは不機嫌《ふきげん》な声《こえ》を出《だ》した。

「目《め》をつぶってて！」

マートルがめがねをきっちり覆《おお》うのを確認《かくにん》してから、ハリーは浴槽《よくそう》を出《で》て、タオルをしっかり巻《ま》きつけて、卵《たまご》を取《と》りに行《い》った。

ハリーが湯《ゆ》に戻《もど》ると、マートルは指《ゆび》の間《あいだ》からのぞいて「さあ、それじゃ……水《みず》の中《なか》で開《あ》けて」と言《い》った。

ハリーは泡《あわ》だらけの湯《ゆ》の中《なか》に卵《たまご》を沈《しず》めて、開《あ》けた……すると、今度《こんど》は泣《な》き声《ごえ》ではなかった。ゴボゴボという歌声《うたごえ》が聞《き》こえてきた。水《みず》の中《なか》なので、ハリーには歌《うた》の文句《もんく》が聞《き》き取《と》れない。

「あんたも頭《あたま》を沈《しず》めるの」

マートルはハリーに命令《めいれい》するのが楽《たの》しくてたまらない様子《ようす》だ。

「さあ！」

ハリーは大《おお》きく息《いき》を吸《す》って、湯《ゆ》にもぐった——すると今度《こんど》は、泡《あわ》がいっぱいの湯《ゆ》の中《なか》で、大理《だいり》石《せき》の浴槽《よくそう》の底《そこ》に座《すわ》ったハリーの耳《みみ》に、両手《りょうて》に持《も》った卵《たまご》から、不思議《ふしぎ》な声《こえ》のコーラスが聞《き》こえてきた。

探《さが》しにおいで　声《こえ》を頼《たよ》りに
地上《ちじょう》じゃ歌《うた》は　歌《うた》えない
探《さが》しながらも　考《かんが》えよう

我《われ》らが捕《と》らえし　大切《たいせつ》なもの
探《さが》す時間《じかん》は　一時間《じかん》
取《と》り返《かえ》すべし　大切《たいせつ》なもの
一時間《じかん》のその後《のち》は――もはや望《のぞ》みはありえない
遅《おそ》すぎたなら　そのものは　もはや二度《にど》とは戻《もど》らない

ハリーは浮上《ふじょう》して、泡《あわ》だらけの水面《すいめん》から顔《かお》を出《だ》し、目《め》にかかった髪《かみ》を振《ふ》り払《はら》った。

「聞《き》こえた？」マートルが聞《き》いた。

「うん……『探《さが》しにおいで　声《こえ》を頼《たよ》りに……』そして、探《さが》しにいく理由《りゆう》は……待《ま》って。もう一度《いちど》聞《き》かなきゃ……」ハリーはまたもぐった。

卵《たまご》の歌《うた》をそれから三回水中《かいすいちゅう》で聞《き》き、ハリーはやっと歌詞《かし》を覚《おぼ》えた。それからしばらく立《た》ち泳《およ》ぎをしながら、ハリーは必死《ひっし》で考《かんが》えた。マートルは腰《こし》かけてハリーを眺《なが》めていた。

「地上《ちじょう》では声《こえ》が使《つか》えない人《ひと》たちを探《さが》しにいかなくちゃならない……」

ハリーはしゃべりながら考《かんが》えていた。

「うーん……誰《だれ》なんだろう？」

「鈍《にぶ》いのね」

こんなに楽《たの》しそうな「嘆《なげ》きのマートル」を見《み》るのは初《はじ》めてだった。ポリジュース薬《やく》ができ上《あ》がった日《ひ》に、ハーマイオニーがそれを飲《の》んで顔《かお》に毛《け》が生《は》え、猫《ねこ》のしっぽが生《は》えたときも、やはり楽《たの》しそうだったが。

ハリーは考《かんが》えながら浴室《よくしつ》を見回《みまわ》した……水《みず》の中《なか》でしか声《こえ》が聞《き》こえないのなら、水中《すいちゅう》の生物《せいぶつ》だと考《かんが》えれば筋道《すじみち》が立《た》つ。マートルにこの考《かんが》えを話《はな》すと、マートルはハリーに向《む》かってニヤッと笑《わら》った。

「そうね。ディゴリーもそう考《かんが》えたわ。そこに横《よこ》になって、長々《ながなが》とひとり言《ごと》を言《い》ってた。長々《ながなが》とね……もう泡《あわ》がほとんど消《き》えていたわ……」

「水中《すいちゅう》か……」

ハリーは考《かんが》えた。

「マートル……湖《みずうみ》には何《なに》が棲《す》んでる？　大《おお》イカのほかに」

「そりゃ、いろいろだわ」マートルが答《こた》えた。

「わたし、ときどき行《い》くんだ……仕方《しかた》なく行《い》くこともあるわ。うっかりしてるときに、急《きゅう》に誰《だれ》かがトイレを流《なが》したりするとね……」

嘆《なげ》きのマートルがトイレの中身《なかみ》と一緒《いっしょ》にパイプを通《とお》って湖《みずうみ》に流《なが》されていく様子《ようす》を想像《そうぞう》しないようにしながら、ハリーが言《い》った。

「そうだなあ、人《ひと》の声《こえ》を持《も》っている生物《せいぶつ》がいるかい？　待《ま》てよ――」

ハリーは絵《え》の中《なか》で寝息《ねいき》を立《た》てている人魚《マーメイド》に目《め》をとめた。

「マートル、湖《みずうみ》には水中人《マーピープル》がいるんだろう？」

「ウゥゥ、やるじゃない」

マートルの分厚《ぶあつ》いめがねがキラキラした。

「ディゴリーはもっと長《なが》くかかったわ！　しかも、あの女《おんな》が」――マートルは憂《ゆう》うつな顔《かお》に大嫌《だいきら》いだという表情《ひょうじょう》を浮《う》かべて、人魚《マーメイド》のほうをぐいとあごでしゃくった――「起《お》きてるときだったんだ。クスクス笑《わら》ったり、見《み》せびらかしたり、鰭《ひれ》をパタパタ振《ふ》ったりしてさ……」

「そうなんだね？」

ハリーは興奮《こうふん》した。

「第《だい》二の課題《かだい》は、湖《みずうみ》に入《はい》って水中人《すいちゅうじん》を見《み》つけて、そして……そして……」

ハリーは急《きゅう》に自分《じぶん》が何《なに》を言《い》っているのかに気《き》づいた。すると、誰《だれ》かが突然《とつぜん》ハリーの胃袋《いぶくろ》の栓《せん》を引《ひ》き抜《ぬ》いたかのように、興奮《こうふん》が一度《いちど》に流《なが》れ去《さ》った。ハリーは水泳《すいえい》が得意《とくい》ではなかった。あまり練《れん》習したことがなかったのだ。ダドリーは小さいときに水泳訓練を受けたが、ペチュニアおばさんもバーノンおじさんも、ハリーには訓練《くんれん》を受《う》けさせようとしなかった。まちがいなく、ハリーがいつかおぼれればよいと願《ねが》っていたのだろう。浴槽《よくそう》プールを二、三回往復《かいおうふく》するくらいならいい。しかし、あの湖《みずうみ》はとても大《おお》きいし、とても深《ふか》い……それに、水中人《すいちゅうじん》はきっと湖底《こてい》に棲《す》んでいるはずだ……。

「マートル」

ハリーは考《かん》えながらしゃべっていた。

「どうやって息《いき》をすればいいのかなあ？」

するとマートルの目《め》に、またしても急《きゅう》に涙《なみだ》があふれた。

「ひどいわ！」

マートルはハンカチを探《さが》してローブをまさぐりながらつぶやいた。

「何《なに》が？」ハリーは当惑《とうわく》した。

「わたしの前《まえ》で『息《いき》をする』って言《い》うなんて！」

マートルのかん高《だか》い声《こえ》が、浴室中《よくしつじゅう》にガンガン響《ひび》いた。

「わたしはできないのに……わたしは息《いき》をしてないのに……もう何年《なんねん》も……」

マートルはハンカチに顔《かお》をうずめ、グスグス鼻《はな》をすすった。

ハリーは、マートルが自分《じぶん》の死《し》んだことに対《たい》していつも敏感《びんかん》だったということを思《おも》い出《だ》した。しかし、ハリーが知《し》っているほかのゴーストは、誰《だれ》もそんな大騒《おおさわ》ぎはしない。

「ごめんよ」

ハリーはいらいらしながら言《い》った。

「そんなつもりじゃ——ちょっと忘《わす》れてただけだ……」

「ええ、そうよ。マートルが死《し》んだことなんか、簡単《かんたん》に忘《わす》れるんだわ」

マートルはのどをゴクンと鳴《な》らし、泣《な》き腫《は》らした目《め》でハリーを見《み》た。

「生《い》きてるときだって、わたしがいなくても誰《だれ》もさびしがらなかった。わたしの死体《したい》だって、何《なん》時間《じかん》も何時間《なんじかん》も気《き》づかれずに放《ほう》っておかれた——わたし知《し》ってるわ。あそこに座《すわ》ってみんなを待《ま》ってたんだもの。オリーブ・ホーンビーがトイレに入《はい》ってきたわ——『マートル、あんた、またここにいるの？　すねちゃって』そう言《い》ったの。『ディペット先生《せんせい》が、あんたを探《さが》してきなさいっておっしゃるから——』そして、オリーブはわたしの死体《したい》を見《み》たわ……うううー、オリーブは死《し》ぬまでそのことを忘《わす》れなかった。わたしが忘《わす》れさせなかったもの……取《と》り憑《つ》いて、思《おも》い出《だ》させてやった。そうよ。オリーブの兄《にい》さんの結婚式《けっこんしき》のこと、覚《おぼ》えてるけど——」

しかし、ハリーは聞《き》いていなかった。水中人《すいちゅうじん》の歌《うた》のことをもう一度《いちど》考《かんが》えていたのだ。「我《われ》らが捕《と》らえし　大切《たいせつ》なもの」僕《ぼく》のものを何《なに》か盗《ぬす》むように聞《き》こえる。僕《ぼく》が取《と》り返《かえ》さなくちゃならない何《なに》かを。何《なに》を盗《ぬす》むんだろう？

「――そして、もちろん、オリーブは魔法省《まほうしょう》に行《い》って、わたしがストーカーするのをやめさせようとしたわ。だからわたしはここに戻《もど》って、トイレに棲《す》まなければならなくなったの」

「よかったね」

ハリーは上《うわ》の空《そら》の受《う》け答《こた》えをした。

「さあ、僕《ぼく》、さっきよりずいぶんいろいろわかった……また目《め》を閉《と》じてよ。出《で》るから」

ハリーは浴槽《よくそう》の底《そこ》から卵《たまご》を取《と》り上《あ》げ、浴槽《よくそう》からはい出《で》て体《からだ》をふき、元《もと》どおりパジャマとガウンを着《き》た。

「いつかまた、わたしのトイレに来《き》てくれる？」

ハリーが透明《とうめい》マントを取《と》り上《あ》げると、嘆《なげ》きのマートルが悲《かな》しげに言《い》った。

「ああ……できたらね」

内心《ないしん》ハリーは、今度《こんど》マートルのトイレに行《い》くときは、城《しろ》の中《なか》のほかのトイレが全部《ぜんぶ》詰《つ》まったときだろうなと考《かんが》えていた。

「それじゃね、マートル……助《たす》けてくれてありがとう」

「バイバイ」

マートルが憂《ゆう》うつそうに言《い》った。ハリーが透明《とうめい》マントを着《き》ているとき、マートルが蛇口《じゃぐち》の中《なか》に戻《もど》っていくのが見《み》えた。

暗《くら》い廊下《ろうか》に出《で》て、ハリーは忍《しの》びの地図《ちず》を調《しら》べ、誰《だれ》もいないかどうかチェックした。大丈夫《だいじょうぶ》だ。フィルチとミセス・ノリスを示《しめ》す点《てん》は、フィルチの部屋《へや》にあるので安全《あんぜん》だ……上《うえ》の階《かい》のトロフィールームを跳《は》ね回《まわ》っているピーブズ以外《いがい》は、何《なに》も動《うご》いている様子《ようす》がない……ハリーがグリフィンドール塔《とう》に戻《もど》ろうと、一歩《いっぽ》踏《ふ》み出《だ》したちょうどその時《とき》、地図上《ちずじょう》の何《なに》かが目《め》にとまった……とてもおかしな何《なに》かが。

動《うご》いているのはピーブズだけではなかった。左下《ひだりした》の角《かど》の部屋《へや》で、一つの点《てん》があっちこっちと飛《と》びまわっている――スネイプの研究室《けんきゅうしつ》だ。しかし、その点《てん》の名前《なまえ》は「セブルス・スネイプ」ではない……「バーテミウス・クラウチ」だ。

ハリーはその点《てん》を見《み》つめた。クラウチ氏《し》は、仕事《しごと》にもクリスマス・ダンスパーティにも来《こ》られないほど病気《びょうき》が重《おも》いはずだ――何《なに》をしているのだろう？　ホグワーツに忍《しの》び込《こ》んで、夜中《よなか》の一時《じ》に？　点《てん》があっちこっちで止《と》まりながら部屋《へや》の中《なか》をぐるぐる動《うご》き回《まわ》っているのを、ハリーはじっと見《み》つめていた……。

ハリーは迷《まよ》った。考《かんが》えた……そして、ついに好奇心《こうきしん》に勝《か》てなかった。行《い》き先《さき》を変《か》え、ハリーは反対方向《はんたいほうこう》の一番近《いちばんちか》い階段《かいだん》へと進《すす》んだ。クラウチ氏《し》が何《なに》をしているのかを見《み》るつもりだ。

ハリーはできるだけ静《しず》かに階段《かいだん》を下《お》りた。それでも、床板《ゆかいた》がきしむ音《おと》やパジャマのこすれる音《おと》に、肖像画《しょうぞうが》の顔《かお》がいくつか、不思議《ふしぎ》そうに振《ふ》り向《む》いた。

階下《かいか》の廊下《ろうか》を忍《しの》び足《あし》で進《すす》み、真《ま》ん中《なか》あたりで壁《かべ》のタペストリーをめくり、より狭《せま》い階段《かいだん》を下《お》りた。二階下《かいした》まで下《お》りられる近道《ちかみち》だ。ハリーは地図《ちず》をちらちら見《み》ながら、考《かんが》え込《こ》んだ……クラウチ氏《し》のような規則《きそく》を遵守《じゅんしゅ》する品行方正《ひんこうほうせい》な人《ひと》が、こんな夜中《よなか》に他人《たにん》の部屋《へや》をコソコソ歩《ある》くのは、どう考《かんが》えても腑《ふ》に落《お》ちない……。

階段《かいだん》を半分《はんぶん》ほど下《お》りたその時《とき》、クラウチ氏《し》の奇妙《きみょう》な行動《こうどう》にばかり気《き》を取《と》られ、自分《じぶん》のことが上《うわ》の空《そら》だったハリーは、突然《とつぜん》、だまし階段《かいだん》にずぶりと片足《かたあし》を突《つ》っ込《こ》んでしまった。ネビルがいつも飛《と》び越《こ》すのを忘《わす》れて引《ひ》っかかる階段《かいだん》だ。

ハリーはぶざまにグラッとよろけ、まだ風呂《ふろ》でぬれたままの金《きん》の卵《たまご》が、抱《かか》えていた腕《うで》をすべり抜《ぬ》けた——ハリーは身《み》を乗《の》り出《だ》して何《なん》とか取《と》り押《お》さえようとしたが遅《おそ》かった。卵《たまご》は長《なが》い階段《かいだん》を一《いち》段一段《だんいちだん》、バス・ドラムのような大音響《だいおんきょう》を上《あ》げて落《お》ちていった——透明《とうめい》マントがずり落《お》ちた——ハリーがあわてて押《お》さえたとたん、今度《こんど》は忍《しの》びの地図《ちず》が手《て》を離《はな》れ、六段下《だんした》まですべり落《お》ちた。階段《かいだん》にひざ上《うえ》まで沈《しず》んだハリーには届《とど》かないところだ。

金《きん》の卵《たまご》は階段下《かいだんした》のタペストリーを突《つ》き抜《ぬ》けて廊下《ろうか》に落《お》ち、パックリ開《ひら》いて、廊下中《ろうかじゅう》に響《ひび》く大《おお》きな泣《な》き声《ごえ》を上《あ》げた。ハリーは杖《つえ》を取《と》り出《だ》し、何《なん》とか忍《しの》びの地図《ちず》に触《ふ》れて、白紙《はくし》に戻《もど》そうとしたが、遠《とお》すぎて届《とど》かない——。

透明《とうめい》マントをきっちり巻《ま》きつけなおし、ハリーは身《み》を起《お》こして耳《みみ》を澄《す》ました。ハリーの目《め》は恐《きょう》怖《ふ》で引《ひ》きつっていた……ほとんど間髪《かんはつ》を容《い》れず——。

「ピーブズ！」

紛《まぎ》れもなく、管理人《かんりにん》フィルチの狩《かり》の雄叫《おたけ》びだ。バタバタとかけつけてくるフィルチの足音《あしおと》がだんだん近《ちか》くなる。怒《いか》りでゼイゼイ声《こえ》を張《は》り上《あ》げている。

「この騒《さわ》ぎは何《なん》だ？　城中《しろじゅう》を起《お》こそうっていうのか？　取《と》っ捕《つか》まえてやる。ピーブズ。取《と》っ捕《つか》まえてやる。おまえは……こりゃ、何《なん》だ？」

フィルチの足音《あしおと》が止《と》まった。金属《きんぞく》と金属《きんぞく》が触《ふ》れ合《あ》うカチンという音《おと》がして、泣《な》き声《ごえ》が止《と》まった——フィルチが卵《たまご》を拾《ひろ》って閉《と》じたのだ。ハリーはじっとしていた。片足《かたあし》をだまし階段《かいだん》にがっちり挟《はさ》まれたまま、聞《き》き耳《みみ》を立《た》てた。今《いま》にもフィルチが、タペストリーを押《お》し開《あ》けて、ピーブズを探《さが》すだろう……そして、ピーブズはいないのだ……しかし、フィルチが階段《かいだん》を上《あ》がってくれば、忍《しの》びの地図《ちず》が目《め》に入《はい》る……透明《とうめい》マントだろうが何《なん》だろうが、地図《ちず》には「ハリー・ポッター」の位置《いち》が、まさに今《いま》いる位置《いち》に示《しめ》されている。

「卵《たまご》？」

階段《かいだん》の下《した》で、フィルチが低《ひく》い声《こえ》で言《い》った。

「チビちゃん！」――ミセス・ノリスが一緒《いっしょ》にいるにちがいない――「こりゃあ、三校対抗試合《さんこうたいこうじあい》のヒントじゃないか！　代表選手《だいひょうせんしゅ》の所持品《しょじひん》だ！」

ハリーは気分《きぶん》が悪《わる》くなった。心臓《しんぞう》が早鐘《はやがね》を打《う》っている――。

「**ピーブズ！**」

フィルチがうれしそうに大声《おおごえ》を上《あ》げた。

「おまえは盗《ぬす》みを働《はたら》いた！」

フィルチがタペストリーをめくり上《あ》げた。ハリーはぶくぶくたるんだフィルチの恐《おそ》ろしい顔《かお》と、飛《と》び出《で》た二つの薄青《うすあお》い目《め》とが、誰《だれ》もいない（ように見《み》える）階段《かいだん》をにらんでいるのが見《み》えた。

「隠《かく》れてるんだな」

フィルチが低《ひく》い声《こえ》で言《い》った。

「さぁ、取《と》っ捕《つか》まえてやるぞ、ピーブズ……三校対抗試合《さんこうたいこうじあい》のヒントを盗《ぬす》みに入《はい》ったな、ピーブズ……これでダンブルドアはおまえを追《お》い出《だ》すぞ。くされこそ泥《どろ》ポルターガイストめ……」

ガリガリの汚《よご》れ色《いろ》の飼《か》い猫《ねこ》を足下《あしもと》に従《したが》え、フィルチは階段《かいだん》を上《のぼ》りはじめた。ミセス・ノリスのランプのような目《め》が、飼《か》い主《ぬし》そっくりのその目《め》が、しっかりとハリーをとらえていた。ハリーは前《まえ》にも、透明《とうめい》マントが猫《ねこ》には効《き》かないのではないかと思《おも》ったことがある……。古《ふる》ぼけた、ネルのガウンを着《き》たフィルチがだんだん近《ちか》づいてくるのを、ハリーは、不安《ふあん》で気分《きぶん》が悪《わる》くなりながら見《み》つめていた――挟《はさ》まれた足《あし》を必死《ひっし》で引《ひ》っ張《ぱ》ってはみたが、かえって深《ふか》く沈《しず》むばかりだった――もうすぐだ。フィルチが地図《ちず》を見《み》つけるか、僕《ぼく》にぶつかるのは――。

「フィルチか？　何《なに》をしている？」

ハリーのところより数段下《すうだんした》で、フィルチは立《た》ち止《ど》まり、振《ふ》り返《かえ》った。階段下《かいだんした》に立《た》っている姿《すがた》は、ハリーのピンチをさらに悪化《あっか》させることのできる唯一《ゆいいつ》の人物《じんぶつ》――スネイプだ。長《なが》い灰色《はいいろ》の寝巻《ねま》きを着《き》て、スネイプはひどく怒《おこ》っていた。

「スネイプ教授《きょうじゅ》、ピーブズです」

フィルチが毒々《どくどく》しくささやいた。

「あいつがこの卵《たまご》を、階段《かいだん》の上《うえ》から転《ころ》がして落《お》としたのです」

スネイプは急《いそ》いで階段《かいだん》を上《のぼ》り、フィルチのそばで止《と》まった。ハリーは歯《は》を食《く》いしばった。心臓《しんぞう》のドキドキという大《おお》きな音《おと》が、今《いま》にもハリーの居場所《いばしょ》を教《おし》えてしまうにちがいない。

「ピーブズだと？」

フィルチの手《て》にした卵《たまご》を見《み》つめながら、スネイプが低《ひく》い声《こえ》で言《い》った。

「しかし、ピーブズは我輩《わがはい》の研究室《けんきゅうしつ》に入《はい》れまい……」

「卵《たまご》は教授《きょうじゅ》の研究室《けんきゅうしつ》にあったのでございますか？」

「もちろん、ちがう」

スネイプがバシッと言《い》った。

「バンバンという音《おと》と、泣《な》き叫《さけ》ぶ声《こえ》が聞《き》こえたのだ――」

「はい、教授《きょうじゅ》、それは卵《たまご》が――」

「――我輩《わがはい》は調《しら》べに来《き》たのだ――」

「――ピーブズめが投《な》げたのです。教授《きょうじゅ》――」

「――そして、研究室《けんきゅうしつ》の前《まえ》を通《とお》ったとき、松明《たいまつ》の火《ひ》がともり、戸棚《とだな》の扉《とびら》が半開《はんびら》きになっているのを見《み》つけたのだ！　誰《だれ》かが引《ひ》っかきまわしていった！」

「しかし、ピーブズめにはできないはずで――」

「そんなことはわかっておる！」

スネイプがまたバシッと言《い》った。

「我輩《わがはい》の研究室《けんきゅうしつ》は、呪文《じゅもん》で封印《ふういん》してある。魔法使《まほうつか》い以外《いがい》は破《やぶ》れん！」

スネイプはハリーの体《からだ》をまっすぐに通《とお》り抜《ぬ》ける視線《しせん》で階段《かいだん》を見上《みあ》げた。それから下《した》の廊下《ろうか》を見《み》下《お》ろした。

「フィルチ、一緒《いっしょ》に来《き》て侵入者《しんにゅうしゃ》を捜索《そうさく》するのだ」

「私《わたくし》は――はい、教授《きょうじゅ》――しかし――」

フィルチの目《め》は、ハリーの体《からだ》を通過《つうか》して、未練《みれん》たっぷりに階段《かいだん》を見上《みあ》げた。ピーブズを追《お》い詰《つ》めるチャンスを逃《のが》すのは無念《むねん》だ、という顔《かお》だ。

「行《い》け」とハリーは心《こころ》の中《なか》で叫《さけ》んだ。

「スネイプと一緒《いっしょ》に行《い》け……行《い》くんだ……」

ミセス・ノリスがフィルチの足《あし》の間《あいだ》からじいっと見《み》ている……ハリーのにおいをかぎつけたにちがいない、とハリーははっきりそう思《おも》った……どうしてあんなにいっぱい、香《かお》りつきの泡《あわ》をお風呂《ふろ》に入《い》れてしまったんだろう？

「お言葉《ことば》ですが、教授《きょうじゅ》」

フィルチは哀願《あいがん》するように言《い》った。

「校長《こうちょう》は今度《こんど》こそ私《わたくし》の言《い》い分《ぶん》をお聞《き》きくださるはずです。ピーブズが生徒《せいと》の物《もの》を盗《ぬす》んでいるのです。今度《こんど》こそ、あいつをこの城《しろ》から永久《えいきゅう》に追《お》い出《だ》す、またとないチャンスになるかもしれませんーー」

「フィルチ、あんな下劣《げれつ》なポルターガイストなどどうでもよい。問題《もんだい》は我輩《わがはい》の研究室《けんきゅうしつ》だーー」

コツッ、コツッ、コツッ。

スネイプはぱったり話《はなし》をやめた。スネイプもフィルチも、階段《かいだん》の下《した》を見下《みお》ろした。二人《ふたり》の頭《あたま》の間《あいだ》のわずかなすきまから、マッドーアイ・ムーディが足《あし》を引《ひ》きずりながら階段下《かいだんした》に姿《すがた》を現《あらわ》すのがハリーの目《め》に入《はい》った。寝巻《ねま》きの上《うえ》に古《ふる》ぼけた旅行用《りょこうよう》マントをはおり、いつものようにステッキにすがっている。

「パジャマパーティかね？」ムーディは上《うえ》を見上《みあ》げてうなった。

「スネイプ教授《きょうじゅ》も私《わたし》も、物音《ものおと》を聞《き》きつけたのです、ムーディ教授《きょうじゅ》」

フィルチがすぐさま答《こた》えた。

「ポルターガイストのピーブズめが、いつものように物《もの》を放《ほう》り投《な》げていてーーそれに、スネイプ教授《きょうじゅ》は誰《だれ》かが教授《きょうじゅ》の研究室《けんきゅうしつ》に押《お》し入《い》ったのを発見《はっけん》されーー」

「だまれ！」

スネイプが歯《は》を食《く》いしばったままフィルチに言《い》った。

ムーディは階段下《かいだんした》へと一歩《いっぽ》近《ちか》づいた。ムーディの「魔法《まほう》の目《め》」がスネイプに移《うつ》り、それから、紛《まぎ》れもなく、ハリーに注《そそ》がれた。

ハリーの心臓《しんぞう》が激《はげ》しく揺《ゆ》れた。ムーディは透明《とうめい》マントを見透《みとお》す……ムーディだけがこの場《ば》の奇妙《きみょう》さを完全《かんぜん》に見透《みとお》せる……スネイプは寝《ね》巻《ま》き姿《すがた》、フィルチは卵《たまご》を抱《かか》え、そしてハリーは、その二人《ふたり》より上《うえ》の段《だん》に足《あし》を取《と》られている。ムーディのゆがんだ裂《さ》け目《め》のような口《くち》が、驚《おどろ》いてパックリ開《あ》いた。数秒間《すうびょうかん》、ムーディとハリーは互《たが》いの目《め》をじっと見《み》つめた。それからムーディは口《くち》を閉《と》じ、青《あお》い「魔法《まほう》の目《め》」を再《ふたた》びスネイプに向《む》けた。

「スネイプ、今聞《いまき》いたことはたしかか？」

ムーディが考《かんが》えながらゆっくり聞《き》いた。

「誰《だれ》かが君《きみ》の研究室《けんきゅうしつ》に押《お》し入《い》ったと？」

「たいしたことではない」スネイプが冷《つめ》たく言《い》った。

「いいや」ムーディがうなった。

「たいしたことだ。君《きみ》の研究室《けんきゅうしつ》に押《お》し入《い》る動機《どうき》があるのは誰《だれ》だ？」

「おそらく、生徒《せいと》の誰《だれ》かだ」

スネイプが答《こた》えた。スネイプのねっとりしたこめかみに、青筋《あおすじ》がピクピク走《はし》るのをハリーは見《み》た。

「以前《いぜん》にもこういうことがあった。我輩《わがはい》の個人用《こじんよう》の薬材棚《やくざいだな》から、魔法薬《まほうやく》の材料《ざいりょう》がいくつか紛失《ふんしつ》した……生徒《せいと》が何人《なんにん》か、禁《きん》じられた魔法薬《まほうやく》を作《つく》ろうとしたにちがいない……」

「魔法薬《まほうやく》の材料《ざいりょう》を探《さが》していたというんだな？　え？」ムーディが言《い》った。

「ほかに何《なに》か研究室《けんきゅうしつ》に隠《かく》してはいないな？　え？」

ハリーは、スネイプの土気色《つちけいろ》の顔《かお》の縁《ふち》が汚《きたな》いれんが色《いろ》に変《か》わり、こめかみの青筋《あおすじ》がますます激《はげ》しくピクピクするのを見《み》た。

「我輩《わがはい》が何《なに》も隠《かく》していないのは知《し》ってのとおりだ、ムーディ」

スネイプは低《ひく》い、危険《きけん》をはらんだ声《こえ》で答《こた》えた。

「君自身《きみじしん》がかなり徹底的《てっていてき》に調《しら》べたはずだ」

ムーディの顔《かお》がニヤリとゆがんだ。

「闇祓《やみばら》いの特権《とっけん》でね、スネイプ。ダンブルドアがわしに警戒《けいかい》せよと――」

「そのダンブルドアは、たまたま我輩《わがはい》を信用《しんよう》なさっているのですがね」

スネイプは歯《は》がみした。

「ダンブルドアが我輩《わがはい》の研究室《けんきゅうしつ》を探《さぐ》れと命令《めいれい》したなどという話《はなし》は、我輩《わがはい》には通《つう》じない！」

「それは、ダンブルドアのことだ。君《きみ》を信用《しんよう》する」

ムーディが言《い》った。

「人《ひと》を信用《しんよう》する方《かた》だからな。やり直《なお》しのチャンスを与《あた》える人《ひと》だ。しかしわしは——洗《あら》っても落《お》ちないしみがあるものだ、というのが持論《じろん》だ。けっして消《き》えないしみというものがある。どういうことか、わかるはずだな？」

スネイプは突然奇妙《とつぜんきみょう》な動《うご》きを見《み》せた。発作的《ほっさてき》に右手《みぎて》で左《ひだり》の前腕《まえうで》をつかんだのだ。まるで左腕《ひだりうで》が痛《いた》むかのように。

ムーディが笑《わら》い声《ごえ》を上《あ》げた。

「ベッドに戻《もど》れ、スネイプ」

「君《きみ》にどこへ行《い》けと命令《めいれい》される覚《おぼ》えはない」

スネイプは歯《は》がみしたままそう言《い》うと、自分《じぶん》に腹《はら》を立《た》てるかのように右手《みぎて》を離《はな》した。

「我輩《わがはい》にも、君《きみ》と同《おな》じに、暗《くら》くなってから校内《こうない》を歩《ある》き回《まわ》る権利《けんり》がある！」

「勝手《かって》に歩《ある》き回《まわ》るがよい」

ムーディの声《こえ》はたっぷりと脅《おど》しが効《き》いていた。

「そのうち、どこか暗《くら》い廊下《ろうか》で君《きみ》と出会《であ》うのを楽《たの》しみにしている……ところで、何《なに》か落《お》とし物《もの》だぞ……」

ムーディは、ハリーより六段下《だんした》の階段《かいだん》に転《ころ》がったままの「忍《しの》びの地図《ちず》」を指《さ》していた。ハリーは恐怖《きょうふ》でグサリと刺《さ》し貫《つらぬ》かれたような気《き》がした。スネイプとフィルチが振《ふ》り返《かえ》って地図《ちず》を見《み》た。ハリーは慎重《しんちょう》さをかなぐり捨《す》て、ムーディの注意《ちゅうい》を引《ひ》こうと、透明《とうめい》マントの下《した》で両腕《りょううで》を上《あ》げ、懸《けん》命《めい》に振《ふ》りながら、声《こえ》を出《だ》さずに言《い》った。

「それ僕《ぼく》のです！　僕《ぼく》の！」

スネイプが地図《ちず》に手《て》を伸《の》ばした。わかったぞ、という恐《おそ》ろしい表情《ひょうじょう》を浮《う》かべている——。

「アクシオ！　羊皮紙《ようひし》よ来《こ》い！」

羊皮紙《ようひし》は宙《ちゅう》を飛《と》び、スネイプが伸《の》ばした指《ゆび》の間《あいだ》をかいくぐり、階段《かいだん》を舞《ま》い下《お》り、ムーディの手《て》に収《おさ》まった。

「わしの勘《かん》ちがいだ」

ムーディが静《しず》かに言《い》った。

「わしの物《もの》だった——前《まえ》に落《お》とした物《もの》らしい——」

しかし、スネイプの目《め》は、フィルチの腕《うで》にある卵《たまご》から、ムーディの手《て》にある地図《ちず》へと矢《や》のように走《はし》った。ハリーにはわかった。スネイプは、スネイプにだけわかるやり方《かた》で二つを結《むす》びつけているのだ……。

「ポッターだ」スネイプが低《ひく》い声《こえ》で言《い》った。

「何《なに》かね？」

地図《ちず》をポケットにしまい込《こ》みながら、ムーディが静《しず》かに言《い》った。

「ポッターだ！」

スネイプが歯《は》ぎしりした。そしてくるりと振《ふ》り返《かえ》り、突然《とつぜん》ハリーが見《み》えたかのように、ハリーがいる場所《ばしょ》をはったとにらんだ。

「その卵《たまご》はポッターの物《もの》だ。羊皮紙《ようひし》もポッターのだ。以前《いぜん》に見《み》たことがあるから我輩《わがはい》にはわかる！　ポッターがいるぞ！　ポッターだ。透明《とうめい》マントだ！」

スネイプは目《め》が見《み》えないかのように、両腕《りょううで》を前《まえ》に突《つ》き出《だ》し、階段《かいだん》を上《のぼ》りはじめた。スネイプの特大《とくだい》の鼻《はな》の穴《あな》が、ハリーをかぎ出《だ》そうとさらに大《おお》きくなっている——足《あし》を挟《はさ》まれたまま、ハリーは後《うし》ろにのけぞって、スネイプの指先《ゆびさき》に触《ふ》れまいとした。しかし、もはや時間《じかん》の問題《もんだい》だ——。

「そこには何《なに》もないぞ、スネイプ！」ムーディが叫《さけ》んだ。

「しかし、校長《こうちょう》には謹《つつし》んで伝《つた》えておこう。君《きみ》の考《かんが》えが、いかにすばやくハリー・ポッターに飛躍《ひやく》したかを！」

「どういう意味《いみ》だ？」

スネイプがムーディを振《ふ》り返《かえ》ってうなった。スネイプが伸《の》ばした両手《りょうて》は、ハリーの胸元《むなもと》からほんの数《すう》センチのところにあった。

「ダンブルドアは、誰《だれ》がハリーに恨《うら》みを持《も》っているのか、大変興味《たいへんきょうみ》があるという意味《いみ》だ！」

ムーディが足《あし》を引《ひ》きずりながら、さらに階段下《かいだんした》に近《ちか》づいた。

「わしも興味《きょうみ》があるぞ、スネイプ……大《おお》いにな……」

松明《たいまつ》がムーディの傷《きず》だらけの顔《かお》をチラチラと照《て》らし、傷痕《きずあと》も、大《おお》きくそぎ取《と》られた鼻《はな》も、いっそう際立《きわだ》って見《み》えた。

スネイプはムーディを見下《みお》ろした。ハリーのほうからはスネイプの表情《ひょうじょう》が見《み》えなくなった。しばらくの間《あいだ》、誰《だれ》も動《うご》かず、何《なに》も言《い》わなかった。それから、スネイプがゆっくりと手《て》を下《お》ろした。

「我輩《わがはい》はただ」

スネイプが感情《かんじょう》を抑《おさ》え込《こ》んだ冷静《れいせい》な声《こえ》で言《い》った。

「ポッターがまた夜遅《よるおそ》く徘徊《はいかい》しているなら……それは、ポッターの嘆《なげ》かわしい習慣《しゅうかん》だ……やめさせなければならんと思《おも》っただけだ。あの子《こ》の、あの子自身《こじしん》の――安全《あんぜん》のためにだ」

「なるほど」

ムーディが低《ひく》い声《こえ》で言《い》った。

「ポッターのためを思《おも》ったと、そういうわけだな？」

一瞬《いっしゅん》、間《ま》があいた。スネイプとムーディはまだにらみ合《あ》ったままだ。ミセス・ノリスが大《おお》きくニャアと鳴《な》いた。フィルチの足下《あしもと》からじいっと目《め》を凝《こ》らし、風呂上《ふろあ》がりの泡《あわ》の匂《にお》いの源《みなもと》をかぎ出《だ》そうとしているようだ。

「我輩《わがはい》はベッドに戻《もど》ろう」スネイプはそれだけを言《い》った。

「今晩君《こんばんきみ》が考《かんが》えた中《なか》では、最高《さいこう》の考《かんが》えだな」ムーディが言《い》った。

「さあ、フィルチ、その卵《たまご》をわしに渡《わた》せ――」

「ダメです！」

卵《たまご》がまるで初《はじ》めて授《さず》かった自分《じぶん》の息子《むすこ》でもあるかのように、フィルチは離《はな》さなかった。

「ムーディ教授《きょうじゅ》、これはピーブズの窃盗《せっとう》の証拠《しょうこ》です！」

「その卵《たまご》は、ピーブズに盗《ぬす》まれた代表選手《だいひょうせんしゅ》の物《もの》だ」ムーディが言《い》った。

「さあ、渡《わた》すのだ」

スネイプはすばやく階段《かいだん》を下《お》り、無言《むごん》でムーディの脇《わき》を通《とお》り過《す》ぎた。フィルチはミセス・ノリスをチュッチュッと呼《よ》んだ。ミセス・ノリスはほんのしばらく、ハリーのほうをじっと見《み》ていたが、きびすを返《かえ》して主人《しゅじん》のあとに従《したが》った。

ハリーはまだ動悸《どうき》が治《おさ》まらないまま、スネイプが廊下《ろうか》を立《た》ち去《さ》る音《おと》を聞《き》き、フィルチが卵《たまご》をムーディに渡《わた》して姿《すがた》を消《け》すのを見《み》ていた。フィルチがミセス・ノリスにボソボソと話《はな》しかけていた。

「いいんだよ、チビちゃん……朝《あさ》になったらダンブルドアに会《あ》いにいこう……ピーブズが何《なに》をやらかしたか、報告《ほうこく》しよう……」

扉《とびら》がバタンと閉《し》まった。残《のこ》されたハリーは、ムーディを見下《みお》ろしていた。ムーディはステッキを一番下《いちばんした》の階段《かいだん》に置《お》き、体《からだ》を引《ひ》きずるように階段《かいだん》を上《のぼ》り、ハリーのほうにやってきた。一段《いちだん》おきに、コツッという鈍《にぶ》い音《おと》がした。

「危《あぶ》なかったな、ポッター」ムーディがつぶやくように言《い》った。

「ええ……僕《ぼく》――あの……ありがとうございました」ハリーが力《ちから》なく言《い》った。

「これは何《なに》かね？」

ムーディがポケットから忍《しの》びの地図《ちず》を引《ひ》っ張《ぱ》り出《だ》して広《ひろ》げた。

「ホグワーツの地図《ちず》です」

ムーディが早《はや》く階段《かいだん》から引《ひ》っ張《ぱ》り出《だ》してくれないかと思《おも》いながら、ハリーは答《こた》えた。足《あし》が強《つよ》く痛《いた》みだしていた。

「たまげた」

地図《ちず》を見《み》つめて、ムーディがつぶやいた。「魔法《まほう》の目《め》」がぐるぐる回《まわ》っている。

「これは……これは、ポッター、たいした地図《ちず》だ！」

「ええ、この地図《ちず》……とても便利《べんり》です」

ハリーは痛《いた》みで涙《なみだ》が出《で》てきた。

「あの――ムーディ先生《せんせい》。助《たす》けていただけないでしょうか――？」

「何《なに》？　おう！　ふむ……どうれ……」

ムーディはハリーの腕《うで》を抱《かか》えて引《ひ》っ張《ぱ》った。だまし階段《かいだん》から足《あし》が抜《ぬ》け、ハリーは一段上《いちだんうえ》に戻《もど》った。

ムーディはまだ地図《ちず》を眺《なが》めていた。

「ポッター……」

ムーディがゆっくり口《くち》を開《ひら》いた。

「スネイプの研究室《けんきゅうしつ》に誰《だれ》が忍《しの》び込《こ》んだか、もしや、おまえ、見《み》なんだか？　この地図《ちず》の上《うえ》でという意味《いみ》だが？」

「え……あの、見《み》ました……」

ハリーは正直《しょうじき》に言《い》った。

「クラウチさんでした」

ムーディの「魔法《まほう》の目《め》」が、地図《ちず》の隅々《すみずみ》まで飛《と》ぶように眺《なが》めた。そして、突然警戒《とつぜんけいかい》するような表情《ひょうじょう》が浮《う》かんだ。

「クラウチとな？　それは——それはたしかか？　ポッター？」

「まちがいありません」ハリーが答《こた》えた。

「ふむ。やつはもうここにはいない」

「魔法《まほう》の目《め》」を地図《ちず》の上《うえ》に走《はし》らせたまま、ムーディが言《い》った。

「クラウチ……それは、まっこと——まっこと、おもしろい……」

ムーディは地図《ちず》をにらんだまま、それから一分《ぷん》ほど何《なに》も言《い》わなかった。ハリーは、このニュースがムーディにとって何《なに》か特別《とくべつ》な意味《いみ》があるのだとわかった。それが何《なん》なのか知《し》りたくてたまらなかった。聞《き》いてみようか？　ムーディはちょっと怖《こわ》い……でも、たった今《いま》、ムーディは僕《ぼく》を大《たい》変《へん》な危機《きき》から救《すく》ってくれた……。

「あの……ムーディ先生《せんせい》……クラウチさんは、どうしてスネイプの研究室《けんきゅうしつ》を探《さが》し回《まわ》っていたのでしょう？」

ムーディの「魔法《まほう》の目《め》」が地図《ちず》から離《はな》れ、プルプル揺《ゆ》れながらハリーを見《み》すえた。鋭《するど》く突《つ》き抜《ぬ》けるような視線《しせん》だ。答《こた》えるべきか否《いな》か、どの程度《ていど》ハリーに話《はな》すべきなのか、ムーディはハリーの品定《しなさだ》めをしているようだった。

「ポッター、つまり、こういうことだ」

ムーディがやっとぼそりと口《くち》を開《ひら》いた。

「老《お》いぼれマッド-アイは闇《やみ》の魔法使《まほうつか》いを捕《と》らえることに取《と》り憑《つ》かれている、と人《ひと》は言《い》う……しかし、わしなどはまだ小者《こもの》よ……まったくの小者《こもの》よ……バーティ・クラウチに比《くら》べれば」

ムーディは地図《ちず》を見《み》つめたままだった。ハリーはもっと知《し》りたくてうずうずした。

「ムーディ先生《せんせい》？」ハリーはまた聞《き》いた。

「もしかして……関係《かんけい》があるかどうか……クラウチさんは、何《なに》かが起《お》こりつつあると考《かんが》えたのでは……」

「どんなことかね？」ムーディが鋭《するど》く聞《き》いた。

ハリーはどこまで言《い》うべきか迷《まよ》った。ムーディに、ハリーにはホグワーツの外《そと》に情報源《じょうほうげん》があると、悟《さと》られたくなかった。それがシリウスに関《かん》する質問《しつもん》に結《むす》びついたりすると危険《きけん》だ。

「わかりません」ハリーがつぶやいた。「最近変《さいきんへん》なことが起《お》こっているでしょう？　『日刊予言者新聞《にっかんよげんしゃしんぶん》』にのっています……ワールドカップでの『闇《やみ》の印《しるし》』とか、『死喰い人《デス・イーター》』とか……」

ムーディはちぐはぐな目《め》を、両方《りょうほう》とも見開《みひら》いた。

「おまえは聡《さと》い子《こ》だ、ポッター」

そう言《い》うと、ムーディの「魔法《まほう》の目《め》」はまた忍《しの》びの地図《ちず》に戻《もど》った。

「クラウチもその線《せん》を追《お》っているのだろう」

ムーディがゆっくりと言《い》った。

「たしかにそうかもしれない……最近奇妙《さいきんきみょう》なうわさが飛《と》び交《か》っておる――リータ・スキーターがあおっていることもたしかだが。どうも、人心《じんしん》が動揺《どうよう》しておる」

ゆがんだ口元《くちもと》にぞっとするような笑《わら》いが浮《う》かんだ。

「いや、わしが一番憎《いちばんにく》いのは」

ムーディはハリーにというより、自分自身《じぶんじしん》に言《い》うようにつぶやいた。「魔法《まほう》の目《め》」が地図《ちず》の左《ひだり》下《した》にくぎづけになっている。

「野放《のばな》しになっている『死喰い人《デス・イーター》』よ……」

ハリーはムーディを見《み》つめた。ムーディが言《い》ったことが、ハリーの考《かんが》えるような意味《いみ》だとしたら？

「さて、ポッター、今度《こんど》はわしがおまえに聞《き》く番《ばん》だ」

ムーディが感情《かんじょう》抜《ぬ》きの言《い》い方《かた》をした。

ハリーはドキリとした。こうなると思《おも》った。ムーディは、あやしげな魔法《まほう》の品《しな》であるこの地図《ちず》をどこで手《て》に入《い》れたか、と聞《き》くにちがいない――どうしてハリーの手《て》に入《はい》ったかの経緯《けいい》を話《はな》せば、ハリーばかりでなく、ハリーの父親《ちちおや》も、フレッド、ジョージ・ウィーズリーも、去年《きょねん》「闇《やみ》の魔《ま》術《じゅつ》に対《たい》する防衛術《ぼうえいじゅつ》」を教《おし》えたルーピン先生《せんせい》も巻《ま》き込《こ》むことになる。ムーディは地図《ちず》をハリーの目《め》の前《まえ》で振《ふ》った。ハリーは身構《みがま》えた――。

「これを貸《か》してくれるか？」

「え？」

ハリーはこの地図《ちず》が好《す》きだった。しかし、ムーディが地図《ちず》をどこで手《て》に入《い》れたかと聞《き》かなかったので、大《おお》いにホッとした。それに、ムーディに借《か》りがあるのもたしかだ。

「ええ、いいですよ」

「いい子《こ》だ」ムーディがうなった。

「これはわしの役《やく》に立《た》つ……これこそ、わしが求《もと》めていたものかもしれん……よし、ポッター、ベッドだ、さあ、行《い》くか……」

二人《ふたり》で一緒《いっしょ》に階段《かいだん》を上《のぼ》った。ムーディは、こんなお宝《たから》は見《み》たことがないというふうに、まだ地《ち》図《ず》に見入《みい》っていた。ムーディの部屋《へや》の入口《いりぐち》まで二人《ふたり》はだまって歩《ある》いた。部屋《へや》の前《まえ》で、ムーディは目《め》を上《あ》げてハリーを見《み》た。

「ポッター、おまえ、『闇祓《やみばら》い』の仕事《しごと》に就《つ》くことを、考《かん》えたことがあるか？」

「いいえ」ハリーはぎくりとした。

「考《かん》えてみろ」ムーディは一人《ひとり》うなずきながら、考《かん》え深《ぶか》げにハリーを見《み》た。

「うむ、まっこと……。ところで……おまえは、今夜《こんや》、卵《たまご》を散歩《さんぽ》に連《つ》れ出《だ》したわけではあるまい？」

「あの――いいえ」

ハリーはニヤリとした。

「ヒントを解《と》こうとしていました」

ムーディはハリーにウィンクした。「魔法《まほう》の目《め》」が、またぐるぐる回《まわ》った。

「いいアイデアを思《おも》いつくには、夜《よる》の散歩《さんぽ》ほどよいものはないからな、ポッター……。また明日《あす》会《あ》おう……」

ムーディはまたしても「忍《しの》びの地図《ちず》」を眺《なが》めながら自分《じぶん》の部屋《へや》に入《はい》り、ドアを閉《し》めた。

ハリーは想《おも》いにふけりながら、ゆっくりとグリフィンドール塔《とう》に戻《もど》った。スネイプのこと、クラウチのこと、それらがどういう意味《いみ》を持《も》つのだろう……。クラウチは、好《す》きなときにホグワーツに入《はい》り込《こ》めるなら、どうして仮病《けびょう》を使《つか》っているんだ？　スネイプの研究室《けんきゅうしつ》に、何《なに》が隠《かく》してあると思《おも》ったんだ？

それに、ムーディは僕《ぼく》が闇祓《やみばら》いになるべきだと考《かんが》えた！　おもしろいかもしれない……。

しかし、十分後《ぶんご》、卵《たまご》と透明《とうめい》マントを無事《ぶじ》トランクに戻《もど》して、そっと四本柱《ほんばしら》のベッドにもぐり込《こ》んでから、ハリーは考《かんが》えなおした。自分《じぶん》の仕事《しごと》にすべきかどうかは、ほかの闇祓《やみばら》いたちが、どのぐらい傷《きず》だらけかを調《しら》べてからにしよう。

つづく

J.K. ローリング 作

不朽の人気を誇る「ハリー・ポッター」シリーズの著者。1990年、旅の途中の遅延した列車の中で「ハリー・ポッター」のアイデアを思いつくと、全7冊のシリーズを構想して執筆を開始。1997 年に第1巻『ハリー・ポッターと賢者の石』が出版、その後、完結までにはさらに10年を費やし、2007年に第7巻となる『ハリー・ポッターと死の秘宝』が出版された。シリーズは現在85の言語に翻訳され、発行部数は6億部を突破、オーディオブックの累計再生時間は10億時間以上、制作された8本の映画も大ヒットとなった。また、シリーズに付随して、チャリティのための短編『クィディッチ今昔』と『幻の動物とその生息地』(ともに慈善団体〈コミック・リリーフ〉と〈ルーモス〉を支援)、『吟遊詩人ビードルの物語』(〈ルーモス〉を支援)も執筆。『幻の動物とその生息地』は魔法動物学者ニュート・スキャマンダーを主人公とした映画「ファンタスティック・ビースト」シリーズが生まれるきっかけとなった。大人になったハリーの物語は舞台劇『ハリー・ポッターと呪いの子』へと続き、ジョン・ティファニー、ジャック・ソーンとともに執筆した脚本も、書籍化された。その他の児童書に『イッカボッグ』(2020年)『クリスマス・ピッグ』(2021年)があるほか、ロバート・ガルブレイスのペンネームで発表し、ベストセラーとなった大人向け犯罪小説「コーモラン・ストライク」シリーズも含め、その執筆活動に対し多くの賞や勲章を授与されている。J.K. ローリングは、慈善信託〈ボラント〉を通じて多くの人道的活動を支援するほか、性的暴行を受けた女性の支援センター〈ベイラズ・プレイス〉、子供向け慈善団体〈ルーモス〉の創設者でもある。

J.K. ローリングに関するさらに詳しい情報はjkrowlingstories.comで。

松岡佑子《まつおかゆうこ》 訳

翻訳家。国際基督教大学卒、モントレー国際大学院大学国際政治学修士。日本ペンクラブ会員。スイス在住。訳書に「ハリー・ポッター」シリーズ全7巻のほか、「少年冒険家トム」シリーズ、映画オリジナル脚本版「ファンタスティック・ビースト」シリーズ、『ブーツをはいたキティのはなし』、『とても良い人生のために』『イッカボッグ』『クリスマス・ピッグ』(以上静山社)がある。

静山社ペガサス文庫

ハリー・ポッター ❽

ハリー・ポッターと炎《ほのお》のゴブレット〈新装版《しんそうばん》〉4-2

2024年8月6日　第1刷発行

作者	J.K.ローリング
訳者	松岡佑子
発行者	松岡佑子
発行所	株式会社静山社 〒102-0073 東京都千代田区九段北1-15-15 電話・営業 03-5210-7221 https://www.sayzansha.com
装画	ダン・シュレシンジャー
装丁	城所 潤(ジュン・キドコロ・デザイン)
印刷・製本	中央精版印刷株式会社

ISBN 978-4-86389-867-7　Printed in Japan
Published by Say-zan-sha Publications Ltd.

「静山社《せいざんしゃ》ペガサス文庫《ぶんこ》」創刊《そうかん》のことば

小《ちい》さくてもきらりと光《ひか》る、星《ほし》のような物語《ものがたり》を届《とど》けたい――一九七九年《ねん》の創業《そうぎょう》以来《いらい》、静山社《せいざんしゃ》が抱《いだ》き続《つづ》けてきた願《ねが》いをこめて、少年少女《しょうねんしょうじょ》のための文庫《ぶんこ》「静山社《せいざんしゃ》ペガサス文庫《ぶんこ》」を創刊《そうかん》します。

読書《どくしょ》は、みなさんの心《こころ》に眠《ねむ》っている想像《そうぞう》の羽《はね》を広《ひろ》げ、未知《みち》の世界《せかい》へいざないます。読書体験《どくしょたいけん》をとおしてつちかわれた想像力《そうぞうりょく》は、楽《たの》しいとき、苦《くる》しいとき、悲《かな》しいとき、どんなときにも、みなさんに勇気《ゆうき》を与《あた》えてくれるでしょう。

ギリシャ神話《しんわ》に登場《とうじょう》する天馬《てんま》・ペガサスのように、大《おお》きなつばさとたくましい足《あし》、しなやかな心《こころ》で、みなさんが物語《ものがたり》の世界《せかい》を、自由《じゆう》にかけまわってくださることを願《ねが》っています。

二〇一四年《ねん》

静《せい》山《ざん》社《しゃ》